# SCHICKSALHAFTE KRONE

## GEBUNDEN AN DIE FAE
### BUCH SECHS

## EVA CHASE

*Talia*

Am Rand des Parks bleibe ich im Schatten einer Eiche stehen, mehrere Schritte entfernt von der verkehrsreichen Großstadtstraße. Der Anblick der vorbeirasenden Autos und das Dröhnen ihrer Motoren zehren an meinen Nerven. Meine Brust zieht sich zusammen und lockert sich nur, als ich einige langsame, tiefe Atemzüge mache.

Diese Welt ist eigentlich mein echtes Zuhause. Ich wurde in sie hineingeboren und verbrachte dort die ersten zwölf Jahre meines Lebens. Doch es ist beinahe ein Jahrzehnt her, seit ich zuletzt einen Fuß in die Menschenwelt gesetzt habe. Meine Erinnerungen und Sylas' Sammlung an Hollywood-Komödien haben mich nicht auf die lebhafte Realität meiner Rückkehr vorbereitet.

Riecht jeder Teil der Menschenwelt so schlimm? Ich habe mich an die stets frische Luft der Fae-Welt gewöhnt, an die warmen und süßlich blumigen Düfte der Sommerseite und die frischen, kühlen auf der Winterseite. Hier kribbelt bei jedem Atemzug ein Gestank aus verbranntem Benzin und anderen chemischen Gerüchen, die ich nicht identifizieren kann, in meiner Lunge.

Neben mir legt Corwin eine Hand auf meine Schulter und drückt sie. Er kann mein Unbehagen durch unser Seelenband wahrnehmen – und ich bemerke im Gegenzug seine Abneigung für bestimmte Elemente unserer aktuellen Umgebung. Er rümpft die Nase, als er ebenfalls die Gerüche einatmet und seine Augen huschen hin und her, als er versucht, dem Verkehr zu folgen.

„In deiner Welt gibt es noch andere Gebiete, die viel angenehmer sind als dieses", versichert er mir. „Einen Teil der Wildnis haben die Menschen kaum angerührt und sogar die kleineren Dörfer können relativ friedlich sein."

Das andere Mitglied unserer Gruppe, eine breitschultrige Frau aus Erzlord Uzziahs Zirkel, schnaubt und deutet mit ihrem spitzen Kinn die Straße hinab. „Man könnte mich mit keinem Schatz der Welt dazu überreden, so weit entfernt vom Herzen und unter diesen Wesen zu leben."

Ihr Blick schnellt zu mir, doch sie zeigt keinerlei Reue darüber, wie beleidigend sie gerade über Leute wie mich gesprochen hat. Sie bedeutet uns, mit ihr zu kommen. „Meinen Beobachtungen zufolge sollte er in dem Gebäude auf der anderen Seite sein. Um diese Zeit können wir sie vielleicht dabei beobachten, wie sie durch den Innenhof schlendern."

„Okay." Ich reibe mir über die Arme und spüre das Kribbeln der Magie, die uns umhüllt. Bevor wir aus den Nebeln in die Menschenwelt traten, hatte uns Corwin mit einem Zauber belegt, um uns für Menschenaugen unsichtbar zu machen. Ein Golden Retriever, an dem wir vorbeikamen, schnupperte in unsere Richtung und bellte ein paarmal. Der

Mann, der seine Leine in der Hand hielt, blickte jedoch durch uns hindurch. Die Illusion scheint also bei denen zu wirken, bei denen sie wirken soll.

Allerdings bin ich mir ziemlich sicher, dass mich eines dieser Autos trotzdem plattfahren könnte, unsichtbar hin oder her.

Wir laufen zur nächsten Ecke, wo die Ampel rot und dann grün leuchtet. Die Straße zu überqueren, wenn das Signal dazu aufleuchtet, fühlt sich so banal und dennoch so fremd an, dass sich meine Brust erneut zusammenzieht. Als eines der Autos wegen des Fahrzeugs vor sich hupt, springe ich einen halben Meter in die Luft und taumle wegen meines krummen Fußes.

Corwin packt meinen Ellenbogen, um mich zu stützen. Er lässt seine Finger locker um meinen Arm liegen, während wir die Straße überqueren. Sorge verkrampft seinen Bauch beinahe so stark wie die Anspannung, die meinen Körper zusätzlich zu der Nervosität befallen hat.

Wir haben noch nicht einmal den Grund unseres Besuchs erreicht. Ich weiß nicht, was ich mir *wünsche*. Ich weiß nur, dass es schwer werden wird, ganz gleich, was passiert.

Die Frau aus Uzziahs Zirkel führt uns über eine Rasenfläche, die mit Markierungen für verschiedene Sportarten versehen ist, zu einem zweistöckigen Backsteingebäude, das sich über die Länge des Straßenblocks erstreckt. Teenager lümmeln auf der Treppe vor der Doppeltür des Haupteingangs. Wir schlüpfen ungesehen an ihnen vorbei und um die andere Seite des Gebäudes herum, wo zwei Anbauten einen gepflasterten Hof umschließen, auf dem mehrere Metallpicknicktische stehen. Weitere Teenager sitzen an den Tischen oder in Grüppchen auf dem Kopfsteinpflaster. Sie essen ihr Mittagessen und unterhalten sich miteinander.

„Da ist er", sagt Uzziahs Zirkelfrau und deutet an den Rand des Hofs zu dem Anbau gegenüber von uns. Ich spanne mich an, als ich ihrem Finger mit meinem Blick folge.

Der Junge, auf den sie deutet, sitzt mit dem Rücken zu uns an einem Tisch, sodass ich nichts von ihm sehe außer glänzender, brauner Haare, die sich um seine Ohren ringeln, und einer schlanken Gestalt in einem schwarzen, langärmligen T-Shirt sowie schlabberigen Jeans. Anhand dessen kann ich mir nicht sicher sein. Mein Herz klopft schneller, als wir am Rand des Hofs entlanglaufen, um ihn aus einem besseren Winkel zu betrachten.

Mit jedem Detail seines Gesichts, das in Sicht kommt – der Winkel seines Kiefers, die Neigung seiner Nase, das Funkeln in seinen weit auseinanderstehenden Augen – schwellen Schmerzen um mein Herz herum an. Er *ist* es, oder? Mein kleiner Bruder Jamie, der jetzt siebzehn Jahre alt ist, falls er den Angriff der monsterhaften, wolfgestaltwandelnden Fae auf unsere Familie überlebt hat. Bisher habe ich geglaubt, er wäre damals gestorben.

Dann dreht er den Kopf, offenbart die andere Seite seines Gesichts und mein Herz setzt aus. Jegliche Zweifel verfliegen.

Rekonstruktive Chirurgie hat vermutlich die schlimmsten Narben beseitigt, konnte jedoch die Folgen des Angriffs nicht vollständig ausmerzen. Hellrosa Linien verlaufen über seine linke Wange und Kiefer, seinen Hals hinab und vermutlich auch über seine Brust, wo sie zeigen, an welchen Stellen die fiesen Reißzähne des Wolfs seine Haut aufgerissen haben.

Oh, Jamie. Mein Herz setzt einen Schlag aus und treibt mich zu ihm, meine Beine sperren sich jedoch dagegen.

Er hat keine Ahnung, dass *ich* am Leben bin. Sicherlich wäre ihm im Traum nicht eingefallen, dass ich den Großteil des letzten Jahrzehnts unter Fae-Wesen verbracht habe, von deren Existenz er nicht einmal weiß. Ich kann nicht einfach zu ihm marschieren und aus heiterem Himmel ein Familientreffen beginnen. Auch dann nicht, wenn mich die Sehnsucht durchfährt, meine Arme um ihn zu legen und ihm zu sagen, wie sehr mir … alles leidtut.

Es tut mir leid, dass ich ihn vor so langer Zeit dazu gebracht habe, mir in den Wald zu folgen; dass ich bis jetzt nicht wusste, dass er überlebt hat; dass ich ihn all diese Zeit allein gelassen habe.

Tränen brennen in meinen Augen. Ich blinzle heftig und greife nach Corwins Hand.

*Es war nicht deine Schuld*, beruhigt er mich sanft durch unser Band. *Du konntest nicht wissen, wohin du ihn führtest, und du hattest keine Gelegenheit, herauszufinden, was aus ihm geworden ist, während du eingesperrt warst.*

*Ich weiß*, erwidere ich. *Aber selbst nachdem ich befreit wurde, ist mir nie in den Sinn gekommen, zu überprüfen, was mit ihm und meinen Eltern geschehen ist. Ich ging einfach davon aus, dass ich es richtig gesehen hatte, obwohl es dunkel war und ich Todesangst hatte.*

Ich reibe mir übers Gesicht und der Schmerz in mir dehnt sich aus. Wäre es nicht wundervoll, wenn Mom und Dad ebenfalls überlebt hätten, wenn sie einander gehabt hätten, um das Trauma und mein Verschwinden durchzustehen? Dies ist jedoch der einzige direkte Blutsverwandte, den die Winter-Fae bei ihrer ausgedehnten Suche gefunden haben, zumindest unter denjenigen, die sie interessieren.

Der Weise der Fae deutete an, dass ich die Verbindung zu ihnen von meiner Mutter geerbt habe. Anscheinend sind meine Großeltern mütterlicherseits in den letzten neun Jahren gestorben – ihr einziges Kind auf solch schreckliche Weise zu verlieren, hat dabei vermutlich nicht geholfen. Jamie lebt nun bei meiner Tante und Onkel väterlicherseits sowie unseren zwei kleinen Cousins in dieser Großstadt, einige hundert Kilometer entfernt von der Stadt, in der wir aufgewachsen sind.

Sie lebten so weit weg, dass wir sie damals nur selten sahen. Mit acht Jahren und von den Folgen eines Wolfangriffs genesend musste mein Bruder bei Leuten einziehen, die für ihn nicht viel mehr als Fremde waren, obgleich sie auf dem Papier zur Familie gehörten. Ich wünsche mir nicht, dass die Fae, die mich entführten, ihn ebenfalls mitgenommen hätten, denn was ich durchgemacht habe, ist mehr, als ich irgendjemandem wünschen würde, doch er hatte es auch nicht leicht.

Als wollten sie diesen Gedanken veranschaulichen, schlendern drei Jungen zu dem Tisch, an dem Jamie allein isst. Einer blickt Jamie übertrieben ins Gesicht, stutzt, schaut ihn erneut an und greift sich gespielt entsetzt an die Brust. „Oh mein Gott! Es ist der Schrecken vom Amazonas."

Die anderen zwei Typen brechen in Gelächter aus. Jamies Schultern spannen sich an, aber er blickt stur auf sein Sandwich. Meine Hände ballen sich an meinen Seiten zu Fäusten.

Die Mobber sind noch nicht fertig. Der Kerl, der die erste Bemerkung gemacht hat, setzt sich neben Jamies Tablett auf den Tisch und schlägt gegen den Behälter mit Pommes, von denen daraufhin die Hälfte auf die Pflastersteine fallen. „Ich denke nicht, dass das Ding aus dem Sumpf Essen aus unserer Cafeteria erhalten sollte. Das hier ist keine Schule für Monster."

Bei dem Spott in seiner Stimme und seinem grausamen Lächeln kann ich mich nicht mehr zurückhalten. Ich marschiere zu ihnen. Zorn steigt in meiner Kehle auf und schwappt auf meine Zunge. „Die einzigen Monster sind diejenigen, die ihm das angetan haben – und *du*, so weit ich das erkennen kann."

Es reagiert jedoch niemand, denn sie können mich weder sehen noch hören.

*Talia*, sagt Corwin sanft und tritt neben mich. Ich drehe mich zu ihm um und ringe mit mir, ob ich ihn bitten soll, die Magie sofort von mir zu nehmen, damit ich diesen Idioten die Meinung geigen kann, doch Jamie steht auf.

Er bedenkt die Jungen mit einem gelangweilten Blick und nimmt seine restlichen Pommes in die Hand, damit sie außer Reichweite sind. „Wenn sie dich bedienen, ist alles erlaubt, schätze ich."

Die Belustigung verschwindet augenblicklich aus dem Gesicht des ersten Kerls und wird von Wut ersetzt. Er springt vom Tisch. „Was hast du gesagt, McCarty?"

Er tritt nach vorne, als wollte er meinen Bruder packen, in diesem Moment schlendert jedoch eine Lehrerin vorbei. Sie wirft den Jungen einen fragenden Blick zu. „Ist hier alles in Ordnung, Jungs?"

Der Rädelsführer setzt ein einnehmendes Lächeln auf. „Alles ist in bester Ordnung, Mrs. Green. Stimmt's, Jamie?"

Jamie zuckt mit den Achseln und läuft davon, bevor die Lehrerin geht.

Schweren Herzens beobachte ich, wie er die Schule betritt. Er wurde nicht nur von unserer Familie getrennt und schrecklich verwundet, sondern auch zum Opfer der Schurken der Menschenwelt wegen der Narben, die ihm die Fae beibrachten.

Wenn er wüsste, dass er nicht wirklich allein ist … wenn er sich wieder an mich wenden könnte …

Corwins Arme legen sich behutsam um mich. Ein Hauch von Unbehagen fließt in mich – es ist ihm ein wenig unangenehm, so viel Zuneigung vor unserer unfreundlichen Zuschauerin aus Uzziahs Schwarm zu zeigen – doch er schenkt mir die Zuneigung trotzdem, denn ihm ist wichtiger, wie es mir geht. Ich lege meine Arme über seine und drücke sie an mich. Dabei werde ich mir plötzlich des tieferen, inneren Aufruhrs bewusst, den er zu unterdrücken versucht.

Selbst wenn ich nur die Hälfte meiner Zeit in der Menschenwelt verbrächte, müsste ich meinen seelenverbundenen Gefährten zurücklassen – und meine anderen Liebhaber. Corwin will meine Entscheidung nicht beeinflussen, der Gedanke, dass ich längere Zeit so weit weg von ihm sein könnte, zerrt jedoch an ihm.

Ich weiß nicht, was ich zu ihm sagen soll. Ich weiß nicht, was ich tun soll. Ich schulde so vielen Leuten so viel … Doch wie kann ich meinen Bruder erneut im Stich lassen, wenn er bereits so viele Jahre auf sich allein gestellt war?

Ich habe es geschafft, ein Gleichgewicht zwischen meinen Bindungen zu den Sommer- und Winter-Fae zu finden. Gibt es eine Möglichkeit, diese Lücke ebenfalls zu schließen, auch wenn sie viel größer ist?

Uzziahs Zirkelfrau hat anscheinend etwas Ähnliches gedacht, allerdings verfolgt sie ganz andere Ziele. Sie räuspert sich, wendet sich von dem Innenhof ab und mir zu. „Das war er, oder?"

„Ja." Die Magie, die sie benutzten, um meine genetische Linie zu verfolgen, hat das vermutlich bereits bestätigt, aber anscheinend wollte sie es auch aus meinem Mund hören.

„Exzellent." Sie strafft die Schultern. „Falls er so nützlich ist wie du, wird das all unsere Probleme lösen und den Heilungsprozess vereinfachen."

Ich blinzle sie an und Grauen kitzelt durch meinen Magen. Gleichzeitig spannt sich Corwins Körper an meinem an. Bevor wir zu unserer Reise aufgebrochen waren, hatten die anderen Erzlords kein Wort darüber verloren, dass Jamie ‚Probleme lösen' sollte. Es sollte bloß eine Gelegenheit für mich sein, zu überprüfen, ob ihre Geschichte stimmte, und zu schauen, wie es Jamie jetzt geht. Allerdings bin ich mit der

Denkweise der Fae mittlerweile so vertraut, dass ich erraten kann, worauf sie anspielt.

„Was meinst du?", frage ich.

Ein zufriedenes Lächeln biegt die Lippen der Frau nach oben. „Zwei Heilmittel für zwei Reiche. Du kannst bei deinem Gefährten im Winterreich bleiben und die Seelie können deinen Bruder benutzen. Wir hätten uns keine einfachere Lösung wünschen können."

*Talia*

Die neue Burg, die meine Liebhaber aus dem Sommer- und Winterreich gemeinsam erbaut haben, steht auf der Grenze zwischen ihren Ländereien und nur in der Mitte gibt es einige Räume. Im ersten Stock befinden sich ein paar Zimmer, die von mir privat genutzt werden können. Darunter liegt im Erdgeschoss ein großer Ballsaal, in dem wir vielleicht Feiern ausrichten werden, sollten sich die zwei Reiche jemals gut genug miteinander verstehen, und daneben ist ein kleinerer Versammlungsraum. Die zwei Enden der Burg sind noch nicht fertig, aber der Mittelteil ist so weit fertiggestellt worden, dass wir ihn nutzen können.

Sowohl der Tisch als auch der Boden, die Wände und Decke zeigen, wie sich die zwei Materialien miteinander verbunden haben, aus denen diese Burg besteht. Sylas' poliertes Holz rankt sich entlang der Gebäudemitte um

Corwins funkelnden Diamant. Die Mischung aus Wärme und Kälte gefällt mir normalerweise, da sie mir ein Gefühl der Harmonie vermittelt. Diese wird von dem sanften Pulsieren der Energie des Herzens verstärkt, die durch den Raum fließt. Die Leute, die heute mit uns in dem Raum sind, sorgen jedoch dafür, dass es mich unangenehm fröstelt.

Alle acht Erzlords von beiden Seiten der Grenze sitzen um den Tisch herum: die drei aus dem Sommerreich auf einer Seite und vier aus dem Winterreich auf der anderen. Ausgewählte Mitglieder ihrer Kader und Zirkel stehen hinter ihnen entlang der Wände, einschließlich meiner anderen zwei Liebhaber: Sylas' Halbbrüder August und Whitt.

Corwin hat mir den Stuhl am Kopfende des Tisches zugewiesen und selbst die andere Seite gewählt. Ich weiß es zu schätzen, dass er mir gegenübersitzt, sodass ich seinen Blick auffangen kann, wann immer ich Zuspruch brauche, zugleich fühle ich mich von dieser Position unter Druck gesetzt. Andererseits sind wir hier, um eine Situation zu besprechen, die vor allen Dingen mich betrifft.

Keiner der Erzlords sieht besonders glücklich darüber aus – oder über das Gebäude, in dem sie sich befinden. Die sechs, die nicht an dem Bau dieses Raumes beteiligt waren, schauen sich um und auf ihren Mienen spiegelt sich von Skepsis bis hin zu offener Abscheu alles Mögliche wider. Laoni, eine der Winter-Erzlords, die mir und Corwin gegenüber am feindseligsten gestimmt ist, hat sogar die Nase gerümpft.

Doch obwohl die äußeren Räumlichkeiten noch nicht fertiggestellt sind, schien dieses zentrale Zimmer der beste Ort für ein gemeinsames Treffen zu sein. Da sich das Gebäude nicht nur in großer Nähe zum Herzen befindet, sondern auch auf der Grenze zwischen den Reichen steht, mussten alle beim Eintreten den Schwur ablegen, niemandem zu schaden.

Ich wünschte, ich könnte etwas mehr Trost aus dieser Tatsache ziehen. Das echte Problem ist der Schaden, den sie jemandem zufügen wollen, der weder hier ist noch von ihrer Existenz weiß. Und ich bin zunehmend der Überzeugung, dass es dabei bleiben sollte.

„Die Situation mit dem Fluch ist zu wichtig, als dass wir sie von persönlichen Gefühlen beeinflussen lassen können", sagt Laoni. „Wir müssen den Jungen hierherbringen und feststellen, ob er eine ähnliche Verbindung zu dem Fluch hat."

Der Hauch von Abscheu in ihrer Stimme deutet an, dass die persönlichen Gefühle eines Menschen wie mir noch weniger zählen, als wenn ich ein Fae wäre. In ihrem Blick schimmert eine neue Feindseligkeit zusammen mit der üblichen Verachtung. Ich weiß nicht, wie viel davon der Tatsache geschuldet ist, dass ich jetzt offiziell Corwins Gefährtin bin, und wie viel den geringfügigen, jedoch unerwarteten magischen Kräften, die ich während unserer Bestätigungszeremonie offenbart habe.

Wenn ich gedacht hatte, dass es mir mehr Respekt verschaffen würde, einige der Kräfte zu wirken, die die Fae besitzen, habe ich mich geirrt. Wenn überhaupt habe ich den Eindruck, dass die anderen Erzlords jetzt noch vehementer gegen meine Anwesenheit sind, da ich gezeigt habe, dass ich weniger hilflos bin, als sie vermuteten.

Celia, die strengste der Sommer-Erzlords, betrachtet ihr Gegenüber aus schmalen Augen, stimmt ihr jedoch zu, wenn auch widerwillig. „Wenn die Kräfte, die Talia besitzt, ihr vererbt wurden, ergibt es Sinn, dass ihr Bruder ebenfalls über diese verfügt."

„Sie können ihn nicht einfach so aus seinem Leben reißen", protestiere ich und meine Hände ballen sich unter dem Tisch auf meinem Schoß zu Fäusten, wo sie niemand sehen kann. „Die Fae haben bereits seine Familie zerstört und ihn schrecklich vernarbt. Er hatte Gelegenheit, sich davon zu erholen, und jetzt wollen Sie ihn allem entreißen, was er kennt – um ihn gegen seinen Willen zu benutzen?"

Terisse, eine der Winter-Erzlords, die sich oft auf die Seite von Laoni stellt, blickt mich finster an. „Ich dachte, du hättest dich der Heilung dieses Leidens verschrieben. Hast du den Fae nicht deine Loyalität geschenkt, als du geschworen hast als seine Gefährtin an Erzlord Corwins Seite zu stehen?"

„*Talia* hat sich der Heilung verschrieben", wirft Corwin ein. „Das bedeutet nicht, dass sie es gutheißen muss, dass ihr Bruder gezwungen wird, unwissend ein ähnliches Opfer zu erbringen."

Sylas, der zu meiner Rechten sitzt, rutscht auf seinem Stuhl hin und her. „Ich glaube, Talias Großzügigkeit sollte ihr in dieser Angelegenheit ein Mitspracherecht einräumen. Sie hat viel für uns geopfert. Wenn wir von ihr und ihren Verwandten noch mehr verlangen, sollten wir zulassen, dass es zu ihren Bedingungen geschieht."

„Und wie würden diese Bedingungen aussehen?", höhnt Laoni. „Soweit ich das erkennen kann, will sie, dass wir die Idee und unsere Entdeckung vergessen. Ihr wäre es lieber, wenn wir nie herausgefunden hätten, dass ihr Bruder noch lebt. Vielleicht malt sie sich bereits aus, wie sie uns verlassen kann, um sich ihm in der Welt anzuschließen, in die sie gehört."

Ihre Worte kommen so nah an die Wahrheit heran, dass sich mein Magen verknotet. Ich zwinge meine Stimme, ruhig zu bleiben. „Ganz gleich, was geschieht, ich schwöre, ich werde weiterhin alles in meiner Macht Stehende tun, um den Fluch zurückzuschlagen. Sie können allerdings schlecht von mir verlangen, dass ich mich für nichts anderes interessiere. Sie alle müssen in Ihrem Leben mehr als eine Pflicht jonglieren. Warum darf ich nicht das Beste für die Fae *und* meine Familie im Sinn haben?"

„Corwin und sein Schwarm sollten jetzt deine Familie sein", entgegnet Uzziah kühl.

Sylas gibt einen ungläubigen Laut von sich. „Ach, kommen Sie. Erwarten Sie, dass wir glauben, dass Sie alle verlangt haben, dass sich *Ihre* Gefährten nicht mehr um die Rudel oder Schwärme kümmern, aus denen sie ursprünglich kamen, nachdem sie das Band zu Ihnen bestätigt haben?"

Laoni schaut ihn finster an. „Würde sich ein Mitglied aus dem Schwarm meines Gefährten als entscheidend bei der Bekämpfung dieses Fluchs entpuppen, würde ich auf jeden Fall erwarten, dass er das über ein wenig Unbehagen stellt."

Ich kann nicht verhindern, dass der Protest aus mir herausplatzt. „Ein wenig Unbehagen?" Doch als sich sämtliche Blicke am Tisch auf mich richten, weiß ich nicht, wie ich fortfahren soll, ohne alle hier versammelten Fae zu beleidigen.

August macht einen Schritt auf mich zu, hält dann jedoch inne. Die Erzlords wissen mittlerweile von seiner und Whitts Beziehung mit mir, diese Neuigkeit ist allerdings noch sehr frisch in ihren Köpfen und ich weiß, dass sie alle Bedenken wegen unseres ungewöhnlichen Arrangements haben. Es würde vermutlich nicht gut aussehen, wenn er mir vor ihnen Zuneigung schenken würde, insbesondere da die Winter-Fae auf jegliche Zurschaustellung von Emotionen herabblicken.

Zu meiner Überraschung meldet sich Donovan als Nächster zu Wort. Der jüngste Erzlord orientiert sich häufig an seinen Kollegen, ist jedoch abgesehen von Sylas und Corwin der Einzige, der jemals mein Recht unterstützt hat, eigene Entscheidungen zu treffen.

Er spricht mit sanfter Stimme: „Welche Bedenken hegst du in Bezug darauf, deinen Bruder hierherzubringen, Talia? Wenn wir verstehen, wo du das Problem siehst, können wir es womöglich aus dem Weg räumen."

Ich hole tief Luft und widerstehe dem Drang, den Blick zu senken.

*Es ist alles in Ordnung*, sagt Corwin durch unser Band, den Blick eindringlich auf mich gerichtet. Er weiß besser als alle anderen, welche Qualen ich durch die Hände der Fae erlitten habe. Er weiß das sogar besser als die drei Männer, die mich aus der Gefangenschaft befreiten, denn er konnte die Erinnerungen in meinem Verstand sehen. *Du legst nur einen Sachverhalt dar. Wenn sie an irgendetwas zweifeln, kann ich mich für den Wahrheitsgehalt verbürgen, genauso wie Sylas in vielen Fällen.*

Das stimmt. Es sind Leute hier, die auf meiner Seite sind.

Ich blicke in die Gesichter der anderen Erzlords und versuche, mich selbstbewusst zu präsentieren. „Ich habe mir hier ein Zuhause geschaffen, bin allerdings nicht aus eigenem Antrieb hierhergekommen. Ich litt neun Jahre lang unter dem Seelie-Lord, der mich entführte, und unter seinem Kader. Seit mich Sylas bei sich aufgenommen hat und ich freiwillig bei dem Fluch helfe, wurde ich unzählige Male beleidigt und wie ein Werkzeug anstatt wie eine Person behandelt. Ich wurde angegriffen und einige der hochrangigsten Fae schmiedeten Pläne, um mir meine Freiheit zu nehmen."

„Wir haben diese Angelegenheiten geklärt", wendet Celia angespannt ein.

„Eine dieser Angelegenheiten", widerspreche ich und schaue ihr in die Augen. „Die Fae, die meine Eltern töteten, mich aus meiner Welt entführten und jahrelang quälten, wurden nicht bestraft. Viele von Ihnen betrachten es nicht einmal als ein Verbrechen, wenn man so mit einem Menschen umgeht. Selbst an diesem Tisch, während wir über meinen Bruder sprechen, werde ich behandelt, als wäre ich weniger wert als der Rest von Ihnen."

Die Fae am Tisch rutschen unbehaglich hin und her,

doch keiner versucht, diese Anschuldigung zu leugnen, bevor ich weiterspreche. „Jamie hat wegen der Fae bereits so viel gelitten. Warum sollte ich wollen, dass er an einen Ort gebracht wird, an dem er außer mir niemanden kennt – wenn Sie überhaupt erlauben, dass wir einander regelmäßig sehen – und wo kaum einen seine Wünsche für sein Leben interessieren werden?"

Es setzt eine vorübergehende Stille ein. Corwin schickt mir eine Woge der Liebe, die sich wie eine sanfte Umarmung um mich legt.

Terisse spricht zuerst, wobei sie ein wenig verärgert klingt. „Du kannst es uns nicht zum Vorwurf machen, dass wir unsere Bedürfnisse an erste Stelle stellen, wenn es um das Überleben unseres Volkes geht. Es geht nicht nur um Fae im Vergleich zu Menschen, sondern um tausende Fae-Leben im Vergleich zu dem eines Menschen."

„Sie haben bereits einen Menschen", entgegne ich. „Mich. Und Sie hören nicht auf mich. Haben Sie das Ganze überhaupt richtig durchdacht? Sie gehen einfach davon aus, dass Jamie Ihnen helfen kann. Dass es den Aufwand wert wäre, ihn in die Fae-Welt zu zerren und alles auf den Kopf zu stellen, woran er glaubt, nur damit Sie herausfinden können, wie er Ihnen nutzen kann. Er hatte keine Wirkung auf den Fluch, als ich entführt wurde, ansonsten hätten Aerik und sein Kader das bemerkt und ihn ebenfalls mitgenommen."

„Natürlich haben wir das bedacht", giftet Laoni. „Wir haben auch bedacht, dass ihr in einem unterschiedlichen Alter wart und Kräfte manchmal Zeit brauchen, um sich zu entfalten – sie werden häufig von Faktoren wie der Pubertät ausgelöst. Aufgrund dessen, was die Seelie von den Worten ihres Weisen in Bezug auf deine Familienlinie berichtet haben, ist es eine logische Annahme, dass deine Verbindung zu den Fae auch in ihm zu finden ist."

Celia beugt sich vor und richtet ihren Blick auf mich.

„Wir könnten auf jeden Fall dafür sorgen, dass er sich wohlfühlt und gut behandelt wird. Und was, wenn er nicht dauerhaft umgesiedelt werden müsste? Wir haben zwei Flüche oder einen Fluch mit zwei Aspekten … Könnte es nicht sein, dass ihr beide das Problem komplett aus der Welt schaffen könnt, wenn ihr eure ungewöhnlichen Heilfähigkeiten vereint?"

Oh. Ich muss zugeben, dass mir diese Möglichkeit nicht in den Sinn gekommen ist. Ich habe mir zu viele Sorgen darüber gemacht, was mit Jamie geschehen wird, und zu angestrengt darüber gegrübelt, was ich ihm schulde.

Ich bezweifle, dass die meisten Fae in meinem Umfeld wissen, wie man einen Menschen tatsächlich ‚gut' behandelt, aber … falls das möglich wäre … falls es nur für eine kurze Zeit wäre und Jamie anschließend nach Hause gehen könnte … wie egoistisch wäre es von mir, mich dem in den Weg zu stellen?

Dennoch sträubt sich nach wie vor alles in meinem Körper gegen diese Idee. Ich schlucke schwer. „*Würden* Sie ihn einfach in sein altes Leben zurückkehren lassen, nachdem er Ihre Welt gesehen hat?"

„Ich sehe keinen Grund, warum wir das nicht tun sollten", meint Uzziah. „Wir können seine Erinnerungen an das Erlebnis mithilfe von Magie löschen, sodass er sich nicht an unsere Existenz erinnert."

Natürlich können sie das tun. Ich massiere meine Stirn. Es fühlt sich immer noch falsch an, meinem Bruder das anzutun, was ihm hier in einer kurzen Zeit widerfahren könnte, auch wenn er sich nicht daran erinnern wird. Und sie können jetzt leicht behaupten, dass sie ihn zurückschicken werden. Irgendwie vermute ich, dass sie stärker zögern werden, wenn sich herausstellt, dass er sie so wie ich heilen kann. Sie werden ihn hierbehalten wollen für den Fall, dass sie ihn noch einmal brauchen. Ganz egal, was sie sagen, die meisten von ihnen sehen ihn – und mich – lediglich als eine Ressource, über die sie die Kontrolle behalten wollen.

*Wir wissen nicht einmal, ob dein Bruder irgendeine Heilung anbieten kann,* erinnert Corwin mich. *Es könnte sein, dass nur einige Tests durchgeführt werden müssen und er anschließend für nutzlos erklärt wird.*

*Nur für einen Tag hierherzukommen, würde seinen Verstand bereits durcheinanderbringen,* widerspreche ich, doch dann habe ich eine Idee, die eine solche Erleichterung bei mir auslöst, dass es mir den Atem raubt.

Sylas hat zum Sprechen angesetzt. „Wir beschäftigen uns mittlerweile seit Jahrzehnten mit dem Fluch. Ich bin mir sicher, wir können zumindest noch ein paar Tage warten, um Talia Zeit zu geben, zu …"

„Nein", unterbreche ich ihn. „Ich habe eine Idee. In weniger als einer Woche ist Vollmond. Das ist der perfekte Test – und mein Bruder muss nicht einmal vom Fae-Reich erfahren, damit wir den Test durchführen können. Am Tag des Vollmonds können Sie jemanden in die Menschenwelt schicken, damit er ihm unbemerkt ein wenig Blut abzapft. Ich weiß, dass Sie über genügend Magie verfügen, um das zu tun. Dann testen Sie das Blut an einigen der Seelie, um zu schauen, ob es sie daran hindert, wild zu werden. Wenn es das nicht tut, haben wir unsere Antwort."

Falls es sie heilt … Darüber will ich jetzt nicht nachdenken. Ich werde bis zum Vollmond Zeit haben, um über meine nächsten Schritte nachzudenken.

Donovan fährt mit der Hand über den Tisch, als wollte er das Problem wegwischen. „Da haben wir es. Eine einfache, unauffällige Lösung, um zumindest die erste Frage zu beantworten. Ich sehe nicht, warum wir nicht so anfangen können."

Laoni schaut ihn finster an, hat jedoch offensichtlich kein

Argument gegen meinen Vorschlag vorzubringen. „Die Seelie werden das nicht allein tun", sagt sie. „Einer von uns muss den Vorgang ebenfalls überwachen. Diese Frau hat mehr als einen von euch beeinflusst und ich will nicht, dass persönliche Neigungen die Ergebnisse Ihres Berichts verzerren."

Celia empört sich, spricht aber mit ruhiger Stimme. „Es wäre kein Problem, einen von Ihnen das Ganze beobachten zu lassen, doch ich versichere Ihnen, wir würden nicht auf Täuschung zurückgreifen, insbesondere nicht bei einer so wichtigen Angelegenheit."

„Dann ist das geklärt", verkündet Corwin und lächelt mich kurz über den Tisch hinweg an.

Ich erwidere sein Lächeln, mein Magen rumort allerdings immer noch vor Unbehagen. Habe ich Jamie gerade eine ganze Menge Leid erspart – oder dafür gesorgt, dass ihm bald noch mehr widerfährt?

3

*Whitt*

Ich war die naheliegende Wahl für diese spezielle Mission. Als Sylas' Spionagechef habe ich von Natur aus einen Hang zu Heimlichkeit und Geschicklichkeit. Andere besitzen womöglich die gleichen Fähigkeiten, doch ich würde niemandem außerhalb unseres inneren Kreises zutrauen, Talias Bruder mit der notwendigen Sorgfalt zu behandeln.

Dazu zählt auch der Tölpel eines Winter-Fae-Erzlords, der darauf bestanden hat, mitzukommen, um meine Methoden zu ‚beaufsichtigen'.

Erzlord Uzziah, dessen verdrießlich klingender Name hervorragend zu seinem Aussehen und seiner Persönlichkeit passt, hat seine missbilligende Miene nicht abgelegt, seit er sich in der Nähe der Grenze mit mir getroffen hat, um an die Randgebiete zu reisen. Er scheint seine Beteiligung an diesem Projekt für eine persönliche Beleidigung zu halten, obwohl er und seine Kollegen diejenigen waren, die auf seine Anwesenheit bestanden. Ich musste mir bereits ungefähr ein halbes Dutzend Mal auf die Zunge beißen, um ihn nicht daran zu erinnern, dass ich allein hier wäre, wenn es nach *mir* gegangen wäre.

Wir werden beide von unserer Magie und den Schatten des frühen Morgens verhüllt, als wir uns dem Haus nähern, in dem Jamie unseren Informationen zufolge lebt. Uzziahs finstere Miene vertieft sich, er schnaubt und schüttelt den Kopf. „Wie diese Wesen in all dem Dreck leben können, werde ich nie verstehen. Abgestumpfte Hirne, allesamt.“

Und dieser Mann arbeitet an der Seite von Talias seelenverbundenem Gefährten. Ich unterdrücke einen Schauder, der vorwiegend von ihm und nicht unserer Umgebung ausgelöst wird, und schaffe es, politisch korrekt, wenn auch nicht besonders höflich zu antworten. „Und dennoch hat das Herz zumindest eines dieser ‚Wesen‘ mit der Kraft gesegnet, unsere Art zu heilen. Es ist beinahe so, als würde *das Herz* denken, dass man ihnen ein gewisses Maß an Respekt schuldet.“

Daraufhin verstummt Uzziah, in seiner finsteren Miene liegen jedoch jede Menge unausgesprochener Worte, von denen ebenfalls keines besonders höflich wäre. Als wir vor dem Bungalow stehen bleiben, der mit den weißen Wänden, blauen Umrandungen und dem dunklen Dach für ein menschliches Bauwerk ziemlich hübsch ist, seufzt er. „Also, wie sieht dein Plan aus?“

„Ihre Leute haben das Schlafzimmer identifiziert, das der Junge benutzt.“ Ich schlendere über den Rasen zur Hausseite, wobei ich einem aufgewickelten Gartenschlauch ausweiche, und bleibe vor einem Fenster an der Rückseite des Hauses stehen. Es ist geschlossen und ein Summen in der Luft weist darauf hin, dass im Inneren irgendein mechanisches Kühlungssystem läuft, um der Spätfrühlingshitze die Schärfe zu nehmen. Das ist jedoch kein Problem. „Ich kann das Glas manipulieren und so ins Zimmer einsteigen. Dann ist es einfacher, ihm ein wenig Blut zu entnehmen. Ich werde nur wenige Minuten brauchen."

Die buschigen Augenbrauen des Winter-Erzlords ziehen sich zusammen. „Ich werde dich begleiten."

Ich kann mich nur mit Mühe daran hindern, die Augen zu verdrehen. „Sie werden das Ganze prima durchs Fenster beobachten können. Das Zimmer ist ziemlich klein."

Er mustert mich, als würde er davon ausgehen, dass ich nur eine Ausrede suche, um irgendeinen schändlichen Plan zu vertuschen, und nicht nur über die praktischste Vorgehensweise sprechen. „Ich würde es vorziehen, eine so klare Sicht wie möglich auf die Vorgänge zu haben."

„Na schön. Halten Sie sich einfach im Hintergrund und lassen Sie mir genügend Platz zum Arbeiten."

Ich lasse den wahren Namen für Glas von meiner Zunge rollen und konzentriere mich auf die Scheibe vor mir. Auf mein Drängen hin schmilzt das Material und lässt einen leeren Rahmen zurück, der gerade so groß ist, dass ich hindurchklettern kann. Uzziah folgt mir schnaubend, als wäre es eine große Anstrengung. Dem Herzen sei Dank, dass unsere Zauber uns nicht nur vor Blicken verbergen, sondern auch sämtliche Laute schlucken, die wir von uns geben.

Das Zimmer des Jungen *ist* klein. In einer Ecke steht ein schmales Bett, ein winziger Nachttisch befindet sich neben dem Kopfteil und ein kompakter Schreibtisch an dessen Fußende. Es gibt nicht genügend Platz, um Möbelstücke an die gegenüberliegende Wand zu stellen, an der Fotos und Poster kleben. Die Schranktür neben dem Fenster steht offen und einige zerknitterte T-Shirts ragen aus einem Haufen auf dessen Boden hervor. Die künstlich kühle Luft zieht an uns vorbei zu dem nun geöffneten Fenster.

Der Junge liegt auf dem Bett und die Bettdecke ist um

seinen schmalen Körper verheddert. Sein Gesicht ist auf dem Kissen in seiner Armbeuge vergraben, doch ich kann genug davon sehen, um die Familienähnlichkeit zwischen ihm und Talia zu erkennen. Ich bin mit ihr so vertraut, dass ich auch einen Hauch der Verbindung zu ihrem Bruder in dem Menschengeruch des Zimmers wahrnehmen kann.

Meine Anweisungen ignorierend bleibt Uzziah direkt hinter mir stehen. Ich bedeute ihm, zum Schrank zu gehen, doch stattdessen tritt er um mich herum und positioniert sich neben dem Nachttisch. Nun, wenigstens ist er dort nicht mehr im Weg.

Ich hole eine Phiole – aus Bronze anstelle von Glas, da dies nicht so leicht bricht – aus meiner Tasche und gehe neben dem Bett in die Hocke. Einer von Jamies Armen liegt über der Matratze und berührt fast die Bettkante. Ich flüstere einige Worte, um seinen Verstand in einen tieferen Schlaf zu führen, und ziehe seine Hand vorsichtig etwas weiter zu mir, sodass sie in die Luft gestreckt ist.

Die Phiole neben sein Handgelenk haltend, mache ich mit meiner Magie einen winzigen Schnitt an der Ader, die am dichtesten an der Oberfläche ist. Ein dünnes Blutrinnsal läuft in die Phiole. Als ich ein paar Teelöffel voll Blut gesammelt habe, was reichen sollte, um ein gesamtes Rudel von dem Vollmondfluch zu heilen, leite ich das Fleisch und die Haut an, sich wieder zu schließen.

Meine Anstrengungen werden eine feine Linie hinterlassen, die jedoch so geringfügig ausfällt, dass er sie wahrscheinlich nicht bemerken wird. Falls er es doch tut, sollte er sie für einen kleinen Kratzer halten, wie sie sich die Menschen scheinbar ständig zufällig zuziehen.

Ich schiebe seine Hand wieder auf die Matratze und richte mich auf. Nachdem ich die Phiole verschlossen habe, stecke ich sie weg. Uzziah steht noch immer mit verschränkten Armen an seinem Platz und beobachtet jede meiner Bewegungen mit Argusaugen. Ich ziehe eine Augenbraue hoch. „Irgendwelche Bedenken?"

Er wedelt abweisend mit der Hand, macht jedoch nur einen Schritt auf mich zu, bevor er innehält und wieder zu dem Jungen blickt. „Es ist ein Jammer, dass unser Heilmittel nicht so leicht geerntet werden kann."

„Talia steht Ihnen auf Abruf zur Verfügung, wann immer Ihr Fluch das nächste Opfer trifft", merke ich an. „Wir Seelie müssen uns dem Fluch alle gleichzeitig stellen."

Darauf antwortet er nicht. Sein Blick hat sich nicht von Jamie gelöst. Etwas auf seinem Gesicht hat sich verändert und ein kalkulierendes Funkeln durchbricht die mürrische Düsternis.

Eine ungute Ahnung durchläuft mich. Ich spanne mich an, noch bevor er spricht.

Er deutet zu dem Jungen und sieht mir endlich in die Augen. „Wir sind jetzt hier. Es ist wohl kaum ein richtiger Test, wenn wir ihn nicht auf beiden Seiten der Grenze vornehmen. Wir können ihn genauso gut mitnehmen und es hinter uns bringen."

Irgendwie hatte ich so viel Vertrauen in den Vogelhirn-Unseelie, wie geringfügig es auch gewesen sein mochte, dass ich überrascht von seinem Vorschlag bin. „Wir haben Talia unser Wort gegeben, dass wir diesen ersten Versuch unternehmen würden, ohne ihren Bruder zu behelligen", erinnere ich ihn und mache mir nicht die Mühe, die Schärfe zu verbergen, die sich in meine Stimme geschlichen hat.

„Na und? Es war kein offizieller Schwur – es wird nichts schaden, wenn wir jetzt unsere Meinung ändern, da wir gesehen haben, wie einfach das Vorhaben wäre."

Es wird nichts schaden? Nach allem, was der Krümel für sein Volk getan hat, und obwohl das Herz sie an einen seiner Kollegen gebunden hat, respektiert er Talia nur so wenig? Die Gleichgültigkeit seines Tonfalls geht mir auf die Nerven.

Doch bevor ich mir einen angemessenen Einwand überlegen kann, ist er schon näher an das Bett herangetreten und allem Anschein nach bereit, den Jungen über seine Schulter zu heben. Nervosität durchfährt mich, doch ich stelle mich vor ihn und versperre ihm den Weg. „Wir folgen dem Plan, auf den sich alle Erzlords geeinigt haben. Wenn Sie einen Kurswechsel vorschlagen möchten, besprechen Sie das mit Ihren Kollegen."

Uzziah schaut mich böse an. Seine Stimme wird beißend. „Ich glaube, du hast deinen Platz vergessen, Köter. Du gibst einem Erzlord keine Befehle."

Ich erwidere seinen Blick finster. „Nein, aber ich befolge die Befehle, die ich von meinem erhalten habe. Und Erzlord Sylas erwartet, dass ich lediglich mit einer Blutprobe zurückkehre, nicht mit dem Jungen."

„Ich bin mir nicht sicher, ob seine Kollegen diese Bedenken teilen. Die dem Staub bestimmte Frau hat euch alles so stark um ihren Finger gewickelt, dass ihr nicht mehr klar denken könnt." Seine Lippen verziehen sich spöttisch und er bedeutet mir, beiseitezutreten. „Geh mir aus dem Weg. Ich besitze hier die größere Autorität und ich sage, dass wir ihn mitnehmen, bevor es weiteren Grund zu Diskussionen gibt."

Ich weiche nicht von der Stelle und drücke die Beine durch. „Ich sagte *Nein*. Wir haben erhalten, weswegen wir hergekommen sind. Der Tagesanbruch steht kurz bevor. Wir sollten wie geplant gehen, dann werde ich auch nicht die Notwendigkeit sehen, jemandem zu erzählen, dass Sie versucht haben, von unserer Vereinbarung abzuweichen."

Es ist keine Lüge. Ich halte es nicht zwangsläufig für notwendig, von dem Vorfall zu berichten. Das bedeutet allerdings nicht, dass ich es Sylas nicht trotzdem erzählen werde.

Ob Uzziah den Trick in meiner Aussage bemerkt oder es

ihm einfach egal ist, weiß ich nicht, jedenfalls versucht er, mich beiseitezuschieben. Unbehagen durchfährt mich bei dem Gedanken daran, mit einem Erzlord zu kämpfen, mit dem wir erst vor kurzem einen hart errungenen Frieden ausgehandelt haben. Ich werde jedoch weder meinen Lord noch meine Liebste wegen des Egoismus dieses räudigen Raben enttäuschen. Er muss verstehen, dass er mit diesem Versuch nichts bezwecken wird.

Ohne zu zögern, schubse ich ihn so fest wie möglich zurück. Seine Schultern krachen gegen die Wand. Der Laut wird von dem Zauber gedämpft, der auf uns liegt, jedoch nicht komplett geschluckt, sodass Jamie sich regt.

Der Winter-Erzlord erdolcht mich mit feindseligen Blicken, als sei es *meine* Schuld, dass wir ihn womöglich aufgeweckt haben.

„Wenn Sie noch einmal versuchen, ihn anzufassen", warne ich mit leiser, bösartiger Stimme, „werde ich nicht zögern, Sie durch die Wand zu werfen. Sie können mich gerne auf die Probe stellen."

Zorn verzerrt die Züge des anderen Mannes, doch ich bin größer und stärker als er und er will nicht, dass dies zu einem Kampf ausartet. Die Versuchung bestand darin, dass der Junge leicht zu entführen wäre. Er will genauso wenig wie ich Spuren unserer Anwesenheit hinterlassen, obwohl ich gewillt bin, das zu riskieren, um sicherzustellen, dass Talias Bruder bleibt, wo er hingehört.

Nie zuvor war ich so froh über die Burg, die wir mit Corwin bauen. Man stelle sich nur vor, Talia müsste mehrere Wochen am Stück auf der Winterseite leben und wäre Idioten wie ihm ausgesetzt.

„Ich werde mir deine Unverschämtheit merken", zischt Uzziah.

Ich ziehe die Lippen zurück und zeige meine Wolfszähne. „Ich verlasse mich darauf." Nur weil er ein

Erzlord ist, füge ich nicht ,du federhirniges Arschloch‘ hinzu.

Ich halte meine Position zwischen ihm und dem Bett, als wir zum Fenster gehen. Das Dämmerlicht berührt gerade den Himmel und färbt ihn von Dunkelblau zu einem dunstigen Grau. Draußen murrt Uzziah vor sich hin, während ich das Glas wieder in dem Fensterrahmen heraufbeschwöre. Seine Worte sind unhörbar, seine Stimme klingt jedoch stinksauer.

Er hat Glück, dass es mir wichtig ist, dass er und seine Kollegen eine einigermaßen positive Meinung von meinem Lord haben, weshalb ich ihm nicht zeige, wie verärgert *ich* bin.

Wir gehen zurück zu der Stelle in dem nahegelegenen Park, die mit der Nebelwelt verbunden ist. Uzziah spricht auf der gesamten Rückreise in dem schnellen Gefährt kein Wort. Ich bin zufrieden damit, dem Heulen des Windes zu lauschen, mein Magen liegt allerdings schwer wie ein Stein in meinem Unterleib.

Ich wüsste nicht, wie ich besser mit der Situation hätte umgehen können, doch ich bin auch nicht überzeugt, dass meine Vorgehensweise *gut* war.

Als wir Hearth-by-the-Heart erreichen, ist es nach unserer Zeitrechnung Nachmittag, obwohl nur wenige Stunden vergangen sind, seit wir die Menschenwelt verlassen haben. Unsere Tage entsprechen selten denen der Welt hinter den Nebeln. Eines von Uzziahs Zirkelmitgliedern wartet zusammen mit einigen Winter-Fae, die von den anderen Unseelie-Erzlords geschickt wurden, vor der Burg, um die Vergabe von Jamies Blut zu überwachen. Uzziah marschiert über die Grenze und nickt Sylas nur knapp zu, der herausgekommen ist, um uns zu begrüßen.

Ich reiche August die Phiole und er eilt in die Küche, wo er das übliche Elixier aus Talias Blut für die vielen Sommer-

Fae zubereitet hat, an denen wir heute Abend nicht experimentieren werden. Astrid begleitet ihn und behält die Winter-Fae misstrauisch im Auge, die ihm ebenfalls folgen. Ich will nichts lieber tun, als mich auf ein bequemes Sofa fallen zu lassen oder vielleicht einen guten Absinth zu trinken, doch ich weiß, dass Sylas vorher einen vollständigen Bericht verdient.

Er betrachtet mein Gesicht und bedeutet mir, ihm zu folgen – hoch in sein Büro. Nachdem er die Tür geschlossen und sich hinter seinem Schreibtisch niedergelassen hat, richtet er seinen unergründlichen Blick auf mich. Früher ärgerte es mich, wie unerschütterlich er immer wirkt, doch in letzter Zeit habe ich festgestellt, dass ich diese Eigenschaft zunehmend zu schätzen weiß.

„Was ist passiert?", fragt er.

Ich tigere durch den Raum und meine Krallen jucken in meinen Fingerspitzen bei der Erinnerung an die letzten Stunden. „Der verfluchte Raben-Erzlord hat versucht, den Jungen zu entführen. Er war nicht zufrieden damit, lediglich etwas Blut mitzunehmen. Er dachte, seine Leute sollten ihre eigenen Experimente durchführen."

Sylas' Augen blitzen auf. Ein Knurren tritt in seine Stimme. „Du hast ihn offensichtlich daran gehindert."

„Ja. Ich musste recht … energisch vorgehen. Er war nicht begeistert." Ich wende mich meinem Bruder zu und verziehe das Gesicht. „Womöglich habe ich unsere Beziehung zum Winterreich verschlimmert."

„Ich werde mich mit dieser Verschlimmerung befassen, wenn sie angesprochen wird", erwidert Sylas. „Ich hätte dir nichts anderes aufgetragen. Ich hoffe nur, dass sie sich heute Abend nicht in unseren Test einmischen."

Ein kleines Lächeln huscht über meine Lippen. „Ich vermute, dass die gefiederten Fae dort unten keine Chance gegen August und Astrid haben."

„In der Tat. Dennoch sollten wir wachsam bleiben." Sylas reibt sich über den Kiefer und sein Gesicht wirkt kurz nachdenklich, ehe er sich wieder auf mich konzentriert. „Ansonsten ist alles glattgegangen?"

Ich nicke. „Wir haben weder Jamie noch jemand anderen gestört. Er sollte keine Ahnung haben, dass er besucht und ihm etwas Blut abgenommen wurde." Solange wir nicht zurückgehen müssen, um den jungen Mann doch noch zu holen. Mein Mund verzieht sich bei diesem Gedanken.

Doch falls sich herausstellt, dass Talias Bruder das letzte Puzzlestück zur Beendigung des Fluchs ist, wie können wir uns dann weigern, unser Volk zu beschützen?

Ich kann den gleichen inneren Kampf in Sylas erkennen. Bevor er irgendetwas sagen kann, platzt Talia mit verkniffenem Gesicht in den Raum. Ich wende den Blick von den Malen auf ihrem Arm ab, obwohl ich weiß, dass August ihr das Blut auf die sanfteste Art und Weise abnimmt.

„Ist alles gut gelaufen?", fragt sie. „Geht es Jamie gut?"

„Alles ist in Ordnung, Allkräftige", erwidere ich, gehe zu ihr und zerzause ihre Haare, die in ihrer neuen Mischung aus Lila und Pink erstrahlen. „Dein Bruder hat die ganze Sache verschlafen."

Ich lege meinen Arm um ihre schmalen Schultern und wünsche mir, ich könnte sie in eine so allumfassende Umarmung ziehen, dass sie vor all den schrecklichen Entscheidungen geschützt wäre, die womöglich vor uns liegen. „Es sind noch einige Stunden bis zum Einbruch der Dunkelheit. Warum spielen wir nicht dieses Auto-Videospiel, das August so gerne mag? Vielleicht können wir so gut werden, dass ihn einer von uns das nächste Mal schlägt."

Ich werde tun, was ich kann, um uns beide von der Frage abzulenken, die bald beantwortet werden wird – und von all den anderen, die vermutlich ungeachtet der Ergebnisse aufgeworfen werden.

4

*Talia*

Das Trinken des Blutelixiers war noch nie so ein Spektakel, zumindest nicht seit ich dabei zusehe. Rudelmitglieder aus dem gesamten Seelie-Reich sind bereits vorbeigekommen, um ihre Phiolen abzuholen. Jetzt hat sich eine Gruppe von uns auf der Lichtung am Herzen versammelt, um herauszufinden, was mit Jamies Blut passieren wird.

Zehn Fae aus den Rudeln der drei Erzlords haben sich freiwillig gemeldet, das ungetestete Elixier einzunehmen. Die Erzlords wollten genug Test-Fae, um sicherzugehen, dass die Wirkung kein Glücksfall ist, jedoch so wenige, dass es nicht zu schwierig für die restlichen Rudelmitglieder wird, sie zu bändigen, sollten sie dem Fluch zum Opfer fallen. Die zehn stehen in der Mitte unseres Kreises und unterhalten sich angespannt miteinander, während wir darauf warten, dass die Nacht vollständig hereinbricht.

Mindestens einhundert andere Fae stehen um sie herum, beobachten sie und warten. Dazu gehören auch Laoni, Uzziah und mehrere Winter-Fae, die sie mitgebracht haben. Ein paar erkenne ich aus ihren Zirkeln, doch andere scheinen einfach nur Wachen zu sein, die sie vermutlich vor der ‚Wildheit‘ der Wolfgestaltwandler schützen sollen.

Corwin ist natürlich ebenfalls gekommen. Er und Sylas haben darauf bestanden, in meiner Nähe zu bleiben. Außerdem haben sie mich in den äußersten Zuschauerring bugsiert, wo die Unseelie stehen. Sylas hat einen Baumstumpf heraufbeschworen, den er für mich zu einer Art Podest-Hocker geformt hat, um mich sowohl außer Reichweite ausschlagender Krallen und Zähne zu halten, als auch um mir eine bessere Sicht über die Köpfe der viel größeren Fae zu bieten.

Der Holzsitz fühlt sich an meiner Haut glatt und warm an, dennoch fällt es mir schwer, nicht hin und her zu rutschen. Was heute Nacht passiert, könnte Jamie vor den Fae beschützen oder ihn als ihr nächstes Ziel bestätigen. Es ist schwer, sich nicht schuldig zu fühlen, weil ich hoffe, dass sein Blut *nicht* hilft, wenn ich weiß, wie viele der Leute um mich herum sich ein besseres Heilmittel wünschen, als ich anbieten kann.

Ich will das auch … nur nicht auf Kosten meines kleinen Bruders.

Ich sinke tiefer in den Hocker, der so breit ist, dass ich im Schneidersitz darauf sitzen kann, lehne mich an die gewölbte Rückenlehne und atme mehrmals tief ein. Falls das Elixier nicht funktioniert und die zehn Fae, die sich freiwillig gemeldet haben, zu tobenden Wölfen werden, muss ich bereit sein. Seit jener verheerenden Nacht, als Aerik und sein Kader meine Familie angriffen, habe ich viele der Ängste überwunden, die mich im Griff hatten. Allerdings musste ich mich seit Monaten keinem Seelie mehr stellen, der sich in den Fängen des Fluchs befand. Ich will mich nicht einmal eine Minute lang in Panik verlieren, während Laoni meine Reaktionen sehen kann.

*Ich werde bei dir sein, ganz gleich, was geschieht*, versichert mir Corwin, der meine Furcht bemerkt. Er greift nach oben und streichelt mit den Fingern über meinen Arm, der sich aktuell auf der Höhe seiner Schulter befindet. *Sylas wird dir auch nicht von der Seite weichen. Die Sommer-Fae wissen genau, womit sie es zu tun haben, und sie halten deine Version des Elixiers bereit, um es diesen zehn notfalls einzuflößen.*

*Ich weiß*, erwidere ich, doch das hindert meine Nerven nicht daran, zu flattern. Das Wissen, dass ich vor all diesen Jahren nur zwei Familienmitglieder und keine drei verloren habe, hat den Schrecken meiner Erinnerungen nicht so sehr gedämpft, wie ich das gerne gehabt hätte. Ich weiß nicht, ob ich dem Entsetzen jemals ganz entkommen werde, das sie in mir auslösen.

Der Himmel hat sich von Blau zu Indigoblau verdunkelt. Sterne beginnen, am Firmament zu funkeln. Der Moment der Verwandlung steht kurz bevor. Ich selbst kann es nicht spüren, die Seelie werden es allerdings wissen, sobald das Zeitfenster einer möglichen Verwandlung vorbei ist.

Mein Blick wandert zu den anderen Unseelie-Erzlords. Laoni tritt rastlos von einem Fuß auf den anderen. Sie hätte nicht darauf bestehen sollen, eine Stunde früher zu kommen, wenn sie nicht die Geduld zum Warten besitzt.

Eine der Unseelie-Wachen, die neben ihr stehen, blickt in ihre Richtung. Er muss einen großen Anteil Menschenblut in seinen Adern haben, denn seine Ohren sind gerundet wie Augusts und in seinen dunkelbraunen Haaren, die zu einem kurzen Pferdeschwanz gebunden sind, ist keine ungewöhnliche Farbe zu sehen. Nur aufgrund der dunklen

Flügel, die er fürs Erste an seinen Rücken gefaltet hat – und weil ich mir nicht vorstellen kann, dass Laoni einen echten Menschen zu ihrem Schutz mitbringen würde – weiß ich, dass er ein Fae ist.

„Kann ich etwas tun, damit Ihr euch wohlerfühlt, meine Lady?", fragt er Laoni, wobei er vorsichtig und hoffnungsvoll wirkt.

Laonis Aufmerksamkeit richtet sich auf ihn und sie reckt hochmütig das Kinn. Ihre Stimme klingt ausdruckslos und schneidend. „Es gibt gewiss nichts, was *du* tun könntest. Kümmere dich um deine Pflichten."

Sein Kopf ruckt zurück zur Lichtung, sein Mund spannt sich an und ich zucke um seinetwillen innerlich zusammen. Sie hat mich stets von oben herab behandelt, doch ich habe noch nie zuvor gesehen, dass sie einem Mitglied ihres Schwarms so feindselig begegnet ist.

Allerdings habe ich sie bisher kaum in Gegenwart ihres Schwarms erlebt, weshalb ihre Reaktion vielleicht gar nicht so ungewöhnlich ist.

*Wie behält Laoni den Respekt ihres Schwarms, wenn sie so mit ihnen spricht?*, frage ich Corwin.

Er runzelt die Stirn und folgt meinem Blick zu dem Wachmann mit dem dunkelbraunen Pferdeschwanz. *Meinen Beobachtungen zufolge spricht sie normalerweise nicht so streng mit ihnen. Ich glaube, ich habe sie zuvor schon so barsch mit diesem speziellen Wachmann sprechen hören. Vielleicht ist er in der Vergangenheit einmal zu weit gegangen und sie hat das Gefühl, sie müsse ihn zurechtweisen.*

Es ist merkwürdig, dass er weiterhin Teil ihres Personals sein darf, wenn das der Fall ist, doch was weiß ich schon darüber, wie der Verstand dieser Frau funktioniert?

Die Fae um uns herum treten von einem Fuß auf den anderen und das Gefühl ihrer Ruhelosigkeit kriecht über meine Haut. Dann leuchtet der Vollmond etwas heller – und alle zehn Seelie in der Kreismitte zucken zusammen und erschaudern.

Die Vollmondverwandlung findet nicht annähernd so mühelos und elegant statt wie die bewussten Verwandlungen, die ich mittlerweile bei vielen Seelie beobachten konnte. Die Fae, die Jamies Elixier genommen haben, fallen auf ihre Hände und Knie, ihre Schultern krümmen sich und ihre Glieder zucken. Fell sprießt büschelweise aus ihrer Haut. Meine Finger krallen sich um die Kante meines Hockers und die raue Rinde bohrt sich in meine Handflächen.

Die Rudelmitglieder, die sich bereitgehalten haben und zu denen August gehört, eilen nach vorne, bevor sich einer der Test-Fae zu weit verwandelt hat – ein Kiefer wurde bereits zu einer Schnauze, ein Schwanz hat sich entrollt. Sie halten die Phiolen mit meinem Elixier bereits in den Händen.

Die verfluchten Fae knurren und schnappen mit den Zähnen, obwohl sie sich noch nicht vollständig verwandelt haben. Da sich jedoch zwei Fae um jeweils einen Verfluchten kümmern, dauert es nicht lange, bis das richtige Elixier in ihre Münder gespritzt wurde. Einer schafft es, sich von den Helfern loszureißen, und stürzt in die Richtung der Zuschauer, doch zwei andere Fae eilen herbei, um ihn zu fixieren. Weniger als einer Minute nach Beginn der Verwandlung stehen sie alle auf zittrigen, jedoch vollständig menschlichen Beinen. Ihre Gesichter sind aus einer Mischung aus Anstrengung und Scham gerötet.

Ich lockere meinen Griff um den Stuhl und atme einmal tief durch, wobei mein Atem nur leicht zittert. Der Anblick ihrer anfänglichen Wildheit hat meinen Puls beschleunigt, jedoch nicht viel mehr bewirkt. Ein Teil von mir ist erleichtert. Jamies Blut hat sie nicht geheilt.

Einem anderen Teil von mir graut es allerdings davor, was als Nächstes kommen wird, jetzt, da die Erzlords enttäuscht wurden, die so viel Hoffnung in diese Möglichkeit gesetzt hatten.

Laonis Gesichtsausdruck zeigt reine Abscheu. Obwohl sie die Seelie ständig für ihre gewalttätige Art kritisiert, hat sie noch nie zuvor eine verfluchte Verwandlung gesehen. Sogar Corwin ist ein wenig erschüttert.

*Mir war nicht bewusst, dass es sie so ... brutal überkommt*, spricht er durch unser Band. *Es ist eindeutig, dass der Fluch sie packt und nach seinem Willen beugt, anstatt dass sie etwas freilassen, was sie genießen. Auch wenn meine Kollegen etwas anderes denken wollen.*

*Vielleicht wird ihnen diese Demonstration den Kopf zurechtrücken und sie werden sich nicht mehr so stark über die Wildheit der Seelie beschweren*, erwidere ich, aber mein Magen bleibt verknotet. Was jetzt?

Sylas, Celia und Donovan haben ihre Plätze inmitten ihrer Rudel verlassen und sind in den Ring getreten. „Danke für euren Dienst heute Abend", bedankt sich Celia bei den zehn Freiwilligen. „Das Experiment ist zwar fehlgeschlagen, es war jedoch wichtig, das herauszufinden. Bitte, macht euch auf den Heimweg und ruht euch aus jetzt, da es euch wieder gut geht."

„Und falls ihr irgendwelche Nebenwirkungen bemerkt, die ihr zuvor noch nicht erlebt habt, gebt uns sofort Bescheid", fügt Sylas hinzu, obwohl vermutlich keiner von uns glaubt, dass Jamies Blut den Fae schaden wird, wenn es ihnen nicht hilft.

„Nun", sagt Laoni in einem verdrossenen Tonfall, als Corwin mir von dem Hocker hilft, „dann haben wir wohl weiterhin nur ein Heilmittel."

Ihr Wachmann wendet sich von den sich zerstreuenden

Seelie ab. „Ich schätze, dadurch bleibt das Ganze wenigstens überschaubar."

Laoni schaut ihn finster an. „Wenn ich deine Meinung hören will, frage ich danach. Allerdings ist es höchst unwahrscheinlich, dass es jemals so weit kommen wird." Sie wendet sich gebieterisch von ihm ab und richtet ihren Blick auf Sylas, der zurückkommt, um sich Corwin und mir anzuschließen. „Werden Sie die Menschenfrau zu ihrem seelenverbundenen Gefährten auf unsere Seite der Grenze zurückbringen, während sich Ihre unförmige Burg noch im Bau befindet?"

Trotz der Worte klingt sie beinahe so, als würde sie sich wünschen, er würde verneinen. Sie kann sich wirklich nicht entscheiden, ob sie mich wegen dem, was ich ihrem Volk zu bieten habe, willkommen heißen oder mich als die schwache, unberechenbare Sterbliche ausschließen soll, für die sie mich nach wie vor hält, oder?

„Talia wird morgen zurückkehren", antwortet Sylas ruhig und legt beschützend eine Hand auf meine Schulter. „Wir möchten sie heute Nacht in der Nähe behalten für den Fall, dass dieses Experiment irgendwelche ungewöhnlichen Folgen nach sich zieht."

„Ja, ja, natürlich." Laoni macht auf dem Absatz kehrt und die anderen Unseelie folgen ihr, als könnten sie die Grenze nicht schnell genug überqueren. Corwin bleibt lange genug, um uns einen entschuldigenden Blick zuzuwerfen und mir einen schnellen Kuss auf die Lippen zu drücken. Die Hitze, die bei seiner Berührung in mir aufflammt, brennt noch heißer, da Sylas zuschaut und mich an den Tag vor nicht allzu langer Zeit erinnert, als mir meine zwei Erzlords zeigten, wie viel Wonne sie mir gemeinsam schenken können.

Ein Hauch von begieriger Belustigung fließt von Corwin in mich, als er zurückweicht. *Zu Beginn war ich mir bezüglich dieser Zusammenarbeit unsicher, doch jetzt kann ich sagen, dass ich mich darauf freue, dich erneut auf solche Höhen zu heben.*

Ich kann mir ein freches Grinsen nicht verkneifen. *Nun, wenn die Grenzburg fertig ist, müssen wir das definitiv feiern.*

Der Blick, mit dem er mich daraufhin bedenkt, ist so heiß, dass ich beinahe in Flammen aufgehe, doch mit einem wortlosen Versprechen zukünftiger Freuden wendet er sich von mir ab und folgt den anderen Unseelie-Fae.

Whitt und August haben sich uns während dieses stummen Gesprächs angeschlossen. Whitt beobachtet, wie Corwin im Grenzdunst verschwindet, und zieht die Augenbrauen hoch. „Irgendwie habe ich den Eindruck, dass ihr zwei ein *sehr* interessantes Gespräch geführt habt, Krümel."

Meine Wangen werden rot. Sie können vermutlich meine Erregung riechen. Diese verfliegt jedoch bereits und wird von den Ungewissheiten gedämpft, die nach wie vor in meinem Magen rumoren.

Ich betrachte die sich leerende Lichtung und fühle mich eigenartig haltlos. Ich habe so viel Zeit damit verbracht, mir einen Platz unter den Fae zu schaffen, und jetzt ist meine Lage von neuem vollkommen unsicher.

August verwuschelt meine Haare. Ich merke, dass er meine Stimmung spürt und mich die Geste trösten anstatt provozieren soll. „Es ist schon spät. Sollen wir nach Hause gehen?"

Ich nicke. „Vorher sollten wir allerdings darüber sprechen, was als Nächstes geschieht, oder?"

„Dafür haben wir morgen auch noch Zeit, falls du jetzt müde bist", beginnt Sylas, doch ich berühre seinen Arm und ergreife das Wort.

„Ich denke nicht, dass ich schlafen kann, bis ich eine bessere Vorstellung davon habe, wie es jetzt weitergehen wird. Aber wir sollten das in Hearth-by-the-Heart besprechen.“

„Damit kann ich helfen“, verkündet August und hebt mich an seine breite Brust, was er mittlerweile sehr gerne tut. Ich schaue ihn gespielt finster an, die Wahrheit ist jedoch, dass kaum etwas so schön ist, wie in seine muskulösen Arme gekuschelt zu sein.

„Na schön.“ Ich lehne mich an ihn und lasse mich von ihm zu Sylas’ Hauptwohnsitz tragen. Ich war heute viel auf den Beinen und mein krummer Fuß beginnt, trotz der Stütze zu schmerzen.

Meine Männer beraten sich untereinander, bis wir Sylas’ Büro erreichen. Als sich August mit mir auf dem Schoß auf einen Sessel fallen lässt, lehnt sich Whitt an die Kante von Sylas’ Schreibtisch und mustert mich.

„Ich denke, die drängendste Angelegenheit wurde mehr oder weniger geklärt“, meint er. „Das Blut deines Bruders hatte keine Wirkung auf unseren Fluch, weshalb er eindeutig nicht die gleichen Kräfte besitzt wie du. Wir haben keinen Grund, uns weiter in sein Leben einzumischen. Doch dich belastet eindeutig etwas.“

Ich zögere. Heutzutage blockiere ich meine Verbindung zu Corwin nur noch selten, dieses Thema möchte ich allerdings lieber später mit ihm besprechen und von Angesicht zu Angesicht, wie ich es jetzt mit meinen Seelie-Männern tue.

Ich beschwöre den Eindruck einer Lichtwand hervor, mit der ich unsere Verbindung versiegele, bevor ich spreche. Dann schaue ich auf meine Hände hinab und fühle mich in Augusts Armen plötzlich unbehaglich. „Ich *hoffe*, wir können ihn jetzt in Ruhe lassen. Ich weiß nicht, ob die Unseelie darauf bestehen werden, ihren Fluch ebenfalls zu testen, obwohl der Vorgang viel komplizierter ist. Doch selbst, wenn wir das abwenden können … *Ich* kann Jamie nicht einfach so vergessen jetzt, da ich weiß, dass er noch am Leben ist."

„Natürlich kannst du das nicht, Süße", sagt August und küsst meinen Hinterkopf.

Ich schlucke schwer. „Ich weiß einfach nicht, wie ich für ihn da sein kann, ohne das Gleichgewicht durcheinanderzubringen, das wir endlich zwischen hier und dem Winterreich gefunden haben … Es war schwer genug, einen Kompromiss zu finden, bei dem ich nicht ständig hin und her reisen muss, und die Menschenwelt ist viel weiter weg."

Die Männer schweigen einen Augenblick lang. Dann spricht Sylas leise und entschlossen. „Wenn du das Gefühl hast, du müsstest dich mit deinem Bruder wieder in Verbindung setzen und Teil seines Lebens sein, werde ich alles in meiner Macht Stehende tun, damit du diese Gelegenheit erhältst. Selbst wenn das bedeutet, dass du weniger Zeit an unserer Seite verbringst. Nach dem zu urteilen, was ich von deinem seelenverbundenen Gefährten gesehen habe, wird er das ebenfalls verstehen. Du hättest nie aus deiner Welt entführt werden sollen, Talia, und wir wären nicht viel besser als Aerik, wenn wir versuchen würden, dich nach all dieser Zeit von deiner Familie fernzuhalten."

„Ich bezweifle, dass die anderen Erzlords das genauso sehen", brumme ich, denn ich erinnere mich an Laonis Bemerkung darüber, dass sie nun noch immer bloß ein Heilmittel haben. „Jetzt ist noch offensichtlicher, wie abhängig beide Reiche bei der Bekämpfung des Fluchs von mir sind. Ich glaube nicht, dass irgendjemand glücklich darüber ist."

„Wir sollten nicht von dir abhängig sein. Ich habe immer gesagt, dass es nicht deine Verantwortung sein sollte." Sylas runzelt die Stirn. „Wir müssen nach wie vor ein stärkeres Heilmittel finden, um den Fluch vollständig zu beenden."

„Gibt es irgendwelche Neuigkeiten von der Unseelie-Siedlung im Sommerreich?", erkundigt sich August.

Sylas schüttelt den Kopf. „Niemand dort wurde von dem Fluch getroffen, sie sind allerdings erst seit kurzer Zeit hier. Es wird mehrere Monate, womöglich sogar Jahre dauern, zu beweisen, dass sie ihrem Fluch entkommen können, indem sie unter uns leben. Ich hätte gerne eine schnellere Lösung."

„In der Zwischenzeit werden wir jedoch eine Möglichkeit finden, dir zu bieten, was auch immer du brauchst", verspricht mir Whitt. „Strategien sind immerhin mein Spezialgebiet."

Sie sind so unterstützend, dass sich mein Magen verkrampft. Ich wische mit einer Hand über mein Gesicht und gestehe die eine Sache, die mich am stärksten belastet. „Ich will Jamie noch einmal sehen, mit ihm sprechen und all die Zeit wiedergutmachen, die ich fort war. Allerdings will ich euch nicht für die Dauer dieses Besuchs verlassen. Es geht nicht nur um meine Pflichten, sondern auch … Ich hasse es, von euch getrennt zu sein. Ich habe mich auf die Fertigstellung der Grenzburg gefreut, damit ich keinen von euch mehr zurücklassen muss und jetzt …"

Ist es schrecklich, dass ich so empfinde? Mein Bruder hatte jahrelang niemanden und ich bin so egoistisch, dass ich mir Sorgen darum mache, ein wenig Zeit mit meinen Liebhabern zu verlieren. Die Menschenwelt ist jedoch nicht mehr meine Welt und ich kenne Jamie kaum noch, nachdem ich über die Hälfte seines Lebens verpasst habe. Das alles ist so ein Durcheinander.

Whitt stößt sich vom Schreibtisch ab, stellt sich neben August und legt seine Hand um meine. „Du musstest so viele schwierige Entscheidungen treffen, seit wir dich gefunden haben, Allkräftige. Wenn ich dir diese abnehmen könnte, würde ich es tun. Ich bin mir jedoch sicher, dass wir uns Zeit damit lassen können, uns die nächsten Schritte zu überlegen.

Du hast Zeit, deine Gefühle zu sortieren … und wir können uns alle möglichen Lösungen überlegen.“

Ich schenke ihm und Sylas ein angespanntes, jedoch aufrichtiges Lächeln. „Du hast recht. Ich muss noch nichts entscheiden.“

Doch wie lange kann ich Jamie in der Situation lassen, in der ich ihn vor wenigen Tagen sah – allein und von seinen Mitschülern gequält – bevor *ich* hier der Schurken bin?

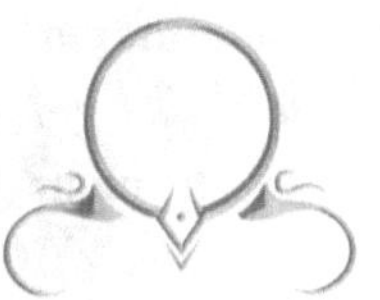

5

*Talia*

Die Brise, die über die kristallene Windschutzscheibe von Corwins fliegendem Gefährt strömt, ist bitterkalt und hindert meine Gedanken daran, abzudriften. Die verschneite Landschaft fliegt an uns vorbei. Wir segeln so schnell über das Gebiet, wie es Corwin für sicher hält.

Eine Frau in einem Schwarm, der einige Stunden entfernt von seinen Ländereien lebt, hat mitten in der Nacht die Eiskrankheit befallen. Der Bote, der uns rief, berichtete, dass sich ihr Zustand rasant verschlechtert. Corwin bat mich früh am Morgen, aus dem Sommerreich zurückzukehren, und wartete bereits mit dem Gefährt auf mich.

Diese Frau wird die erste Winter-Fae sein, die ich heile, seit ich den Mann bei unserer Bestätigungszeremonie geheilt habe – und *er* war lediglich der zweite Unseelie, den ich jemals geheilt habe. Meine Nerven kribbeln vor Sorge, dass ich den Prozess noch nicht so gut verstehe, wie ich denke, und ich erneut stolpern und versagen werde.

So viele Leben hängen von mir ab. Ganz gleich, wozu ich mich in Bezug auf Jamie entscheide, ich werde mich egoistisch fühlen, ob ich nun ihn im Stich lasse oder alle Fae.

Corwin sinkt neben mir auf die Bank und legt einen Arm um mich. Ich lehne mich in die Wärme seines Körpers und atme seinen Winterwaldduft ein.

*Ich bin mir sicher, dass alles gut gehen wird,* spricht er durch unser Band, damit er nicht gegen den heulenden Wind anschreien muss. *Ich habe dich beobachtet, als du den Mann geheilt hast. Du hattest die Antwort und hast sie in die Tat umgesetzt. Wenn wir das Dorf erst einmal erreicht haben und du den Heilprozess erneut durchläufst, wirst du spüren, wie richtig es ist.*

Ich atme tief ein und nicke. *Ich hoffe es.* Die Scham darüber, dass es Fae gibt, die ich nicht heilen konnte und die nun tot sind, lärmt in meinem Hinterkopf. *Wir wissen noch immer nicht, wie lange die Heilung wirkt.*

*Was sagen die Menschen so gerne? Kommt Zeit, kommt Rat? Ich denke, das trifft hier zu.*

Das ist fair. Leider scheine ich vor so vielen Problemen zu stehen, dass ich nicht weiß, ob die Zeit wirklich die Lösung dafür bereithalten wird.

Ich verdränge diese Gedanken und blicke über die Seite des Gefährts zu den hochaufragenden Bergen, denen wir uns nähern. Diese erheben sich doppelt so hoch in den Himmel wie das Plateau, auf dem die Ländereien liegen, die das Herz umgeben. Ihre Gipfel funkeln wie Speere aus eisigem Schnee.

Aus der Ferne dachte ich, sie bestünden aus Felsen mit rosafarbenen und gelben Flecken inmitten des Graus. Jetzt, da wir näher sind, kann ich sehen, dass dies tatsächlich verschiedene Pflanzen sind: zarte goldene Bäume klammern sich an niedrige Felswände, ausgedehnte Flächen von hellen, pfirsichfarbenen Blumen tüpfeln die steilen Hänge weiter oben. Und an der Seite des Berges vor uns kommt eine Reihe Unseelie-Häuser in Sicht.

Die Außenwände der Häuser, die in den Berg gebaut wurden, scheinen aus dem gleichen goldenen Holz zu bestehen wie die hiesigen Bäume. Sie verfügen alle über Terrassen, auf denen man landen kann, um Zutritt zu den Gebäuden zu erhalten. Diese wurden direkt in den Berg gehauen, so wie es auch Corwins Schwarm bei seinem Dorf getan hat. Der Palast des Lords schimmert im Sonnenlicht, ist mehrere schmale Stockwerke hoch und erhebt sich von einer Felsenzunge in den Himmel. Mehrere gebogene Äste säumen das Dach und biegen sich nach oben.

Ich frage mich, was Sylas von dieser Baum-Burg halten würde, die seiner auf eine gewisse Art ähnlich und dennoch so anders ist.

„Das ist unser Ziel“, verkündet Corwin laut und erhebt sich, um das Gefährt das letzte Stück zu lenken.

Als wir näher gleiten, erkenne ich, dass auf vielen der Terrassen Fae stehen. Manchmal steht dort nur ein Fae, manchmal eine ganze Familie und alle drehen uns ihre Gesichter zu und verfolgen unser Herannahen.

Ein nervöses Beben durchläuft mich, ich schlinge die Arme um mich und massiere sie. Die Frau, die erkrankt ist, muss eine wichtige Person für das Rudel sein, dass ihre erhoffte Genesung so viel Interesse hervorruft. Was wiederum eine Menge Kummer bedeutet, sollte ich diese Genesung nicht vollbringen.

Corwin lässt das Gefährt in einer dafür vorgesehenen Nische an einer der größeren Palastterrassen anhalten. Als er mir beim Aussteigen hilft, eilt ein reinblütiger Fae herbei, dessen silberne Haare eine fliederfarbene Tönung haben, und begrüßt uns. Zwei Fae aus seinem Personal – vielleicht Mitglieder seines Zirkels – folgen ihm dicht auf den Fersen.

„Ich bin unglaublich dankbar, dass Sie so schnell hierherkommen konnten, Erzlord Corwin – und Lady Talia", sagt er und neigt den Kopf, was anscheinend für uns beide gedacht ist. Ich blinzle und bin ein wenig verblüfft von der Förmlichkeit, mit der er mir begegnet. Ich schätze, so wird die offizielle Gefährtin eines jeden Lords angesprochen. Ich habe einfach zu viel Zeit unter den anderen Erzlords verbracht, die vermutlich bei dem Gedanken zusammenzucken würden, mich eine Lady zu nennen, als sei ich eine der ihren.

„Selbstverständlich", erwidert Corwin.

Ich neige den Kopf, da ich nicht weiß, welches Verhalten angemessen ist. „Ich werde für Ihr Schwarmmitglied alles in meiner Mach Stehende tun."

Der Blick des Lords liegt einen Moment lang auf mir, allerdings nicht voller Zweifel oder Feindseligkeit, sondern voller Neugier. „Es ist ein wundervolles Geschenk, das Ihnen das Herz gegeben hat. Kommen Sie. Wir haben die Erkrankte zum Dorfplatz gebracht. Dort gibt es genügend Platz."

Corwin hält inne und seine Augenbrauen ziehen sich zusammen. „Wir brauchen keinen besonders großen Raum."

„Oh nun, das ist es nicht." Der Lord lacht und ein Hauch von Scham färbt seine Wangen rot. „Einige meiner Schwarmmitglieder haben an Ihrer Bestätigungszeremonie teilgenommen ... ich wünschte, ich hätte selbst kommen können. Sie haben darüber gesprochen, wie erstaunlich es war, Lady Talia bei der Heilung des Fluchs zu beobachten. Mehrere haben mir bereits anvertraut, dass sie den Vorgang gerne mit eigenen Augen sehen würden. Wenn das in Ordnung ist?"

Er will, dass ich die Heilung vor einem Publikum durchführe? Haben *deswegen* so viele Fae die Ankunft unseres Gefährts beobachtet?

Mein Rücken spannt sich bei diesem Gedanken instinktiv an, doch ... ich habe den Mann auf der Bühne vor über eintausend versammelten Fae geheilt. Es ist nicht so, als hätte ich es noch nie mit einer derartigen Situation zu tun gehabt. Es macht die Möglichkeit eines Versagens nur noch unangenehmer.

Corwin blickt zu mir. *Es ist deine Entscheidung. Wir tun, womit du dich am wohlsten fühlst. Wenn wir behaupten, dass die Erfolgsaussichten ohne eine Ablenkung größer sind, werden sie das bestimmt verstehen und nachgeben.*

Ich zaudere und ringe mit mir. Ich will nicht, dass all diese Augen auf mich gerichtet sind, während ich versuche, die Magie zu wirken, in deren Umgang ich noch immer nicht geübt bin. Aber wird es Zweifel und Verdacht in ihnen hervorrufen, wenn ich mich weigere? Die Erzlords bringen uns schon genug von beidem entgegen – wir können so viele Unterstützer gebrauchen, wie wir kriegen können.

Als sich meine Furcht legt, finde ich es sogar schön, dass die Fae hier so überschwänglich über mich gesprochen haben, auch wenn es hauptsächlich daran liegt, was ich für sie tun kann.

„Wir können es versuchen", sage ich zu dem Lord, gehe jedoch auf Nummer sicher und füge hinzu, „Es könnte sich allerdings herausstellen, dass ich mehr Privatsphäre brauche, um mich konzentrieren zu können."

Er verbeugt sie erneut leicht, dieses Mal nur für mich. „Natürlich, wir möchten der Heilung nicht im Wege stehen. Sagen Sie einfach Bescheid. Ich werde ein Zimmer bereithalten für den Fall, dass es dazu kommt. Nun werde ich Sie nach unten bringen."

Er gibt den zwei Fae neben sich ein kurzes Zeichen, die daraufhin in die Luft springen, mit den Flügeln schlagen und hinab zu den Gebäuden segeln, vermutlich um das Zimmer vorzubereiten ... und vielleicht auch, um die Nachricht zu verbreiten, dass die Show gleich anfangen wird? Vor Sorge richten sich meine Nackenhärchen auf, doch ich zwinge mich, so ruhig wie möglich zu bleiben, als uns der Lord in seinen Palast führt.

Irgendwie fühlt sich im Winterreich sogar die goldene Schattierung des Holzes kühl an. Der scharfe Geruch von Harz hängt im Gebäudeinneren in der Luft. Der Lord marschiert zu einer Wendeltreppe, die tiefer im Gebäude liegt und sich hinab in den Felsen windet.

Die ersten Dutzend Stufen bestehen aus Holz, die restlichen aus Stein. Die Luft wird kühler, liegt jedoch ruhig auf meiner Haut. Adern aus leuchtendem Quarz ziehen sich durch den hellgrauen Felsen und erhellen unseren Weg. Ich packe das Geländer fest und setze meinen krummen Fuß so vorsichtig wie möglich.

Schließlich erreichen wir einen kurzen Gang, der sich zum Dorfplatz öffnet. Abgesehen von der anderen Steinfarbe sieht es hier ähnlich aus wie auf dem Dorfplatz von Corwins Schwarm, auch wenn dieser etwas kleiner ist. Felder mit Wintergetreide und Projekte, die sich noch im Aufbau befinden, säumen die Ränder des Platzes, verschwinden jedoch rasch hinter den Fae, die herbeiströmen, um sich in der Mitte des Raumes unter seiner hohen Gewölbedecke zu versammeln.

Ein Polstersessel wurde unter dieser Kuppel aufgestellt, neben dem zwei Fae stehen. Eine Frau sitzt auf dem Sessel. Die Kugeln aus magischem Feuer, die um sie herum schweben, betonen ihren verfluchten Zustand. Strähnen aus Frost durchziehen ihre dunklen Haare und ihre Haut ist bereits zu einer gräulich-blauen Farbe verblasst wie bei einem See, den man durch eine dünne Eisschicht betrachtet.

Ihre Schultern sind gekrümmt und ihr Kopf ragt steif und in einem seltsamen Winkel nach vorne. Der Fluch hat sie bereits so stark verändert, dass ich nicht sagen kann, ob sie jung oder alt war, bevor er sie gepackt hat.

Meine Brust zieht sich zusammen. Ich laufe zu ihr und Corwin sowie der Lord des Schwarms folgen mir einen Teil des Weges. Die letzten Schritte gehe ich allein. Sogar die Fae, die über die Frau gewacht haben, weichen ein Stück zurück. Sie geben mir mitten auf dem Dorfplatz zwar genügend Raum, doch die dutzenden Blicke der Menge sind auf mich gerichtet. Anscheinend hat sich der gesamte Schwarm hier versammelt.

Stille breitet sich in dem riesigen Raum aus. Ich hole tief Luft und konzentriere mich auf die verfluchte Frau. Sie erwidert meinen Blick mit ihren vom Frost verschleierten Augen. Ihr Mund ist gequält verzerrt.

„Ich werde mein Bestes tun, um dich aus der Kälte zu holen“, informiere ich sie. Jemand in der Menge keucht und ein anderer ermahnt denjenigen. Ich gebe mein Bestes, die Zuschauer auszublenden, als ich hinzufüge: „Es tut mir so leid, dass dir das passiert ist. Niemand verdient das.“

Nun, da ich es schon einmal absichtlich getan habe, fällt es mir leichter, die Gedanken heraufzubeschwören, die mir Tränen in die Augen treiben. Diese Frau hat vielleicht Kinder, denen sie entrissen werden würde, so wie meine Mutter mir und Jamie weggenommen wurde. Diese Kinder schauen jetzt womöglich zu, so wie August Zeuge des Todes seiner Mutter wurde. Die Kälte macht sie so hilflos, wie ich mich fühlte, als ich in Aeriks Käfig eingesperrt war und keine Ahnung hatte, ob ich das Sonnenlicht jemals wieder erblicken würde.

In einem Moment hat sie gelebt und gelacht und im nächsten starrte ihr der Tod ins Gesicht. Sie hatte keine Zeit, die Dinge zu tun, die sie vielleicht noch erledigen wollte. Sie hatte keine Gelegenheit, einige letzte Tage des Glücks zu erleben, bevor ihr alles genommen wurde.

Das Brennen setzt hinter meinen Augen ein. Ich wende mich von ihr ab und verdecke mein Gesicht mit den Händen, damit meine Tränen für die Zuschauer ebenso wenig zu sehen sind.

Ich stelle mir vor, wie sich meine Mutter gefühlt hätte, wenn sie gewusst hätte, dass sie nie wieder mit ihren Kindern zusammen sein würde, dass sie ihr Aufwachsen nicht miterleben würde – dass sie sich ohne sie so vielen Schrecken stellen mussten. Ich denke an all die Hoffnungen und Träume, die diese Frau vielleicht hat und die ihr der Fluch nun raubt.

Ich weiß, wie es ist, alles zu verlieren.

Als die Tränen überlaufen, wische ich sie von meinen Wangen und die Feuchtigkeit kühlt meine Finger. Dann drehe ich mich mit einem entschuldigenden Lächeln zu der Frau um. Sie starrt mich an, doch ich kann nicht sagen, wie viel von der Anspannung auf ihrem Gesicht von der Steifheit des Fluchs verursacht wird und wie sehr sie tatsächlich von der Emotion verblüfft ist, die ich zeige. Mittlerweile hat vermutlich jeder gehört, wie eine Heilung abläuft.

Ich strecke die Hand nach ihr aus und streichle mit meinen tränenfeuchten Fingern über ihre Wange.

In dem ersten Augenblick, als die Kälte ihrer Haut in meine Fingerspitzen dringt, macht mein Herz einen Satz bei dem Gedanken, dass die Kälte womöglich nicht weichen wird. Doch es passiert nie sofort.

„Ich möchte, dass du das Leben bekommst, zu dem du bestimmt bist", sage ich, als sich ein Wärmefleck unter meiner Hand bildet.

Die Wärme breitet sich auf ihrem Gesicht und in ihrem restlichen Körper aus. Die bläuliche Färbung und der Frost weichen. Zaghaft richtet sie sich auf. Sie atmet zunächst mit einem leicht rasselnden Laut ein, bevor ihre Atemzüge leiser werden.

Ein freudiges Lachen purzelt über ihre Lippen. Sie grinst mich an. „Die Kälte ist fort. Sie reichte bis in meine Knochen und jetzt ist alles wieder warm."

Auch mich durchströmt Freude. Ich stelle fest, dass ich sie ebenfalls angrinse, und vergesse beinahe alle anderen im Raum. „Ich bin so froh, dass ich dir helfen konnte."

Zu meiner Überraschung schnellt ihre Hand vor und packt meine. Keiner der anderen Fae, die ich zu heilen versucht habe, hat sich mit einer körperlichen Geste bei mir bedankt. Sie drückt meine Finger und blickt mit einem sanften Lächeln zu mir auf. „Es ist eine Ehre, von derjenigen gesegnet worden zu sein, die das Herz für uns gesegnet hat."

Ich weiß nicht, wie ich auf diese Bemerkung antworten soll. Die Worte senden ein merkwürdiges Beben durch meine Brust hindurch. Dann treten die Fae vor, die zuvor neben dem Sessel standen, um sich zu vergewissern, dass die Frau aufstehen kann, und ich ziehe mich zurück.

Corwin nähert sich von hinten und legt seine Hände auf meine Schultern. *Da hast du es. Du hast es jetzt gemeistert. Der Fluch wird keine weiteren Opfer mehr fordern, solange du bei uns bist.*

Trotz des Drucks, der mit dieser Aussage einhergeht, bin ich in diesem Moment nur erleichtert, dass es funktioniert hat. Ich habe heute niemanden enttäuscht – zumindest soweit ich das weiß.

Dann erklingt eine Stimme und hallt von der hohen Decke wider. „Alle Dankbarkeit und Gnade für den vom Herzen gesegneten Menschen!"

Als mein Kopf zu dem Sprecher zuckt, erheben sich mehrere andere Stimmen zu einem Chor eifriger Zustimmung. Die Menge drängt zu uns, wobei diejenigen, die uns am nächsten sind, nach wie vor einen respektvollen Abstand wahren, der sicherlich genauso sehr um Corwins willen ist wie um meinetwillen. Allerdings kommen sie viel näher als zuvor. Sie bleiben nur wenige Schritte entfernt von mir stehen und betrachten mich mit großen Augen.

Wegen ihrer forschenden Blicke erröte ich, obwohl sie sich vor allen Dingen staunend anfühlen. „Der vom Herzen gesegnete Mensch", murmeln einige und nutzen den gleichen Begriff, den die Stimme vorhin verwendete.

Eine junge Frau kommt schüchtern etwas näher. „Lady Talia, würdet Ihr ... würdet Ihr meine Wange berühren, wie Ihr es bei Vinma getan habt? Wenn ich Ihren Segen erhalte, werde ich vielleicht nicht ..." Sie blickt auf ihre Hände hinab und sagt nicht, was meine Kräfte ihrer Meinung nach für sie tun können.

Corwin spricht, als ich in meiner Verwirrung nach den richtigen Worten suche. „Talias Berührung an sich wohnt keine Magie inne. Sie wird den Fluch nicht abwehren, wenn er noch nicht eingesetzt hat, oder irgendetwas anderes vollbringen."

„Aber ... das Herz scheint so hell auf sie ... ich möchte einfach derjenigen nahe kommen, die es ausgewählt hat, um den Fluch zu verdrängen." Sie blinzelt mich erneut mit hoffnungsvollen Augen an.

Ich habe nicht die Kraft, ihr diesen Wunsch abzuschlagen, auch wenn mich die Situation verblüfft. „In Ordnung."

Ich strecke meine Hand aus und sie neigt sich nach vorne, um mir entgegenzukommen. Meine Finger streifen kaum ihre Haut. Sie weicht zurück und strahlt, als hätte ich ihr irgendein großartiges Geschenk gemacht. Sofort drängen sich mehrere Fae nach vorne und bitten darum, ebenfalls von mir ‚gesegnet' zu werden.

*Wusstest du, dass das passieren würde?*, frage ich Corwin, als ich meine Hand jedem Fae anbiete, der sie berühren will.

*Nein. Das ist mir nie in den Sinn gekommen ... Ich schätze, die Heilung bei der Zeremonie war ein ziemliches*

*Spektakel, obwohl das nicht unsere Absicht war. Und mein Volk hat so lange unter dem Fluch gelitten — beinahe jeder hat mindestens einen Bekannten an ihn verloren, wenn nicht sogar einen Freund oder Verwandten.* Ich spüre sein Lächeln, obwohl ich ihn nicht anschaue. *Wenn sie anfangen, dich als Heilsbringerin zu sehen, kann ich ihnen das nicht vorwerfen. Solange wir sicherstellen, dass sie die Grenzen deiner Kräfte kennen, weiß ich nicht, was es schaden kann.*

Genauso wenig wie ich, dennoch behagt es mir nicht.

Ich berühre die Wangen von mindestens zwei Dutzend Fae, bevor sie aufhören, sich mir zu nähern. Während ich mich winkend verabschiede, rufen weitere Stimmen ihren Dank und andere Segen für mich. Als wir schließlich das Gefährt erreichen, scheint der gesamte Schwarm wieder auf den Terrassen zu stehen, um uns zu verabschieden. Ich winke noch einmal und mein Herz ist heiter und schwer zugleich.

Dies ist das erste Mal, dass mich abgesehen von meinen Liebhabern ein Fae für ebenbürtig gehalten hat. Das ist berauschend und beruhigend.

Das Problem ist, dass ich nicht umhinkann, mich zu fragen, wie viele Erwartungen an diese neue Bewunderung geknüpft sind.

*Sylas*

Mit einem tiefen Ausatmen und dem leisen Murmeln des wahren Namens bringe ich das Holz dazu, sich auszudehnen und die Wände des Raumes zu bilden. Es ist eine langsame Arbeit, die höchste Konzentration erfordert, weshalb Kopfschmerzen in meinen Schläfen einsetzen, nachdem ich stundenlang ohne Unterbrechung an der Erschaffung der Grenzburg gearbeitet habe. Wir stehen so kurz davor, die Pläne zu vollenden, die Corwin und ich erstellt haben, dass ich keinen einzigen der Momente verschwenden wollte, die ich für das Projekt erübrigen kann.

Ich trete zurück, betrachte die Außenseite des Gebäudes und rolle mit den Schultern. Whitt blickt über das Feld und nickt mir zu. Er hat auf der anderen Seite unserer Hälfte der Burg einem Zimmer den letzten Schliff verliehen.

Wenigstens müssen wir nicht mehr im Grenzdunst

arbeiten. Die äußerste Mauer des Gebäudes erstreckt sich jetzt auf die Wiese auf der Sommerseite.

Als Schritte und ein Räuspern hinter mir erklingen, drehe ich mich um und entdecke einen unserer Wachmänner, der über das Gras auf mich zukommt. Er verneigt sich. „Mein Lord, Lord Tristan ist hier und wünscht, mit Ihnen zu sprechen."

Wunderbar. Ich kann mich auf weitere Kopfschmerzen freuen.

Ich schaffe es, vor der Wache nicht das Gesicht zu verziehen, allerdings nur knapp. „Du kannst ihn zum vorderen Salon der Burg von Hearth-by-the-Heart bringen und ihm mitteilen, dass ich in Kürze bei ihm sein werde."

Whitt beobachtet mich und verfolgt das Gespräch mit gespitzten Ohren. Als ich seinen Blick auffange, sieht er mich fragend an.

Ich schüttle den Kopf. Ich möchte nicht, dass Tristan denkt, ich bräuchte Rückendeckung, wenn ich mich mit ihm unterhalte. Nach dem Komplott seines Cousins, dem ehemaligen Erzlord dieser Ländereien, möchte ich ihm ausschließlich Selbstvertrauen in meine Fähigkeiten präsentieren, meine Leute und mich zu schützen.

Ich gönne mir einen Moment, um meine Erschöpfung abzuschütteln und die warme Frischluft einzuatmen. Anschließend marschiere ich zur Burg meines Reviers, um herauszufinden, was dieser räudige Schurke heute von mir will.

Tristan hat trotz der vielen Sitzgelegenheiten im Raum nicht Platz genommen. Er steht an einem der Beistelltische, seine hellen, mintgrünen Haare fallen nach vorne und hüllen seine Augen in Schatten, während er eine Vase mustert, die ein Geschenk einer Lady aus den benachbarten Ländereien war. Möglicherweise ist sie eine Lady, deren Hoffnungen auf mich nun zerstört wurden, da ich meine Hingabe für Talia verkündet habe. Allerdings habe ich stets nur professionelles Interesse ermutigt, weshalb sie mir mein Verhalten nicht vorwerfen kann.

Bei meinem Eintreten dreht sich der jüngere Lord um. Es wäre leicht, ihn zu unterschätzen und anzunehmen, er sei eine geringere Bedrohung als Ambrose. Seine Figur ist schlanker, seine Züge zarter. Seine Haltung drückt jedoch Hass aus und ich habe in der Vergangenheit genug von seinen Ansichten zu verschiedenen Themen gehört, um bei ihm auf der Hut zu sein. Körperliche Überlegenheit ist nicht die schlimmste Bedrohung, die ein Mann darstellen kann.

Seine Stimme klingt scharf. „Ich entschuldige mich, falls ich Sie bei einer wichtigen Arbeit unterbrochen habe, mein Lord. Danke, dass Sie mich empfangen."

Ich verkneife mir einen finsteren Blick. Ohne die Worte auszusprechen, hat er deutlich gemacht, für wie *un*wichtig er den Bau unserer Grenzburg hält, und dass es ihm überhaupt nicht leidtut. Es ist jedoch einfacher, die Bemerkung kommentarlos hinzunehmen.

„Ich bin dazu da, um all meinen Leuten zu dienen", erwidere ich. Sogar elendigen Fieslingen wie dem Mann vor mir. Ich verschränke die Arme vor der Brust. „Was kann ich für Sie tun, Lord Tristan?"

Er schürzt die Lippen, bevor er spricht. „Erzlord Ambrose hatte sehr viele Besitztümer. Mir ist bewusst, dass diese aufgrund seiner fragwürdigen Taten von den aktuellen Erzlords konfisziert wurden. Ich hatte jedoch gehofft, dass ich als sein Verwandter um ein paar der Gegenstände bitten könnte, die seit einiger Zeit im Besitz unserer Familie sind und für mich einen größeren Wert haben als für Sie."

Ich ziehe eine Augenbraue hoch. „Wir haben Ambrose' Burg vor Wochen niedergerissen. Warum sprechen Sie das erst jetzt an?"

Tristan spreizt die Hände. „Angesichts der Umstände

seines Todes hatte ich das Gefühl, dass es respektvoller wäre, Ihnen und den anderen Erzlords Zeit zu geben, selbst eine Einschätzung seiner Habseligkeiten vorzunehmen."

Die Umstände, bei denen er versuchte, Erzlord Donovan ein Verbrechen anzuhängen und ihn anschließend zu ermorden – am Ende hätte er mich dabei beinahe umgebracht. Ich lächle angespannt. Viele von Ambrose' Besitztümern waren Teil einer unzulässigen Sammlung an Artefakten und Werkzeugen, die per Fae-Gesetz verboten waren und die er in Vorbereitung auf den Krieg angehäuft hatte, den er gegen die Unseelie führen wollte. Ich weiß nicht, wie viel sein Cousin davon weiß, werde ihm jedoch keine Einzelheiten anvertrauen, die er womöglich nicht kennt.

„Viele der weniger wertvollen Gegenstände wurden unter seinen Rudelmitgliedern aufgeteilt", erwidere ich. „Einige Dinge befinden sich in meinem Lager, da ich noch nicht weiß, was ich mit ihnen tun möchte. Wenn Sie mir die Gegenstände beschreiben, die Sie abzuholen hoffen, werde ich nachschauen, ob sie noch hier sind."

„Ich würde es vorziehen, selbst nachzuschauen", erwidert Tristan und drückt den Rücken durch, obwohl er dadurch trotzdem noch einen halben Kopf kleiner ist als ich.

Ich spreche mit ruhiger Stimme. „Und angesichts der Eigenschaften vieler der Gegenstände, die wir in Ambrose' Sammlung entdeckt haben, würde ich es vorziehen, mich selbst darum zu kümmern." Ich würde es diesem Mann durchaus zutrauen, heimlich etwas mitgehen zu lassen, dessen bösartige Bedeutung uns entgangen ist. Alles, worum er bittet, werde ich vorher gründlich untersuchen.

Tristans Lippen zucken, als er sich eine finstere Miene verkneift, und eine kurze Vision flackert vor meinem toten Auge auf: Er stürzt sich mit gebleckten Fangzähnen und gezückten Krallen auf mich. Er sieht genauso aus wie jetzt und trägt sogar die gleiche Kleidung, weshalb ich trotz des Adrenalinstoßes weiß, dass es kein Blick auf einen zukünftigen Angriff ist. Ich sehe, was er jetzt gerne mit mir machen *würde*.

Ich schenke ihm noch ein schmales Lächeln und lasse zu, dass sich Sarkasmus in meine Stimme schleicht. „Solche gewalttätigen Gedanken ziemen sich nicht für einen Lord Ihres Standes, vor allem wenn sie an einen Ihrer Erzlords gerichtet sind."

Tristan versteift sich und seine Augen weiten sich leicht. Ich habe niemandem außer Talia von den überirdischen Bildern erzählt, die mir mein von Magie getroffenes Auge zeigt. Tristan muss nicht wissen, wie ich seine Gedanken erkannt habe. Es ist besser, wenn er davon ausgeht, dass meine gewöhnlichen Sinne sehr scharf sind.

„Ich weiß nicht, was Sie meinen", erwidert er.

„Böse Absichten schimmern immer durch." Als er darauf nichts erwidert, recke ich das Kinn. „Wollen Sie mir nun mitteilen, welche Familienerbstücke Sie möchten? Ich kann jetzt nach ihnen suchen." Und ihn hoffentlich für den Rest unserer langen Leben aus meinem Revier verjagen.

Er zögert kurz, versteht jedoch, dass ich in dieser Sache nicht klein beigeben werde. „Es handelt sich um eine Halskette aus Gold und mehreren Smaragden. Sie wurde von meinem Urgroßvater für meine Urgroßmutter angefertigt. Die Smaragde sitzen in einer Fassung, die wie Scherrankenblätter aussehen. Und es gibt noch eine Trickkiste aus Kirschholz, die mit Perlen ausgelegt ist. Sie hat ungefähr die Größe meiner Hand und wurde ebenfalls von ihm gemacht."

Die zweite Beschreibung löst eine Erinnerung in mir aus. „Ich glaube, Ambrose' Gefährtin hat die Box mitgenommen. Wir haben ihr die Gelegenheit gegeben, die Habseligkeiten aus dem Palast mitzunehmen, die ihr am wichtigsten waren."

Selbstverständlich unter aufmerksamen Blicken. „Das werden Sie mit ihr klären müssen. Ich kann jetzt nach der Halskette schauen. Bitte warten Sie hier. Ich werde Ihnen etwas zu trinken bringen lassen, denn ich vermute, dass Sie nach Ihrer Reise durstig sind."

Als ich den Raum verlasse, gebe ich der Frau ein diskretes Zeichen, die vor der Tür gewartet und zugehört hat für den Fall, dass sie gebraucht wird. Sie nickt und eilt zur Küche. Zwei Wachen sind herangetreten, die Tristan im Auge behalten werden, während ich fort bin. Ich habe ihn zwar nicht in ein Zimmer bringen lassen, in dem es irgendetwas Bedeutsames gibt, an dem er sich zu schaffen machen könnte, doch man kann nie vorsichtig genug sein.

Als ich den Lagerraum betrete, in dem ich Ambrose' Habseligkeiten verstaut habe, die keinen bösartigen Zweck offenbarten und zu edel waren, um sie wegzuwerfen, rümpfe ich die Nase. Sie verströmen nach wie vor einen Hauch von seinem Geruch, den ätzenden Duft, der seinem gesamten Palast anhaftete.

Ich muss die Gegenstände nur wenige Minuten durchgehen, bis ich die fragliche Halskette finde. Es ist ein edles Stück Handwerkskunst. Alles hier drin wurde bereits untersucht, doch ich raune trotzdem einige magische Worte über der Kette und teste sie ein weiteres Mal auf Zauber sowie andere verborgene Eigenschaften.

Da ist nichts. Entweder ist es Tristan wirklich wichtig, dieses Familienerbstück zu haben, oder er hat gehofft, dass ich ihm eine Gelegenheit geben würde, selbst danach zu suchen und dabei andere Gegenstände einzustecken, von denen er nicht möchte, dass ich sie näher untersuche.

Ich stecke die Halskette in einen Seidenbeutel und bringe ihn Tristan, der mittlerweile an dem Dämmerapfelwein nippt, den ihm mein Rudelmitglied gebracht hat. Er öffnet den Beutel und betrachtet die Halskette so eingehend, als dächte er, ich würde versuchen, ihm ein anderes Schmuckstück unterzujubeln.

„Nun", sagt er und befestigt den Beutel an seinem Gürtel, „ich bin froh, dass ich wenigstens die Kette habe. Nach all den Geschichten, die ich gehört habe, hatte ich etwas Sorge, dass Sie sie womöglich diesem Menschen geschenkt haben, in den Sie anscheinend so vernarrt sind."

Mir sträuben sich automatisch die Nackenhaare, dennoch spreche ich mit ruhiger Stimme. Er provoziert mich jetzt absichtlich und ich werde nicht zulassen, dass er eine überlegene Position erringt, indem ich meinem Frust freien Lauf lasse. „Ich würde ihr wohl kaum einen Gegenstand schenken, der einem Mann gehörte, der sie ihrem Zuhause entreißen und sie wie ein Tier behandeln wollte."

Tristan zuckt mit den Achseln und ein grausames Funkeln tritt in seine Augen. „Na gut. Da sich ihr Bruder als Blindgänger erwiesen hat, wünsche ich Ihnen, dass Sie sie bald schwängern können, mein Lord. Mir würde bestimmt unser gesamtes Volk darin zustimmen, dass es besser für uns wäre, weitere Quellen des Heilmittels zu haben. Ich empfehle mich."

Er macht auf dem Absatz kehrt, ohne mir eine Gelegenheit auf eine Antwort zu geben, zweifellos, um seine Bemerkung zu unterstreichen. Ich mahle mit dem Kiefer und meine Fangzähne fahren trotz meiner besten Bemühungen aus, mein Temperament zu zügeln. Ich möchte nichts lieber tun, als ihm für seine Andeutungen den Kopf abzureißen, doch er hat sie als einen höflichen Wunsch für das allgemeine Wohlbefinden der Seelie formuliert und nicht wie einen Angriff auf Talias Ehre, die diese Bemerkung eigentlich war, wie wir beide wissen.

Als Ambrose noch am Leben war, drängte uns Tristan, meine zukünftige Gefährtin wie eine Zuchtstute zu behandeln. Das ist der einzige Nutzen, den er in ihr sieht.

Das Problem ist, dass er vermutlich recht hat und eine bedeutende Anzahl Sommer-Fae der Meinung ist, dass die Möglichkeit, Talias Kinder könnten die gleichen Kräfte besitzen wie sie, wichtiger ist als ihr Recht, selbst zu entscheiden, ob und wann sie Kinder haben möchte. Sie würden das nicht für eine Beleidigung halten, denn wie Ambrose sehen sie sie kaum als eine eigenständige Person.

Meine Kopfschmerzen kehren zurück. Nicht einmal der Gedanke daran, zur Arbeit an der Grenzburg zurückzukehren, um die Zeit zu verkürzen, bis meine Liebste ein echtes Zuhause hat, hebt meine Laune.

Talias Stellung unter uns ist schon viel zu lange zu heikel. Es muss *etwas* geben, was ich tun kann, um sie von dem Gewicht all unserer Erwartungen zu befreien. Es wäre auch im Interesse meines Volkes, ein echtes Heilmittel zu finden, das den Fluch dauerhaft beendet und nicht nur einen Vollmond lang aussetzt.

Ich habe bereits sämtliche Möglichkeiten erschöpft, die mir eingefallen sind, doch vielleicht bedeutet das, dass ich von denjenigen, die über mehr Wissen verfügen, weitere Antworten verlangen muss.

Die Idee, die in meinem Kopf Gestalt annimmt, schlägt schnell Wurzeln. Ich ringe nur wenige Minuten mit mir und wäge die Konsequenzen ab, bevor ich beschließe, dass es keinen Sinn ergibt, zu warten.

Im Gang winke ich ein Mitglied des Personals zu mir. „Sag Whitt und jedem anderen Mitglied meines Kaders, das sich nach meinem Verbleib erkundigt, dass ich den Rest des Tages auf einer Expedition bin. Ich sollte bei Einbruch der Dunkelheit zurückkehren." Sie wissen alle, wie sie mich erreichen können, sollte ein Notfall eintreten.

Das Gefährt, das ich aus einem Wacholder heraufbeschwöre, ist schmal und klein, damit ich so schnell wie möglich reisen kann. Während es zu meinem Ziel saust, lehne ich mich zurück und denke über die genaue Bitte nach, die ich aussprechen werde.

Wenn man den großen Weisen Nuldar anspricht, wird normalerweise erwartet, dass man seine Weisheit mit einer Botschaft erbittet und auf seine Zustimmung wartet. Doch obgleich er alt und respektiert ist, bin ich jetzt ein Erzlord und dies ist eine Angelegenheit von großer Dringlichkeit. Was hat er schon zu tun, außer ungenaue Aussagen für diejenigen zu machen, die um diese bitten?

Nun, den letzten Punkt werde ich nicht erwähnen, wenn ich mit ihm spreche. Doch vielleicht erhalte ich eine eindeutigere Antwort, wenn er weniger Zeit hat, darüber nachzudenken und seine Gedanken durcheinanderzubringen.

Die Wiese, die an Nuldars Wald grenzt, liegt verlassen da, anders als bei meinem letzten Besuch, bei dem mich eine ganze Entourage aus Erzlords und ihren Untergebenen begleitete. Die herabhängenden Blätter der Sternenfallweiden funkeln im Sonnenlicht und flüstern, als die leichte Brise durch sie hindurch weht. Sobald mein Gefährt stillsteht, springe ich hinaus und stapfe zu den Bäumen.

Als ich den Baum erreiche, mit dem Nuldar eins geworden ist, werde ich langsamer, da ich ihm trotzdem meinen Respekt erweisen möchte. Der betagte Fae, dessen Haut mit dem hellen, silbernen Grau der Baumrinde verschmolzen ist, scheint zu schlafen. Das runzelige Gesicht, das in den Baum eingebettet ist, regt sich nicht, als ich mich einige Schritte entfernt von den Wurzeln auf den Boden knie.

Schließlich zucken seine Augenlider und öffnen sich. Der uralte Weise blinzelt auf mich herab, seine Miene ist unergründlich.

Ich neige den Kopf. „Großer Nuldar, ich entschuldige mich für mein unangekündigtes Erscheinen. Ich wünsche, mit Ihnen über eine ernste Angelegenheit zu sprechen, die unser Volk betrifft, und konnte meine Bitte nicht aufschieben. Wären Sie so freundlich, mich jetzt anzuhören?"

Der alte Fae schweigt lange Zeit. Dann räuspert er sich mit einem rasselnden Laut, der sich eher hölzern als menschlich anhört. „Sie dürfen sprechen, Erzlord Sylas", krächzt er. „Was ich antworte, bleibt abzuwarten."

Ich atme tief ein und wappne mich. „Wie sich herausgestellt hat, stellt die Menschenfrau Talia, die ich letztes Mal zu Ihnen gebracht habe, ein vorübergehendes Heilmittel für den Fluch der Seelie und Unseelie dar. Doch nichts, was wir unternommen haben, hat eine Möglichkeit offenbart, wie wir eine dauerhafte Heilung erzielen können. Genauso wenig konnten wir eine Verbindung zwischen Talia und etwas anderem finden, was uns zu Antworten geführt hätte."

Als ich innehalte, weil ich nicht weiß, wie ich fortfahren soll, stößt Nuldar einen rauen Laut aus. „Wie lautet Ihre Frage, Erzlord?"

Er wird mir nur eine erlauben. Ich habe Glück, dass er überhaupt gewillt ist, mit mir zu sprechen. Ich bezweifle, dass es etwas nützen würde, ihn direkt nach der Lösung zu fragen — andere haben das vor mir versucht und nichts als Rätsel erhalten.

Manchmal bringt es mehr, nach einer Methode zu fragen, wie man eine Antwort finden kann, als die Antwort zu verlangen. Und jetzt, im Fall von Talia, gehe ich davon aus, dass wir viel über diese Methode wissen, was uns bei der Interpretation der Antwort des Weisen helfen könnte.

„Welche Schritte müssen wir mit unserem aktuellen Wissen unternehmen, um herauszufinden, wie man den Fluch vollständig beenden kann?", frage ich.

Erneut herrscht langes Schweigen. Nuldars Augen schließen sich. Hat er beschlossen, mich doch zu ignorieren?

Dann blinzelt er und richtet seine dunkelblauen Pupillen

wieder auf mich. „Ihr müsst gar nichts tun", sagt er. „Die Antwort ist bereits auf dem Weg und wird euch bald erreichen, wenn sie nicht behindert wird. Ihr Raum zu geben, zu euch zu kommen, wird sie schneller zu euch führen, als sie zu jagen – eine Schlinge ist besser als eine Jagd. Ihr müsst jedoch dafür sorgen, dass eure Schlinge eine Schlinge ist und nicht ebenfalls in einer Falle gefangen ist. Wenn sie ein einziges Herz fangen kann, wird sie euch alles bringen, was ihr wissen müsst. Bereitet euch gut vor."

Damit erstarrt er komplett. Ich warte, nach wie vor auf den Knien, bis ich mir sicher bin, dass er nichts mehr sagen wird. Daraufhin richte ich mich auf und neige abermals den Kopf. „Danke für Ihre Worte der Weisheit, geehrter Weise."

Ich eile zurück zu meinem Gefährt, wobei ich seine Ankündigung in meinem Kopf wiederhole und meine Gedanken in alle Richtungen huschen. Ich muss Whitt fragen, was er von diesem Gerede über Schlingen und Fallen hält, doch der erste Teil war recht eindeutig – er gefällt mir nur nicht.

Der schnellste Weg, den Fluch zu beenden, besteht darin, nichts zu tun und darauf zu warten, dass uns die Lösung in den Schoß fällt? Nuldar sagte, dass wir die Antwort *bald* erhalten würden, für einen so alten Fae ist das Wort jedoch relativ. Er könnte weitere Jahrzehnte meinen.

Doch wenn das stimmt, was Nuldar sagt, könnte die Suche nach Antworten diese weiter von uns stoßen, anstatt uns der Heilung unseres Volkes näherzubringen.

*Talia*

Dies ist erst das zweite Mal, dass ich mich so tief in dem nebeligen Gebiet am Rande des Fae-Reichs aufhalte, und ich finde es so gruselig wie beim ersten Mal. Der kühle Nebel wabert zwischen den Bäumen, deren Äste so ausladend emporragen, dass kaum Sonnenlicht durch ihre Blätter dringt. Dadurch wirkt der Wald, als hätte bereits die Dämmerung eingesetzt, obwohl in Wahrheit Mittag ist. Ab und zu dringen ferne, raschelnde Geräusche an meine Ohren.

Es juckt mich in den Fingern, sie um Augusts Arm zu krümmen und mich an ihm festzuhalten, während wir dieses unheimliche Gebiet durchqueren. Allerdings will ich ihm nicht im Weg stehen, sollte er schnell zu unserer Verteidigung eilen müssen. Wie im Winterreich ziehen auch hier wilde Bestien durch die Randgebiete. Mein Dolch steckt in seiner Scheide an meiner Hüfte, ich bin jedoch keine Expertin im Umgang damit.

Ich laufe zwischen ihm und dem Unseelie-Repräsentanten, den die Erzlords für meinen zweiten Ausflug in die Menschenwelt mitgeschickt haben: der Wachmann mit den menschenähnlichen Ohren, den Laoni in der Vollmondnacht angeblafft hat. Jetzt, da wir eine bessere Vorstellung davon haben, was uns erwartet, waren sich beide Seiten einig, dass es besser wäre, Fae loszuschicken, die als Menschen durchgehen können. Wenn wir aus irgendeinem Grund die Magie ablegen müssen, die uns vor Blicken schützt, müssen sie hinsichtlich ihres Aussehens nicht so vorsichtig sein.

Der Wachmann, der sich uns als Kesral vorgestellt hat, späht in die Tiefen des Randwaldes und die feuchte Brise weht durch den kurzen Pferdeschwanz, zu dem er seine dunkelbraunen Haare gebunden hat. Hier ist seine Haltung selbstbewusst und seine Miene wachsam, allerdings nicht besonders angespannt. Auf unserer Reise mit dem Gefährt schien er August gegenüber misstrauisch zu sein, aber am Ende entspannte er sich so weit, dass er ein wenig Small Talk zu Augusts Lieblingsthemen betrieb: Essen und Kampfstrategien.

Ich habe nichts bemerkt, was Laonis Feindseligkeit erklären würde. Liegt es einfach nur daran, dass er weniger Fae-Blut in sich hat als viele andere Mitglieder ihres Personals? Sie vertraut ihm immerhin so viel, dass sie ihm diese Pflicht übertragen hat. Oder ist es in ihren Augen eine Bestrafung, ihn als einen Aufpasser auf meine Reise in die Menschenwelt zu schicken?

Es kommt mir nicht richtig vor, eine dieser Fragen zu stellen, die Neugier nagt jedoch an mir.

August bleibt an einer Stelle zwischen zwei Baumstämmen stehen, wo die Dunkelheit dichter ist. Sie schimmert fast so, als hätte sie eine flüssige Textur, genauso wie Whitt mir die Portale zwischen den Welten vor Monaten beschrieben hat.

August beugt sich vor, schnuppert und schüttelt den Kopf. Wir wissen, dass sich das Portal, das uns zu dem Park in der Nähe von Jamies Haus führen wird, in dieser Gegend befindet. Allerdings bewegen sich die Portale anscheinend. August hat bereits einige überprüft, ohne das richtige zu finden.

„Es sollte nicht mehr lange dauern", versichert er uns. „Das war fast richtig."

Kesral gibt ein Grunzen von sich, das nach trockener Belustigung klingt. „Es ist nie eine exakte Wissenschaft, diese Reise zu unternehmen, oder?"

Diese Bemerkung gibt mir eine Vorlage, der ich nicht widerstehen kann. Ich blicke zu ihm und beobachte seine Reaktion aufmerksam. „Reist du regelmäßig in die Menschenwelt?"

Er zuckt mit den Achseln, während sein Blick nach wie vor den Wald um uns herum nach Bedrohungen absucht. „Ja, allerdings auf der Winterseite. Wenn Erzlord Laoni etwas aus jener Welt braucht, bittet sie häufig mich darum."

„Weil du dich unter die Menschen mischen kannst." Ich halte inne und wage mich vor: „War einer deiner Eltern menschlich? Augusts Mutter war ein Mensch. Und meine Eltern waren offensichtlich menschlich." Ich beiße mir auf die Zunge und meine Wangen werden heiß wegen meines kläglichen Versuchs, die Frage weniger unangenehm zu gestalten. Ich bezweifle, dass ich erfolgreich bin.

Kesral gluckst jedoch nur und die Wärme in diesem Laut beruhigt mich. „Es ist nicht schwer, zu erkennen, schätze ich." Er fährt mit den Fingern über die Kurve eines seiner Ohren. „Mein Blutvater. Meine Mutter wünschte sich ein Kind und als sie und ihr Gefährte lange Zeit keines zeugen konnten, beschlossen sie gemeinsam, dass sie zu einem günstigen Zeitpunkt einen Menschen aufsuchen würde, der ihr zusagte. Und hier bin ich. Abgesehen davon betrachte ich ihn allerdings nicht als Vater. Mein echter Vater ist derjenige, der geholfen hat, mich großzuziehen."

Er spricht relativ ungezwungen darüber – und ich vermute, es ist einfacher für ihn, da seine Geschichte nicht annähernd so tragisch ist wie Augusts.

„Das ist in beiden Reichen nicht ungewöhnlich", meint August und führt uns zum nächsten Portal. „Wenn Fae nicht ab und zu die Nebelwelt verlassen würden, um einen Menschen zu verführen, wären unsere Völker viel kleiner."

Kesral summt vor sich hin. Seine Stimme wird leiser, als sei er sich nicht ganz sicher, ob er möchte, dass seine nächsten Worte gehört werden. „Es ist ein Jammer, dass nicht mehr von uns diese Tatsache erkennen."

Mein Blick huscht erneut zu ihm. Ich zaudere kurz mit meinen nächsten Worten, bevor ich sie ausspreche. „Behandeln dich die anderen Fae deswegen schlecht … wegen deines Erbes?"

Seine Gesichtszüge erstarren, vielleicht aus Angst, dass er zu viel gesagt hat. „Ich würde nicht schlecht sagen. Sie behandeln mich manchmal anders. Ich bin mir sicher, du hast während deiner Zeit bei uns unterschiedliche Einstellungen hinsichtlich der Menschen erlebt. Erzlord Corwin ist bekannt dafür, dass er ihnen gegenüber weichher… tolerant ist."

Er wollte weichherzig sagen. Ich werde keinen Anstoß daran nehmen, da ich darauf wetten würde, dass Kesral gehört hat, wie Laoni sich mit viel schlimmeren Worten über Corwin beschwert hat.

„Das ist anders", widerspreche ich. „Ich bin komplett menschlich, auch wenn ich einige unerwartete Kräfte besitze – Kräfte, die nichts im Vergleich zu dem sind, was Fae tun können, einschließlich dir. Und ich meine, euer Erbe macht offensichtlich keinen so großen Unterschied. August kann problemlos im Kader eines Erzlords dienen."

Mein Liebhaber schenkt mir über seine Schulter ein schiefes Lächeln. „Oh, es gibt einige, die sich darüber beschwert haben, das kann ich dir sagen. Und ich erhalte ein wenig Anerkennung dafür, dass ich einen Vater habe, der nicht nur ein Fae, sondern ein reinblütiger Lord ist. Ich könnte mir vorstellen, dass Kesral mehr Probleme hat als ich, wenn das Winterreich dem Sommerreich in dieser Hinsicht ähnelt."

Nach Kesrals verzerrtem Mund zu urteilen, hat August recht. Der andere Mann schweigt eine Zeit lang. Dann sagt er: „Ich werde jedenfalls nie danach streben, ein Mitglied des Zirkels meiner Lady zu werden. Sie hat deutlich gemacht, wo mein Platz in ihrem Schwarm ist. Ich fühle mich geehrt, dass ich ihre Herrschaft auf die Weise unterstützen kann, die sie mir zugeteilt hat."

Ich will ihn nach Laonis harscher Einstellung ihm gegenüber fragen, weiß jedoch nicht, wie ich das tun kann, ohne die zaghafte Freundlichkeit auf die Probe zu stellen, die er uns angeboten hat. Und vielleicht liegt ihr Benehmen nur daran, wie viel Menschenblut durch seine Adern fließt.

Wenn sie so mit einem Fae-Mann umgeht, der trotz seines biologischen Vaters ein Fae ist, wie behandelt sie dann die menschlichen Bediensteten, die sie in ihre Ländereien geholt hat? Was ist mit den anderen Winter-Lords?

Abgesehen von ihrem Verhalten mir gegenüber hatte ich noch keine Gelegenheit, zu beobachten, wie die Winter-Fae Menschen behandeln. Lediglich Corwin habe ich bisher mit Menschen erlebt und er ist definitiv rücksichtsvoll im Umgang mit seinen Bediensteten, was unüblich zu sein scheint. Sylas hat in all der Zeit, die ich bei ihm verbracht habe, keine menschlichen Bediensteten eingestellt ... aus

Furcht vor dem, was sein ehemaliger Schwager Kellan mit ihnen tun würde.

Ich habe mich so sehr darauf konzentriert, die Fae vor ihrem Fluch zu retten, dass ich nie an die anderen Leute gedacht habe, die hier womöglich meine Hilfe brauchen. Wenn ich die Nebelwelt auf eine dauerhafte Weise verlasse, wer wird sich dann für all die Menschen aussprechen, die von den Fae entführt wurden?

Die Frage fühlt sich wie eine weitere Kette an, die mich in eine andere Richtung zieht. Ich verdränge diese Sorgen so gut wie möglich und marschiere weiter durch den Nebel.

Dann stößt August einen triumphierenden Schrei neben dem Portal aus, an dem er stehen geblieben ist. Ich eile zu ihm und alles andere wird von dem Verlangen verdrängt, meinen Bruder wieder zu sehen.

Ich wollte diese Reise nur unternehmen, um eine bessere Vorstellung davon zu erhalten, wie er jetzt lebt. Beim letzten Mal erhielt ich nur einen kurzen Einblick in sein Leben. Wie kann ich entscheiden, wo ich am dringendsten gebraucht werde und wie viel ich wem schulde, wenn ich so wenig über seine aktuelle Lage weiß? Wenn ich mich zwischen all den Pflichten entscheiden will, die an mir zerren, wäre es besser, wenn es eine informierte Entscheidung wäre.

August reicht mir seine Hand und ich schlinge meine Finger um seine. Gefolgt von Kesral treten wir gemeinsam durch das Portal.

Das Erlebnis kann ich am besten mit einem Spaziergang durch ein Spiegellabyrinth vergleichen. Die Landschaft um mich herum schimmert und schwankt, als würden wir uns durch Wasser bewegen, obwohl die Luft vollkommen windstill ist. Ich kann nicht anders, als kurz die Augen zu schließen, so wie ich es beim letzten Mal tat, da der Schwindel meine Gedanken zerstreut.

Als ich sie wieder öffne, treten wir auf das Gras im Park.

Zwischen mehreren jungen Bäumen befindet sich eine winzige Lichtung, an der der wellenförmige Eindruck bestehen bleibt. Menschen können uns erst wahrnehmen, wenn wir diese Grenze überqueren.

August intoniert die Worte, mit denen er Tarnmagie um uns legt. Er hat heute Morgen mit Whitt geübt und bewegt jetzt selbstbewusst die Luft. Ein kurzes Kribbeln wäscht über meine Haut hinweg und verblasst.

„In Ordnung", sagt er, sieht zufrieden mit dem Ergebnis aus und nickt Kesral zu. „Du hast zu einem der Spähtrupps gehört, die Talias Bruder gefunden haben – ich nehme an, du erinnerst dich an den Weg?"

„Ja, das Haus, das sein Hauptwohnsitz zu sein scheint, liegt nördlich von hier." Kesral marschiert los. Wir folgen ihm und überlassen ihm vorerst die Führung.

Wir konnten die genaue Tageszeit nicht vorhersagen, zu der wir die Menschenwelt betreten würden, doch die zunehmende Wärme in der Luft und die Position der Sonne deuten darauf hin, dass es spätmorgens ist. Falls es ein Wochentag ist, sind Jamie und unsere Cousins in der Schule und unsere Tante und Onkel auf der Arbeit, weshalb wir hoffentlich sein aktuelles Zuhause erkunden können, ohne gestört oder entdeckt zu werden.

Kesral beschleunigt seine Schritte, als wir die Straßen abseits des Parks erreichen, und ich treibe mich an, ihm zu folgen, wodurch mein Humpeln stärker zu Tage tritt. Schmerzen beginnen, sich von meinem krummen Fußrücken bis in den Knöchel auszubreiten. August wirft mir einen besorgten Blick zu und ich merke, dass er mit dem Wunsch kämpft, mich zu tragen. Er will mich jedoch nicht vor anderen in Verlegenheit bringen.

Ich greife erneut nach seiner Hand und drücke sie. Es ist eine stillschweigende Versicherung, dass ich es sagen werde, wenn ich ihn brauche.

Das Haus, zu dem uns Kesral führt, berührt irgendwo tief in meinem Verstand eine winzige Erinnerung. Vor einer Ewigkeit – oder genauer gesagt, vor einem Dutzend Jahren – fuhren unsere Eltern mit uns hierher, um Tante Becca und Onkel Walter zu besuchen. Ich glaube, damals waren sie gerade erst in das Haus gezogen? Meine Erinnerung ist ziemlich verschwommen. Wir waren nur übers Wochenende hier. Dad und Tante Becca hatten sich einige Jahre davor zerstritten und sprachen kaum miteinander. Ich erinnere mich daran, dass die Stimmung angespannt war.

Was hielt sie davon, plötzlich seinen trauernden, verletzten Sohn bei sich aufzunehmen?

Wir gehen um das Haus zur Hintertür, wo wir von einem Großteil der benachbarten Häuser nicht gesehen werden können. August wirkt rasch einen Zauber, um sich zu vergewissern, dass niemand im Haus ist, und dann öffnet Kesral das Schloss mithilfe von Magie. Wir schlüpfen schnell hinein.

Sonnenlicht fällt durch das Fenster der Hintertür und durch eine andere helle Scheibe in der Küche, in der wir uns befinden. Sie ist ein wenig unordentlich. Frühstücksgeschirr stapelt sich im Spülbecken und eine Müslischachtel steht auf der Arbeitsplatte. Es ist jedoch so heimelig, dass es August ein Lächeln auf die Lippen zaubert.

Ich bemerke einige Fotos, die mit Magneten am Kühlschrank befestigt wurden – zwei von meiner Tante und meinem Onkel mit ihren Kindern, aber auch eines mit ihnen und Jamie am Steg eines Sees. Sind sie alle zusammen in den Urlaub gefahren?

Er grinst auf dem Foto, doch ich kann das Gefühl nicht abschütteln, dass er trotzdem ein wenig traurig aussieht.

August schlendert durch den Raum, öffnet und schließt interessiert die Schränke. Ich vermute, er hatte bisher kaum die Gelegenheit, die kulinarischen Angewohnheiten einer städtischen Durchschnittsfamilie zu studieren.

„Sie scheinen eine Menge Zutaten bei der Hand zu haben", stellt er fest. „Und ich kann riechen, dass sie gestern Abend ein gut gebratenes Grillhähnchen serviert haben." Er leckt sich so begeistert über die Lippen, dass ich kichern muss.

Wir schleichen durch den Flur, um uns die anderen Zimmer anzuschauen. Einige Spielzeuge, die den jüngeren Kindern gehören, liegen auf dem Wohnzimmerboden und eine Spielkonsole, die neuer aussieht als die, auf der August gerne spielt, steht im Fernsehschrank. Meine Cousins scheinen sich das größte der drei Schlafzimmer zu teilen. In diesem steht nämlich ein Stockbett und es liegen noch mehr Spielsachen herum. Es ist nichts Besonderes – ich würde nicht behaupten, dass sie verwöhnt werden. Doch was ist mit Jamie?

Sein Zimmer befindet sich auf der anderen Seite des Flurs. Whitt hat mir erzählt, dass es klein ist, dennoch bin ich ein wenig erschrocken von dem Platzmangel. Zwischen dem Bett, Schreibtisch und der gegenüberliegenden Wand ist weniger als ein Meter Platz.

Ein frischer Zitronenduft hängt in der Luft, den ich überhaupt nicht mit meinem Bruder assoziiere. Hat er angefangen, Rasierwasser zu benutzen? Ich schätze, das wäre in seinem Alter nicht besonders überraschend. Er will womöglich Mädchen beeindrucken.

Es sieht so aus, als hätte er aktuell eine Freundin. Zwischen den Bandpostern, die an den Wänden kleben, entdecke ich mehrere ausgedruckte Fotos, auf denen er seinen Arm um eine hübsche Teenagerin gelegt hat, die blaue Strähnen in ihren rehbraunen Haaren und Sommersprossen auf ihren Wangen hat. Sein Lächeln wirkt auf diesen Fotos entspannt und aufrichtig, als könnte er nicht glücklicher sein. Ein Teil der Anspannung in mir lockert sich.

Er ist kein Ausgestoßener oder so etwas. Die Typen in der Schule haben ihn zwar gemobbt, aber er hat auch Leute gefunden, denen er wichtig ist.

Zwischen den Fotos mit der Freundin gibt es noch ein paar von einer größeren Gruppe, die Jamie und das sommersprossige Mädchen zusammen mit ein paar Jungen und Mädchen zeigen. Er hat sogar ein Foto von einem vergangenen Weihnachtsfest, auf dem er lacht und abwehrend die Arme hebt, weil ihn unsere Cousins mit zerfetztem Geschenkpapier bewerfen.

Geht es ihm tatsächlich gut? Hat er einen Platz gefunden, an den er gehört, so wie ich allmählich meinen bei den Fae gefunden habe?

August und Kesral sind an der Tür stehen geblieben, um mir Raum für meine Ermittlung zu geben. „Es wirkt alles ziemlich gut", informiere ich August, als ich mich an den Schreibtisch setze. Das Zimmer ist zwar klein, aber Jamie hat es gemütlich eingerichtet. „In der Schule ist er auch gut." Auf der Seite seines Schreibtisches liegen ein paar Aufsätze, von denen einer mit einem B+ und der andere mit einem A benotet wurde.

Ich öffne die Schubladen in der Erwartung, mehr Papiere dieser Art zu finden, und stoße stattdessen auf einen Stapel Kohlezeichnungen. Die oberste Zeichnung zeigt Jamies Freundin, etwas roh, jedoch erkennbar. Er zeichnete schon als Kind gerne – ich hatte keine Ahnung, dass er so gut geworden ist. Die Zeichnungen sind ihm wohl ein wenig peinlich, da er sie nicht aufgehängt hat.

Nachdem ich die Blätter auf meinen Schoß gelegt habe, beginne ich, sie durchzusehen. Ich habe erst einige angeschaut, als meine Hände innehalten.

Ich starre in ein Paar leuchtender Augen in einem

dunklen, haarigen Wolfsgesicht mit gebleckten Fangzähnen. Bei dieser Erinnerung durchfährt mich ein so heftiger Ruck, dass mein Herz augenblicklich doppelt so schnell schlägt.

Und so laut, dass August es hören kann. Er beugt sich in den Raum. „Ist alles in Ordnung, Süße?"

„J-ja. Es ist nur ein Bild." Doch was für ein Bild. Und das nächste und übernächste – schwarze Bestien, die ihre Krallen über die Seiten ziehen, grausame gezackte Linien, dunkle Pfützen, die mich an Blut erinnern. Ich schlucke schwer und meine Finger zittern.

Nein, Jamie hat die Vergangenheit nicht komplett hinter sich gelassen. Falls man sich nach diesen Zeichnungen richten kann, verfolgt sie ihn noch stärker als mich meine Erinnerungen. Er versteckt sie jedoch, als hätte er keine Ahnung, wie er sie abschütteln kann.

Woher soll er auch wissen, wie er mit diesen Erinnerungen umgehen soll? Wie soll er verstehen, was tatsächlich passiert ist, geschweige denn, es einem anderen erklären?

Es gibt niemanden auf der Welt, der weiß, was er durchmacht ... abgesehen von mir.

8

*Talia*

Ich weiß, dass mein Schicksal für viele Fae und ihre Herrscher von Bedeutung ist, hatte bei unserer Rückkehr jedoch nicht mit so einem großen Empfangskomitee gerechnet. Nicht nur die Sommer-Erzlords und einige Mitglieder ihres Personals, sondern auch alle fünf Winter-Erzlords stehen vor der Burg von Hearth-by-the-Heart und warten darauf, dass Augusts Gefährt anhält.

Als Erstes suche ich nach Sylas' und Corwins Gesichtern. Beide haben eine lordhaft ruhige Miene aufgesetzt, aber ich kenne Sylas gut genug, um die Anspannung an seinem Kiefer zu erkennen, und Corwins Unbehagen erreicht mich durch unser Band.

*Wir haben versucht, sie hinzuhalten, bis du Gelegenheit hattest, dich von deiner Reise zu erholen,* erklärt er. *Doch die Erzlords auf beiden Seiten bestanden darauf. Ich schätze, wir* sollten ein winziges bisschen dankbar dafür sein, dass sie sich endlich so mühelos auf etwas geeinigt haben?

Keinerlei Humor nimmt den Worten die Schärfe. Ich klettere aus dem Gefährt, um herauszufinden, was los ist, und schwanke, als meine Füße den Boden berühren.

„Ist etwas passiert?", frage ich, sobald August neben mich tritt. „Was ist los?"

Die Erzlords wechseln einen Blick und Celia meldet sich zu Wort. „Lasst uns das Gespräch in die Bastion verlegen. Falls das Herz etwas gegen unseren Vorschlag einzuwenden hat, kann es das dort tun." Der Blick, mit dem sie Sylas bedenkt, deutet darauf hin, dass *er* Einwände hat, was auch immer gerade los ist.

Er protestiert allerdings nicht, sondern neigt bloß den Kopf. Sein dunkler Blick hält meinen und sein Mund verzieht sich leicht.

Die gesamte Versammlung trampelt über die Felder und durch vereinzelte Waldstücke zu dem Gebäude, in dem die Sommer-Erzlords ihren Geschäften nachgehen. *Falls sich eine neue Katastrophe ereignet hat, wüsste ich das gerne jetzt,* sage ich schweigend zu Corwin und mein Magen verkrampft sich.

*Nichts Neues,* antwortet er mit einem Hauch von Beruhigung, die von … Traurigkeit gedämpft wird? *Unsere Kollegen sind lediglich zu einigen neuen Schlussfolgerungen gelangt, nachdem sie festgestellt haben, dass dein Bruder keine Lösung für unsere Probleme ist. Sie behaupten, dass sie dein Bestes im Sinn haben, doch ich komme nicht umhin, zu vermuten, dass sie sich in Wahrheit einer anderen Sache annehmen, die sie als Problem betrachten.*

*Welche ist das?*

Seine innere Stimme klingt angespannt. *Die Tatsache, dass ein Mensch an einen von uns gebunden ist, und dass wir diese Verbindung willkommen geheißen haben. Noch dazu ein Mensch mit unberechenbaren Fähigkeiten.*

Hat das hier etwas damit zu tun, mich von meinen Liebhabern zu trennen? Ich sträube mich innerlich, versuche jedoch, eine so ausdruckslose Miene wie alle anderen zu bewahren, als wir den hohen Steinpalast mit seinen leuchtenden Goldadern erreichen.

In dem riesigen zentralen Raum verteilen sich die Kader, Zirkel und Wachen entlang der gewölbten Wände und lassen mich und die acht Erzlords in der Mitte allein. Celias Lippen sind geschürzt und Donovans Stirn ist gerunzelt, als würde er sich noch überlegen, was seine Meinung zu diesem Thema ist. Von den Winter-Erzlords wirkt abgesehen von Corwin lediglich die betagte Neve mit ihrem angedeuteten Lächeln gelassen. Laoni, Terisse und Uzziah blicken mit einer Aura der Autorität auf mich herab.

„Du bist von deinem Besuch bei deinem Bruder zurückgekehrt", stellt Laoni ohne Umschweife fest.

Ich trete von einem Fuß auf den anderen. „Ich habe ihn nicht direkt besucht. Er weiß nach wie vor nicht, dass ich am Leben bin. Ich habe mir nur sein Zuhause angeschaut und mich vergewissert, dass es ihm dort gut geht." Und ich habe herausgefunden, dass es ihm nicht wirklich gut geht. Die Erinnerung an Jamies grausame Zeichnungen blitzt in meinen Gedanken auf.

Celia nimmt den Faden auf. „Wir verstehen, dass du hin und her gerissen bist. Du hast dich verpflichtet, hier in der Nebelwelt unter uns zu leben, in der Annahme, dass in deiner eigenen Welt niemand mehr aus deiner Familie lebt. Doch jetzt stellt sich heraus, dass dies nicht wahr ist."

Werden sie erneut meine Loyalität den Fae gegenüber infrage stellen, wie es Laoni in der Vergangenheit so viele Male zu tun versucht hat? Ich verschränke die Arme vor der Brust. „Sie müssen sich keine Sorgen darum machen, dass ich Sie einfach im Stich lasse. Ich weiß noch nicht, wie viel ich für meinen Bruder tun muss, aber ich werde weiterhin auf jede mir mögliche Art bei dem Fluch helfen."

Terisse legt den Kopf schief. „Was wäre, wenn wir es dir erleichtern könnten, beides zu erreichen?"

Ich habe nicht erwartet, dass sie anbieten würden, *mir* zu helfen. Ich blicke misstrauisch von einem Gesicht zum anderen. Corwin schweigt und verströmt nur eine leichte Ungeduld, weil sie so lange brauchen, um auf den Punkt zu kommen. Er will, dass ich den Raum habe, meine eigene Entscheidung zu treffen – in Bezug auf *was*?

„Wie?", frage ich.

„Das Herz hat es eindeutig für angebracht gehalten, dir Gaben zu verleihen, die uns nutzen", sagt Laoni. „Aber du wurdest in der Menschenwelt geboren und wärst dortgeblieben, wenn du nicht grausam von diesem Sommer-Fae-Lord entführt worden wärst. Es ist dein wahres Zuhause. Wir glauben, wir könnten dir erlauben, dorthin zurückzukehren, sodass du dir dort ein Leben aufbauen kannst, während wir weiterhin deine Hilfe in Anspruch nehmen."

Dorthin zurückkehren … dauerhaft? Mein Blick huscht zu meinen Liebhabern – Sylas und Corwin, die neben mir stehen, und August und Whitt, die sich an der Wand aufhalten. Corwin kann den Schmerz nicht verbergen, der ihn bei ihrem Vorschlag durchfährt.

*Es ist deine Entscheidung*, sagt er mit ruhiger Stimme. *Du kannst sie frei treffen. Du weißt, wie viel du mir bedeutest, meine Seele, aber ich werde dich nicht von deiner Welt und deiner Familie fernhalten, wenn du das Gefühl hast, du solltest dort sein.*

Meine Seelie-Männer würden das genauso wenig tun. Sie haben das gezeigt, als wir herausfanden, dass ich mit Corwin verbunden bin, und wir dachten, ich müsste dauerhaft ins Winterreich ziehen. Doch jetzt … nachdem wir so lange darum gekämpft haben, einen Kompromiss zu finden, der uns erlaubt, zusammenzubleiben …

Aber ich habe darüber nachgedacht, oder nicht? Ich habe überlegt, ob ich die Menschenwelt nicht nur ab und zu besuchen soll, sondern ob ich wirklich zurückgehen soll, zumindest für einige Monate oder sogar Jahre, bis ich mir sicher bin, dass es Jamie gut geht. Ich habe mir bisher nur nicht erlaubt, zu lange darüber nachzudenken, weil ich keine Ahnung hatte, wie ich das mit meinen Pflichten den Fae gegenüber vereinbaren könnte.

„Was ist mit dem Fluch?", frage ich zaghaft. Sie haben bestimmt nicht vor, sich diesem wieder allein zu stellen jetzt, da sie in mir ein Heilmittel gefunden haben. „Wie kann ich Leute heilen, wenn ich nicht hier bin?"

Uzziah zeigt zu den Sommer-Erzlords. „Die Seelie brauchen dein Blut nur an einer Nacht im Monat. Sie können jemanden schicken, der es dir abzapft – heimlich, damit niemand in deiner Familie etwas mitbekommt. Wir nehmen an, dass wir auf die gleiche Art neue Opfer unseres Fluchs zu dir bringen können, damit du ihnen deine Tränen schenken kannst. Der eigentliche Vorgang scheint nur wenige Minuten zu dauern."

„Es würde ein gewisses Maß an Aufwand unsererseits erfordern", sagt Laoni, als würde sie diesen Vorschlag aus reiner, selbstloser Güte machen, „doch wir sind gewillt, diese Mühen auf uns zu nehmen, damit du an deinen rechtmäßigen Platz zurückkehren kannst."

Etwas in mir verhärtet sich. Darum geht es hier in Wahrheit, oder? Meinen ,rechtmäßigen Platz'. Ihr und ihren zwei Speichelleckern hat es nie gefallen, wie ergeben mir Corwin ist, und ihnen gefällt es zweifellos noch weniger, dass ich weiterhin eine so enge Beziehung zu meinen Seelie-Liebhabern unterhalte. Und ich wette, Celia wäre nur allzu glücklich, wenn sie mich und all die Komplikationen, die ich in ihr Leben gebracht habe, aus dem Weg hätte, sodass sie sich nur mit mir befassen muss, wenn es an der Zeit ist, mein Blut oder meine Tränen abzuholen.

Ihnen ist vollkommen egal, was mir mein Bruder bedeutet. Sie sehen nur eine weitere Gelegenheit, ihn zu ihren Zwecken zu benutzen.

Der schlimmste Teil ist jedoch, dass ich mir nicht sicher bin, ob ich trotzdem auf ihr Angebot eingehen soll. Nach dem, was ich heute in Jamies Zimmer gesehen habe, sollte ich vielleicht zurückgehen und mich wieder mit ihm in Verbindung setzen. Vielleicht sollte ich so lange bei ihm bleiben, bis ich *ihn* heilen kann, ganz gleich, welche Absichten die Erzlords hegen.

Ich schlucke schwer. „Danke, dass Sie dieses Angebot machen. Ich werde ein wenig Zeit brauchen, um darüber nachzudenken. Ich weiß noch nicht, was wirklich das Beste für alle Beteiligten ist. Es besteht kein Grund zur Eile, oder?"

Laonis Lippen werden schmal, doch bevor sie etwas sagen kann, erwidert Celia: „Natürlich nicht. Wir möchten nur, dass du weißt, dass die Möglichkeit besteht, damit du eine Sorge weniger hast."

Diesen Zweck hat ihr Angebot allerdings nicht erfüllt. Ich bin jetzt noch unruhiger bezüglich der Entscheidung, die ich treffen muss, da ich weiß, dass die Erzlords ihre eigenen Pläne verfolgen. In diesem Moment fühlt sich das Gewicht all der Faktoren, die ich bedenken muss, erdrückend an.

Sylas tritt vor und legt seine Hand auf eine vertraute Art in mein Kreuz, was er nie getan hatte, als der Rest unseres Publikums noch nicht von unserer Beziehung wusste. „Talia hat heute eine lange Reise unternommen und braucht Ruhe. Sie haben ihr Ihren Vorschlag unterbreitet … jetzt sollten wir sie in Ruhe lassen, damit sie darüber nachdenken kann."

„Wir versuchen nur, das zu tun, was für alle Beteiligten am besten ist", wendet Terisse ein, bevor die Winter-Erzlords beiseitetreten, und ich glaube, sie meint das tatsächlich ernst. Ich stimme nur nicht mit ihrer Einschätzung überein, was am ‚besten‘ ist.

Corwin lässt sich zurückfallen, als seine Kollegen gehen. „Bist du okay?“, erkundigt er sich und blickt kurz zu Sylas. „Ich weiß, dass jetzt deine Zeit im Sommerreich ist … ich wünschte die Grenzburg wäre schon fertig … aber wenn ich bleiben soll, damit du alles durchsprechen kannst, oder du mich einfach brauchst …“

*Und damit wir den anderen Erzlords noch einen Grund zu der Annahme geben, dass du mich vor deine anderen Pflichten stellst?*, spreche ich durch unser Band und seufze laut. Seine Zuneigung legt sich wie eine Umarmung um mich, aber ich möchte ihn nicht von seinem Volk und seinem Reich fernhalten. Ich habe hier immerhin drei Männer, die mich trösten können. „Ich denke, ich brauche einfach nur ein wenig Ruhe. Aber wenn ich dich doch brauche, weiß ich, wie ich dich erreichen kann.“

„Und ich werde sofort bei dir sein.“ Er lächelt und beugt sich vor, um mich zärtlich zu küssen. Die Hitze seines Mundes, seine eigene Freude über den Kuss und das Gefühl, dass uns meine anderen Männer voller Akzeptanz beobachten, sendet trotz meiner Sorgen einen erregenden Kitzel durch mich hindurch.

Ich klammere mich kurz an sein Hemd, bevor ich ihn loslasse. *Ich liebe dich.*

*Und ich liebe dich. Wir werden das durchstehen so wie alles andere auch.*

Als er zur Grenze geht, führt mich Sylas zu einem der anderen Ausgänge, woraufhin August und Whitt links und rechts neben uns herlaufen. „Welche Erkenntnisse hast du bei deiner Reise gewonnen, Krümel?“, erkundigt sich Whitt mit sanfter Stimme. Er freut sich vermutlich genauso wenig wie die anderen über die Vorstellung, dass ich das Fae-Reich dauerhaft verlasse, ist jedoch so nett, mich diesbezüglich nicht zu bedrängen.

Ich atme zittrig aus. „Ich weiß es nicht. Jamie hat sich offensichtlich gut bei meiner Tante und meinem Onkel eingelebt. Es sieht so aus, als hätten sie ihn in ihrer Familie aufgenommen, und er hat zumindest ein paar Freunde … Aber ich habe einige Zeichnungen von Monstern und anderen dunklen Dingen gefunden, die vermutlich Erinnerungen an den Angriff entspringen. Er hat ihn noch nicht vollständig überwunden."

„Die Folgen haben dich auch noch nicht komplett aus ihrem Griff entlassen", merkt August an. „Das ist nicht überraschend – so etwas Traumatisches bleibt einem im Gedächtnis hängen."

„Ich … ich will ihm einfach helfen. Doch was, wenn es sein Trauma verstärkt oder ihn anderweitig belastet, wenn ich mich ihm offenbare? Es ist unmöglich, das vorherzusehen. Und ich will euch nicht verlassen." Ich massiere mir die Stirn. „Im Moment möchte ich einfach nur schlafen. Vielleicht wirkt danach alles klarer."

„Dann bringen wir dich ins Bett", verkündet August, wobei er einen neckenden Tonfall anschlägt, und hebt mich von meinen schmerzenden Füßen, wie er es wahrscheinlich schon seit Stunden tun will.

Ich gebe einen Protestlaut von mir, den ich nicht ernst meine, und kuschle mich an seine muskulöse Brust. Er überwindet den restlichen Weg zur Burg mit schnelleren Schritten, als ich hätte machen können, und seine Brüder passen sich seinem Tempo an. Nachdem wir die Eingangshalle betreten haben, stellt er mich allerdings ab und Sylas winkt mich zu sich.

„Falls du einige Minuten erübrigen kannst, bevor du dich ausruhst, würde ich vorher gerne etwas mit dir besprechen. Es sollte nicht lange dauern."

Ich nicke. „Selbstverständlich."

Anscheinend hat er den anderen Männern ein Zeichen gegeben, denn sie folgen uns nicht zu Sylas' Büro. Im Inneren bedeutet er mir, mich auf meinen Lieblingssessel zu setzen, und geht zu seinem Schreibtisch. Anstatt dahinter Platz zu nehmen, holt er jedoch etwas aus einer der Schubladen, sinkt auf den Sessel neben meinem und zieht ihn so herum, dass er mir zugewandt ist.

„Vor einigen Tagen bin ich noch einmal zu Nuldar gegangen", erzählt er.

Ich blinzle ihn an. „Das hast du nicht erwähnt."

„Du warst zu dem Zeitpunkt bei Corwin und ich hatte noch nicht entschieden, was ich von dem halten soll, was er gesagt hat. Ich zerbreche mir noch immer den Kopf darüber." Er seufzt und ein Teil der Anspannung, die ihn genauso wie mich im Griff hat, zeichnet sich auf seinem Gesicht ab. „Die Kernpunkte, die er andeutete, waren, dass sich uns die Lösung für den Fluch offenbaren wird, ohne dass wir etwas anderes tun müssen, als zu warten. Tatsächlich wird es die Lösung behindern, wenn wir versuchen, den Vorgang zu beschleunigen. Aber wir müssen auch vorbereitet sein."

Mein Mund verzieht sich zu einem schiefen Lächeln, denn ich denke an die erste Antwort, die wir von Nuldar erhalten haben. „Ich schätze, er hat sich nicht die Mühe gemacht, zu erklären, *wie* wir uns vorbereiten sollen?"

Sylas erwidert mein Lächeln genauso schief. „Das hat er nicht getan. Doch ich bin der Meinung, dass es ein paar Schritte gibt, die wir unternehmen können, um uns zu schützen. Außerdem denke ich, dass es besonders wichtig ist, dass wir dich angemessen ausstatten, da du bisher so eng mit dem Fluch verbunden warst. Deswegen habe ich das hier für dich gemacht."

Er reicht mir einen großen Bronzering, der wie ein

breites, flaches Armband aussieht und in dessen polierte Oberfläche ein Ziermuster aus Blumen eingraviert wurde. „Ich habe versucht, ihn so zu formen, dass er dich bei deinen typischen Aktivitäten so wenig wie möglich stört. Du könntest ihn an deinem Handgelenk oder um deinen Knöchel tragen. Ich hätte dir zwei gegeben, mache mir jedoch Sorgen, dass es dadurch offensichtlicher wäre, wie wichtig sie sind."

Ich nehme ihm den Ring ab und streiche mit den Fingern über das glatte Metall. Er ist so schmal, dass er nicht über meine Hand passt – doch ich könnte ihn mit Magie weiten und ihm auftragen, sich wieder zusammenzuziehen, nachdem ich ihn angezogen habe, sodass er sich eng um mein Handgelenk schmiegt.

Oh. Ich blicke zu ihm auf und stelle fest, dass er mich mustert. „Es ist eine versteckte Waffe", sage ich, um mich zu vergewissern, dass ich es richtig verstanden habe. „Ich kann den wahren Namen für Bronze benutzen, um ihn in eine Klinge oder etwas anderes zu verwandeln, mit dem ich mich im Notfall verteidigen könnte."

„Das war der Gedanke dahinter. Meine Fae-Kollegen haben dich nur den wahren Namen für Licht benutzen sehen – sie werden den Armreif nicht sofort mit deinen potenziellen Kräften in Verbindung bringen, vor allem nicht, da es merkwürdig ist, dass ein Mensch überhaupt wahre Namen nutzen kann." Sylas reibt mit einer Hand über seinen Kiefer. „Ich hätte dir vermutlich schon etwas Derartiges geben sollen, als ich von deinen Fähigkeiten in diesem Gebiet erfuhr. Allerdings ist es keine Strategie, die wir selbst anwenden, weshalb es mir nicht sofort eingefallen ist."

„Besser jetzt als nie." Ich habe größtenteils aufgehört, meinen Beutel mit Salz an mir zu tragen – zuerst, weil wir uns Sorgen machten, dass es die Unseelie beleidigen würde, während ich meinen Platz dort fand, und jetzt, weil ich diejenigen nicht verschrecken will, die hilfesuchend zu mir kommen – und mein Dolch könnte mir weggenommen werden, falls ich überrascht werde. Doch kein Feind würde daran denken, mir einen Armreif wegzunehmen, um mich vollständig zu entwaffnen.

Da die Bilder von Jamies Zeichnungen noch in meinem Hinterkopf lauern, fällt es mir leicht, das Gefühl von Furcht heraufzubeschwören, das dem wahren Namen Macht verleiht. *„Fee-doom-ace-own"*, raune ich, zwinge das Metall gedanklich, sich auszudehnen, und lasse es anschließend um meine Haut herum schrumpfen. Als es um mein Handgelenk ruht, sieht es lediglich wie ein hübscher Armreif aus. Ich bezweifle, dass die meisten Fae dem Reif einen zweiten Blick widmen werden.

Mein Gespür für Corwin, das fast immer bei mir ist, mischt sich nicht ein, aber ein schwacher Eindruck von Dankbarkeit für Sylas erreicht mich durch unsere Verbindung. Ich schicke ihm eine Woge der Zuneigung und blicke zu dem Mann auf, der mir dieses Geschenk gemacht hat.

Nach allem, was er für mich getan hat, ist es schwer, an den Gefühlen des Sommer-Erzlords für mich zu zweifeln. Dennoch kann ich nicht anders, als darüber zu staunen, dass es einem Mann, der so viel Macht und Kraft besitzt, so wichtig ist, was mit mir passiert. Ich bin zwar nicht damit einverstanden, dass die Fae Menschen ablehnen und schlecht behandeln, doch ich weiß, dass ich mich in vielerlei Hinsicht nicht mit ihm vergleichen kann.

Allerdings spielt für ihn nichts davon eine Rolle. Er liebt mich für das, was ich anbieten *kann*, und für ihn ist das so viel, dass er mich für eine bessere Gefährtin hält als all die feinen Fae-Ladys, die um seine Aufmerksamkeit gebuhlt haben. Er hat mich beschützt und auf mich aufgepasst, mir jedoch auch vertraut und genug an mich geglaubt, um mir zu erlauben, für mich selbst einzutreten, wenn ich dazu in der Lage war. Der Armreif ist das perfekte Symbol dieser Liebe.

Ich rutsche von meinem Sessel. Sylas lehnt sich in meine Umarmung, zieht mich auf seinen Schoß und meinen Kopf an seine Halsbeuge. Sein erdiger, rauchiger Duft hat sich noch nie so einladend angefühlt.

„Ich liebe dich", verkünde ich. „Ich will dich wirklich nicht verlassen. Keinen von euch. Wenn Jamie nicht wäre, würde ich es nicht einmal in Erwägung ziehen. Das weißt du, oder?"

Sylas drückt mich fester und reibt seine Nase an meinen Haaren. Sein tiefer Bariton klingt heiser. „Das weiß ich. Und ich hoffe, dass du weißt, wie sehr ich dich liebe, Talia. Du hast so viel mehr als unseren Fluch geheilt. Wenn man dich liebt, gehört es allerdings auch dazu, dich gehen zu lassen, wenn du es für das Richtige hältst. Triff deine Entscheidung aufgrund dessen, was sich für *dich* richtig anfühlt, nicht anhand dessen, was der Rest von uns empfinden wird."

Tränen brennen in meinen Augen. „Es gibt einfach so viel … Ich muss so viele Dinge berücksichtigen, die miteinander im Widerspruch stehen. So viele Leute verlassen sich auf mich und es gibt so viele Leute, für die ich da sein will."

„Ich weiß. Ich muss nicht dieselbe Entscheidung treffen wie du, aber ich musste in meiner Zeit als Lord schon viele schwierige Entscheidungen fällen. Ich musste ein Gleichgewicht zwischen meiner Loyalität für mein Rudel, meine Brüder, den Rest des Reichs und meine Gefährtin – der vergangenen und aktuellen – finden." Er drückt einen Kuss auf meine Stirn. „Ich beneide dich nicht um die Lage, in der du dich befindest."

„Wird es leichter?", frage ich. „Herauszufinden, was man

tun soll, wenn man in gegensätzliche Richtungen gezogen wird?"

Er denkt lange über seine Antwort nach. „Vielleicht ein wenig. Man lernt durch Versuch und Irrtum, welche Faktoren in welchen Situationen am wichtigsten sind, welche Opfer dich am wenigsten belasten werden. Und vielleicht wirst du auch besser darin werden, einen Kompromiss zu finden, sodass du am Ende gar nicht zerrissen wirst. Ich denke, du hast dich bereits ziemlich geschickt darin erwiesen."

„Ich habe versucht, eine Möglichkeit zu finden, bei der ich nichts verliere", murmle ich. „Bisher hatte ich kein Glück. Falls dir irgendetwas einfällt, gib mir Bescheid."

Sylas gluckst und senkt den Kopf, um meine Lippen zu suchen. Als unsere Münder miteinander verschmelzen, wird das Gewicht, das auf mir lastet, nicht leichter, doch es ist etwas einfacher, es fürs Erste beiseitezuschieben in der Hoffnung, dass mir in der Zwischenzeit eine bessere Antwort einfällt.

Wenn ich nicht bald eine Lösung finde, werden die anderen Erzlords dann meine Abreise erzwingen? Kein Armreif in der Welt kann mich vor ihnen allen beschützen, falls sie es sich in den Kopf gesetzt haben, mich loszuwerden.

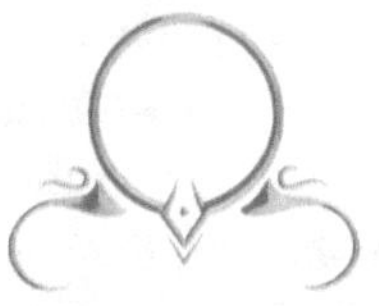

9

*Corwin*

Wenn das Sonnenlicht ihr blasses Gesicht beleuchtet und von ihren pink- und lilafarbenen Haaren reflektiert, sieht meine Gefährtin absolut umwerfend aus. Sie beugt sich über den Rand des Gefährts, betrachtet den eisigen Wald, über den wir fliegen, und blickt mit einem verschlagenen Funkeln in den Augen zu mir. „Du hast gesagt, dass dies einer deiner Lieblingsorte im Reich ist. Warum hast du dann so lange damit gewartet, ihn mir zu zeigen?"

Ich mache eine unbestimmte Geste mit der Hand und spreche so gelassen, wie die Stimmung bei diesem Ausflug sein soll. „Er ist weiter entfernt als Orte wie der Frostfeuerwald. Und womöglich wollte ich mir einige Sehenswürdigkeiten aufheben, damit wir sie gemeinsam erkunden können, wenn du vollständig meine Gefährtin bist."

Das Lächeln, das sich bei dieser Bemerkung auf Talias Lippen abzeichnet, ist sowohl schüchtern als auch verschlagen und sendet einen Blitz des Verlangens in meinen Schritt. Was für eine Gefährtin sie doch ist. Mein Herz dehnt sich bei ihrem Anblick so sehr aus, dass ein winziger Hauch von Furcht um die Ränder meiner Zuneigung kriecht – der Gedanke, dass es zu viel sein könnte, dass ich mich zu stark auf sie eingelassen habe, um einen kühlen Kopf zu bewahren.

Vor allem, wenn ich mich womöglich früher, als ich mir jemals vorgestellt hatte, von ihr verabschieden muss.

Das ist jedoch eine Furcht, die von Jahrzehnten an Hohn und verurteilenden Blicken angetrieben wird, nicht von etwas, was ich wirklich glaube. Ich muss mir das einfach immer wieder ins Gedächtnis rufen. Was könnte falsch daran sein, es wertzuschätzen, dass die Frau, deren Seele mit meiner verbunden ist, zum ersten Mal seit Tagen, wenn nicht sogar seit Wochen, glücklich und entspannt aussieht? Ich kann mich nicht an das letzte Mal erinnern, als sie diese Art von Verspieltheit gezeigt hat. Wir haben unsere gemeinsame Zeit hauptsächlich damit verbracht, von einem Meeting zu einem verfluchten Opfer und wieder zurückzueilen.

Bevor ich Talia an der Grenze abholte, schickte mir Sylas eine kurze Nachricht, dass sie jede Pause gebrauchen könnte, die ich ihr von den Pflichten geben kann, die wir Fae ihr aufgehalst haben. Ich merke bereits, dass seine Instinkte richtig lagen.

Anfangs widerstrebte es jeder Faser meines Körpers, Talias Liebe zu teilen, doch es hat sich herausgestellt, dass es auch unserer Beziehung guttut, die anderen Männer in unserem Leben zu haben, denen sie so wichtig ist. Mittlerweile würde ich es hassen, ihre Beiträge zu Talias Glück zu verlieren.

Heute kann es allerdings nur um uns gehen. Ich habe im Voraus all meine dringenden Pflichten erledigt und mein

Zirkel kann sich bis zu meiner Rückkehr um jegliche neuen Probleme kümmern, die womöglich aufkommen. Selbst wenn noch jemand aus meinem Volk dem Fluch zum Opfer fällt, geschieht dies nicht so schnell, dass wir sofort verfügbar sein müssen.

Talia hat meinen Leuten so viel von sich gegeben und ihr sollte auch ein Leben erlaubt sein, das nur ihr gehört.

Mit einer schwungvollen Handbewegung lenke ich das Gefährt zu einem hohen Felsabhang, der von den Kräften der Natur so glattpoliert wurde, dass er wie Marmor glänzt. Auf der anderen Seite bricht die Hügelkuppe zu einer schieren Klippe ab. Ich lasse das Gefährt ungefähr sechs Meter über dem Boden anhalten, wo eine Spalte im Felsen, die nur etwas breiter ist als ich, einen Durchgang in den Berg anbietet.

Neugier vibriert durch Talia und in unsere Verbindung, als ich ihr aus dem Gefährt helfe, das ich anschließend zum Boden sinken lasse, sodass ich keine Magie darauf verwenden muss, es weiterhin in der Luft zu halten. Sie stellt keine Fragen, da sie weiß, dass ich ihr diesen Ort zeigen wollte, anstatt mithilfe von Worten und Erinnerungen zu erklären, was wir gleich erleben werden. Ihre Finger krümmen sich um meine und ihr Blick wandert neugierig über die glatten Wände des Ganges, den wir betreten.

„Nur wenige kommen hierher, da es nicht dafür ausgelegt ist, viele Besucher auf einmal zu empfangen, und es ist ziemlich weit von einem Dorf oder einem anderen interessanten Ort entfernt", erkläre ich. „Mein Vater kam jedoch gerne her, um seine Gedanken zu sammeln, und als ich älter wurde, brachte er mich ebenfalls hierher. Ich finde, der Ort kann sowohl beruhigend wirken, als auch die Laune anheben."

Eine schwache Melodie dringt bereits durch den Gang an unsere Ohren. Talias Schritte beginnen, sich dem Takt anzupassen, vielleicht ohne, dass sie sich dessen bewusst ist.

Ihr Lächeln wird breiter – sie weiß, wie sehr ich Musik mag. Das hier ist allerdings mehr als eine Sammlung schöner Töne.

Wir betreten eine kleine Höhle – sie hat ungefähr die Größe meines Büros im Palast, besitzt jedoch eine kegelförmige Decke, die sich viel, viel höher gen Himmel erhebt, sodass über uns nur ein Stecknadelkopf aus Sonnenlicht zu sehen ist. Spitze Stalaktiten aller Größen hängen von den schrägen Oberflächen, die den Gipfel umgeben. Eine Brise schlängelt sich zwischen ihnen hindurch, erzeugt die trällernden Töne und schickt Wogen aus heller Farbe über den Felsen. Die Farbtöne scheinen zu der Musik zu passen, feuriges Rot und Gelb, wenn die Melodie schnell dahinhüpft, kühles Blau und Lila, wenn sie sich zu einer ruhigen Melodie verlangsamt.

Talia tritt vorsichtig in die Raummitte und atmet keuchend ein. „Es ist wunderschön. Und ich sehe, was du damit meinst, dass es zugleich beruhigend und stimmungsaufhellend ist. Ich denke, ich könnte mir das stundenlang anschauen.“

Ich strahle sie an. „Wir können stundenlang hierbleiben, wenn du möchtest. Ich habe uns von Charles und Beth Essen einpacken lassen, also wird es uns an nichts fehlen.“

Ich breite ein Tuch auf dem Steinboden aus, das dünn, jedoch so weich ist, dass es einen gemütlichen Ruheplatz darstellt. Talia setzt sich darauf, währends sie weiterhin zu den tanzenden Farben hinaufstarrt. Ein schwacher Farbschimmer berührt ihre Haut und lässt sie noch ätherischer aussehen. Nach einer Weile legt sie sich auf den Rücken, sodass sie das Spektakel beobachten kann, ohne ihren Hals zu strapazieren. Ich setze mich neben sie und lasse meine Finger träge über ihre ausgebreiteten Haare gleiten.

Ein Gefühl von Frieden lässt sich auf mir nieder, als würde nur dieser Raum in der Welt existieren und draußen keine Probleme auf uns lauern. Talia atmet mit einem zittrigen Laut ein, bei dem ich abrupt innehalte. Mit einem Anflug von Sorge lege ich meine Finger an ihre Schläfe. „Geht es dir gut?"

„Ja", antwortet sie. „Ich meine, es gibt immer noch eine Menge Dinge, die nicht unbedingt okay sind, aber das ist nichts, worüber ich jetzt nachdenken muss. Das hier ist eine perfekte Flucht vor der Wirklichkeit."

Sie sagt das, doch ich kann erkennen, dass es nicht perfekt ist, denn sie ist nicht vollständig geflohen. Sie strahlt Staunen und Freude aus, die jedoch nach wie vor von Anspannung durchzogen sind. Sie hat sich noch nicht komplett entspannt. Das ist nicht gänzlich unerwartet, schätze ich, aber ich komme nicht gegen das Gefühl an, dass dies bedeutet, dass ich versagt habe.

Es gibt allerdings noch mehr, was ich ihr anbieten kann, mehr, was diese Sorgen für kurze Zeit aus ihrem Verstand verjagen könnte, oder?

Ich streichle mit den Fingern über ihre Wange und genieße das freudige Kribbeln, das ihren Körper bei meiner Berührung und dem Hautkontakt durchläuft. Nun, da wir unser Band bestätigt haben, sind wir noch stärker auf die körperlichen und emotionalen Zustände des anderen eingestellt.

Als ich mit der Hand weiter nach unten zur Kurve ihres Halses und ihrer Schulter wandere, flammt Verlangen zwischen uns auf, nicht nur meines, sondern auch ihres. Ihr Blick gleitet von der Decke zu mir und ein begieriges Leuchten schimmert in ihren Augen.

Und dennoch sträubt sich etwas in mir und die vorherige Furcht durchläuft mich. Wir befinden uns nicht in der Privatsphäre meines Palastes. Dieser Ort wird nur selten besucht, doch es besteht die Möglichkeit, dass wir hier von jemandem entdeckt werden. Bisher habe ich sie bloß geküsst, wenn wir uns nicht sicher hinter einer verschlossenen Tür befanden.

Talia blinzelt zu mir auf, bemerkt meine Reaktion und wartet geduldig, während ich mit mir ringe. Die Hitze ihrer Sehnsucht durchströmt mich, doch sie stellt keine Forderungen an mich. Eine Sache weiß ich mit Sicherheit über meine Gefährtin: Sie würde niemals etwas tun, von dem sie glaubt, es könnte mir schaden oder mich stören – nun, außer es würde schlimmere Konsequenzen nach sich ziehen, es *nicht* zu tun.

Ich befeuchte meine Lippen und denke an unser Intermezzo mit Sylas vor ein paar Wochen. Die Leidenschaft, die bei einem unkonventionellen Liebesspiel entsteht, hat etwas für sich. Womit könnte ich sie besser von all den Sorgen ablenken, die sie bisher nicht abschütteln konnte?

Falls uns jemand entdecken *sollte*, wird derjenige lediglich einen Erzlord sehen, der seine seelenverbundene Gefährtin in jeder Hinsicht ehrt, die sie verdient. Es gibt nichts, weswegen ich mich diesbezüglich schämen müsste.

Ich senke meine Hand tiefer, um die Rundung einer ihrer Brüste zu liebkosen. Lust bebt von ihr in mich und sorgt dafür, dass mein Schwanz halbsteif wird, bevor sie mich richtig berührt hat. Mit einem Murmeln, das beinahe ein Schnurren ist, wölbt sie sich meiner Hand entgegen, als ich meine Finger um die Spitze eines Busens kreisen lasse. Ihr Nippel wird unter dem Stoff hart und ihre Atmung beschleunigt sich.

Es ist eine berauschende Abfolge: Ich löse Wonne in ihrem Körper aus, die wiederum in mich wandert und meine Lust entfacht, was ihre Freude verstärkt. Der Segen der seelenverbundenen Verbindung besteht darin, dass wir so gut aufeinander eingestellt und einander so ergeben sind, dass jedes bisschen Freude und Verlangen, das der andere empfindet, das Gleiche in uns hervorruft. Es fließt in einem köstlichen Kreislauf zwischen uns hin und her, den ich in Momenten wie diesem nie unterbrechen möchte.

Talia greift nach oben, um an meiner Jacke zu ziehen, und ich beuge mich ihr entgegen, um ihre wartenden Lippen zu erobern. Ihr Kuss ist stürmisch vor Sehnsucht und ich bemerke zufrieden, dass ich keinen Stress mehr in ihren Emotionen wahrnehmen kann. Sie ist vollkommen in der Flucht vertieft, die ich für sie schaffe.

Ich will mich genauso sehr in ihr verlieren. Als ich unseren Kuss vertiefe, lockere ich die Schnüre an der Vorderseite ihres eleganten Kleides, das erneut ihre Seelie-Freundin für sie geschneidert hat und in dem meine Gefährtin wie die Lady eines Erzlords aussieht. Jeder Zentimeter ihrer Haut, den ich entblöße, sendet berauschende Erregung durch mich hindurch.

Meine Finger gleiten über die Erhebungen der Narben auf ihrer Schulter und ich schenke diesen die gleiche zärtliche Aufmerksamkeit wie dem Rest ihres reizenden Körpers. Sie soll wissen, dass ich an diesen Narben nur den Schmerz bereue, den sie ihr bereitet haben. Ich für meinen Teil finde sie perfekt.

Ich ziehe das Kleid weiter nach unten und kann nicht widerstehen, meinen Kopf zu senken, um einen Pfad über ihr Schlüsselbein zu ihren Brüsten zu küssen. Als ich die harte Spitze in meinen Mund sauge, schießt der Laut, den sie von sich gibt, geradewegs in meinen Schritt.

Meine Erektion presst gegen meine Hose, doch ich werde das hier nicht überstürzen. Zu Beginn haben wir uns schnell vereint, da uns die Dringlichkeit unseres ungewissen Bandes antrieb. Meine Geliebte sollte jedoch genossen werden.

Talias Finger vergraben sich in meinen Haaren und fahren durch die dichten Locken. Ihre Fingernägel, die meine Kopfhaut streifen, jagen ein exquisites Beben durch mich hindurch. Ich stimuliere ihre Brüste abwechselnd und verharre, wann immer ihr Atem stockt und sie mir ihren Oberkörper entgegenbiegt, bis sie meine Lippen wieder zu ihren zieht.

Als unsere Münder aufeinander krachen, zerrt sie an meiner Jacke. Bevor ich diese fertig ausziehen kann, macht sie sich bereits an den Knöpfen meines Hemdes zu schaffen. Ich werfe das ebenfalls beiseite und summe ermutigend, als ihre zarten Hände über meine Brust und die wahren Namen wandern, deren Abbilder sich dort befinden.

Sie fährt sie wie eine Karte nach und ihre Finger zeichnen heiße Linien auf meine Brust, die in starkem Kontrast zu der kühlen Höhlenluft stehen. Ich tauche meine Zunge in die Süße ihres Mundes, umfange zur gleichen Zeit ihren Busen und schlucke ihr Stöhnen. Doch als sie sie sich mit der Hilfe meiner drängenden Hände komplett aus ihrem Kleid windet, durchläuft sie ein Zittern, das nicht nur Wonne geschuldet ist.

Ihr menschlicher Körper kommt mit der Winterkälte nicht so gut klar wie meiner. Ohne den Wärmezauber an ihren Kleidern bricht Gänsehaut auf ihrer Haut aus.

Sorgen durchzucken mich, bevor ich zu einer einfachen Lösung gelange. Mit einem Lächeln führe ich unsere Oberkörper nach oben und sie auf meinen Schoß, sodass sie nur in ihrem Höschen rittlings auf mir sitzt. Talia neigt sich zu mir und drückt sich eng an meine Körperwärme, doch ich habe mehr zu bieten.

Meine Rückenmuskeln zucken, als ich meine Flügel freilasse. Ich biege sie nach vorne um uns herum, sodass die dicht gefiederten Glieder eine Art Kokon um uns herum formen: eine Wärmeblase, die nur uns gehört. Talia dreht sich, betrachtet sie und grinst mich mit solch aufrichtiger Freude an, dass es mein Herz zum Stocken bringt.

Ich ziehe sie in einen weiteren Kuss und verlagere sie auf mir. Ihre Mitte drückt gegen meinen steifen Schwanz und ich muss ein Stöhnen schlucken. Obwohl ich es mir verkneife, bemerkt es meine Gefährtin. Sie erwidert den Kuss genauso stürmisch und bewegt zugleich die Hüften auf die genau richtige Weise auf mir, um diesen quälenden Druck zu verstärken.

Ich schiebe meine Finger von hinten zwischen ihre Schenkel und streichle über ihre Spalte. Die dünne Kleiderschicht, die uns voneinander trennt, ist bereits so feucht, dass es mich in den Wahnsinn treibt. Ich führe meine Hand an ihre Vorderseite und tauche unter den Stoff, um ihre Haut direkt zu reizen. Als Talia wimmert, krümme ich meinen Zeigefinger in sie.

*Ich liebe es, so mit dir zusammen zu sein,* sagt sie auf unsere vertrauliche Art. Ihre innere Stimme klingt so abgehackt wie ihre Atemzüge. *Ich liebe die Empfindungen, die du in mir auslöst, und ich liebe es auch, zu schmecken, wie gut du dich fühlst.*

Ihre Worte lassen die Flammen meiner Leidenschaft höher lodern. Ich füge einen zweiten Finger hinzu, lasse beide in sie rein und raus gleiten und bei der Lust, die sie daraufhin durchströmt, stockt mir der Atem. *Und was wünschst du dir als Nächstes von mir, meine Seele?*, frage ich, obwohl ihr Körper das drängende Verlangen, gefüllt zu werden, bereits so stark ausstrahlt, dass ich es vermutlich sogar ohne unser Band erkannt hätte.

*Nimm mich. Mach mich wieder zur deinen. Zeig mir all das Feuer, das in dir steckt.*

Wie kann ich ihr eine derartige Bitte abschlagen? Ich zerre meine Hose nach unten und entferne anschließend ihr Höschen. Bevor ich meine Absicht in die Tat umsetzen kann, greift sie zwischen uns und packt meinen Schaft. Das Stöhnen, das mir entfährt, lässt sich nicht aufhalten, als sie ihre Hand über meine Länge gleiten lässt. Sie reibt sich an mir und verteilt ihre Flüssigkeit, sodass sie sich mit meiner mischt. Es kostet mich sämtliche Willenskraft, mich nicht mit einem schnellen Stoß in sie zu rammen.

Stattdessen positioniere ich sie über mir und senke sie einen wundervollen Zentimeter nach dem anderen auf mich. Ich war anderen Liebhaberinnen zuvor schon so nahe, doch es lässt sich nichts damit vergleichen, dass mich ihre Feuchtigkeit umschließt und ich zugleich ihre berauschende Empfindung spüre, gefüllt zu werden. Es kostet mich meine gesamte Selbstbeherrschung, nicht meinen wildesten Drängen nachzugeben und uns beide so schnell wie möglich zu unseren Höhepunkten zu treiben.

Talia lehnt sich an mich und bewegt ihre Hüften auf und ab, während ich allmählich meine Stöße verstärke und sie mich immer tiefer aufnimmt. Ich lege meine Flügel enger um sie und sie streichelt mit den Fingern über die Federn. Ihre Berührung sendet einen Stromstoß durch das Fleisch darunter. Ein erstickter Laut entringt sich meiner Kehle und ich ziehe ihren Mund zu meinem.

Als unsere Küsse zittriger werden und unser Tempo wilder wird, gleitet eine meiner Hände um ihren Po herum, um ihren Winkel zu verändern. Ihr Kopf neigt sich mit einem Stöhnen nach hinten, als mein Schwanz diesen speziellen Lustpunkt in ihr trifft. Zugleich erreichen mich Erinnerungsblitze: die Ekstase, die sie empfand, als sie zwischen zwei ihrer Seelie-Liebhabern gefangen war, die gleichzeitig in ihr waren.

Ich lasse meine Finger über ihre andere Öffnung wandern, woraufhin sie keucht und mich fester packt. *Soll ich dieses Verlangen ebenfalls befriedigen, meine Gefährtin?*, erkundige ich mich.

Ihre innere Stimme erreicht mich bruchstückhaft. *Ja. Oh. Das ist … so gut.*

Sie beginnt, sich um meinen Schwanz herum zu verkrampfen. Ich schaffe es kaum, den Schmerz in meinen

Eiern zu beherrschen, bis ein starkes Beben ihren Körper durchläuft. Ihre Mitte zieht sich um mich herum zusammen und mein Höhepunkt durchfährt mich mit einer Woge geschmolzener Wonne.

Talia sackt gegen mich, nach wie vor in meine Flügel gehüllt und auf meinem nun erschlaffenden Schwanz aufgespießt. Ich halte sie fest, da ich sie noch nicht loslassen möchte. Als ich meine Arme um sie lege und mein Kinn an ihre Schläfe neige, kommt mir der Gedanke, dass ich wünschte, ich müsste sie nie gehen lassen.

Allerdings muss ich das womöglich auf eine beinahe dauerhafte Art tun.

Ich habe versucht, nicht über die Entscheidung nachzudenken, mit der meine Gefährtin ringt. Ich bemühe mich, sie auch jetzt von mir zu schieben, doch ein Funke Bewusstsein geht von Talia auf mich über. Bewusstsein … und die Nervosität, dass es vielleicht doch nicht ihre Entscheidung ist.

Ich drücke sie noch fester an mich. *Du wirst tun, was für dich richtig ist. Und wenn es für dich richtig ist, hier bei uns im Fae-Reich zu bleiben, werde ich bis zum Tod kämpfen, um diese Entscheidung zu verteidigen, selbst wenn ich mich dazu gegen meine Kollegen stellen muss.*

Ihre Antwort ist eine wortlose Mischung aus Liebe, Dankbarkeit und Traurigkeit, dass ich das überhaupt sagen muss. Dann verdrängt sie diese Gedanken für den Moment, so wie ich es getan habe, und lässt die Freude über unsere Intimität die Sorgen hinwegfegen. Sie kuschelt sich mit einem zufriedenen Seufzer näher an mich.

So verharren wir eine ganze Weile, bis Hunger in Talias Träumerei kriecht. Ich hole die Snacks, die mein Küchenpersonal für uns eingepackt hat, und wir genießen sie unter den trällernden Lichtern.

Anscheinend haben wir den Frieden gefunden, den ich

Talia zu schenken hoffte, indem ich sie hierherbrachte. Auf der gesamten Rückreise zu Heart's Cadence unter dem sich verdunkelnden Himmel umspielt ein sanftes Lächeln ihre Lippen, während die Brise durch ihre Haare weht.

Ich wusste, dass der Friede nicht ewig anhalten würde, dennoch verknotet sich mein Magen, als ich einen Boten sehe, der uns entgegenkommt, sobald wir meinen Palast erreichen. Ich schätze, es war zu viel verlangt, noch einige Minuten länger daran festhalten zu wollen, nachdem wir wieder zu unseren Problemen zurückgekehrt sind.

Als wir das Gefährt verlassen, eilt der Mann herbei. Er verneigt sich. „Es tut mir leid, dass ich Sie so kurz nach Ihrer Ankunft belästigen muss, Erzlord Corwin. Es geht um Fina … die Frau aus Stonehaven, die Ihre Lady vor einigen Wochen von dem Fluch geheilt hat. Die Kälte hat sie erneut gepackt."

10

*Talia*

„Es ist ungefähr einen Monat her", stelle ich fest und versuche, im Kopf die Wochen zu zählen, während ich über die Seite des Gefährts spähe und in der Dunkelheit nach den Lichtern des Schwarmdorfes Ausschau halte. Mich auf die praktischen Details zu konzentrieren, verdrängt einen Teil des Grauens, das mich zu ersticken droht. „Das ist ein ähnlicher Zeitrahmen wie bei den Sommer-Fae, die das Heilmittel einmal im Monat brauchen."

Corwin nickt und sein normalerweise ausdrucksloses Gesicht ist grimmig verzogen. „Ich hatte gehofft, dass es bei uns länger anhalten würde, doch ich schätze, wir können von Glück reden, dass es keine kürzere Zeitspanne ist. Zu einer Person zurückzukehren, ist eine viel geringere Zumutung, als die gesamte Seelie-Bevölkerung zu heilen."

Natürlich ist die wahre Frage, wie leicht ich Fina ein zweites Mal heilen kann.

Zelpha, das Mitglied aus Corwins Zirkel, das sich am meisten für mich erwärmt hat, stößt mich sachte mit ihrer muskulösen Schulter an. „Das Ganze ist jetzt ein alter Hut für dich. Wir sausen dorthin, holen sie aus der Kälte und sind kurz nach der Bettgehzeit zurück.“

Ich schätze, meine Sorgen sind sogar ohne ein Seelenband leicht wahrnehmbar. Ihre Erwähnung eines Bettes sorgt dafür, dass mein Kiefer aus dem Bedürfnis heraus zuckt, zu gähnen. Obwohl Corwin und ich den Großteil des Tages fernab der Geschäftigkeit seiner Ländereien und der Fae-Politik verbracht haben, ist mir bereits danach, mich unter eine schön warme Decke zu kuscheln und die nächsten ein oder zwei Tage nicht darunter hervorzukommen.

Diese Frau braucht mich jedoch. Fina ist die erste Winter-Fae, die ich geheilt habe. Ich frage mich, wie viel Zeit ihr noch bis zu ihrer Entbindung bleibt. Es war ihre Schwangerschaft, die mich emotional so sehr belastete, dass es mir Tränen in die Augen trieb, als ich sie kennenlernte – der Gedanke, nicht nur sie, sondern auch ihr ungeborenes und offenkundig geliebtes Kind nicht retten zu können …

Zelpha hat allerdings recht. Ich weiß jetzt, was ich tue. Es gibt keinen Grund, aus dem es beim zweiten Mal nicht auf die gleiche Weise funktionieren sollte.

Ich wende mich von dem beißenden Wind ab und drücke mich an die kristallene Windschutzscheibe, halte jedoch nach wie vor nach den Lichtern Ausschau. Die Unterseite des Gefährts wirft einen hellen Schein auf die verschneite Landschaft unter und direkt vor uns. Als ich die Öffnung des Tals ausmachen kann, in dem sich Finas Dorf befindet, durchströmt mich Erleichterung, obwohl sich mein Magen noch fester verkrampft.

Ich werde niemanden enttäuschen. Ich kann sie heilen.

Corwin bekräftigt diese Gedanken durch unser Band

und schickt mir eine zusätzliche Woge der Beruhigung. Er lenkt das Gefährt hinab ins Tal und vor uns leuchten nicht nur vereinzelte, sondern viele Lichter. Mehrere brennen entlang einer breiten Terrasse am Fuß der Burg des Lords. Der Bote sagte, dass wir dorthin gehen sollen, obwohl Fina beim letzten Mal, als ich nach ihr sah, in ihrem eigenen Zuhause war. Vielleicht will der Lord sie besser im Auge behalten, da der Fluch sie zum zweiten Mal gepackt hat.

Die Terrasse ist so breit, dass Corwin das Gefährt auf dieser landen lassen kann. Er nimmt meine Hand, um mir beim Aussteigen zu helfen, und ein schlanker Mann mit malvenfarbenen und grau-braunen Haaren kommt herausgeeilt, um uns zu begrüßen. Ich nehme Stimmengemurmel wahr, das hinter ihm durch die helle Türöffnung dringt, bevor die Tür zuschwingt.

„Gut, gut, ich bin froh, dass Sie so schnell kommen konnten, mein Lord. Und meine Lady." Er verneigt sich vor uns beiden. Es ist ein Zeichen des Respekts, an das ich mich womöglich nie ganz gewöhnen werde. Mit einer ausladenden Armbewegung bedeutet er uns, zur Burg zu gehen, die aus gezackten, rosa-grauen Steinen besteht, die wie eine blassere Version der Haare des Mannes wirken.

Wir laufen durch einen kleinen Eingangsbereich in einen großen Saal, der vermutlich für Bälle und andere Feiern gedacht ist. Leuchtende Edelsteine säumen die Decke und füllen den Raum mit einem trüben Licht. Darunter sind einige Dutzend Fae versammelt. Ihre Gespräche verstummen bei unserem Eintreten – alle drehen sich um und beobachten uns.

Beobachten mich. Ihre Blicke kribbeln über meine Haut und meine Brust zieht sich zusammen. Es ist wie vor ein paar Tagen, als ich den Mann auf dem Dorfplatz heilte und der Großteil seines Schwarms kam, um es sich anzuschauen …

Damals war es jedoch mitten am Tag, als die Leute womöglich ohnehin unterwegs waren.

Der Lord bestätigt meinen Verdacht. „Viele meiner Schwarmmitglieder wünschten, zu warten, um Zeugen der Heilung zu werden. Wir fühlen uns geehrt, den ersten Unseelie unter uns zu haben, der Ihren Segen erhalten hat, Lady Talia, und wir freuen uns darauf, zuzusehen, wie Fina heute Abend zum zweiten Mal gesegnet wird."

Ich schlucke schwer und Corwin drückt meine Hand. *Es ist in Ordnung,* beruhigt er mich. *Sie feiern dich und das, was du für uns tun kannst. Ich bin froh, dass sie erkennen, wie besonders du bist.*

Ich schätze, das ist eine mögliche Sichtweise auf die Dinge. Ich hole tief Luft und lasse mich von dem Lord durch den Saal zu Fina führen, die vornübergebeugt auf einem breiten Samtkissen neben dem großen Kamin des Raumes sitzt. Wie es bei Opfern des Fluchs stets der Fall ist, scheint sie die Hitze der Flammen überhaupt nicht zu erreichen. Ihre Haut ist grau geworden und ihre Lippen blau. Ihre Arme sind um ihren Bauch herum erstarrt, der jetzt noch stärker gerundet ist als beim letzten Mal.

Ihr Hals ist anscheinend festgefroren, denn sie dreht ihren Kopf nicht zu mir, sondern schafft es nur, ihren Blick in einem merkwürdigen Winkel in meine Richtung wandern zu lassen. Ihre Lippen teilen sich, die Worte, die sie zu formen versucht, kommen jedoch nur als ein Murmeln heraus.

Schmerzen durchfahren mich von meiner Kehle bis in meinen Magen. Es ist schlimmer als beim letzten Mal. Hat sich der Fluch über längere Zeit an sie angeschlichen oder hat er sie einfach viel schneller gepackt?

Das einzig Gute an ihren offenkundigen Qualen ist, dass ich mich nicht einmal anstrengen muss, um Tränen heraufzubeschwören. Sie brennen bereits hinter meinen

Augen. Ich muss mich daran erinnern, mich von ihr abzuwenden, damit ich meinen Kummer vor ihr verbergen kann. Das Brennen füllt meine Augen und kriecht hinab zu meinem Rachen.

Warum bin ich nicht genug? Warum kann der Fluch sie nicht für immer in Ruhe lassen?

Ich habe keine Antworten auf diese Fragen und sie ändern nichts an dem, was ich jetzt tun muss. Als die ersten Tränen über meine Wange rinnen, wische ich sie weg. Unser Publikum steht schweigend und größtenteils reglos da und schwankt nur leicht auf den Füßen, weil diejenigen, die weiter hinten stehen, die Hälse recken, um besser sehen zu können. Als ich meinen Kopf hebe und mich wieder zu Fina umdrehe, erreicht ein leises Keuchen meine Ohren.

Für Winter-Fae sind übertriebene Zurschaustellungen von Emotionen so ungewohnt, dass meine Tränen verblüffend sind.

Ich trete an Fina heran und berühre ihre eisige Wange, wie ich es beim letzten Mal tat. „Werdet wieder gesund", spreche ich die ersten Worte, die mir einfallen. „Du und dein Baby."

Irgendwo hinter mir atmet jemand krächzend ein und dann erblüht unter meinen Fingern die Wärme, auf die ich gewartet habe.

Fina holt schaudernd Luft. Zaghaft streckt sie ihre Arme und Beine aus, als die Kälte und Steifheit weichen.

Ich mache Anstalten, zurückzutreten, doch sie packt meine Hand. Sie blinzelt zu mir auf und in ihren Augen schimmert etwas, was womöglich ihre eigenen Tränen sind. *Ich* habe noch nie zuvor einen Winter-Fae weinen sehen. Ich bleibe stehen und bin sprachlos.

„Danke schön", flüstert sie, wobei ihre Stimme noch rau von ihrer Tortur ist. „Du hast mir jetzt schon vier

Segen geschenkt, zwei für mich und zwei für mein Baby. Ich weiß nicht, wie ich dir diese Großzügigkeit vergelten soll."

„Du musst mir gar nichts vergelten", erwidere ich rasch. „Ich helfe dir – und allen anderen, die der Fluch packt – weil ich es möchte. Weil ich es kann. Ich wünschte, ich könnte ihn komplett aufhalten."

Ein Raunen geht durch die Menge. „Herz segne Lady Talia, so wie sie uns segnet!", ruft ein Mann. Ich höre eine Frau mit gedämpfter Stimme sagen, dass dies eine Magie ist, die alles übersteigt, was sie zuvor gesehen hat. Sie treten alle auf der Stelle, da anscheinend keiner der Erste sein möchte, der meine Gegenwart verlässt.

Es unterscheidet sich kaum vom letzten Mal, ihre Ehrfurcht fühlt sich deswegen allerdings nicht weniger merkwürdig an. Ich bin einfach nur ich … mit Kräften, über die ich keine echte Kontrolle habe. Doch ich weiß, dass Corwin recht hat und es besser ist, wenn sie mich so wertschätzen, als wenn ich mich weiterhin den Verdächtigungen und der Respektlosigkeit stellen müsste, die sie mir zuvor entgegengebracht haben.

Das Verhalten, dem sich jeder andere Mensch in dieser Welt stellen muss.

Corwin beendet das Spektakel, indem er seine Hände auf meine Schultern legt und seine Stimme erhebt, sodass sie durch den Saal hallt. „Es ist spät und meine Lady braucht Ruhe. Wir bedanken uns bei euch allen, dass ihr uns Ehre erwiesen habt!"

Der Lord scheucht seine Schwarmmitglieder davon und führt uns zurück zu unserem Gefährt. Sogar er starrt mich mit großen Augen an, als ich wieder in das Fahrzeug klettere. „Es ist ein Wunder, Zeuge dessen zu werden, was Sie anbieten, aber ich hoffe, dass wir Sie nicht noch einmal zu uns rufen müssen", sagt er.

Ich nicke bestätigend. „Falls Sie mich brauchen, zögern Sie nicht, eine Nachricht zu schicken. Ich werde kommen."

Doch als ich auf die Bank im Bug des Gefährts sinke und sich Corwin und Zelpha zu meinen Seiten niederlassen, legt sich seine Aussage schwer auf mich. Corwin wirft mir ab und zu Blicke zu, während er sich darauf konzentriert, uns aus dem Tal zu fliegen, drängt mich allerdings nicht, mich zu öffnen.

Zelpha hegt diese Bedenken nicht. Sie wickelt das Ende ihres lockeren Zopfes um ihren Zeigefinger und mustert mich. „Was bedrückt dich, Talia?"

Dass sie nicht übertrieben eingeschüchtert von mir ist, erleichtert es mir irgendwie, mich zu öffnen. Ich reibe mir über den Mund. „Ich habe nur darüber nachgedacht … Wenn der Fluch alle paar Wochen zurückkehrt und weiterhin neue Leute befällt … Das hier ist nicht wie bei dem Seelie-Fluch, bei dem ich nur einmal im Monat mein Blut spenden muss und die Fae dieses unter sich aufteilen können. Ich muss jedes Unseelie-Opfer besuchen. In wenigen Monaten muss ich womöglich jeden Tag jemanden besuchen. Und danach …"

Wird in einem Jahr meine gesamte Zeit darauf verwandt werden, von einem Schwarm zum nächsten zu reisen, um diejenigen zu heilen, die der Fluch entweder neu getroffen hat oder die ihm ein zweites – oder drittes, viertes, fünftes Mal – erlegen sind? Wie können die Erzlords denken, dass es funktionieren würde, all diese Fae zu mir in die Menschenwelt zu bringen? Sie müssten die Reise ständig unternehmen.

*Meine Kollegen waren sich des exakten Zeitrahmens nicht bewusst, als sie diesen Vorschlag machten,* sagt Corwin, der meine Gedanken spürt. *Aber wenn du länger bei deinem Bruder bleiben möchtest, werden wir eine Möglichkeit finden, das zu ermöglichen.*

Laut fügt er hinzu: „Jetzt, da wir wissen, wie der Fluch arbeitet, dass er zurückkehren und sich die Bitte um deine Anwesenheit multiplizieren wird, können wir verlangen, dass die Opfer für die Heilung zur Grenzburg gebracht werden, anstatt dass wir zu ihnen reisen."

Das wird es einfacher machen. Dennoch bedeutet es, dass ich im Grunde genommen zu jeder Tages- und Nachtzeit bereit sein muss, falls jemand auftaucht. Vor allem wenn der Fluch seine Opfer immer schneller befällt.

Ich presse einen Handballen an meine Schläfe und riskiere es, die Worte auszusprechen, von denen ich weiß, dass sie einen Schatten auf all das Gute werfen werden, was wir bewirkt haben. „Diese Methode ist nicht tragbar. Vielleicht können wir damit einige Jahre überbrücken, doch irgendwann …" Irgendwann werden es Dutzende an einem Tag sein. Kann ich überhaupt immer wieder so viele Tränen heraufbeschwören?

Corwin und Zelpha wechseln einen Blick. Zelphas Mund verzieht sich zu einem schiefen Lächeln. „Nun, wir wussten von Anfang an, dass uns deine Heilung nicht für immer helfen kann, stimmt's? Das ist eine Überbrückungsmaßnahme, bis wir eine dauerhaftere Lösung finden."

„Und hoffentlich finden wir diese, bevor die Situation überwältigend wird", meint Corwin.

Ich berühre den Bronzearmreif, den mir Sylas gegeben hat, und denke an die Vorhersage, die Nuldar der Weise gemacht hat. Die Lösung könnte bald kommen … was auch immer das in Fae-Begriffen bedeutet. Bisher war jedoch nichts an dieser Situation einfach, weshalb ich mich nicht darauf verlassen werde, dass es sich bei den nächsten Entwicklungen anders verhalten wird.

Was kann ich jetzt gegen das Problem ausrichten? Mir

deswegen Sorgen zu machen, hilft niemandem, am allerwenigsten mir.

Als Corwin sich neben mich auf die Bank setzt, kuschle ich mich unter seinen Arm und versuche, nur daran zu denken, wie viel Glück ich auf so viele andere Arten habe.

Auf der Rückreise döse ich ein wenig und Corwin lässt mich mit einem nachhallenden Gutenachtkuss in meinem Zimmer zurück. Nachdem ich mich gewaschen habe, bin ich allerdings wieder aufgedreht und hungrig. Wir haben uns auf dem Weg zu Fina etwas zum Essen besorgt, aber ich hatte kein richtiges Abendessen.

Ich schleiche durch die Gänge und humple in die Küche in dem Vorhaben, mir schnell einen Mitternachtssnack zuzubereiten. Zu meiner Überraschung ist Beth noch dort und mustert mehrere Gewürzbehälter, die sie in einer Reihe vor sich auf die Arbeitsplatte gestellt hat.

Bei meinem Eintreten zuckt sie zusammen, dann kichert sie und ihre Wangen röten sich. Seit sie herausgefunden hat, dass ich wie sie ein Mensch bin, jedoch Kräfte wirken kann, die sie nicht besitzt, scheint sie nicht zu wissen, wie sie mit mir umgehen soll.

Ihr Anblick erinnert mich an meine früheren Überlegungen darüber, wie die Fae die meisten ihrer Menschen und ihre teilweise menschlichen Begleiter behandeln. „Was machst du?", frage ich, als ich mir einen Brotlaib nehme, um mir eine Scheibe abzuschneiden.

Beth kichert erneut und streicht eine verirrte Locke aus ihrem Gesicht. „Ich möchte ein besseres Aroma für die Moosschösslinge finden. Ich habe das Gefühl, dass ihnen bei unserer aktuellen Zubereitungsart das gewisse Etwas fehlt. Ich habe verschiedene Kombinationen getestet, indem ich sie pur probiert habe, um die richtige Mischung zu finden. Bisher hat es allerdings nicht geklappt." Sie schaut die Gewürzbehälter finster an.

Ich betrachte sie, während ich etwas Butter und Marmelade auf meinem Brot verstreiche. Ich trage den Snack zur Kücheninsel und setze mich ihr gegenüber auf einen Hocker. „Du machst das wirklich gerne, oder?", frage ich. „Für Corwin in der Küche arbeiten und das alles?"

Beth zuckt mit den Achseln und sieht wieder schüchtern aus. „Ja. Es macht irgendwie Spaß. Dad sagt, dass sie dort, wo er herkommt, nie solche Zutaten hatten wie wir hier. Und es ist nicht so, als müssten wir nur arbeiten, arbeiten, arbeiten. Ich habe einige ziemlich spektakuläre Dinge gesehen."

Ich zögere, weil ich mir nicht sicher bin, ob die Frage richtig rauskommen wird, und überwinde mich schließlich, weiterzusprechen. „Corwin ist sehr ... nett zu seinen menschlichen Bediensteten. Ich habe den Eindruck, dass das bei vielen Fae-Lords nicht der Fall ist. Ich weiß nicht, ob du dich häufig mit dem Personal aus anderen Ländereien unterhältst. Hast du irgendetwas darüber gehört ... dass Leute misshandelt oder ausgebeutet werden?"

Beth erstarrt und senkt den Blick. „Ich meine, Dad sagt, dass wir Glück haben, in Heart's Cadence zu sein. Ich habe einige Dinge gehört. Doch ich weiß es nicht mit Sicherheit ... ich meine, die Leute könnten übertreiben oder so. Ich möchte die Lords keiner Dinge beschuldigen."

Natürlich nicht. „Ich möchte auch nicht, dass du das tust", versichere ich ihr rasch. „Ich ... ich habe nur darüber nachgedacht, dass ich wegen dem, was ich tun kann, mehr Anerkennung erhalten habe, als sie Menschen in dieser Welt normalerweise bekommen. Vielleicht kann ich das nutzen, um anderen Leuten zu helfen, die hier gelandet sind. Ich denke, wir verdienen alle ein wenig Freude."

Beth erschaudert. „Es gibt definitiv einige Leute rund ums Herz, die überhaupt keine Gelegenheit erhalten, glücklich zu sein." Dann huscht ihr Blick zu mir. „Du wirst keinem der Erzlords verraten, dass ich das gesagt habe?"

„Darüber musst du dir keine Sorgen machen", antworte ich. Mein Hunger wurde jedoch von einem schweren Klumpen in meinem Magen geschluckt.

Ich habe mir eingeredet, dass ich zuerst mehr darüber herausfinden muss, wie Jamie zurechtkommt, bevor ich beschließe, wie sehr er mich braucht. Wie kann ich auch nur darüber nachdenken, diese Welt zu verlassen, ohne vorher in Erfahrung zu bringen, was die anderen Menschen hier durchleiden müssen?

*August*

Der Anblick der beinahe fertiggestellten Grenzburg erfüllt mich mit Freude. Ich kann mir das Lächeln nicht verkneifen, als ich durch die neue Küche laufe – auf unserer Seite besteht sie auf meine Bitte hin komplett aus Holz – und den Geräten den letzten Schliff verleihe. Talia beobachtet mich von dem Hocker aus, den sie bereits als ihren Stammplatz auserkoren hat. Dabei lässt sie ihren deformierten Fuß baumeln. Sie scheint sich damit zu begnügen, mich schweigend zu beobachten.

Doch als ich mich nach hinten an die Theke lehne, um meine Arbeit zufrieden zu betrachten, richtet sie sich auf ihrem Platz auf. „August … darf ich dich etwas fragen, über das zu reden, dir womöglich schwerfällt?"

Etwas verkrampft sich in meiner Brust, weil sie das Gefühl hat, sie müsste mich vorher um Erlaubnis bitten. Ich wende mich ihr zu. „Natürlich, Süße. Alles." Wir stecken gemeinsam in dieser Sache – wir fünf – und das bedeutet keine Geheimnisse und kein Zurückschrecken vor schwierigen Gesprächen. Und ich weiß, Talia würde niemals ein möglicherweise schmerzhaftes Thema ansprechen, wenn sie es nicht für wichtig halten würde.

Sie blickt auf ihre Hände hinab, bevor sie mir wieder in die Augen schaut. „Es ist nur ... Ich habe angefangen, mir Gedanken über die anderen Menschen zu machen, die in der Fae-Welt festsitzen. Ich weiß, dass einige von ihnen zumindest einigermaßen freiwillig hier sind ... Corwin würde seine menschlichen Bediensteten in die Menschenwelt zurückbringen, wenn sie darum bitten würden ... doch soweit ich gehört habe, ist das ziemlich selten. Viele der Fae, mit denen ich zu tun hatte, haben mich nicht annähernd als ihnen ebenbürtig gesehen.“

„Sie sind dabei, das zu lernen“, erwidere ich und trete näher an sie heran, um ihre Hand zu nehmen. „Wenn sie sehen, wie viel du bewirken kannst ...“

Sie schüttelt den Kopf. „Es sollte keine Rolle spielen, wie viel ich *tun* kann. Oder einer der anderen. Nur weil sie keine Magie besitzen, heißt das nicht, dass sie kein Mitspracherecht in ihrem eigenen Leben haben sollten.“

Der Kummer in ihrer Stimme sorgt dafür, dass mein Herz schmerzt. „Geht es hierbei um deinen Bruder? Ich kann dir sagen, dass die Sommer-Erzlords akzeptiert haben, dass er bei dem Fluch nicht helfen kann, und sie werden nicht mehr darauf pochen, ihn hierherzubringen. Falls die Unseelie noch immer Forderungen stellen, werden wir uns dieser annehmen.“

„Das ist es auch nicht. Allerdings schätze ich, dass es Teil des gleichen Problems ist.“ Talia senkt den Kopf und einige Haarsträhnen fallen ihr ins Gesicht. „Ich habe mich kaum in der Gegenwart anderer Menschen aufgehalten, seit ich ins Fae-Reich gekommen bin, da ich von Aerik isoliert wurde und Sylas keine Menschen zu seinem Personal zählt. Aber viele der anderen Rudel haben menschliche Bedienstete, oder? Ihre Leben spielen auch eine Rolle."

Sie hält inne und ich warte darauf, dass sie sich entscheidet, worauf sie mit diesem Thema hinauswill. Ihre Finger spannen sich um meine herum an. „Du hast mir erzählt, dass dein Vater deine Mutter einfach getötet hat, als du noch ein Kind warst. Hat er alle Menschen in seinem Revier so behandelt? Als würden ihre Leben *überhaupt* nichts bedeuten und nur zählen, was er mit ihnen tun wollte? Betrachten uns die *meisten* Fae als wertlos?"

Jetzt verstehe ich, warum sie gezögert hat, das Thema anzuschneiden. Bei der Erinnerung an den Tod meiner Mutter dreht sich mir selbst jetzt, hunderte von Jahren später, der Magen um. Es ist jedoch eine vernünftige Frage, eine, die ich womöglich mit den Dingen ausgelöst habe, die ich Talia in der Vergangenheit erzählt habe. Mein anfängliches Zögern, Talia zu bitten, meine Gefährtin zu werden, scheint jetzt in unfassbarer Ferne zu liegen, da sie so stark mit meinem Leben verbunden ist. Es gab allerdings eine Zeit, in der ich mir Sorgen machte, wie *ich* sie am Ende behandeln würde.

Ich lasse ihre Hand los und streichle mit den Fingern über ihren Rücken. „Ehrlich gesagt, weiß ich das nicht. Wie du offensichtlich gemerkt hast, gibt es Fae wie Aerik und Kellan, die Menschen bloß als eine leichte Beute sehen. Doch selbst als wir menschliche Diener auf Hearthshire hatten, stellte Sylas sicher, dass sie gut versorgt waren. Ich erinnere mich daran, dass es eine Frau gab, die ziemlich traurig wurde, woraufhin er sie zurückbringen ließ. Donovan scheint rücksichtsvoll mit seinen Bediensteten umzugehen."

Ich halte stirnrunzelnd inne und versuche, mir eine bessere Antwort einfallen zu lassen. Schließlich muss ich zugeben: „Ich weiß nicht, was häufiger vorkommt. Als ich noch in Thundervale im Haus meines Vaters lebte, achtete ich kaum darauf, wie das Personal abgesehen von meiner Mutter behandelt wurde. Und er ist auch harsch zu den Fae, die ihm dienen. Ich würde gerne sagen, dass er einer der Schlimmsten ist und die meisten freundlicher sind …"

„Aber es könnte sein, dass es in vielen anderen Rudeln genauso zugeht", beendet Talia meinen Satz.

Ich verziehe das Gesicht. „Ja." Schuldgefühle schnüren meinen Magen zu und lockern sich erst, als mir plötzlich eine Idee kommt. „Willst du dir selbst eine bessere Vorstellung von der Situation verschaffen? Wir könnten einige der Ländereien in der Nähe besuchen und darum bitten, mit den menschlichen Bediensteten zu sprechen … Ich würde die Erzlords nicht behelligen, aber jeder geringere Lord wäre mehr oder weniger gezwungen, den Kader-Gewählten eines Erzlords willkommen zu heißen." Ich lächle ein wenig schüchtern.

Zu meiner Erleichterung erwidert Talia das Lächeln. „Das würde mir gefallen. Ich habe das Gefühl, als wäre ich es den anderen Menschen hier schuldig, mich für sie einzusetzen, solange ich hier bin, da manche der Fae anfangen, mich zu respektieren."

Was für eine typische Talia-Aussage. Ich drücke einen Kuss auf ihre Schläfe, bevor sie vom Hocker hüpft. „Du tust bereits so viel, Süße. Du musst nicht noch mehr Kämpfe ausfechten."

Ihr Gesicht wird ernst. „Wie kann ich all diese Zeit mit dem Versuch verbringen, die Fae zu heilen, ohne etwas für all die Leute wie mich zu tun, die hier festsitzen und denen es vielleicht nicht viel besser geht als mir in Aeriks Käfig? Die Fae kümmern sich wenigstens umeinander. Die Menschen in dieser Welt … wenn ich nichts tue, haben sie niemanden."

Dagegen kann ich nichts einwenden. Dass ich selbst

noch nie darüber nachgedacht habe, bringt meine vorherigen Schuldgefühle zurück.

Ich bedeute ihr, mir aus der Küche zu folgen. „Sylas hat mir für den heutigen Morgen keine Pflichten übertragen. Wir können jetzt das Nachbarrevier am Fuß des Hügels des Herzens besuchen, wenn du möchtest.“

Talia geht voller Elan und mit unrunden Schritten zur Tür. „Ja, bitte.“

Ich verfüge nicht über die Magie, um ein Gefährt heraufzubeschwören, weshalb ich sie zum Stall führe, um das sanftmütigste Pferd auszusuchen. Würde ich allein reisen, hätte ich mich vermutlich einfach verwandelt. Doch mit einer Frau auf meinem wölfischen Rücken zu erscheinen, um einen Gefallen zu erbitten, scheint nicht die würdevollste Herangehensweise zu sein, auch wenn es anderweitig ein Spaß wäre.

Fae-Pferde haben meistens kein besonders ausgeglichenes Temperament, aber ich suche eines aus, dem ich zutraue, dass es mich nicht zu stark herausfordern wird. Anschließend hebe ich Talia hoch, sodass sie zwischen meinen Beinen auf dem Sattel sitzt. Zum Glück sind die Röcke ihres Kleides so weit, dass sie nur bis zu ihren Knien hochrutschen. Ich lege einen Arm um ihre Taille, um sie festzuhalten. „Bequem?“

Sie lacht und kuschelt sich auf eine Weise enger an mich, die ein heißes Pulsieren in meinen Schritt sendet. „Ich weiß nicht, ob ich so eine längere Reise unternehmen möchte, für einen kurzen Ritt sollte es allerdings in Ordnung sein.“

Ich kann nicht widerstehen, an ihrer Halsbeuge zu knabbern. Dann führe ich das Pferd zu dem Pfad, der den breiten Hügel vor unserem Revier hinabführt, auf dem sich das Herz befindet.

Die ersten Minuten, in denen ich mit meiner Liebsten dahingaloppiere, sie an mich gekuschelt ist und die Sonne zwischen den Bäumen hindurch auf uns herabscheint, ist es ein ziemlich angenehmer Ausflug. Doch als wir den Fuß des Hügels erreichen und zur Grenze des Nachbarreviers reiten, fällt mir der düstere Grund unseres Besuchs wieder ein.

Ich weiß nicht, was wir hier vorfinden werden. Wird es dazu führen, dass Talia den Fae noch weniger traut? Wird ihr die Rückkehr zur Menschenwelt anschließend wie eine bessere Option erscheinen, ganz gleich, wie sehr sie die wenigen von uns mag, die sie gut behandelt haben?

Ich schlucke diese Sorgen und konzentriere mich darauf, eine autoritäre Fassade zu präsentieren, um die Lady anzusprechen, die über dieses Rudel herrscht.

Der lichte, jedoch vor Leben sprühende Wald, durch den wir geritten sind, verschwindet komplett und die Burg kommt vor uns in Sicht. Die Lady muss eine besondere Affinität für Pflanzen hegen, denn das hohe, gekräuselte Gebilde sieht aus, als wäre es aus einer Masse ineinander verschlungener Schlingpflanzen erschaffen worden. Die Häuser des Rudeldorfs sehen ähnlich gewebt aus und verschmelzen beinahe mit der Wiese, aus der sie gewachsen sind.

Mehrere Mitglieder des Rudels sind draußen unterwegs, pflegen Gärten oder gehen unterschiedlichen Handwerksarbeiten nach. Bei unserer Ankunft blickt ein Mann auf, der eine Bronzeplatte poliert, und erhebt sich. „Hallo miteinander. Was führt Sie nach Petalrise?" Sein Blick wandert zu Talia und er hält inne. „Kommen Sie aus Hearth-by-the-Heart?"

„Das tun wir", antworte ich, helfe Talia aus dem Sattel und schwinge mich anschließend selbst vom Pferd. „Ich bin ein Mitglied von Erzlord Sylas' Kader. Meine Begleitung wünscht, mit Ihrer Lady darüber zu sprechen, wie sie ihre Ländereien führt, falls sie anwesend ist."

Wäre es nicht schön, wenn ich Talia als meine Gefährtin vorstellen könnte, so wie es Corwin tut? Wenn es nach einigen der anderen Fae geht, wird dieser Tag allerdings nie kommen.

Zwei Bedienstete haben bereits die Burg verlassen und laufen uns entgegen. Einer greift nach den Zügeln des Pferdes. „Ich werde Ihr Ross zum Stall bringen. Lady Gullven wird sich in Kürze mit Ihnen befassen."

Der andere Diener führt uns in die Burg. Die Räume im Inneren sind mit einem grünlich-goldenen Licht gefüllt und dem Duft frisch gesprosser Blätter.

Mir bleiben nur wenige Minuten, um mich zu sorgen, dass die Lady des Rudels unseren Besuch doch für eine große Zumutung hält, bevor sie in den Raum fegt und sich leicht verbeugt. Ich kann mich gerade noch daran hindern, mich vor *ihr* zu verbeugen, da ich mich noch immer nicht an den Respekt gewöhnt habe, den ich als Kader-Mitglied eines Erzlords erhalte. Obwohl ich nur ein Kader-Gewählter bin, besitze ich jetzt mehr Autorität als ein gewöhnlicher Lord oder Lady.

„Was kann ich für Sie tun, geehrte Gäste?", fragt sie.

Es gefällt mir nicht, dass ihre Aufmerksamkeit eine Weile auf Talia gerichtet ist und sich ihre Stirn leicht runzelt. Ich lege eine Hand auf Talias Schulter. Dank ihrer Verbindung zu Corwin kann ich ihr wenigstens einen richtigen Titel verleihen. „Lady Talia würde gerne mehr über die anderen Menschen erfahren, die unter uns Fae leben. Ich hatte gehofft, Sie würden uns die Erlaubnis erteilen, mit den menschlichen Bediensteten zu sprechen, die sie aktuell beschäftigen."

‚Beschäftigen' ist nicht das richtige Wort dafür, da Talia zu Recht angemerkt hat, dass die betreffenden Menschen nicht selbst entscheiden durften, ob sie die Reise in unsere Welt unternehmen wollen. Sie werden auch nicht für ihre Arbeit kompensiert. Allerdings bezweifle ich, dass Gullven uns ihre Erlaubnis geben würde, wenn ich ‚versklaven‘ sagen würde.

Noch mehr Skepsis zeichnet sich auf ihrem Gesicht ab, doch sie nickt. „Ich denke nicht, dass sie momentan so viel zu tun haben, dass es ein Problem darstellen würde. Sie können hier im Salon bleiben und ich lasse sie zu Ihnen bringen. Außerdem wird Ihnen jemand von meinem Personal Erfrischungen servieren. Ich muss mich noch um eine andere Angelegenheit kümmern, aber geben Sie mir Bescheid, sollten Sie mich brauchen.“

„Das wissen wir zu schätzen“, meldet sich Talia zu Wort. Ihre Stimme ist sanft, jedoch auf eine Weise selbstbewusst, bei der mir die Brust vor Stolz schwillt. Sie fasst wirklich Fuß als eigenständige Lady, ganz gleich, was meine Fae-Kollegen von ihrem Erbe halten.

Gullven geht und einige Minuten später kommt eine junge Fae-Frau mit einem Tablett mit Dämmerapfelwein und Gebäck, das ein wenig zu kurz gebacken wurde, wie ich auf den ersten Blick erkennen kann. Talia knabbert an einem, während wir auf die menschlichen Bediensteten warten. „Nicht so gut wie deine“, murmelt sie mit einem Hauch von Schalk in der Stimme.

Endlich erscheint ein anderes Fae-Mitglied des Personals und führt vier weitere Gestalten in den Raum. Es sind zwei Männer und zwei Frauen, die in Fae-Kleider gehüllt sind, die etwas grober aussehen als die Kleidung, die das Fae-Personal trägt, das wir bisher gesehen haben.

Sie bleiben mitten im Raum stehen und der Fae-Mann deutet auf uns. „Das sind unsere Gäste“, informiert er die Diener. „Sie möchten mit euch sprechen. Bitte beantwortet ihre Fragen.“

Er zieht sich an die hintere Wand zurück, um zuzuschauen. Einer der Männer steht mit offenkundig, skeptischer Haltung da, der andere Mann und die beiden

Frauen sehen sich jedoch mit leicht verwirrten Mienen um, die mir sofort bekannt vorkommen. Ich bin an dieses Verhalten so sehr gewöhnt, dass mir nicht einmal in den Sinn gekommen ist, es zu erwähnen, als ich mit Talia über die Menschen hier gesprochen habe.

„Warum sehen sie so benommen aus?", fragt Talia. Ihre gute Laune ist beim Anblick der vier verflogen.

„Ihren Mahlzeiten wird vermutlich regelmäßig eine Fae-Droge hinzugefügt", erkläre ich und meine Laune sinkt. „Es gibt einige, die eine beruhigende und leicht euphorische Wirkung haben. Das hilft dabei, die Menschen bei Laune zu halten."

Talia erschaudert. „Weil sie ansonsten aufgebracht darüber wären, dass sie aus ihrem Zuhause entführt wurden."

Der Fae-Mann meldet sich hastig zu Wort. „Wir bringen nur diejenigen hierher, die sich unseren Feiern in der Menschenwelt angeschlossen haben. Sie kommen freiwillig zu uns."

Talia fixiert ihn mit ihrem Blick. „Wenn sie sich einer Feier anschließen, wissen sie allerdings nicht, dass sie ihr gesamtes Leben aufgeben. Und es geschieht nicht ‚freiwillig‘, wenn Fae-Magie involviert ist."

Der Blick des Mannes huscht von ihr zu mir und wieder zurück, als wäre er sich nicht sicher, wen er ansprechen soll und wie viel er sagen soll. „So handhaben wir es schon immer", erwidert er stockend. „Wir sehen zu, dass sie alles haben, was sie brauchen."

Damit meint er Essen, Kleidung und gelegentlich ein Bad. Talia muss es nicht laut aussprechen, damit ich weiß, was sie denkt – sie werden so behandelt, wie unser Rudelkollege Elliot mit seinen Schafen umgeht.

Talias Mund hat sich angespannt, doch sie tritt an die Reihe der Menschen heran und beginnt bei der Frau ganz rechts. Ihre glasigen Augen richten sich auf Talia, ohne dass sich ihre Miene verändert.

„Welche Arbeit verrichtest du in der Burg?", fragt Talia, wobei ihre Stimme herzzerreißend sanft ist.

„Ich halte die Küche sauber", antwortet die Frau nüchtern. „Ich sorge dafür, dass alle Oberflächen glänzen. Das ist es, was sie verlangen, und das ist es, was ich tue."

„Und wenn die Küche schon sauber ist?"

Die Frau blinzelt, als würde sie die Frage nicht verstehen. „Es gibt immer etwas anderes, was abgewischt oder poliert werden muss. Es wird so viel gekocht und gebacken. Wenn am Ende des Tages alles erledigt ist, schlafe ich."

Talias Hände ballen sich an ihren Seiten zu Fäusten. Ich weiß nicht, ob ich sie lieber von dieser Konfrontation wegholen oder mit den Fae schimpfen will, die diese Menschen entführt haben. Keines von beidem ist eine echte Option.

Sie geht die Reihe entlang und spricht mit einem Mann, der seine Tage damit verbringt, Kleider für die anderen Diener und das Personal zu waschen und zu flicken – denn ich vermute, dass Lady Gullven diese Aufgabe für eine Verschwendung der Magie des Herzens hält. Anschließend unterhält sie sich mit der anderen Frau, die abwechselnd in einem nahegelegenen See angelt und die Burggärten pflegt. Narben von den Haken und Ködern, die sie benutzt, überziehen ihre Finger.

Sie hat auch einen Bluterguss auf ihrer Wange. Als Talia sie danach fragt, hebt sie ihre Hand an die Stelle und antwortet emotionslos: „Ich habe nicht gut genug zugehört."

Ich zucke innerlich zusammen.

Als Talia den Mann erreicht, der noch alle fünf Sinne beisammenhat, spannt er sich noch mehr an. Sie mustert ihn einen Augenblick lang. „Sie zwingen dich nicht, die Fae-Drogen zu nehmen."

„Nein", antwortet er. „Das würde die Arbeit behindern, die Lady Gullven von mir erwartet."

„Und welche ist das?"

Sein Kiefer zuckt. Er steht zwar nicht unter dem Einfluss von Drogen, doch ich bin mir sicher, dass er bereits erlebt hat, welche Konsequenzen es nach sich zieht, wenn er irgendetwas Kritisches über seine ‚Arbeitgeberin' sagt.

Er holt harsch Luft. „Ich bin Künstler. Ich male für sie. Manche Gemälde behält sie. Manche benutzt sie als Geschenk oder für ähnliche Zwecke, glaube ich."

Talia scheint ihre nächsten Worte sorgsam abzuwägen. „Du siehst nicht besonders glücklich darüber aus. *Wolltest* du hierherkommen? Warum bist du geblieben?"

Sein Mund verzieht sich zu einer schiefen Grimasse. „Zu Hause hatte ich eine Galerie, die eines Tages von Lady Gullven zufällig entdeckt wurde. Ich weiß nicht, wie sie dort gelandet ist. Ihr hat mein Stil anscheinend gefallen, denn sie lud mich ein, sie zu begleiten und für sie zu malen. Sie zeigte mir, wie sie die Bilder, die ich erschaffen hatte, mit Magie zum Leben erwecken konnte. Sie führte mir die Effekte vor, die ich mit den verzauberten Malutensilien erreichen könnte, die sie mir zur Verfügung stellen könnte … Ich ging einen Deal mit ihr ein. Ich glaube, ich habe ihn nicht richtig verstanden – ich kann nicht nach Hause gehen, bis ich ihn erfüllt habe."

„Was würde den Deal erfüllen?", erkundigt sich Talia.

„Das liegt in Lady Gullvens Ermessen."

Ich bin mit dieser Art der Abmachungen vertraut. Es ist ein geläufiger Fae-Trick, heimlich die Bedingungen so von ihrer Zustimmung abhängig zu machen, dass es sich zu ihrem Vorteil auswirkt. Dadurch können sie entscheiden, wann der Deal beendet ist, ganz egal, was die andere Partei tut. Jeder, der ein derartiges Angebot ausspricht, weiß, dass er sein Gegenüber ausbeutet. Es ist ihnen einfach egal.

Talia stellt jedem der Diener einige weitere Fragen und dann informiert sie den Fae-Mann, dass sie die vier nicht weiter belästigen möchte. Als wir zum Stall laufen, bleibt ihre Miene nachdenklich. Ich sehne mich danach, nach ihr zu greifen, bezweifle jedoch, dass es eine Möglichkeit gibt, ihren Kummer mit einer Umarmung aus der Welt zu schaffen.

Und es ist nicht nur Kummer. Ich kann die Entschlossenheit sehen, die sich zur selben Zeit hinter ihren Augen bildet. Meine Brust zieht sich vor unausgesprochenen Gedanken zusammen.

Ich hatte befürchtet, dass es sie verjagen würde, zu sehen, wie viele Fae ihre Art behandeln. Vielleicht ist das echte Problem das Gegenteil. Jetzt hat sie noch eine Angelegenheit, für die sie sich ihrer Meinung nach einsetzen muss, noch eine Pflicht, die sie belastet … obwohl sie womöglich besser dran wäre, wenn wir *sie* nach Hause gehen lassen würden, weg von den Erwartungen und Gefahren unserer Welt.

Zeige ich meine Liebe, indem ich darum kämpfe, dass sie hierbleibt, oder würde ein wahrhaft liebender Gefährte sie zum Gegenteil ermutigen?

12

*Talia*

„So", verkündet Harper, stützt die Hände in die Hüften und blickt auf mich herab. „Du darfst dich mindestens eine Stunde lang nicht vom Fleck bewegen." Sie lässt ihre schlanke Gestalt mit typischer Fae-Eleganz neben mir auf dem Gras nieder.

Sie hat mich zu diesem kleinen Hügel gebracht, der die Schimmerfälle in Donovans Revier überblickt, und behauptet, dass wir eine Gelegenheit zum Reden brauchen, nachdem ich so viel Zeit damit verbracht habe, zwischen den Reichen hin und her zu reisen. Ich denke allmählich, dass der Spaziergang weniger ein freundschaftlicher Ausflug ist und viel mehr eine Intervention. Sowohl meine Freunde als auch meine Liebhaber scheinen mich dieser Tage häufig an irgendeinen ruhigen Ort zu schleppen … Ich verberge meine Anspannung offensichtlich nicht so gut, wie ich das gerne täte.

Ich stütze mich nach hinten auf meine Hände und gönne mir einen Moment, um das weiche Gras unter meinen Handflächen und die schwachen, warmen Spritzer des Wasserfalls zu genießen, die uns sogar hier erreichen. Das rhythmische Rauschen des fallenden Wassers beruhigt meine Nerven. Mir wird bewusst, dass ich keine Zeit mit meiner besten Freundin verbracht und mit ihr geplaudert habe, seit ich von Jamie erfahren habe.

Ich schaue Harper entschuldigend an. „Es tut mir leid, dass ich in letzter Zeit kaum da war. Es ist einfach so viel los …"

Sie winkt meine Entschuldigung ab. „Ich weiß. Ich werde mich nicht beschweren, wenn du herumrennst und dich um so viele Dinge kümmerst, während ich nur Kleider schneidere." Sie hält inne und grinst mich an. „Die Winter-Fae-Kleider, die du mir mitgebracht hast, haben mich auf einige Ideen gebracht. Ich glaube, ich kann Elemente aus beiden Stilen miteinander kombinieren und einige wirklich auffällige Kleider entwerfen."

Ihr Enthusiasmus ist so ansteckend, dass ich ihr Lächeln mühelos erwidern kann. „Ich kann es nicht erwarten, sie zu sehen."

„Oh, nach mir wirst du vermutlich mein erstes Model für die Kleider sein." Sie streicht ihre glatten, blonden Haare hinter ihre Ohren und betrachtet die Landschaft vor uns. Ihre nächsten Worte kommen zaghafter heraus. „Stimmt es, dass du darüber nachdenkst, in die Menschenwelt zurückzukehren? Also, dass du dort leben willst anstatt hier?"

Ich beiße mir auf die Lippen und weiß nicht, was ich sagen soll. Harper ist meine beste Freundin und ich ihre. Sie ist die einzige Person, die in Sylas' Rudel hineingeboren wurde, nachdem sie vor einem Jahrhundert verbannt wurden. Ihre Rudelkollegen sind alle Jahrzehnte, wenn nicht sogar Jahrhunderte, älter als sie. Ich bin zwar erst einundzwanzig Jahre alt, doch nach Fae-Rechnung sind wir ungefähr im gleichen Alter, soweit ich weiß. Außerdem habe ich so wie sie den Großteil meiner Zeit in der Fae-Welt isoliert und im Ungewissen bezüglich meines Platzes in dieser verbracht.

Doch jetzt, da das Rudel zu dieser hohen Stellung aufgestiegen ist, wird sie in den anderen Rudeln bestimmt weitere Freunde finden. Freunde, die mehr mit ihr gemeinsam haben als ich. Freunde, die nicht viel schneller altern werden als sie. Sie wird zurechtkommen, ganz gleich, wofür ich mich entscheide.

„Ich weiß noch nicht, was ich tun werde", gestehe ich. „Mein Bruder hat es immer noch schwer. Es ist schwer, zu entscheiden, ob es seine Situation wirklich verbessern wird, wenn ich aus heiterem Himmel auftauche, oder ob es ihn nur verwirren wird. Ich habe keine Ahnung, wie ich erklären soll, wo ich all diese Zeit war." Ich reibe mir über die Stirn.

Harper nickt. „Ich verstehe, warum du ihm helfen möchtest. Du willst im Grunde genommen allen helfen und er gehört obendrein zu deiner Familie. Ich wünschte, unsere Welten lägen nicht so weit voneinander entfernt. Es ist nicht so wie beim Winterreich, wo du innerhalb weniger Minuten die Grenze überqueren und nach Hause zurückkehren kannst."

„Bald werde ich ein Zuhause haben, das direkt auf der Grenze steht." Sylas' Rudel und Corwins Schwarm haben heute Morgen die letzten Arbeiten an der gemeinsamen Burg vorgenommen.

Werden meine Liebhaber ihr Bündnis wahren, wenn ich fort bin für … so lange ich es für nötig halte? Corwin würde auf mich warten – das weiß ich mit Sicherheit. Er wird keine andere seelenverbundene Gefährtin finden, so unfair das ihm gegenüber auch ist. Sylas, August und Whitt würden ebenfalls auf mich warten, wenn ich sie darum bäte. Irgendwie beruhigt mich dieses Wissen und macht mir gleichzeitig zu schaffen.

Ganz egal, was ich tue, es wird definitiv für *jemanden* unfair sein. Vielleicht einschließlich mir.

Der Sinn dieses Ausflugs ist es jedoch, sich zu entspannen und sich keine Sorgen zu machen. Ich ziehe meine Stiefel aus und wackle mit den Zehen im Gras. „Hast du schon neue Kunden für deine Kleider gefunden? Ich dachte, ich hätte auf Whitts jüngster Feier eine von Donovans Kader-Gewählten in einem Kleid in deinem Stil gesehen."

Harper kichert und eine Röte, die ich nicht ganz verstehe, färbt ihre Wangen. Denkt sie, dass ich beleidigt sein werde, dass sie Kleider für andere Leute als mich macht? „Ja, ich habe einige Anfragen von den Rudeln der anderen Erzlords erhalten. Mein Ziel ist es, auf einen Ball zu gehen, wo mehr als die Hälfte der Frauen Kleider tragen, die ich entworfen habe. Ich hoffe, dass bald wieder einer stattfindet! Vielleicht wird Erzlord Sylas einen ausrichten, um die Grenzburg zu feiern."

„Das ist eine tolle Idee. Ich werde ihm davon erzählen, da er vermutlich zu stark auf die Logistik konzentriert ist und darauf, sicherzustellen, dass sich die Sommer- und Winter-Fae nicht gegenseitig an die Gurgel gehen."

Harper kichert erneut, dieses Mal freier. In ihren Augen liegt dennoch ein eigenartiger Schimmer, als sie mich ansieht. „Er wird dich wirklich offiziell zu seiner Gefährtin machen, oder? Und Whitt und August auch. Vier Gefährten! Ich kann mir das nicht einmal vorstellen."

Ich lache und jetzt werden meine Wangen heiß. „Ich kann es die meiste Zeit auch kaum glauben. Ich habe das definitiv nicht so geplant. Und es war kompliziert mit dem

Seelenband und allem. Ich hoffe einfach, dass es die anderen Erzlords irgendwann akzeptieren werden." Es ist ja nicht so, dass ich nach Fae-Standards einen besonders großen Teil ihres Lebens mit ihnen verbringen werde, selbst wenn ich hierbleibe.

„Das werden sie tun müssen", meint Harper nüchtern. „Es ist das, was das Herz und eure Herzen wollen." Dann hält sie inne und macht den Eindruck, als würde sie mit sich ringen, ob sie noch etwas sagen soll. Sie blickt auf ihre Hände hinab, die mit einer Blume spielen, die sie gepflückt hat. „Als du das Seelenband zu Corwin gespürt hast … Es heißt, dass man es sofort weiß, schon beim ersten Mal, wenn man sich sieht. War es für dich so, obwohl du kein … ich meine, obwohl du ein Mensch bist?"

Der Moment, in dem mich das Band versengte, ist mir ins Gedächtnis gebrannt. „Ja. Die Winter-Erzlords waren zu Sylas' Krönungsfeier gekommen, um den neuen Sommer-Erzlord zu besuchen. Ich hatte sie noch nie zuvor gesehen. In dem Moment, in dem mein Blick Corwins begegnete, spürte ich es. Es kann einem definitiv nicht entgehen."

Ich schaue sie an und ein Verdacht kitzelt den Rand meines Verstandes. Warum denkt sie darüber nach? „Gibt es jemanden, mit dem du gerne ein Seelenband hättest?"

Die verlegene Art, mit der Harper den Kopf einzieht, bestätigt meine Vermutung, bevor sie spricht. „Ich weiß, es ist albern. Du bist offensichtlich ein Spezialfall. Kein Fae, der nicht reinblütig ist, hatte jemals einen seelenverbundenen Gefährten. Zumindest keinen, von dem wir wissen. Doch ich … es ist einfach schön, zu hoffen, oder? Es ist *möglich*, wenn auch nicht besonders wahrscheinlich. Wenn sich die Blicke bereits begegnet sind und nichts passiert ist, besteht natürlich überhaupt keine Möglichkeit, schätze ich." Sie wirft die Blume weg.

Wenn sie sich so viele Gedanken darüber gemacht hat, ist der Mann, an dem sie interessiert ist, vermutlich reinblütig, ansonsten würde es keinen Sinn ergeben, dass sie sich den Kopf darüber zerbricht, ob sie seine seelenverbundene Gefährtin ist. Sie könnten einfach gewöhnliche Gefährten werden.

Das Problem für sie wäre, dass jeder reinblütige Fae irgendwann ein Seelenband formt, soweit ich weiß. Sie können in der Zwischenzeit andere Beziehungen eingehen – oder manchmal zur selben Zeit – doch diese eine tiefe Verbindung wird immer an erster Stelle stehen. Und da Harper nicht reinblütig ist, könnte sie nicht diese Person sein.

„Möchtest du darüber sprechen?", frage ich zaghaft.

Meine Freundin schüttelt schnell den Kopf. „Nein. Es ist albern, ehrlich. Ich sollte nicht einmal darüber nachdenken."

„Ich bin mir sicher, du wirst viele Gelegenheiten haben, andere potenzielle Gefährten kennenzulernen, wenn sich Sylas an seine Rolle als Erzlord gewöhnt und anfängt, Feiern auszurichten", sage ich, obwohl ich weiß, dass mich diese Bemerkung an ihrer Stelle nicht trösten würde. Es gibt Millionen alleinstehender Menschenmänner in der Welt, die einst mein Zuhause war, diese Tatsache würde jedoch nichts daran ändern, dass ich meine Fae-Liebhaber schrecklich vermissen würde, sollte ich sie verlassen müssen.

Bevor sich der düstere Gedanke in meinem Kopf festsetzen kann, erreicht mich plötzlich Corwins Stimme durch unser Band. *Es tut mir leid, dass ich dich in deiner Freizeit stören muss, Liebste, aber einer der Schwärme hat ein neues Fluchopfer nach Heart's Cadence gebracht, damit du es ‚segnest', wie sie es mittlerweile nennen. Du musst nicht sofort kommen, doch sobald dein Besuch bei deiner Freundin beendet ist …*

*Nein, ich komme gleich,* antworte ich trotz – oder

vielleicht gerade wegen – der Schwere, die sich auf mein Herz legt. *Ich werde es nicht genießen können, hier zu sitzen und zu plaudern, wenn ich weiß, dass jemand leidet, weil er auf mich warten muss.*

Ich ziehe meine Stiefel an und stehe auf. „Es tut mir leid. Es ist noch nicht einmal eine Stunde verstrichen, aber Corwin hat mir gerade mitgeteilt, dass ein anderer Winter-Fae von dem Fluch getroffen wurde. Sie warten in seinen Ländereien auf mich, damit ich denjenigen heile."

„Natürlich." Harper rappelt sich auf. „Wir haben später noch genügend Zeit zum Reden."

Werden wir die haben? Ich stelle diese Frage nicht laut.

Wir eilen so schnell, wie es mein krummer Fuß erlaubt, zurück über das bewaldete Gebiet. Als wir Donovans Burg passiert haben und die Bastion in Sicht kommt, pocht mein Fuß und ich wünschte, wir hätten ein Gefährt oder ein Pferd mitgenommen.

Dieser Gedanke hat Corwin anscheinend erreicht, denn eine Sekunde später trägt er mir auf: *Bleib, wo du bist, und gönn deinem Fuß Ruhe. Ich werde zu dir kommen.*

*Es ist alles in Ordnung*, versuche ich, zu protestieren, doch ich merke, dass er nicht zuhören wird. Er hat bereits eines der Gefährte genommen, die er stets bereithält für den Fall, dass jemand schnell eines braucht.

Harper wartet mit mir auf seine Ankunft. Es ist ein bizarrer Anblick, das helle, schmale Fahrzeug mit seiner kristallenen Ausstattung durch die farbenfrohe Sommerlandschaft gleiten zu sehen. Mehrere Seelie bleiben vor Donovans Burg stehen und starren es an.

Mithilfe von Corwins Hand rapple ich mich auf und wende mich an Harper. „Kannst du Sylas oder einem seiner Kader-Gewählten sagen, wohin ich gegangen bin?"

Sie nickt, doch Corwin mischt sich ein. „Ich habe bereits mit Whitt gesprochen. Wir haben soeben die letzten essenziellen Teile der Grenzburg fertiggestellt." Ein sanftes Lächeln berührt seine Lippen. „Sie ist jetzt bewohnbar. Ab jetzt musst du hoffentlich nicht mehr so viel hin und her reisen."

Dieses Wissen hebt meine Laune, bis wir den Grenzdunst erreichen. „Ich bin froh, dass sie das jüngste Opfer zu uns gebracht haben, sodass wir nicht durchs ganze Reich reisen müssen", sagt Corwin. „Doch … es ist etwas mehr, als ich erwartet habe."

Ich reiße meine Augen von dem Anblick der Holzseite der gemeinsamen Burg los, die aus dem Dunst ragt, und schaue ihn an. „Inwiefern mehr?"

Er zögert und ich nehme durch das Band sein Unbehagen wahr, das er nicht vor mir verbergen kann. „Du wirst schon sehen. Es ist nichts *Schlimmes*, nur … Du weißt, wie es die letzten paarmal war."

Das weiß ich, dennoch bin ich nicht auf das vorbereitet, was uns erwartet, als wir den Dunst durchbrechen. Im Leuchten des Herzens warten nicht nur das Fluchopfer und einige Helfer auf uns, sondern auch an die drei Dutzend Gestalten. Vielleicht denken sie, meine Kräfte wirken besser, wenn ich näher beim Herzen bin? Doch all diese Leute …

*Wie weit sind sie gereist?*, frage ich Corwin, als wir aus dem Gefährt steigen und zu dem Opfer gehen.

*Die Reise dauert einige Stunden*, antwortet Corwin verwirrt. *Das ist mindestens ein Drittel des Schwarms, einschließlich ein paar Mitglieder des Zirkels ihres Lords. Sie konnten nicht zu unserer Bestätigungszeremonie kommen. Sie behaupten, sie wollen ihren Schwarmkollegen unterstützen. Es ist allerdings eindeutig, dass sie genauso erpicht darauf sind, mit eigenen Augen zu beobachten, wie du ihn heilst.*

Sie wollen meinen ‚Segen' sehen, wie es die Fae mittlerweile nennen. Ein unangenehmes Jucken kribbelt über meine Haut.

Ich muss mir ins Gedächtnis rufen, dass es eine gute Sache ist, dass die Winter-Fae jetzt so beeindruckt von mir sind. Seit August und ich Lady Gullvens Revier verlassen haben, frage ich mich, was ich für die anderen Menschen zu beiden Seiten der Grenze tun kann – und auch für diejenigen, die durch ihre Geburt mit ihnen verbunden sind wie Kesral, falls das möglich ist. Wenn sie sich so sehr dafür interessieren, was ich für sie tun kann, werden sie sich dann auch zumindest ein wenig für das interessieren, was ich zu sagen habe?

Als Corwin mich zu dem Fae-Mann führt, der direkt vor dem pulsierenden Licht des Herzens kauert, sehe ich andere Gestalten, die aus Laonis und Uzziahs Palästen zu uns kommen. Vermutlich haben sie den Aufruhr bemerkt und sind gekommen, um in Erfahrung zu bringen, was hier vor sich geht. Es ist schwer, diese Versammlung zu übersehen.

Ein aufgeregtes Raunen geht durch die Menge. „Da ist sie!"

„Lady Talia ist bei uns!"

„Sie ist so schnell gekommen."

Ich hole tief Luft und schenke ihnen das beste Lächeln, das ich zustande bringen kann. Ehrfürchtige Gesichter blicken mir entgegen, manche strahlen, andere wirken zurückhaltender. Eine Frau, die vermutlich die Gefährtin des verfluchten Mannes ist, drückt seine Schulter, während sie mich beobachtet.

„Es hat ihn erst heute Morgen getroffen", erklärt sie. „Was auch immer Sie für ihn tun können, meine Lady …"

Der Mann hustet und krächzt: „Ich fühle mich geehrt, dass ich Ihren Segen empfangen darf, Lady Talia."

Nur bei dem Anblick der beiden steigt bereits ein Kloß in meiner Kehle auf. Mich abwendend, denke ich an sie und mich – daran, dass die Frau ihren Gefährten an den Fluch verlieren könnte, obwohl sie noch so viele Jahre mit ihm hätte haben sollen; daran, dass ich möglicherweise die Männer zurücklasse, die ich so sehr lieben gelernt habe.

Als Tränen in meinen Augen brennen, spüre ich Corwins Drang, nach mir zu greifen, doch er weiß, dass ich jede Traurigkeit nutzen muss, die ich in mir finden kann, um die Heilung durchzuführen.

Die Tränen laufen über, als ich mir vorstelle, wie sich die Frau an die gefrorene Gestalt des Mannes klammert, sollte der Fluch ihn komplett überkommen. Ich wische sie weg und drehe mich zu ihm um. Ich vollführe die Bewegungen nun selbstbewusster, da ich sie mehrere Male erfolgreich durchgeführt habe.

Ich kann das tun. Das Herz hat mir diese Macht geschenkt. Es *will*, dass ich den Fluch zurückdränge. Und vielleicht möchte es auch, dass ich andere Dinge tue, die ich noch nicht verstehe.

Als ich mit den Fingern über die Wange des Mannes streichle, beugen sich die um uns herum versammelten Fae näher zu uns. Es fühlt sich an, als würden alle kollektiv die Luft anhalten. Dann, als er erschaudert und die Kälte abschüttelt, bricht dieser angehaltene Atem in erfreutem Keuchen und erleichtertem Seufzen hervor.

„Die Gesegnete!", ruft jemand. „Dank dem Herzen für Lady Talia!"

Die Stimmen um mich herum wiederholen diese Aussage, woraufhin ich mich sammle und über die kleine Menge blicke. Ich merke, dass Corwin meine Absicht aufgefangen hat, er versucht jedoch nicht, mich davon abzubringen. Stattdessen gibt er mir einen ermutigenden Schubs. Seine Unterstützung verleiht mir den Mut, das Wort an die Menge zu richten.

„Ich bin so froh, dass ich allen Fae mit den Kräften helfen kann, die mir das Herz geschenkt hat, obwohl ich ein Mensch bin", sage ich. „Ich hoffe, dass euch das hilft, zu sehen, dass das Herz sowohl auf Menschen als auch auf Fae scheinen kann. Es würde mein eigenes Herz leichter schlagen lassen, wenn ich wüsste, dass ihr in eure Leben zurückkehrt und mehr von den Menschen haltet, die bei euch im Fae-Reich gelandet sind. Ich hoffe, dass ihr sie mit der gleichen Freundlichkeit und dem Respekt behandelt, die ihr mir entgegenbringt."

Mehrere der versammelten Fae nicken und weitere rufen Worte des Lobes, aber ich habe keine Ahnung, wie viel davon lediglich dazu dient, den Anschein zu erwecken, sie würden mir zustimmen, und wie viele mir tatsächlich zugehört haben. Es ist nicht so, als könnte ich in einem Tag die ganze Kultur der Fae hinsichtlich ihres Umgangs mit den Menschen ändern. Diese Worte sind ein Anfang, wenn auch ein kleiner.

Die Fae aus dem Schwarm des Fluchopfers bleiben noch etwas länger. Viele von ihnen treten an mich heran und bitten mich um eine kurze Berührung, als sei diese ebenfalls ein Segen. Andere scheinen nur einen genaueren Blick auf mich werfen zu wollen. Der verfluchte Mann verneigt sich dankbar und seine Gefährtin verbeugt sich noch tiefer. „Vielen Dank", murmelt sie anerkennend und klingt ein wenig erstickt, was verblüffend für einen Unseelie ist.

Als sie zurück zu den Gefährten gehen, mit denen sie hergekommen sind, schlängeln sich Laoni und ein paar Mitglieder ihres Zirkels durch die Menge, um uns zu erreichen. Bei ihrem finsteren Gesichtsausdruck bin ich sofort auf der Hut und Corwin spannt sich ebenfalls an.

„Wir treffen uns in einer Stunde in der Halle des Herzens", verkündet sie. „Ihr werdet beide erwartet. Es ist Zeit, dass Entscheidungen gefällt werden."

*Warum ist sie sauer?*, frage ich Corwin, als sie davonmarschiert, ohne eine Antwort abzuwarten.

*Ich weiß es nicht*, antwortet er, doch mir dämmert bereits eine mögliche Erklärung.

Dies ist das erste Mal, dass einer der anderen Erzlords gesehen hat, wie ihr Volk auf mich reagiert – dass sie sich benehmen, als sei ich eine Art Heilsbringerin. Und ich glaube nicht, dass Laoni besonders glücklich über diese Entwicklung ist.

13

*Talia*

Ich habe die Halle des Herzens viele Male durch Corwins Augen gesehen, dies ist jedoch erst mein zweiter Besuch in dem Gebäude. Die hohe Decke und der glänzende, weiße Marmor, aus dem alles zu bestehen scheint, rauben mir kurz den Atem. Als ich die strengen Mienen sehe, mit denen drei der Erzlords auf uns warten, fällt es mir schwer, wieder Luft zu holen.

*Mir fällt nichts ein, was du getan hast, das ihnen einen triftigen Grund für Beschwerden geben würde,* beruhigt mich Corwin, als wir gemeinsam zu seinem Platz an dem langen Marmortisch gehen. *Wenn du dir unsicher bist, wie du auf ihre Aussagen reagieren sollst, überlass mir die Führung.*

Ich nicke innerlich, obwohl ich es hasse, einen anderen meine Kämpfe austragen zu lassen. Manchmal brauche ich es – ich weiß, dass ich mich allein nicht in jeder Hinsicht gegen Fae durchsetzen kann – doch sie werden mich *nie* respektieren, wenn sie nicht sehen, dass ich selbst nach besten Kräften für mich eintrete.

Neve schenkt uns ein sanftes, verträumtes Lächeln. Die anderen mustern uns bloß schweigend, bis wir am Tisch stehen bleiben.

Laoni räuspert sich, doch Corwin meldet sich zu Wort, bevor sie sprechen kann. „Worum geht es hier? Von welchen Entscheidungen sprichst du, Laoni?"

Sie schaut ihn finster an. „Was denkst du? Deine Gefährtin hatte nun eine ganze Weile Zeit, um über unser Angebot hinsichtlich ihrer Rückkehr in ihre eigene Welt nachzudenken. Wir möchten diese Angelegenheit gerne klären, bevor es zu weiteren Problemen kommt."

Probleme, weil die restlichen Winter-Fae womöglich dagegen protestieren würden, dass ich ihre Welt verlasse, jetzt, da sie so beeindruckt von mir sind? Irgendwie vermute ich, dass sich Laoni mehr Gedanken darüber macht, den Einfluss zu unterbinden, den ich in ihrem Volk gewinne, als darüber, was dieses von meiner Abwesenheit halten wird.

„Ich wusste nicht, dass ich meine Entscheidung in einem bestimmten Zeitrahmen treffen muss", erwidere ich so ruhig wie möglich. „Es gibt mehr, was ich bezüglich beider Welten verstehen möchte, bevor ich entscheide, was am besten wäre – nicht nur für mich, sondern für alle Beteiligten."

Uzziah hustet leise. „Eine ehrenhafte Einstellung, die jedoch Fragen zu deinen Beweggründen aufwirft."

Ich spüre, dass sich Corwin empört. Äußerlich lässt er sich jedoch nichts anmerken abgesehen davon, dass er etwas kürzer angebunden klingt. „Was genau meinst du damit? Talias ‚Beweggründe' sind nichts als rein. Sie hilft uns mittlerweile seit Wochen selbstlos auf eine Weise, wie es keiner von uns zu tun vermochte."

„Es mag selbstlos wirken, doch wer sagt, dass der Mensch nicht ebenfalls etwas davon hat?", erwidert Laoni schnippisch. „Sie *kann* immerhin lügen, anders als der Rest von uns. Warum sollte sie sonst zögern, zu tun, was für ihre Familie und ihren Bruder richtig ist, dem ihre Loyalität gelten sollte?"

Terisse' Mund verzieht sich leicht unbehaglich, dennoch meldet sie sich zu Wort. „Ja, wie können wir uns ihrer Loyalität uns oder sogar dir gegenüber sicher sein, wenn sie jemanden von ihrem eigenen Blut so leicht im Stich lässt?"

Schuldgefühle durchbohren meinen Magen. „Ich habe meinen Bruder nicht *im Stich gelassen*", widerspreche ich. „Ich weiß nicht einmal, ob es wirklich besser für ihn wäre, wenn ich plötzlich wieder in seinem Leben auftauche, anstatt mich aus diesem rauszuhalten. Die Situation ist nicht so einfach."

Laoni mustert mich. „Oder sagst du das nur, weil du nicht möchtest, dass wir infrage stellen, warum du so versessen darauf bist, bei uns zu bleiben?"

Ich knirsche mit den Zähnen, weiß jedoch nicht, wie ich antworten soll. „Wenn ich bleibe, wird das daran liegen, dass ich den Gedanken nicht ertragen kann, dass Leute leiden könnten, wenn ich nicht hier bin, um bei dem Fluch zu helfen." Und es wird auch an all dem Leid liegen, das ich möglicherweise den anderen Menschen hier ersparen kann. Allerdings bezweifle ich, dass sie das hören will. „Und weil ich versuche, Jamies Leben nicht von neuem auf den Kopf zu stellen."

Laoni verschränkt die Arme vor der Brust. „Dann nimm dir noch einen Tag Zeit. Ich möchte, dass wir uns danach einen endgültigen Plan für den Umgang mit unseren Fluchopfern überlegen können. Wir haben lange genug in Unsicherheit gelebt."

Normalerweise bin ich keine gewalttätige Person, im Moment möchte ich jedoch nichts lieber tun, als in ihr arrogantes Gesicht zu schlagen. Meine Finger krümmen sich in meine Handflächen, doch ich halte die Hände still an meinen Seiten. „Na schön", erwidere ich. Corwin legt seine Hand auf meinen Rücken und wir verlassen das Gebäude.

*Du musst auf ihre Forderungen nicht eingehen*, sagt er beim Gehen. *Wir können einfach auf mehr Zeit bestehen. Wir haben vorher jahrzehntelang in Unsicherheit gelebt.*

Ich halte inne, kann das Engegefühl in meiner Brust allerdings nicht ignorieren, das seit dem Moment stärker wurde, in dem ich erfuhr, dass Jamie noch lebt. *Nein. Ich denke, ich muss eine Entscheidung treffen, nicht nur für sie, sondern auch für mich. Ich komme einer Antwort mit all meiner Grübelei nicht näher. Ich würde Jamie allerdings gerne noch einmal besuchen, bevor ich mich entscheide.*

*Ich werde die nötigen Vorkehrungen treffen, sodass du gleich morgen früh in die Menschenwelt reisen kannst.* Corwins Hand packt meine. *Du weißt, dass sie mit ihren Bemerkungen lediglich versucht haben, ihre eigenen Pläne durchzusetzen. Ich hege keinerlei Zweifel an deiner Loyalität. Ich weiß, wie wichtig dir dein Bruder ist.*

Ich drücke seine Hand, seine Beteuerung kann die Schuldgefühle jedoch nicht auflösen, die nach wie vor in meinem Bauch kribbeln. Laoni und die anderen haben wahrscheinlich nur versucht, mich zu ihren Zwecken zu beschämen, das bedeutet allerdings nicht, dass ihre Argumente vollkommen falsch waren. Ich *schulde* Jamie mehr als jedem anderen hier im Fae-Reich, oder? Ich sollte eine Möglichkeit finden, ihm zu helfen, da er offensichtlich zu kämpfen hat, auch wenn es zu Beginn schwierig sein wird.

Morgen werde ich ihn erneut sehen und hoffentlich wird dann alles klarer.

„Sylas und die anderen sollten in deinem neuen Zuhause auf uns warten", erinnert mich Corwin, als wir über das eisige Feld zu seiner Länderei laufen. „Ich könnte Charles und Beth bitten, vom Palast rüberzukommen und uns allen eines ihrer fantastischen Abendessen zu kochen."

Mein Inneres ist zu verknotet, als dass mich der Gedanke an Essen erfreuen könnte. Ich schüttle den Kopf. „Im Moment nicht. Ich denke, ich möchte eine Weile einfach nur mit euch allen zusammen sein, ohne eine andere Person, ohne dass wir irgendetwas tun müssen."

Ich erinnere mich wieder an die Zeit im letzten Monat, als ich mich am niedergeschlagensten fühlte, weil sich mir die Antwort auf den Winterfluch entzog und ich alle im Stich zu lassen schien. Damals holte ich Corwin in mein Bett und allein das Kuscheln mit ihm schmolz einen Teil meines Kummers.

Das, was wir *nach* dem Kuscheln taten, schadete auch nicht ...

Ich will all meine Liebhaber – meine Gefährten – um mich herum haben. Ich will in ihre Liebe gehüllt werden und sehen, wie weit wir gekommen sind ... selbst wenn wir unsere Beziehung doch nicht fortführen.

Corwin liest wortlos meine Emotionen. Sobald wir die Türschwelle auf der Diamantseite der Grenzburg überqueren, fegt er mich von den Füßen, so wie es August gerne tut, und drückt mich an sich.

Als er durch die Gänge zu den Räumen in der Burgmitte schreitet, wo sich der Kristall und das Holz miteinander verbinden, erscheinen meine Seelie-Liebhaber von ihrer Seite der Burg, um uns zu begrüßen. Sylas betrachtet unsere Gesichter und runzelt die Stirn.

„Meine Kollegen sind heute besonders hart mit unserer Gefährtin ins Gericht gegangen", erklärt Corwin und seine Verwendung des Wortes *unserer* löst ein Leuchten der Wärme in mir aus. „Ich glaube, sie muss zur Erholung in so viel Liebe wie möglich gehüllt werden."

Augusts Miene ist ebenfalls ernst geworden, als er sah,

dass Corwin mich trägt, bei dieser letzten Bemerkung breitet sich jedoch ein Grinsen auf seinem Gesicht aus. „Dafür bin ich zu haben."

Whitt zieht die Augenbrauen hoch. „Dann lass uns dein neues Schlafzimmer einweihen, Allkräftige."

Hitze schießt mir in die Wangen, obwohl ich mir nicht sicher bin, wie gründlich ich das Schlafzimmer im Moment einweihen möchte. „Das klingt perfekt."

Als wir die Treppe mit ihren abwechselnden Holz- und Diamantstufen erklimmen, geht Sylas neben Corwin und mir her. „Müssen wir uns Sorgen wegen der aktuellen Forderungen deiner Kollegen machen, wie auch immer die aussehen?", erkundigt er sich.

„Nein", antworte ich für Corwin. „Sie wollen, dass ich bald eine Entscheidung treffe, ob ich hierbleibe oder zu Jamie zurückkehre. Was ich vermutlich ohnehin tun sollte. Ich habe es aufgeschoben, doch es wird nur schwieriger, meine Gedanken zu sortieren, nicht einfacher."

Eine ernste Stimmung erfasst unsere Gruppe. Whitt lässt eine Hand um einen meiner baumelnden Füße gleiten und streichelt mit dem Daumen über die Fußsohle. „Falls es irgendetwas gibt, was du wissen musst und was dir dabei helfen würde, ein klareres Bild der Situation zu erhalten, dann komm zu mir. Und vergiss nicht, dass die Entscheidung, die du triffst, keine endgültige sein muss. Sie können dich nicht daran hindern, deine Meinung zu ändern."

„Wir würden alle für dein Recht kämpfen, hierher oder dorthin zurückzukehren, wenn du später etwas anderes möchtest", fügt August hinzu und spannt die Schultern an.

Dieses Wissen sollte mich trösten, doch stattdessen dehnt sich der melancholische Schmerz in meiner Brust aus. Sie bereiten sich bereits darauf vor, sich von mir zu verabschieden, sollte ich darauf bestehen. Der Kummer, der

Corwin bei diesem Gedanken durchfährt, dringt durch unsere Verbindung und ich weiß, dass es den anderen Männern ähnlich ergehen muss. Bloß über die Möglichkeit nachzudenken, einen von ihnen zu verlieren, tut mir so weh wie ihnen.

Ich schlucke schwer und zwinge die Emotionen beiseite. Momentan will ich mich einfach nur auf diesen Augenblick konzentrieren für den Fall, dass es die einzige Gelegenheit ist, die ich erhalte, unser gemeinsames Zuhause mit den Männern zu genießen, mit denen ich es so gerne teilen wollte. Meine Entscheidung kann bis morgen warten.

Ich habe mein fertiges Zimmer bisher noch nicht gesehen. Als wir es betreten, sprudelt ein erfreutes Lachen aus meiner Kehle. Die Wände sind ebenfalls eine Mischung aus Diamant und Holz so wie bei den anderen Räumen in der Burgmitte. Hier kommen sie jedoch in zarten Wirbeln zusammen. Die Möbel bestehen aus einer ähnlichen Mischung: ein Diamantwaschtisch, ein Holzschrank. Die Bettpfosten sind aus Holz und Diamantkugeln funkeln an ihren Spitzen.

Am meisten freue ich mich jedoch über die Größe des Bettes. Sie haben eines heraufbeschworen, das mindestens doppelt so groß ist wie die in meinen alten Schlafzimmern. Es ist so groß, dass wir alle bequem Platz darauf finden können.

Corwin setzt mich sachte mitten auf die weiche Bettdecke und zieht sich zurück. Aufgrund der Eindrücke, die durch unser Band tröpfeln, weiß ich, dass er den anderen Männern zeigen möchte, dass er keinen speziellen Anspruch auf mich erhebt und gewillt ist, sie als Erste zu mir zu lassen.

August und Whitt halten inne und mustern ihn. Sie haben noch keine intime Erfahrung mit mir und meinem neuesten Liebhaber gemacht.

Sylas, der unsere erste gemeinsame Begegnung initiierte,

lässt sich neben mir nieder, lehnt seine Schultern an den Kopfteil und streichelt mit den Fingern über meine Haare. Als sie sehen, dass ihr Lord den ersten Schritt macht, klettern die zwei ebenfalls aufs Bett. August streckt sich am gegenüberliegenden Bettende aus und beginnt, meine Füße zu massieren. Whitt drückt einen Kuss auf meinen Bauch und legt seinen Kopf auf meine Hüfte.

Erst da schließt Corwin sich uns richtig an und vervollständigt den männlichen Ring um mich herum, indem er seinen Kopf an meine Schulter legt. Ich küsse seine Stirn, streichle mit einer Hand über Sylas' Brust, gleite mit den Fingern durch Whitts seidige Haare und drücke meine Sohle aufmunternd Augusts Berührung entgegen.

Und einfach so kommen wir alle in einer geeinten Gemeinschaft zusammen. Die schwelende Anspannung, die sich in Corwin bei der Aussicht regte, diese Situation zu händeln, löst sich in Zufriedenheit auf.

Es ist unmöglich, nicht das Gefühl zu haben, ich wäre genau dort, wo ich hingehöre – wo wir alle hingehören. Die Liebe fließt nicht nur zwischen mir und ihnen, sondern auch zwischen den Männern, auch wenn sie eine andere Art von Zuneigung und Respekt teilen.

Nach Jahrzehnten des Kriegs haben wir die Seelie und Unseelie zusammengebracht. Wir haben die Vorstellungen beider Gesellschaften darüber, wer eine angemessene Gefährtin sein kann, infrage gestellt. So viel Vertrauen und Glaube sind zwischen uns gewachsen. Wie kann es ein Problem geben, das wir nicht bewältigen können?

Das Problem der morgigen Entscheidung ist jedoch nicht verschwunden. Als meine Sorgen erneut an mir zu nagen beginnen, weiß ich, dass ich sie nicht verscheuchen kann, indem ich mich in diesen Ring aus Wärme kuschle. Ein stärkeres Verlangen durchläuft mich und sammelt sich zwischen meinen Schenkeln.

Ich will wissen, wie gut wir fünf in jeder möglichen Hinsicht zusammenkommen können, ob es nur der Anfang oder eine Erinnerung ist, an die ich mich in den folgenden Tagen klammern kann.

Wie so oft verraten ihre scharfen Sinne meinen Fae-Männern, dass sich meine Stimmung geändert hat, noch bevor ich bewusst ein Zeichen gegeben habe. Augusts Liebkosungen werden provokanter und wandern meine Wade entlang zu der empfindsamen Haut meiner Kniekehle. Whitt fährt mit den Fingern über meinen Bauch und sein Atem weht so heiß über meine Hüfte, dass ich ihn durch mein Kleid hindurch spüre. Sylas legt seine Finger unter mein Kinn und zieht mein Gesicht zu sich, damit er mich küssen kann.

Und während alldem schaut mein seelenverbundener Gefährte mit einer eigenartigen Mischung aus Erregung und Neid zu. Seine instinktive Besitzgier hat ihn noch nicht komplett verlassen, er lässt sich jedoch nicht von ihr kontrollieren.

Ich will, dass er ein vollständiger Teil dieses Intermezzos ist. Während ich Sylas' Kuss erwidere, zerre ich an Corwins Hemd. *Dich brauche ich auch, meine Seele.*

Mit dem stummen Eindruck eines Stöhnens beugt er sich vor, um an der Kurve meines Halses zu knabbern. Mein Atem stockt an Sylas' Mund.

Ganz egal, was geschieht, nichts kann auslöschen, was ich jetzt erlebe. Nichts kann die Liebe brechen, die wir alle teilen. Dessen bin ich mir sicher.

Die Gewissheit geht mit einer Freude einher, die bittersüß, aber auch so mächtig ist, dass ich sie nicht zurückhalten kann. Ich weiche gerade so weit von Sylas zurück, dass ich einen wahren Namen in die Luft flüstern kann: „*Sole-un-straw.*"

Licht schimmert wie ein Regen aus winzigen

Sternenschuppen über uns. Corwin atmet scharf aus und dann führt er meinen Mund zu seinem.

Als er mich mit mehr Leidenschaft küsst als je zuvor, verstärken auch meine Seelie-Männer ihre Zuwendungen. Sylas umfasst meine Brüste und knabbert an meinem Ohrläppchen. August und Whitt schieben mein Kleid gemeinsam zu meiner Taille hoch und küssen einen Pfad über meine Beine. Als sie schließlich meine Oberschenkel erreichen, winde ich mich und mein Höschen wird feucht.

August hält kurz inne, als würde er sich sorgen, dass Corwin seine Meinung ändert, wenn es zu intensiv wird. Ich zerre an seinen Haaren und er senkt den Kopf, um meine Mitte durch den dünnen Stoff hindurch mit dem Mund zu verwöhnen. Die Hitze dieses intimen Kusses sendet ein lustvolles Beben durch mich hindurch. Ein jammernder Laut entwischt meiner Kehle, woraufhin Corwins Zunge zwischen meine geteilten Lippen taucht und mich tiefer verschlingt.

Oh, Gott. Ich habe bereits das Gefühl, als stünde ich kurz vor einer Explosion, und bisher hat keiner von uns ein einziges Kleidungsstück abgelegt.

Als würde er diesen Gedanken spüren, reißt mir August das Höschen vom Körper und küsst mich Haut auf Haut. Dass seine glitschige Zunge über meine Öffnung gleitet, sorgt dafür, dass ich mich vor Lust auf dem Bett aufbäume. Whitt packt meinen Hintern und hebt mich in einem Winkel hoch, in dem sein Bruder besseren Zugang zu mir hat. Dabei verteilt er Küsse auf meinem Hüftknochen. Als August seine Zunge in mich taucht, muss Corwin meinen Schrei schlucken.

Mein seelenverbundener Gefährte ist nicht egoistisch. Er huldigt meinem Mund noch einige weitere Augenblicke, bevor er mich mit einem Nicken an Sylas freigibt. Als mein Seelie-Erzlord meine Lippen zurückerobert, öffnet Corwin die Verschlüsse meines Kleides. Sobald er Zugang zu meinen

Brüsten gewonnen hat, senkt er den Mund auf sie und stimuliert sie mit so viel Enthusiasmus, wie ihn August weiter unten an den Tag legt.

Da Wonne aus jeder Richtung durch mich brennt, ist es ein Wunder, dass ich noch den klaren Gedanken fassen kann, dass ich an ihnen ebenfalls weniger Kleidung sehen möchte. Corwin bemerkt diesen stummen Wunsch, richtet sich auf und schlüpft aus seinem Hemd. Ein Beben unbehaglicher Scham wandert durch unser Band, doch dann verkündet er: „Unsere Gefährtin würde es vorziehen, in ihrem unbekleideten Zustand nicht allein zu sein."

Es ist eine schrecklich förmliche Art, zu sagen, dass ich sie gerne nackt hätte, doch es erfüllt den Zweck. Plötzlich fliegen überall um mich herum Hemden und Hosen durch die Luft. Zwischendrin schaffen sie es, mir auch mein Kleid komplett auszuziehen. Ich finde mich auf den Knien zwischen meinen vier Liebhabern wieder, die nur noch ihre Boxershorts tragen und deren Erektionen sich gegen den Stoff drängen.

Noch ein Bedürfnis überkommt mich, das ich nicht infrage stelle. Zuerst greife ich nach Corwin und lasse meine Hand über seine durchtrainierte Brust zum Bund seiner Unterwäsche gleiten. „Ich will von euch allen kosten."

Ihm stockt der Atem, als ich den Kopf senke. Ich ziehe den Hosenbund tiefer, um seinen Schaft zu befreien, und nehme ihn in den Mund.

Der salzige Geschmack, der sich mit seinem Winterwaldduft vermischt, ist mir jetzt vertraut. Ich wirble mit der Zunge über die unebene Länge. Jedes Zucken seiner Härte, das verzweifelte Anspannen seiner Finger in meinen Haaren und der Nachhall der Wonne, die ich ihm schenke, führen dazu, dass mir schwindlig vor Freude wird. Diese Männer haben auf so viele Arten mehr Macht als ich, doch im Schlafzimmer bin ich ihnen wenigstens ebenbürtig. Ich hege keinerlei Zweifel mehr daran, dass sie mich genauso sehr wollen wie ich sie.

Ich wandere von Corwin zu Whitt und befreie nun den Schaft meines gewitzten Strategen. Seine Augen schließen sich halb, während er über meine Wange streichelt. „Koste, so viel du willst."

Der Geruch, der jeder Faser von ihm anhaftet, ist beinahe das Gegenteil von Corwin, wie trockener Sand, doch ich genieße ihn genauso. Das Stöhnen, das Whitt entfährt, als ich kräftig an seiner steifen Länge sauge, bringt meine Mitte zum Pochen.

Ich bin versucht, weiterzumachen und zu schauen, wie lange es dauert, Whitt nur mit meinem Mund zum Höhepunkt zu bringen, will allerdings meine anderen Liebhaber nicht vernachlässigen. Ich lecke über seine Schwanzspitze und wende mich August zu.

Das Gesicht des Kriegers ist gerötet und in seinen Augen glänzen Zuneigung und Lust. „Ich bin für dich da, Süße", sagt er mit heiserer Stimme.

Und das ist er. Sein dickes Glied füllt beinahe meine Hand aus, als ich es heraushole. Ich lecke um die Spitze herum und nehme so viel wie möglich von ihm in den Mund. Seine Finger gleiten mit der genau richtigen Mischung aus Zärtlichkeit und Anspannung über meine Kopfhaut, um einen wahren Funkenregen auszulösen. Ich könnte seinen süßlichen, herben Geschmack den ganzen Tag lang genießen.

Doch ich habe noch einen Liebhaber, den ich in dieses spontane Ritual einbinden möchte. Ich gebe August einen kurzen Kuss auf den Mund, wobei sich unsere Aromen auf unseren Lippen mischen, und rutsche zu Sylas.

Der Seelie-Erzlord beobachtet mich mit nichts als Liebe und Verlangen in seinem dunklen Auge. Ich neige mich vor, sodass ich einen Pfad über die Mitte seiner Brust und mehrere seiner Wahre-Namen-Tattoos küssen kann, bevor ich seine Boxershorts erreiche. Als ich in diese tauche, presst er sich gegen meine Hand, als könnte er nicht anders. Sein erdiger, rauchiger Duft füllt meine Lunge.

Ich sauge langsam an ihm und meine Zunge fährt den steifen Schaft entlang, um die Stellen zu finden, bei denen sich seine Muskeln anspannen und ihm der Atem stockt. Ich lerne, wie man diesem Mann die Kontrolle rauben kann. All diesen Männern. Sie sind mein und ich bin die ihre und das wird zu jedem Zeitpunkt wahr sein, ganz gleich, wie weit ich weg bin.

Als ich Sylas' Kehle einen rauen Laut entlocke, bebt Verlangen durch mich hindurch. Ich habe mit jedem von ihnen einzeln geschlafen, doch kann ich uns im wahrsten Sinne des Wortes vereinen und Liebe mit allen vieren gleichzeitig machen? Uns alle gemeinsam zum Höhepunkt bringen?

Ich weiß es nicht, muss es allerdings versuchen. Ich habe es zuvor mit meinen drei Seelie-Liebhabern geschafft. Einer mehr sollte möglich sein.

Ich weiche zurück und blicke von einem der vier Männer zum nächsten. Meine Lippen kribbeln noch von ihrem vorherigen Einsatz. Corwin sollte dieses Verlangen nicht für mich aussprechen müssen.

„Ich will euch alle … gleichzeitig", erkläre ich. „Ich weiß nicht genau, wie …"

Als ich verlegen verstumme, lächelt Corwin und seine Miene ist voller Begehren und Zuneigung. „Ich denke, wir können dir diesen Wunsch ebenfalls erfüllen", sagt er in einem tieferen Ton, als er normalerweise benutzt. „Ich weiß, du hast bereits viele Arten entdeckt, auf die wir dich befriedigen können und du uns."

Eine schärfere Hitze lodert in mir auf. Ich denke daran, wie er meinen anderen Eingang berührte, als wir uns in der

Höhle liebten, und an Whitt, der dort vor Wochen in mich eindrang. Daraufhin schwappt ein berauschendes Kribbeln durch mich hindurch.

Durch größtenteils unausgesprochene Kommunikation bewegen sich die Männer um mich herum. Ab und zu halten sie inne, um mich zu küssen und zu liebkosen, während wir uns für meine Bitte positionieren. Ich finde mich über Sylas gestützt wieder. Meine Knie befinden sich neben seinen Hüften und meine Hände ruhen auf seiner Brust, während er sich auf das Bett legt. Er hält meine Taille fest, um mich zu stützen, nicht um mich zu kontrollieren. In Antwort auf die Frage in seinem dunklen Auge schaukle ich auf ihm vor und zurück, sodass sein Glied über meine Öffnung gleitet. Es fühlt sich so gut an, dass ich vor Begehren erbebe.

Als ich auf ihn sinke, flammt eine tiefere Wonne in meiner Mitte auf. Ein Wimmern löst sich aus meiner Kehle.

Whitt gibt August einen leicht spielerischen Schubs. „Denkst du, du kannst dich dieses Mal um die anderen Bedürfnisse unserer Lady kümmern, Welpe?"

August schaut ihn gespielt finster an und jegliche Spur von Groll wird von dem breiten Lächeln verdrängt, das seinen Mund währenddessen dehnt. „Es wäre mir eine Ehre."

Er kniet sich hinter mich, positioniert sich vorsichtig rittlings über Sylas' Beinen und küsst einen sengenden Pfad von der Mitte meines Rückens zu meinem Genick. Seine Finger stimulieren mich, verteilen meine Flüssigkeit sowie ein zusätzliches Gleitmittel, das er mit einem geraunten Wort heraufbeschwört, um meine andere Öffnung vorzubereiten.

Wegen der herrlichen Empfindungen, die in meiner Mitte und meinem Bauch aufwallen, fällt es mir schwer, mich zu konzentrieren. Ich schaffe es, Whitt und anschließend Corwin näher an meine Seiten zu ziehen. Ich beuge mich nach unten, um Sylas hart zu küssen, und hebe den Kopf wieder, um die Männer neben mir zu küssen. Als August in mich dringt, keuche ich an Whitts Mund.

Oh, diese Empfindung, doppelt gefüllt zu werden, gibt mir das Gefühl, als würde ich schweben und zugleich verbrennen.

Corwin gibt ein ersticktes Geräusch von sich, als meine Wonne in ihn übergeht. Ich krümme meine Finger um seine Erektion. Als ich anfange, diese zu streicheln, lehne ich mich in die andere Richtung, um Whitt zum zweiten Mal in den Mund zu nehmen. Dieses Mal werde ich ihn bis zum Höhepunkt bringen.

All meine Männer gleichzeitig zu genießen, verläuft aufgrund der vielen sich bewegenden Körperteile nicht vollkommen reibungslos. Manchmal werde ich so von der Lust überwältigt, die mich durchströmt, dass ich mich in einem vorübergehenden Nebel verliere. Ich muss meine Position ein paarmal ändern, nutze diese Momente jedoch, um mir weitere Küsse zu stehlen. Doch als ich in dem Rhythmus der zwei Männer versinke, die sich in mich stoßen, führt das meine Bewegungen bei den anderen zwei, bis wir gemeinsam in einem Rausch begehrlicher Freude schwingen, die schnell zu einem Inferno wird.

Zu meiner Überraschung ist Whitt der Erste, der einen Fluch zischt, meine Schulter kurz drückt und über die Klippe stolpert. Nachdem er sich in meinem Mund ergossen hat, keucht er kurz und widmet anschließend jeder Stelle meines Körpers, die er erreichen kann, seine Aufmerksamkeit, um noch mehr Wonne in mir zu erzeugen. Sein Daumen wirbelt über einen Nippel, Sylas und August rammen sich im Einklang in mich und meine Hand zuckt so stark um Corwins Schaft, dass ich seinen bevorstehenden Höhepunkt fühle. Ich senke den Kopf schnell genug, um meine Lippen um ihn zu schließen, als er den Gipfel erreicht.

Daraufhin lege ich meine Hände erneut auf Sylas' Brust

und lasse sie über den Schweiß gleiten, der dort entstanden ist. Er knurrt und pumpt schneller in mich. August passt sich seinem Tempo an und plötzlich rase ich mit Höchstgeschwindigkeit auf meinen Orgasmus zu. Ich kann mich in diesem Tsunami der Ekstase nur an sie klammern, bis die letzte Welle über mir zusammenschlägt.

Ich komme mit einem Schrei, der fast ein Schluchzen ist, und zittere in der Umarmung meiner Liebhaber. Sylas stöhnt und August packt mich fester, als sie mir beide über die Klippe folgen.

Ich breche auf der Bettdecke zusammen in einem Nest, das aus meinen vier Gefährten geformt wird, deren Glieder um mich gelegt sind. Wir finden alle einen bequemen Platz nebeneinander. Als ich Corwins Blick auffange, funkelt in seinen Augen die gleiche begeisterte Befriedigung, die durch unsere Verbindung hallt.

Wir sind fünf und wir sind eins.

Und morgen muss ich entscheiden, ob es das Richtige ist, uns zusammenzuhalten, oder ob es nur eine Vermeidung meiner wahren Pflichten ist.

*Talia*

Wir erreichen den Sportplatz vor Jamies Highschool, als die letzte Unterrichtsstunde des Tages endet. Schüler strömen bereits über den Rasen und den Gehweg. Ich beschleunige meine Schritte, weil ich mir Sorgen mache, dass ich ihn womöglich verpasst habe. Wenn er von hier nicht zum Haus unserer Tante und unseres Onkels geht, weiß ich nicht, wo ich ihn finden kann.

August und Kesral haben mich aus den gleichen Gründen wie beim letzten Mal begleitet. In gewisser Hinsicht folgt mir Corwin ebenfalls, da er durch unser Band aufmerksam auf meinen emotionalen Zustand achtet. Ich merke, dass er es sofort wissen will, wenn ich eine Entscheidung getroffen habe – und dass er mir seinen Rat anbieten möchte, wenn ich feststelle, dass ich noch verwirrter bin.

Ich eile zu dem Schulgebäude, so schnell es mein

Humpeln erlaubt, und lasse meinen Blick über die Teenager schweifen, die an uns vorbeischlendern. Zu meiner Erleichterung dauert es nur ein oder zwei Minuten, bis mein Blick an einem vertrauten Schopf lockiger, brauner Haare hängenbleibt.

Jamie schlendert um die Seite der Schule und unterhält sich mit einem anderen Jungen, während sie die Papiere betrachten, die sie beide in den Händen halten. Ihr Gespräch wirkt auf mich eher geschäftsmäßig als freundschaftlich – vielleicht sollen sie gemeinsam an einem Projekt arbeiten oder so etwas.

Da ich meinen Bruder neulich allein beim Mittagessen sah, vermute ich, dass er in der Schule nicht besonders viele Freunde hat. Er muss seine Freundin und die Leute, mit denen er auf seinen Fotos zusammen war, anderswo kennengelernt haben.

Hier sind so viele Leute, dass es schwer ist, ihm nahe genug zu kommen, um mehr als Satzfetzen von dem aufzuschnappen, was er und der andere Kerl sagen. Meine Fae-Begleiter und ich schlängeln uns zwischen den sich zerstreuenden Schülern hindurch, während wir mit den beiden Schritt halten. Sie gehen über das Feld, wo sich andere Teenager in Grüppchen zu versammeln beginnen, wodurch wir mehr Platz erhalten. Wäre es zu viel verlangt, dass Jamie stehen bleibt und sein Gespräch im Stehen beendet?

Ein Haufen Teenager in der Nähe blicken zu Jamie und seinem Partner, als sie vorbeigehen. Ich erkenne ein paar der Jungen, die ihn neulich beim Mittagessen getriezt haben. Einer von ihnen deutet auf Jamie und verzieht für die anderen angewidert das Gesicht, die sich daraufhin kaputtlachen.

Jamie führt sein Gespräch mit dem Jungen fort, ich merke allerdings, dass ihm das Verhalten der anderen nicht entgangen ist. Sein Kiefer hat sich angespannt und sein Blick haftet stur auf den Papieren, auf die er deutet.

Ich empöre mich um seinetwillen und funkle die Mobber finster an, auch wenn sie nicht bemerken, dass jemand sauer auf sie ist. Jamies Gesprächspartner reibt sich über den Mund und sieht so aus, als wäre er überall lieber als bei meinem Bruder.

Das Gebell eines Hundes, der sich irgendwo hinter mir befindet, dringt an meine Ohren. Ich achte nicht darauf, da ich mich auf meinen Bruder konzentriere, bis ich das Trommeln schwerer Pfoten vernehme. Ein Eichhörnchen flitzt an uns vorbei übers Gras zu einem Baum auf der anderen Seite des Feldes – gefolgt von einem großen schwarzen Hund, dessen Leine hinter ihm her flattert, als er direkt auf Jamie zurennt.

Er ähnelt den riesigen Wölfen, in die sich die Seelie verwandeln können, nicht besonders. Sein Fell ist kürzer, seine Schnauze breiter und er hat Schlappohren. Obwohl er groß ist, würde sein Kopf vermutlich nur bis zu Sylas' Schultern reichen, wenn er in seiner Wolfgestalt ist. Die plötzliche Bewegung, das Aufblitzen gebleckter Zähne und die allgemeine Hundegestalt reichen jedoch, damit mein Herz im ersten Moment aussetzt, bevor ich erkenne, was es ist. Dabei hatte ich viel Zeit und Übung darin, über meine Ängste hinwegzukommen.

Jamie zuckt so heftig zusammen, dass die Papiere, die er in der Hand hielt, und das Buch, auf die er sie gedrückt hat, zu Boden fallen. Er stolpert ein paar Schritte rückwärts, ein panischer Laut entwischt seinem Mund und ein Beben durchläuft seinen Körper.

Er schlingt die Arme um sich, scheint das Zittern allerdings nicht unterdrücken zu können. Mein Herz zieht sich aus dem Wunsch heraus zusammen, zu ihm zu rennen, meine Arme um ihn zu schlingen und ihm zu sagen, dass alles gut werden wird.

Bevor ich das tun kann, erklingt ein spöttisches Lachen. Die Gruppe Teenager, die sich zuvor über Jamies Aussehen lustig gemacht hat, schlendert näher. Angeführt wird sie von den zwei Typen von zuvor.

„Monsterjunge hat Angst vor einem Hund?", höhnt einer und blickt zu dem Hundebesitzer, der seinen Hund endlich eingefangen und dessen Leine gepackt hat. „Ziemlich traurig, dass du Angst vor etwas hast, was viel weniger furchterregend aussieht als du."

Jetzt will ich Jamie umarmen *und* August sagen, dass er dem Kerl die Kehle zerfetzen soll, damit er herausfindet, wie viel Grund mein Bruder hat, so zu reagieren. Ich trete nach vorne, meine Hände zucken und in meiner Brust kriecht die Bitte empor, die Magie von mir zu nehmen, damit sie mich sehen können.

Ja und? Dann würde ich eben aus dem Nichts erscheinen. Es könnte nicht offensichtlicher sein, dass mich mein Bruder braucht – er braucht mich *jetzt*.

„Warte!", hält mich Kesral auf. Er hat vermutlich Anweisungen erhalten, die Geheimhaltung der Fae-Welt nicht zu gefährden. Er packt meinen Arm, bevor ich so nahe an die Gruppe herantreten kann, dass sie meine Anwesenheit spüren würden, auch wenn sie mich nicht sehen können.

Ich drehe mich, um ihm die Meinung zu geigen, doch als Jamie sich bewegt, verschlägt es mir die Sprache. Seine Schultern sind noch steif, er bückt sich jedoch, um seine Sachen vom Boden aufzuheben. Seine nächsten Atemzüge kommen ein wenig stockend, dann werden sie regelmäßiger. Er zittert nicht mehr oder kauert sich auf den Boden, wie ich es vor wenigen Monaten tat, wenn ich in die Erinnerungen der Vergangenheit geworfen wurde.

Andererseits hatte Jamie ebenfalls die Gelegenheit, einen

Teil seiner Ängste zu verarbeiten. Er konnte sich seinen Angreifern zwar nicht von Angesicht zu Angesicht stellen, aber er hatte Zugang zu Dingen, die *ich* nie hatte, wie beispielsweise Therapeuten und ein Leben in Freiheit.

Er richtet sich auf und dreht sich zu seinem Peiniger um. Sogar sein Partner starrt ihn an und ist zurückgewichen, als wollte er sich von jeglicher Verbindung zu Jamie lossagen.

„Hast du ein Problem mit mir, McCarty?", fragt der andere Junge, verschränkt die Arme vor der Brust und reckt das Kinn, als wollte er ihn herausfordern.

Jamie fixiert ihn mit einem kühlen, jedoch stechenden Blick, den Whitt bestimmt zu schätzen wüsste. „Eigentlich nicht. Weißt du, die Sache ist die, mir ist egal, ob du findest, dass ich furchterregend aussehe. Warum sollte es mich interessieren, was ein Arschloch wie du denkt?"

Die Kinnlade des Bullys klappt herunter. Seine Freunde schweigen und zeigen unterschiedlich schockierte Gesichter. Es dauert einen Moment, bis es dem Kerl gelingt, Worte zu formulieren, die mit einem Stottern herauskommen. „Für wen hältst du dich? *Alle* denken, du bist ein abscheulicher Loser, der in ein Gruselkabinett gehört, weißt du."

Jamie zuckt mit den Achseln. „Dann können mich ‚alle' mal am Arsch lecken. Ich brauche deine Anerkennung nicht. Ich habe eine Familie, eine Freundin und Freunde, die mich nicht für einen Loser halten. Und die sind mir viel wichtiger als ein Haufen belangloser Idioten. Und weißt du was? Weil *ich* kein Arschloch bin, hoffe ich, dass du nie durchmachen musst, was ich erlebt habe, dass ich so aussehe."

Er macht eine knappe Geste zu den Narben auf seinem Gesicht und wendet sich zum Gehen ab. Ich stehe jetzt ebenfalls mit offenem Mund da, sowohl vor Bewunderung als auch aus Schock.

„Schau dir dieses Rückgrat an", sagt Kesral mit einem anerkennenden Glucksen.

August legt seinen Arm um mich und zerzaust mir die Haare. „Das muss in der Familie liegen."

Vielleicht tut es das. Mein Bruder ist stärker, als ich vermutet habe. Doch ich löse mich von August, um Jamie zu folgen, wobei mein Herz heftiger klopft. Ist er wirklich so selbstbewusst und glaubt an das, was er gerade gesagt hat, oder hat er nur eine tapfere Fassade aufgesetzt, um den Schmerz zu überspielen, den er den Mobbern nicht zeigen wollte?

Ich bezweifle, dass ihn ihre Bemerkungen völlig kalt gelassen haben, sie scheinen allerdings nicht einmal seiner Laune einen Abbruch getan zu haben. Als Jamie den Schulhof hinter sich lässt, holt er sein Handy hervor. Ich schaffe es, einen Blick darauf zu erhaschen, und sehe, dass er dem Mädchen aus den Fotos in seinem Zimmer schreibt. Sie hat ihm gerade ein Selfie und eine Nachricht geschickt, in der sie ihn fragt, ob er sich nach dem Abendessen mit ihr treffen will.

*Klar*, tippt Jamie zurück. *Ich kann es nicht erwarten. Aber ich sollte dich warnen, ich habe dem zweitbeliebtesten Kerl der Schule gerade die Meinung gesagt. Mit mir gesehen zu werden, ist also wahrscheinlich schlecht für deinen Ruf.* Er fügt ein zwinkerndes Emoji am Ende hinzu und grinst, als er die Nachricht verschickt.

Seine Freundin antwortet kurz darauf mit einem lachenden Emoji und den Worten: *Wer braucht einen Ruf? Ich habe lieber dich, vielen Dank auch.*

Sie flirten noch ein wenig miteinander und als Jamie schließlich das Handy in seine Tasche steckt und einen Gemischtwarenladen betritt, um sich einen Snack zu holen, sieht er vollkommen entspannt aus.

Ihm geht es gut.

Das Wissen lässt sich mit einem eigenartig bittersüßen Gefühl der Erleichterung auf mir nieder. Er hat sich der

Situation ganz allein angenommen. Er hat keine große Schwester gebraucht, die zu seiner Rettung eilte. Das Trauma des Angriffs ist womöglich noch nicht verschwunden, doch er ist offensichtlich dabei, es zu überwinden.

Was könnte ich für ihn tun, was er selbst nicht bereits tut? Wenn ich darauf bestehe, zu bleiben und mich in sein Leben zu drängen, wäre das wirklich zu seinem Wohl oder wäre ich nur darauf aus, meine eigenen Schuldgefühle zu lindern?

Ich kann ihn nicht komplett allein lassen. Ich *will* es nicht. Doch vielleicht … vielleicht wäre es in Ordnung, wenn ich in das Leben zurückkehre, das ich mir andernorts geschaffen habe, und nur ab und zu nach ihm sehe.

Etwas an der Idee sorgt für ein unangenehmes Stechen in meinem Magen. Wenn ich nur einmal im Monat oder in ähnlichen Abständen vorbeischaue, könnte sich viel ändern, ohne dass ich es bemerke. Sollte er in ernsten Schwierigkeiten stecken, würde ich das sofort wissen wollen.

Als wir Jamie den Gehweg entlang folgen, kaue ich auf meiner Unterlippe herum. Sein nächster Halt ist eine Bowlinghalle. Ich betrete sie nach ihm und sehe, dass er sich hinter der Schuhtheke positioniert. Also hat er auch einen Nebenjob.

„Der Junge wirkt ziemlich unabhängig", stellt August fest.

„Ja." Ich ringe mit meinen Gedanken, als wir auf die Straße zurückkehren. Falls es jemanden gibt, der mir in dieser Sache helfen kann, dann ist das August, oder?

Ich berühre seinen Arm. „Du kennst eine Menge medizinische und körperliche Magie, richtig? Könntest du einen Zauber wirken, der mich über die Entfernung mit Jamie verbindet … der mich irgendwie alarmieren würde, wenn er in großer physischer oder emotionaler Not ist?"

August legt den Kopf schief. „Mir fallen ein paar

Strategien ein, die funktionieren könnten. Aber sie erfordern einen Gegenstand, an den der Zauber gebunden werden kann. Etwas, was du bei dir trägst, und auch etwas, was er bei sich haben würde."

Ich blicke an mir hinab und mein Blick landet auf dem Bronzearmreif, den mir Sylas gegeben hat. Als ich mit den Fingern über das glatte Metall fahre, kommt mir eine Idee, die mir ein Lächeln auf die Lippen zaubert.

Ich muss meinen Bruder nicht komplett verlassen. Ich kann ihm ein kleines Stück unserer Familie geben, an dem er festhalten kann. Er wird es womöglich nicht verstehen, doch soweit ich gesehen habe, besteht eine hohe Wahrscheinlichkeit, dass er es in seiner Nähe behalten wird.

„Du kannst sogar hier ein wenig Bronze heraufbeschwören, oder?", frage ich. „Ich will ihm einen Armreif machen, der zu meinem passt. Die werden wir benutzen."

August strahlt mich an. „Was immer du brauchst, Süße."

Er benötigt nur wenige Minuten, um einen Armreif zu erschaffen, der beinahe identisch zu meinem ist. Er ist lediglich etwas größer und sieht männlicher aus. Zudem verfügt er an der Unterseite über einen Verschluss, damit Jamie ihn anziehen kann, wenn er ihn tragen möchte, da er ihn nicht auf magische Weise ausdehnen kann.

„Ich werde ihm den letzten Schliff verleihen", verkünde ich begeistert. Es wird wirklich ein Geschenk von mir sein.

Ich nehme den Metallreif in die Hände und konzentriere mich darauf. *„Fee-doom-ace-own."*

Mit meinem Willen und den Silben graviere ich vier Namen auf die Innenseite des Armbands: Dads, Moms, *Talia* und *Jamie.* Schweiß rinnt mir über den Nacken, als ich fertig bin, doch ich reiche August den Armreif mit einem tiefen Gefühl der Befriedigung.

Er nimmt auch meinen Armreif und setzt sich auf ein

Rasenstück, um die intensivere Magie zu wirken, um die ich gebeten habe. Ich sehe mich um und realisiere, dass es noch eine Sache gibt, die ich gerne hinzufügen würde.

„Hast du ein Blatt Papier und etwas zum Schreiben?", frage ich Kesral und denke mir, dass ich mir hier irgendwo eines stibitzen kann, falls er nichts hat.

Der Winter-Fae-Mann hat die Vorgänge mit offenkundiger Neugier beobachtet. Er sieht jetzt beinahe zufrieden darüber aus, dass er in unsere kleine Mission einbezogen wird.

„Ich kann sie für dich heraufbeschwören", antwortet er und murmelt einige magiegetränkte Silben. Innerhalb von Augenblicken bietet er mir ein Stück edles Papier an, das dem Zeug in Whitts Büchern ähnelt, und einen schmalen Kohlestab.

Ich brüte eine Weile über der Nachricht und entscheide mich schließlich für etwas Kurzes und Prägnantes. *Immer bei dir*, kritzle ich auf das Papier.

Als August mit seinem Zauber fertig ist, bricht der Abend herein. Wir schleichen zum Haus meiner Tante und meines Onkels und schlüpfen durch die Hintertür in Jamies Zimmer. Nachdem ich die Nachricht um den Armreif gewickelt habe, lege ich beides für ihn auf sein Kissen, damit er sie findet, wenn er von seinem Date zurückkehrt.

Ich richte mich auf, blicke auf den Armreif hinab und wäge meine Entscheidung und den Schmerz in meiner Brust ab. Tue ich das Richtige – für mich? Für ihn?

Ich werde es erst mit Sicherheit wissen, wenn mehr Zeit vergangen ist. Doch nachdem ich heute seine Stärke gesehen habe, fühlt es sich richtig an. Ich werde bei ihm sein, nur nicht rund um die Uhr. Die Fae *und* die Menschen in der Fae-Welt brauchen mich viel dringender.

Tief Luft holend kehre ich zu August und Kesral zurück. „Okay", verkünde ich. „Gehen wir nach Hause."

Als wir zurück zum Park gehen, breitet sich ein leichtes Grauen in meinen Bauch aus. Ich reibe mit den Fingern über meinen Armreif. Meine Sorge hat allerdings nichts mit Jamie zu tun.

Die anderen Erzlords waren sehr erpicht darauf, mich aus ihrer Welt zu schaffen. Wie werden sie reagieren, wenn sie herausfinden, dass sie mich doch nicht so leicht loswerden können?

*Corwin*

„Du bist normalerweise nicht so gut gelaunt, wenn wir mit deinen Kollegen sprechen müssen", stellt Talia in einem neckenden Tonfall fest und blickt über ihre Schulter zu mir, während sie vor dem Ganzkörperspiegel steht. Sie hat mich in ihr Zimmer gerufen, damit ich mir das Outfit anschaue, das sie für das Treffen ausgewählt hat. Anstatt eine der ausgefallenen Kreationen ihrer Seelie-Freundin anzuziehen, hat sie sich für ein dezenteres und praktischeres Kleid im Stil der Winter-Fae entschieden – eines, das einer meiner Schneider angefertigt hat.

„Ich schätze, normalerweise habe ich nicht ganz so viel, wegen dem ich gute Laune haben kann", erwidere ich, wobei ein Lächeln an meinen Lippen zupft. Obwohl ich viel Übung darin hatte, meine Emotionen zu unterdrücken, fällt es mir jetzt schwer, nicht wie ein Irrer zu grinsen.

Sie bleibt. Wir werden natürlich kleinere Kompromisse

eingehen müssen, damit sie über ihren Bruder wachen kann, doch sie kehrt nicht für längere Zeit in die Menschenwelt zurück. Ich darf meine seelenverbundene Gefährtin an meiner Seite haben, wo sie hingehört.

Ich bezweifle, dass meine Kollegen annähernd so begeistert von dieser Tatsache sein werden wie ich, aber ich kann mich nicht dazu bringen, mich dafür zu interessieren. Sie ist *meine* Gefährtin. Das Herz wollte es so. Nicht einmal die arrogantesten Erzlords können dagegen Einwände erheben.

Talia erwidert mein Lächeln. Sie dreht sich langsam vor dem Spiegel im Kreis, wobei sie auf ihren verwundeten Fuß in ihren üblichen Stiefeln achtet, und streicht den Rock des Kleides glatt. „Ich dachte, wenn ich so viel wie möglich aussehe, als gehöre ich hierher, sind sie vielleicht ein wenig offener für meine Bitte."

Nicht nur ein reizender Anblick, sondern auch so scharfsinnig. Ich nicke. „Ich denke, das war die richtige Entscheidung. Wir wollen allerdings auch, dass du wie die Lady eines Erzlords aussiehst. Vielleicht … warte kurz."

Ich schlüpfe aus dem Zimmer und eile zu meinem, wo ich eine Schmuckschatulle verstaut habe, die ich ihr in einem passenden Moment geben wollte. Ich bin mir sicher, sie wird es jetzt zu schätzen wissen, wenn es sowohl ihre Ziele unterstützen als auch ihre Schönheit unterstreichen wird.

Die Schatulle fühlt sich kühl an meinen Fingern an. Sie besteht aus Ebenholz und Silber, die gemeinsam zu einem komplizierten Muster verschlungen sind. Die Mischung ist der aus Eiche und Diamant nicht unähnlich ist, aus denen diese Burg besteht. In der Schatulle befinden sich mehrere Schmuckstücke, die innerhalb meiner Familie weitergegeben wurden. Als ich Talias Zimmer damit betrete, öffne ich die Schatulle und nehme das Schmuckstück heraus, an das ich gedacht habe: eine Silberhalskette, die mit winzigen, blassblauen Diamanten besetzt ist, die wie Sonnenlicht auf Schnee funkeln.

„Die hat meiner Großmutter gehört", erzähle ich ihr und lege ihr die Kette um den Hals. „Sie war die Erste, die von Heart's Cadence aus regierte."

Ich bringe die Kette in Position und widerstehe dem Drang, meine Hände länger auf Talias glatter Haut liegen zu lassen. Dann trete ich zurück, um das Gesamtbild zu betrachten. Das Kleid lag nur ein wenig auf der schlichten Seite und dieses simple Schmuckstück hebt ihr Outfit von professionell zu ehrwürdig.

Talia berührt die Halskette und ehrfurchtsvolle Dankbarkeit fließt durch unser Band. „Danke schön. Es sieht perfekt aus."

„Es ist perfekt. Sollen meine Kollegen doch versuchen, dir deine Bitte auszuschlagen, während du so aussiehst."

Sie wirft mir einen schiefen Blick zu. „Irgendwie denke ich, dass sie auf diese Herausforderung eingehen werden. Sie mögen mich nicht einmal, wenn ich ihnen helfe. Sie werden definitiv nicht glücklich sein, wenn ich herumschnüffle und mir anschaue, was sie womöglich falsch machen."

Sie spricht relativ gelassen, doch ich kann die Sorgen spüren, die sie plagen. Ihre Einschätzung der anderen Erzlords ist korrekt.

Ich lege meine Hände auf ihre Schultern und drücke einen kurzen Kuss auf ihren Hinterkopf. „Deine Bitte ist vernünftig. Ich werde mich für dein Recht, diese auszusprechen, einsetzen genauso wie Sylas – und vielleicht werden auch Neve und dieser Donovan-Kerl sie unterstützen. Wenn sie sich sträuben, geben sie nur zu, dass sie etwas Unerwünschtes zu verbergen haben."

Talia gibt einen verdrossenen Laut von sich. „Ihnen ist es womöglich lieber, das zuzugeben, als dass es für alle enthüllt wird." Sie seufzt. „Ich wünschte, wir könnten das Meeting wenigstens hier abhalten anstatt in der Halle des Herzens."

„Laoni will, dass alles ‚ausgeglichen' ist, und da wir das letzte gemeinsame Treffen der Erzlords auf der Sommerseite hatten …" Ich werfe ihr im Spiegel einen entschuldigenden Blick zu. „Danach ist es ausgeglichen und vielleicht können wir sie davon überzeugen, die Grenzburg bei allen zukünftigen gemeinsamen Versammlungen zu nutzen."

Es klopft an der Tür und Whitts trockene Stimme dringt hindurch. „Wir werden in wenigen Minuten erwartet. Ist der Krümel bereit zum Aufbruch? Nimm sie jetzt nicht komplett in Beschlag."

Mein erster Instinkt besteht darin, mich bei dem Wort ‚Krümel' zu empören, doch Talias innere Reaktion ist liebevolle Belustigung, weshalb der Spitzname offensichtlich nicht dazu gedacht ist, sie zu beleidigen.

„Ich komme", ruft sie, streicht ihr Kleid ein letztes Mal glatt und packt meine Hand, um mich mit ihr aus der Tür zu ziehen.

Sylas' Stratege hat sich für dieses Treffen ebenfalls adrett gekleidet. Allerdings ist er meinen Beobachtungen zufolge derjenige von Talias Seelie-Männern, der am meisten auf seine Kleidung achtet. Seine hellbraunen Haare sind allerdings zerzaust, als wäre er lediglich mit den Fingern hindurchgefahren. Ich schätze, ich sollte froh sein, dass Sylas das Reden für diese Gruppe übernehmen wird.

Whitt betrachtet Talia mit einem anerkennenden Funkeln in den Augen, bei dem ich mich erneut aufrege, obwohl ich seiner Meinung bin. Während ich meine Eifersucht zügle, die ich größtenteils, jedoch nicht vollständig abgelegt habe, nimmt er Talias andere Hand, damit wir sie gemeinsam die Treppe hinabführen können.

„Dann wollen wir mal sehen, worüber sich diese

federhirnigen Winter-Erzlords heute beschweren", sagt er gelassen.

Talia schaut ihn gespielt finster an. „Es ist nicht so, als wären alle Sommer-Erzlords so freundlich gewesen. Wenn du mitkommst, solltest du nett sein."

Whitt legt sich seine freie Hand auf die Brust, als wäre er schockiert. „Ich hätte gedacht, dass du mittlerweile weißt, dass man mich viele Dinge nennen kann, ‚nett' aber nicht dazu gehört."

Meine Gefährtin rammt ihm neckend den Ellenbogen in die Seite und er grinst. Ich halte den Mund, weil ich nicht weiß, wie ich auf das liebevolle Geplänkel reagieren soll.

Von den drei Seelie-Männern ist Whitt derjenige, bei dem ich mich am wenigsten wohlfühle. Sylas und ich haben zu einer Art Verständnis als Ebenbürtige gefunden, da wir uns beide Talia und dem Fae-Volk verschrieben haben, das wir repräsentieren. August zeigt seine Emotionen offen auf seinem Gesicht und spricht im Allgemeinen unverblümt. Whitt ist der Typ Fae, der gerne eine Geschichte spinnt, die am Rand einer Lüge entlangschlittert, und später darüber lacht. Das ist natürlich die Art von Veranlagung, die man sich von einem Spionagechef wünscht, sorgt jedoch nicht dafür, dass ich besser weiß, wo ich bei ihm stehe.

Allerdings vergöttert er Talia. Dessen bin ich mir anhand der Interaktionen sicher, die ich persönlich und in ihren Erinnerungen beobachtet habe. Auch jetzt ist die Zuneigung nicht zu übersehen, die seine Miene in ihrer Gegenwart erhellt. Mehr muss ich eigentlich nicht wissen.

Sylas und August warten unten. „Wunderschön wie immer, meine Liebe", lobt Sylas Talia, die ihn anstrahlt. Daraufhin treten wir durch die breite Tür auf meiner Seite der Burg zur Halle des Herzens.

Die anderen Seelie-Erzlords haben die Grenze in ihren eigenen Revieren überquert. Wir entdecken Donovan und ein paar seiner Kader-Gewählten, die über die eisige Ebene laufen und die Halle vor uns betreten. Auf halbem Weg dorthin holen uns Zelpha und Verik ein. Die heutige Diskussion könnte sich stark darauf auswirken, wie die Dinge zukünftig in beiden Reichen gehandhabt werden, und wir wollen, dass unsere engsten Vertrauten schnell davon erfahren.

Laoni und Uzziah sind bereits am Tisch, als wir ankommen, zusammen mit Celia und Donovan, der gerade seinen Platz bezieht. Terisse kommt einen Augenblick später und Neve schlendert als Letzte sowie allein herein, was sie nicht zu stören scheint. Sie schenkt Talia ein Lächeln, das mich hoffnungsfroh stimmt, dass sie für uns Partei ergreifen wird.

Laoni macht ein finsteres Gesicht, ihre Miene ist sogar noch säuerlicher als bei den letzten Malen, als wir miteinander gesprochen haben. „Wie ich höre, ist deine Gefährtin zu einer Entscheidung bezüglich ihrer Wohnsituation gelangt", sagt sie schnell zu mir. „Lasst sie uns hören."

Ich kann an ihrer Stimme erkennen, dass sie sich ziemlich sicher ist, wie diese Entscheidung ausgefallen ist, und dass sie nicht glücklich darüber ist. Mein Körper spannt sich an, doch ich lasse Talia für sich sprechen. Je mehr sie zeigt, dass sie sich unter ihnen behaupten kann, desto schwerer wird es für sie sein, sie abzulehnen.

Talia reckt das Kinn und sieht beeindruckend majestätisch aus. „Nach weiteren Beobachtungen und reiflicher Überlegung glaube ich, dass es für jeden – mich und meinen Bruder eingeschlossen – besser ist, wenn ich hier in der Fae-Welt bleibe. Mein Bruder hat das Trauma relativ gut verarbeitet, das er erlebt hat, und ich möchte es nicht riskieren, die Vergangenheit wieder aufzuwärmen, indem ich aus dem Nichts in seinem Leben auftauche. Außerdem wird es für mich einfacher sein, weiterhin bei dem Fluch zu helfen, wenn ich hier bin."

Uzziah gibt ein Schnauben von sich, das mir auf die Nerven geht.

Celia verengt die Augen zu Schlitzen. „Bist du dir sicher, dass du bei dieser Entscheidung alle Faktoren vollständig berücksichtigt hast und nicht einfach nur den Wünschen deines Herzens gefolgt bist? Ich kann verstehen, dass du viele Gründe hast, aus denen du denken *möchtest*, dass es am besten ist, hierzubleiben."

Sylas regt sich. „Sowohl ich als auch mein Kader und Erzlord Corwin haben, meines Wissens, Talia nur in ihrem Recht unterstützt, selbst zu entscheiden, wohin sie geht. Wir haben sie nicht beeinflusst."

Ich neige zustimmend den Kopf und Talia legt ihre Hände fest auf den Tisch. „Ich habe lange und angestrengt darüber nachgedacht. Ich bin mir meiner Entscheidung absolut sicher."

Laonis Lippen verziehen sich. „Und wir sollen uns nach der Argumentation eines Menschen richten, anstatt dem zu folgen, was wir Fae für das Beste für unser Volk halten? Sind wir hier die Erzlords oder sie?"

„Das sind wir", erwidere ich knapp. „Und nicht alle Erzlords sind der Meinung, dass sie gehen sollte. Tatsächlich habe ich keine klare Erklärung dafür gehört, warum dies eine praktischere Vorgehensweise ist. Bist du dir sicher, dass diejenigen von euch, die darauf drängen, dass meine Gefährtin anderswo leben sollte, nicht von *ihren* Emotionen anstatt von Vernunft geleitet werden?"

In Laonis Augen blitzt, wie erwartet, Wut auf, doch ich bereue meine Bemerkung kein bisschen.

Bevor sie etwas erwidern kann, tritt Donovan unbehaglich von einem Fuß auf den anderen. „Es wird definitiv einfacher sein, sich des Fluchs anzunehmen, wenn

Talia in der Nähe ist. Vor allem für die Unseelie, bei denen jedes Opfer eine Einzelbehandlung benötigt."

„Es gibt noch andere Faktoren, die bedacht werden müssen", wirft Celia ein. „Das hier ist nicht ihre Welt. Ihre Anwesenheit hat womöglich andere Auswirkungen, die weniger wünschenswert sind."

„Und welche sind das?", fragt Sylas und bedenkt sie mit einem ernsten Blick. „Ich habe diese Frage zuvor schon gestellt und mir wurde nie ein Beweis angeboten: Hat sich ihre Beziehung zu einem von uns Anwesenden negativ auf uns oder jemand anderen ausgewirkt?"

Terisse' Kiefer mahlt. „Wir können uns nicht sicher sein, dass dies in Zukunft nicht geschehen wird."

„Bis jetzt hat es sich aber nicht negativ ausgewirkt", mischt sich Talia ein. „Aufgrund der engen Beziehung, die ich zu den Fae zu beiden Seiten der Grenze geformt habe, sind Sie überhaupt in der Lage, Versammlungen wie diese abzuhalten, anstatt sich weiterhin *umzubringen*, oder nicht? Warum erfinden Sie Probleme, die noch nicht existieren, wenn ich so viel bei dem größten Problem helfen kann, dem Sie sich stellen müssen?"

Ich verkneife mir ein Lächeln bei ihren scharfen Bemerkungen. Das würde meine Kollegen nur erzürnen, die gegen ihre Entscheidung sind. Alle verstummen, da sie offensichtlich kein echtes Argument haben, mit dem sie ihren Standpunkt vertreten können.

„Tatsächlich", fährt Talia fort und nimmt ihren Mut zusammen, „Erzlord Celia hat einen Punkt angesprochen, der mich zu dem anderen Thema führt, das ich heute besprechen wollte. Ich gehöre prinzipiell nicht hierher, doch es waren Fae, die mich hierhergebracht haben, und Sie haben genügend andere Menschen in Ihrer Welt – Menschen, die ihr gesamtes Leben hier festgehalten werden."

„Na und?", entgegnet Uzziah.

Talia sieht ihn und dann die anderen am Tisch an und lässt nicht zu, dass ihre Entschlossenheit Risse bekommt. „Ich habe eine Menge getan, um das Leben der Fae zu verbessern, indem ich den Fluch abwehre. Ich denke, ich habe die Pflicht, mich auch für *meine* Leute einzusetzen, die unter Ihnen leben. Ich würde gerne zu beiden Seiten der Grenze weitere Ländereien besuchen mit einem Erlass der Erzlords, dass mich die Lords und Ladys mit ihren menschlichen Bediensteten sprechen lassen müssen."

Laoni atmet zischend Luft ein. „Da haben wir es. Deine dem Staub bestimmte Gefährtin sucht bereits nach Arten, wie sie Ärger machen kann. Was könnte uns diese Mission nutzen?"

„Achte darauf, wie du mit meiner Lady sprichst", warne ich und kann den Groll kaum zügeln, den ich auf sie loslassen möchte. Ich muss in dieser Gesellschaft die Ruhe bewahren, kann jedoch nicht tatenlos zusehen, wie sie meine Gefährtin beleidigt.

Talia wendet sich mit nach wie vor ruhiger Stimme an Laoni. „Es wird den Leuten nutzen, die Sie gezwungen haben, Bürger der Fae-Welt zu werden. Wenn ich genug gesehen habe, werde ich Empfehlungen zur Verbesserung ihrer aktuellen Behandlung aussprechen. Wir können diskutieren, welchen dieser Vorschläge Sie zustimmen, aber ich werde nicht schweigend zusehen, während andere wie ich unter Drogen gesetzt und durch eine List in die Sklaverei gezwungen werden."

Aufflammender Stolz wärmt meine Brust. Wie kann irgendjemand daran zweifeln, dass es ihr nicht bestimmt ist, als meine Lady neben mir zu stehen?

Doch natürlich sieht es Laoni anders. Ihre Schultern versteifen sich, ihre Kiefer pressen sich noch fester zusammen. Als sie spricht, ist ihre Stimme so giftig, dass sie töten könnte. „Es steht dir nicht zu, an Traditionen zu rütteln, die Jahrtausende länger Bestand haben, als du am Leben bist. Deine außergewöhnlichen Umstände haben dir einen Anschein von Macht verliehen, aber vergiss nicht, dass du darunter noch immer ein Stinkling bist."

Ein emotionales Zusammenzucken erreicht mich von Talia, allerdings ist meine Wut bereits an die Front meiner Gedanken gerauscht. Urplötzlich kommt mir meine Zurückhaltung lächerlich vor.

Warum sollte es mich mehr als Talia interessieren, was diese Leute denken? Was nützt es, um die Gunst derjenigen zu buhlen, die sie nur so widerwillig und unfair verteilen? Seit dem Beginn dieses Gesprächs – eigentlich seit dem ersten Moment, in dem Talia zu uns kam – haben sie sie und unsere Verbindung respektlos behandelt.

Sie werden ihre Sichtweise nie ändern, wenn es keine Konsequenzen nach sich zieht.

Ich lege meine Hand um Talias und bedenke Laoni mit einem bösen Blick. „Du beschämst das Herz, indem du derjenigen, die es mit so viel gesegnet hat – die uns so viel gegeben hat – solche Beleidigungen an den Kopf wirfst. Wir müssen nicht länger hier stehen und uns deine Bösartigkeiten anhören. Meine Gefährtin hat ihre Bitte ausgesprochen. Wenn dir kein logischer Grund für deren Ablehnung einfällt, der nicht auf den vorurteilshaften Annahmen beruht, dass sie weniger als der Rest von uns zählt, habe ich keinerlei Interesse an weiteren Gesprächen zu diesem Thema. Wir werden damit fortfahren, ob wir dein Einverständnis haben oder nicht."

Talia schaut erschrocken zu mir, doch als ich sie vom Tisch wegziehe, begleitet sie mich mit so gleichmäßigen Schritten wie möglich, und hält den Kopf hoch erhoben. Ich höre jemanden hinter uns gedämpft kichern, und dann holt uns Sylas ein. Meine Zirkelmitglieder und seine Kader-Gewählten folgen uns.

„Corwin!", ruft Uzziah, ich schaue jedoch nicht zurück. Sie müssen mehr tun, um meine Aufmerksamkeit wieder zu erringen.

Als wir in die Winterluft treten, um zurück zur Grenzburg zu gehen, drückt Talia meine Hand. Die Emotionen, die in ihr toben, sind eine mächtige Mischung aus Staunen, Beklemmung und … Liebe. *Ich kann nicht fassen, dass du ihnen derartig die Meinung gegeigt hast. Dass du einfach gegangen bist.*

*Ich weiß, dass es zu weiteren Schwierigkeiten führen kann,* beginne ich, sie schüttelt allerdings den Kopf.

*Ich war beeindruckt. Ich weiß nicht, ob es auf lange Sicht einen Unterschied darin machen wird, wie sie mich behandeln … aber ich weiß es zu schätzen, dass du dich so für mich eingesetzt hast.*

Ein Kloß steigt in meiner Kehle auf. *Das werde ich immer tun, meine Seele.*

„Nun", sagt August ein wenig unbeholfen und reibt die Hände aneinander. „Ich denke, nach diesem Vorfall könnten wir alle eine gute Mahlzeit gebrauchen, um den schlechten Geschmack in unseren Mündern wegzuspülen. Talia, willst du mir dabei helfen, das erste epische Abendessen in deinem neuen Zuhause zuzubereiten?"

Ein Teil der Anspannung verlässt meine Gefährtin, als sie ihn anlächelt. „Das klingt wundervoll."

Als wir die Burg erreichen, machen sich Zelpha und Verik auf den Weg, um den Rest meines Zirkels über die Vorgänge zu informieren. Zelpha salutiert fröhlich und schenkt mir ein anerkennendes Lächeln, als sie sich abwendet. Talia und August gehen zur Küche.

Sylas bleibt in der Winter-Empfangshalle stehen und mustert mich. „Sollten wir uns auf negative Konsequenzen dieser Aktion vorbereiten?"

Ich bringe ein ersticktes Lachen zustande. „Ich weiß es

nicht. Ich habe meinen Kollegen noch nie zuvor so offen die Stirn geboten. Ich schätze, wir werden es sehen. Was ist mit deinen?"

Er zuckt mit den Achseln. „Donovan ist uns bereits wohlwollend gestimmt. Ich kann mich mit Celia befassen, wenn sie weitere Bedenken hat. Ich habe einige Dinge, um die ich mich für mein Rudel kümmern muss, aber ich werde rechtzeitig zum Abendessen zurückkehren." Seine Mundwinkel zucken nach oben. „So, wie ich August kenne, wird er mindestens ein paar Stunden brauchen, um seine Vision dieses Festmahls in die Tat umzusetzen."

Damit geht er und lässt mich in der Empfangshalle allein – mit Whitt, der in der Nähe geblieben ist. Er mustert mich ebenfalls, allerdings fühlt es sich bei ihm so an, als würde er mich einschätzen. Meine Haut kribbelt unbehaglich, doch dann breitet sich ein entspanntes Grinsen auf seinem Gesicht aus.

„Du würdest sie jedem von ihnen vorziehen, oder, Lord Vogel?", fragt er.

Der Spitzname ärgert mich, jedoch nicht so sehr, dass ich mich darauf anstatt auf den wichtigen Teil seiner Frage konzentrieren würde. „Sofort", antworte ich automatisch.

Kein einziger meiner Kollegen hat sich mehr Loyalität von mir verdient als Talia. Ich werde auch tun, was am besten für meine Leute ist … für meine Leute ist es allerdings am besten, sie bei uns zu haben, beschützt und frei.

Und geliebt.

Whitt neigt den Kopf in meine Richtung. Zum ersten Mal, seit ich ihm begegnet bin, habe ich das Gefühl, dass ich den echten Mann sehe, nicht nur eine sorgfältig konstruierte Fassade. „Das freut mich", sagt er. „Das wird es für uns alle leichter machen. Und es ist das, was sie verdient."

Ich erlaube mir, im Gegenzug ebenfalls zu lächeln. „Da bin ich ganz deiner Meinung."

Er winkt mich zu sich. „Dann komm mit, du kühler Rabe. Lass uns nachschauen, ob wir dabei helfen können, dass das Essen schneller auf den Tisch kommt, als es die beiden allein schaffen. Ich könnte ein Pferd verschlingen."

Zum ersten Mal, seit ich meine Rolle als Erzlord angenommen habe, habe ich eine Grenze bei meinen Kollegen gezogen, worüber sie zweifellos stinksauer sind. Doch als ich mit Whitt durch den Gang zur Küche laufe, legt sich ein Gefühl von Frieden über mich, das stärker ist als jedes, das ich zuvor empfunden habe.

*Talia*

Ich werde von einem sanften Klopfen an meiner Tür wach. August regt sich neben mir auf dem Bett, schlingt seinen muskulösen Arm um meine Taille und reibt seine Nase an meinem Hals. Ich lege meinen Arm über seinen, während ich mir mit der anderen über die Augen reibe. „Ja?"

Zelphas Stimme dringt durch die Tür. „Es tut mir leid, dass ich dich stören muss, aber wir haben Besucher. Eine Frau, die der Fluch gepackt hat … und sehr viele Mitglieder ihres Schwarms." Ihr Tonfall wird bei dem letzten Teil ein wenig trocken.

Ich verkneife mir ein Stöhnen, da es wirklich unfair von mir wäre, und streiche eine verirrte Strähne aus meinem Gesicht. „In Ordnung. Ich komme so schnell wie möglich runter."

„Du musst dich nicht allzu sehr beeilen. Corwin

kümmert sich momentan um sie und sie sind sehr zufrieden damit, dass sich ein Erzlord mit ihnen beschäftigt."

Da er unser Gespräch durch unser Band spürt, schickt mir mein seelenverbundener Gefährte eine Woge der Bestätigung, Beruhigung und Entschuldigung. Ich erhalte den vagen Eindruck, dass er die Gefährte, die erschienen sind, zu der weiten Ebene am Herzen lenkt, wo ich das letzte Opfer geheilt habe. Ich schätze, das wird die gängige Heilstelle werden.

August zieht mich näher an sich und drückt mir einen Kuss auf die Schulter. „Immer so beschäftigt, Süße."

„Ich bin die Einzige, die sie am Leben halten kann." Doch mein Beschäftigtsein wird nur schlimmer werden, wenn sich die Fluchopfer vervielfachen, die eine erneute Heilung brauchen.

Während ich diesen Gedanken und das sinkende Gefühl in meinem Magen verdränge, rolle ich mich zur Seite, um August schnell einen Kuss auf die Lippen zu geben, bevor ich aufstehe.

Die Grenzburg wird ab jetzt mein Hauptwohnsitz sein und all meine Gefährten kamen zu dem Schluss, dass ich hier nicht allein gelassen werden sollte, vor allem, da wir uns nicht vollkommen sicher sein können, dass jeder Fae gute Absichten hegt. Mindestens einer meiner Männer wird jede Nacht bei mir bleiben und Corwin hat vor, so oft wie möglich ein Zirkelmitglied in der Burg zu positionieren. Er und Sylas haben auch einen Plan erstellt, sodass sich das Personal ihrer Rudel abwechselnd ums Putzen und andere grundlegende Aufgaben kümmert ... und sie haben ein paar Wachen abgestellt, die die Eingänge bewachen.

Niemand kann diese Türen durchqueren, ohne den Grenzschwur abzulegen, keine Gewalt zu verüben, doch wir wissen alle, dass Fae geschickt darin sind, Schlupflöcher zu finden.

Ich humple zu meinem Schrank und greife nach einem Kleid, das einigermaßen ladyhaft aussieht. Der Großteil meiner Kleider wurde bereits hierhergebracht, aber das Zimmer fühlt sich noch immer neu und noch nicht wie ein Zuhause an. Ich habe bis jetzt nur wenige Nächte hier verbracht.

Als ich mein Gesicht zügig wasche und meine schwer zu bändigenden Haare an dem Waschbecken befeuchte, schlüpft August aus dem Raum, um zu seinem Zimmer in der gemeinsamen Burg zu gehen. Als ich meine Stiefel anziehe, kommt er angekleidet zurück. Sein gut aussehendes Gesicht ist gerötet, weil er es ebenfalls gewaschen hat. „Ich werde dich begleiten", verkündet er.

„Ich bin mir sicher, Zelpha würde das übernehmen, falls du zurück nach Hearth-by-the-Heart musst", sage ich.

Er schüttelt den Kopf. „Ich soll später am Morgen ein Training mit einigen Rudelmitgliedern abhalten. Eigentlich hatte ich erwartet, um diese Zeit noch zu schlafen." Er zwinkert mir zu, um zu zeigen, dass ihn die Unterbrechung nicht stört. „Und ich schulde dir ein Frühstück, nachdem du deine Fluchheilung praktiziert hast."

„Corwins Küchenpersonal hat mir Mahlzeiten geschickt", erinnere ich ihn.

Er klatscht grinsend in die Hände. „Ich bin mir sicher, mir fällt etwas ein, was zu ihrem Angebot passt. Und du solltest auch ein wenig essen, bevor du dich an die Arbeit machst."

Seine gute Laune sorgt dafür, dass auch meine besser wird. Er eilt mir voraus, um einige Beeren zu holen, die er aus dem Sommerreich mitgebracht hat, und ich stecke mir ein paar auf einmal in den Mund, während ich zur Tür gehe. Ich konzentriere mich auf die säuerliche Süße und nicht auf die vor mir liegende Aufgabe.

Es ist nicht so, als wäre es eine große Störung. Ich werde

rausgehen, mich innerhalb weniger Minuten um das Fluchopfer kümmern und anschließend liegt praktisch noch der ganze Tag vor uns.

Wir treten in den kühlen Wind und ich bin erneut dankbar, dass das Wetter so nah am Herzen nie zu heftig ist. Einige funkelnde Schneeflocken wirbeln um uns herum und der Himmel ist mit hellen Wolken überzogen.

Die Menge, die sich um das Herz herum versammelt hat, scheint die gleiche Größe wie die letzte zu haben, ungefähr einige Dutzend Fae. Haben sie nichts Besseres zu tun, als den ganzen Weg hierherzukommen, nur um dabei zuzuschauen, wie ich einige Tränen auf jemandes Wange streiche?

Dieser Gedanke löst Schuldgefühle in meinem Magen aus, als sich unsere Gäste umdrehen, um mein Herannahen zu beobachten. So viele ihrer Gesichter leuchten vor eifriger Hoffnung. Sie sind womöglich noch nicht bereit, alle Menschen als Ebenbürtige zu sehen, aber sie waren gewillt, mich als jemand Besonderen zu betrachten – jemand, der ihrer Dankbarkeit und ihrer Ehrfurcht würdig ist.

Corwin, der direkt vor dem Herzen steht, hebt zum Gruß die Hand. Das pulsierende Leuchten sorgt dafür, dass sich die bläuliche Farbe in seinen dunklen Haaren über die einzelnen Locken bewegt. Er lächelt mich an und ein weiteres entschuldigendes Kribbeln erreicht mich durch unsere Verbindung.

*Es ist in Ordnung*, versichere ich ihm. *Das ist einer der Gründe, aus denen ich hiergeblieben bin.*

Der Schwarm hat die verfluchte Frau anscheinend hierhergebracht, sobald sie die ersten Symptome des Fluches zeigte. Ihre Haut ist gruselig blass, aber noch nicht bläulich und sie kann noch relativ aufrecht auf dem Stuhl sitzen, den ihr jemand gebracht hat. Ihre Schultern sind allerdings nach vorne gebeugt. Bei meinem Herannahen zeichnet sich eine eigenartige Mischung aus Aufregung und Furcht auf ihrem Gesicht ab.

Ich kann mir nicht vorstellen, wie es sein muss, sich auf der anderen Seite des Fluchs zu befinden. Sich fragen zu müssen, ob die Heilung dieses Mal womöglich nicht funktioniert und ob die übernatürliche Kälte wirklich weichen wird, wenn sie sich erst einmal festgesetzt hat.

Und ich habe mir Sorgen darüber gemacht, wie sich die Heilung der Fae auf *mich* auswirkt, obwohl sie diejenigen sind, deren Leben auf dem Spiel stehen.

Bei diesem Gedanken schnürt es mir die Kehle zu. Ich laufe zu der Frau und neige den Kopf zur Begrüßung. „Ich hoffe, deine Reise hierher war nicht zu lange oder unangenehm. Ich werde mein Bestes geben, um dich so schnell wie möglich wieder in deinen normalen Zustand zu versetzen."

Sie bringt ein Lächeln zustande, das sie einige Mühe zu kosten scheint. „Danke schön, meine Lady. Die Geschichten über Ihre Großzügigkeit sind offensichtlich wahr."

Das nagende Unbehagen ignorierend, das die Vorstellung in mir auslöst, dass die Fae Geschichten über mich verbreiten, auch wenn es gute sind, konzentriere ich mich auf den Kummer in mir. Wie muss es sich anfühlen, sich plötzlich am Rand des Todes wiederzufinden? Ich stelle mir all die Dinge vor, über deren Verlust ich entsetzt wäre, wenn mich irgendeine schreckliche Krankheit aus heiterem Himmel befallen würde. Es gibt noch so viel, was ich mit meinem Leben tun möchte, das ich gerade erst zurückerhalten habe …

Sie muss so viele Leute haben, die sie zurücklassen wird, so viele unerfüllte Träume. Und all ihre Hoffnungen auf ein Überleben ruhen auf mir. Vor ein paar Monaten hätte sie überhaupt keine Hoffnung gehabt. Sie hätte keine andere Wahl gehabt, als langsam zu erstarren, bis sie gründlicher in ihrem eigenen Körper eingesperrt gewesen wäre, als mich Aerik in diesem Käfig eingesperrt hatte …

Beim ersten Brennen von Tränen wende ich mich ab. August steht schweigend in umsichtiger Entfernung. Corwin schweigt ebenfalls und lässt mir den Raum, meinen Instinkten zu folgen.

Eine Träne und dann noch eine rinnen über meine Wangen. Die kalte Luft weht beißend über die Feuchtigkeit. Ich streiche mit den Fingern über mein Gesicht, hole tief Luft und drehe mich wieder zu der Frau um.

Ihre Haltung versteift sich, als ich auf sie zutrete, als hätte sie Angst, herauszufinden, ob es tatsächlich funktionieren wird. Angst davor, dass wenn es nicht klappt, dies ihr Todesurteil sein wird. Doch sie hält still, als meine Fingerspitzen ihre Wange streifen, und atmet scharf ein, sobald sich die Wärme von der Stelle ausgehend ausbreitet, an der ich sie berührt habe. Als sich unsere Blicke wieder treffen, glänzt ein Schimmer, der beinahe wässrig wirkt, in ihren Augen.

„Danke", murmelt sie mit rauer Stimme. „Sie sind wirklich eine Lady für uns alle."

„Die Lady des Herzens!", ruft jemand in der Menge. Andere Stimmen erheben sich zustimmend. Die Leute aus dem Schwarm der Frau kommen näher und untersuchen sie, um sich zu vergewissern, dass sie sich wirklich erholt hat. Dabei betrachten sie mich mit unverhohlener Bewunderung. Ich schaffe es, sie anzulächeln, denn ich weiß nicht, wie ich reagieren soll. Was erwarten sie von mir?

Die meisten verbeugen sich. Manche Verbeugungen fallen tiefer aus, als ich sie jemals jemanden vor Corwin oder Sylas habe machen sehen. Dann erklingt eine scharfe Stimme am Rand der Menge. „In Ordnung. Die Heilung ist vollbracht. Ihr kehrt am besten zu euren Häusern zurück und ermöglicht ihr so eine vollständige Heilung."

Ich schaue auf und entdecke, dass Laoni mit mehreren anderen Fae herbeigekommen ist. Die Mitglieder des besuchenden Schwarms brummen widerwillig, gehen jedoch zu ihren Gefährten zurück, nachdem sie mich mit weiterem Lob überschüttet haben.

Sie bringen nur die Hälfte des Weges zu den Fahrzeugen hinter sich, bevor jemand an der Spitze der Gruppe in die Ferne deutet. „Da kommen noch mehr!"

Er hat recht. Einige weitere größere Gefährte schweben in Sicht und auf unser Plateau am Herzen zu. Alle bleiben stehen, um ihre Ankunft zu beobachten. Laoni macht ein finsteres Gesicht und ihre Stirn legt sich in Falten, sie scheint die ersten Besucher allerdings nicht zu energisch wegschicken zu wollen. Sie muss als Erzlord einen Teil ihres Wohlwollens bewahren.

*Was denkst du, worum es hierbei geht?*, frage ich Corwin. *Hast du sie erwartet?*

Er schüttelt innerlich den Kopf. *Es kann kein anderes Fluchopfer sein. Es gab nie zwei so kurz nacheinander.*

Allerdings hat sich sowohl die Intensität als auch die Geschwindigkeit des Fluchs verstärkt. Als die Gefährte anhalten und eine weitere Menge herausströmt, erkenne ich den Mann, der von seiner Gefährtin getragen wird.

Er ist kein neues Fluchopfer, sondern ein altes – der zweite Fae, den ich erfolgreich am Tag meiner Bestätigungszeremonie heilte. Er wurde wie Fina ein zweites Mal von dem Fluch getroffen.

*Ich schätze, es passt, dass du bereits hier bist*, meint Corwin, aber Sorge schwingt in seiner Stimme mit.

Meine Brust hat sich zusammengezogen. Es *ist* besser, dass ich beiden Opfern nacheinander helfen kann, anstatt Stunden später hierher zurückgeholt zu werden. Doch dies ist nur ein Vorgeschmack darauf, wie mein Leben aussehen wird, je mehr sich der Fluch ausbreitet, oder? Wie soll ich irgendetwas anderes zustande bringen, wenn sie mich so sehr und so häufig brauchen?

Wie kann ich mich beschweren, wenn sie diejenigen sind, die erfrieren?

Ich schlucke meinen Frust, weil ich mir mein Unbehagen nicht anmerken lassen will, wenn mich die Neuankömmlinge und die ursprünglichen Besucher so bewundernd anschauen und so … verehrend. Ohne zu Laoni zu schauen, kann ich ihren kritischen Blick auf mir spüren. Ihr gefällt das Ansehen nicht, das ich unter ihrem Volk gewonnen habe. Ein Jammer für sie, dass sie nichts dagegen tun kann.

Ich konzentriere mich auf den Mann, der meine Hilfe braucht, und mein Mund verzieht sich zu einem bittersüßen Lächeln. „Ich bin froh, dass du es zu mir geschafft hast, bevor sich der Fluch zu weit in deinem Körper ausgebreitet hat. Es tut mir jedoch leid, dass du zu mir zurückkommen musstest."

Er schafft mit leicht stockenden Bewegungen ein Achselzucken. „Es ist, was es ist. Ich bin einfach dankbar, dass ich mich an Sie wenden kann, meine Lady."

Seine Gefährtin senkt ihn auf den Boden und setzt sich neben ihn, obwohl sie zittert, da sie seinem kalten Körper so nahe ist. Die Mitglieder seines Schwarms, die ihn begleitet haben, versammeln sich um uns herum und der andere Schwarm kommt wieder herbei, um sich dieses neue Spektakel anzuschauen.

Ich denke an all die Fae, die gestorben sind, bevor ich herkam – an Corwins Vater, an seinen ehemaligen besten Freund und die Liebhaberin, die ihn betrogen hat, an die Hunderte, die dem verfluchten Eis zum Opfer fielen, weil es niemanden gab, der es zurückdrängen konnte. So viele Leben wurden auf eine so schreckliche Art verloren.

Und was wird passieren, wenn ich fort bin? Mit den Fae

und den Menschen, die hier leben, die ich noch nicht einmal anständig zu verteidigen begonnen habe …

Die Tränen kehren heißer zurück als zuvor. Ich gehe den gleichen Vorgang wie zuvor durch, verberge die Tränen, wische sie weg und greife anschließend nach dem verfluchten Mann. Als meine Finger über seine Wange gleiten, seufzt er vor Erleichterung, noch bevor die Wärme unter seiner Haut erblüht. Als wäre meine Berührung genug, um ihm zu sagen, dass alles gut werden wird.

Doch das wird es nicht. Der Fluch wird immer wieder zurückkommen, bis meine Tage davon erfüllt sind, diese Tränen vorübergehender Heilung zu vergießen.

Ein unerwartetes Gefühl der Panik wickelt sich um meinen Magen, als würde mir die Zeit mit jedem Atemzug zwischen den Fingern zerrinnen.

Der Mann neigt den Kopf und seine Gefährtin drückt zum Dank kurz meinen Unterarm. Die zwei Schwärme rufen einander zu, was für ein Wunder ich bin und wie wundervoll es ist, dass mich das Herz mit dieser Kraft gesegnet hat … Und mein Blick landet wieder auf Laoni.

Ihre Gesichtszüge sind erstarrt und ihre Stimme klingt angespannt, als sie ihrem Personal befiehlt, die Besucher zu ihren Gefährten zu bringen. Ein Muskel zuckt an ihrem Kiefer. Sie *hasst* es, dass ich so viel Anerkennung erhalte, oder?

Aber ich bekomme sie nichtsdestotrotz. Und vielleicht … vielleicht kann ich diese neue Macht zu meinen Gunsten nutzen, so wie ich es mit den anderen Kräften getan habe, die ich entdeckt habe. Ich versuchte einmal, meinen Einfluss zu nutzen, indem ich einen Schwarm dazu ermutigte, seine Behandlung der Menschen zu überdenken. Was, wenn ich ihre Ergebenheit mir gegenüber in ein Druckmittel verwandeln könnte?

Ein Funke beklommener Aufregung flitzt durch meine

Brust hindurch. Die vereinzelten Ideen ergeben in meinem Kopf ein großes Ganzes und ich trete nach vorne, bevor sich die besuchenden Schwärme noch weiter entfernen. Corwin nickt mir aufmunternd zu. Ich zwinge die Worte hervor und erlaube mir nicht, an meinem spontanen Plan zu zweifeln.

„Danke euch allen für die Ehre, die ihr mir erweist, obwohl ich kein Fae bin", sage ich mit lauter Stimme, sodass mich alle hören können. „Es bedeutet mir so viel, euren Respekt und eure Bewunderung zu erhalten. Ich hoffe, in Erfahrung zu bringen, wie viele der anderen Menschen in eurem Reich Talente und Fähigkeiten besitzen, die ihr womöglich nicht erkannt habt. Wenn Erzlord Laoni zustimmt, würde ich gerne damit anfangen, mit den Menschen zu sprechen, die sie mit ihrem ausgeprägten Urteilsvermögen für gut genug befunden hat, um sie in ihre Ländereien zu bringen."

Laonis Blick zuckt zu mir und verdüstert sich kurz, bevor ein Chor aus zustimmenden Rufen durch die Menge geht. „Ja, natürlich, die gesegnete Menschenlady sollte sich um die anderen ihrer Art kümmern", sagt jemand in meiner Nähe.

Ein anderer nickt und strahlt. „Wer weiß, was Lady Talia noch Gutes für uns tun kann?"

Es gefällt mir nicht, dass ich mein Anliegen so formulieren musste, als ginge es nur darum, was die Menschen für die Fae tun können, und nicht darum, dass meine sterblichen Kollegen ebenfalls ein eigenständiges Leben verdienen. Da ich meinem Ziel auf diese Weise jedoch näher kommen könnte, musste ich es tun.

Ich halte den Blick auf Laoni gerichtet und warte auf ihre Antwort. Corwin tritt neben mich und legt seine Hand auf meine Schulter, wodurch er seine Unterstützung für meine Bitte signalisiert. *Sie wird wütend sein, aber ich denke, das wird es wert sein.*

*Alle* schauen Laoni jetzt erwartungsvoll an. Sie sieht sich um und ihre Lippen werden schmal, bevor sie ihren Mund zu einem Lächeln zwingt. Wie kann sie meine Bitte abschlagen, wenn sie so formuliert ist? Und wenn sie erst einmal vor dem Herzen, vor so vielen ihrer eigenen Schwarmmitglieder und anderen Schwärmen ihr Wort gegeben hat, wird sie keine Schande über sich bringen wollen, indem sie es zurücknimmt.

„Eine exzellente Idee", sagt sie mit einer leichten Schärfe in der Stimme. „Wir können auf jeden Fall Vorkehrungen dafür treffen."

Vorkehrungen, die womöglich den Rest meines Lebens dauern werden, denkt sie vermutlich. Ich setze das liebenswürdigste Lächeln auf, das ich selbst zustande bringe. „Perfekt. Ich könnte morgen vorbeikommen. Ich werde Ihnen keinen Ärger machen. Sie können Ihrem Personal einfach die Anweisung geben, dass sie mich zu Ihren menschlichen Bediensteten führen sollen. Ich werde mir von jemandem aus dem Zirkel meines Gefährten helfen lassen."

Laoni schafft es, eine ausdruckslose Miene zu bewahren, aber ich habe das Gefühl, dass sie mich mit ihrem Blick töten würde, wenn sie könnte. „Ich schätze, das wäre akzeptabel", erwidert sie widerwillig.

Die versammelten Schwarmleute jubeln. Corwin neigt gnädig den Kopf vor seiner Kollegin. „Wir wissen deine Offenheit zu schätzen, Erzlord Laoni."

Ich wende mich meiner Burg mit besserer Laune zu. Trotz meiner Verpflichtungen hinsichtlich des Fluchs kann ich mich für die anderen Menschen hier einsetzen.

Jetzt muss ich mir nur überlegen, was ich tun werde, wenn ich sehe, wie schrecklich ihre Situation in Laonis Ländereien ist.

*Talia*

„Du hast Glück, dass ich dich so gernhabe", bemerkt Zelpha mit trockener Stimme. „Den Tag in Heart's Resilience zu verbringen, ist nämlich nicht meine Vorstellung von Spaß."

„Es ist auch nicht meine", erwidere ich und schaue zu der funkelnden Fassade von Laonis Palast. Die hellen Metallmauern und Türme sehen elegant und zugleich einschüchternd aus. Das Gebäude erinnert mich stärker an einen Käfig, als mir lieb ist. „Aber wenn wir Argumente dafür finden können, dass die Erzlords die Behandlung der Menschen in ihren Ländereien ändern sollten, haben wir eine viel bessere Chance, die anderen Lords und Ladys von unserem Vorhaben zu überzeugen. Ich vermute, Laonis Stärke sind Metallarbeiten?"

Zelpha nickt. „Der Palast ist das Werk ihres Vaters, sie hat allerdings hier und da selbst etwas angebaut. Iridium.

Nicht das, wovon ich Tag und Nacht umgeben sein will, doch Geschmäcker sind verschieden." Sie verzieht das Gesicht, als wollte sie sagen, dass sie Laonis besonders fragwürdig findet.

Wir laufen die kurze Entfernung über die Ebene, wobei die frische, dünne Schneeschicht unter unseren Stiefeln knirscht. Als wir uns der Eingangstür nähern, begrüßen uns unsere verzerrten Spiegelbilder. *Das* ist überhaupt nicht beunruhigend. Ich unterdrücke ein Zittern.

Die Tür öffnet sich und einer von Laonis Wachleuten führt uns hinein. „Wir sind bereit für Sie, Lady Talia", verkündet er steif. Er klingt, als sei er von meinem Besuch genauso wenig begeistert wie seine Chefin. Ich hoffe, sie hat ihren Frust über meinen Schachzug nicht an ihrem Personal ausgelassen.

Ich schenke ihm ein zaghaftes Lächeln. „Wundervoll. Wo können wir mit den menschlichen Bediensteten sprechen?"

Er bedeutet uns, ihm zu folgen. „Einige sind noch in der Küche zugange. Die anderen haben wir in ihrem Pausenraum versammelt, damit Ihr mit ihnen sprechen könnt."

Im Inneren der Burg reflektieren die Mauern ihr Umfeld genauso stark wie draußen. Verzerrte Bilder unserer Gestalten wogen rechts und links von uns über die Wände, als wir tiefer in die Burg hineinlaufen. Sie vermitteln den gruseligen Eindruck, dass man in diesem Palast nie allein ist und jede Bewegung zu jederzeit beobachtet wird, ganz gleich, wohin man geht.

Ein sanftes Leuchten wird von den Leuchtkörpern an der hohen Kuppeldecke ausgestrahlt, das von den Metalloberflächen vervielfältigt wird, von denen es abprallt. Laoni assoziiere ich im Allgemeinen nicht mit etwas Sanftem, ein kräftigeres Licht wäre jedoch beinahe blendend.

Wir müssen lange durch den Palast laufen, um mehrere Biegungen gehen und eine Treppe erklimmen. Die trockene

Luft kitzelt in meiner Nase. Als die Wache endlich vor einer Tür stehen bleibt, schmerzt mein krummer Fuß. Ich verberge mein Humpeln so gut ich kann, als ich mich an ihm vorbei in den Raum schiebe.

Eine Frau, die ich aus Laonis Zirkel erkenne, wartet dort zusammen mit mehr menschlichen Gestalten, als ich erwartet habe. Bei unserem Eintreten stehen ein Dutzend von ihnen wie auf Befehl von ihren Betten auf, die in Reihen im Raum aufgestellt sind.

Nicht nur *wie* auf Befehl. Ihnen muss angeordnet worden sein, genau das zu tun. Nach einem Blick auf sie erkenne ich, dass sie sich alle in demselben benommenen Zustand befinden wie die meisten Menschen in Petalrise. Sie sind zu weggetreten, um ohne Befehl so schnell auf meine Ankunft zu reagieren. Ich bezweifle, dass sie in ihren wirren Köpfen viel Platz für eigene Entscheidungen haben.

Als ich den Raum betrachte, schnürt es mir die Kehle zu. Der Boden und die Wände glänzen, die Betten sind klein, jedoch ordentlich mit Decken gemacht, die nagelneu aussehen. Ich komme nicht umhin, mich zu fragen, wie viel Arbeit Laoni in Erwartung meiner Ankunft auf die Verschönerung dieses Raumes verwandt hat.

Abgesehen von den Betten und einem einzigen Waschbecken an der gegenüberliegenden Wand ist jedoch nichts in dem Raum. Es gibt keine Regale, keine Schränke und nichts hängt an den Wänden. Es sind keinerlei persönliche Besitztümer zu sehen. Sie haben nicht einmal eine Ablage für ihre Kleider. Ich schätze, sie tragen immer die gleichen Kleider und die Fae bringen ihnen einfach Ersatz, wenn es nötig ist.

Die Kleider, die sie jetzt anhaben, entsprechen dem schlichten Winter-Fae-Stil. Taillierte Kittel und Hosen in verschiedenen Grautönen. Ich entdecke weder Flecken noch Falten und mein Verdacht verhärtet sich, dass viel Aufwand betrieben wurde, um ihre Situation so angenehm wie möglich darzustellen. Die Bediensteten haben offensichtlich kaum in diesen Kleidern gearbeitet, was bedeutet, dass ihnen extra für meinen Besuch neue Outfits gegeben wurden.

Nach ihren benommenen Mienen zu urteilen, verfügen sie im Moment nicht über das Aufnahmevermögen, sich darüber den Kopf zu zerbrechen. Die Fae behandeln ihre *Pferde* besser als die Menschen, die sie entführt haben.

„Da, du kannst sie dir anschauen", sagt die Zirkelfrau und betrachtet Zelpha aus schmalen Augen. „Es gibt keinen Grund, warum du bleiben solltest. Ich kann mich um Lady Talias Bedürfnisse kümmern."

Furcht kribbelt über meinen Rücken. Ich habe Möglichkeiten, mich zu wehren, einschließlich des neuen Bronzearmreifs, dessen geringes Gewicht um mein Handgelenk liegt, doch ich weiß, dass ich es in Bezug auf magische oder physische Kraft nicht mit einem Fae aufnehmen kann. Was würde sie tun, um sicherzustellen, dass dieser Besuch gut verläuft, wenn ich keinen von Corwins Leuten bei mir hätte?

Zelpha hegt zweifellos ähnliche Gedanken. Sie zieht ihre Augenbrauen hoch, während sie die andere Frau betrachtet. „Das ist schon in Ordnung. Mein Lord hat mich angewiesen, Talia die gesamte Zeit zu begleiten, und ich beabsichtige, seine Befehle auszuführen."

Sich auf Corwins Autorität zu stützen, scheint zu funktionieren. Laonis Zirkelfrau runzelt die Stirn, protestiert allerdings nicht. Sie schleicht sich näher, als ich auf die Menschen zugehe. Ihr Blick ist jetzt auf mich geheftet. Ich frage mich, ob sie nach einem Grund Ausschau hält, sich über mein Verhalten zu beschweren und mich aus der Burg zu werfen.

Dann werde ich ihr einfach keinen Grund liefern.

Ich lächle jeden der Bediensteten an, obwohl sie zu sehr neben sich stehen, um die Geste zu erwidern, und begrüße jeden mit einem „Hallo" und „Es ist schön, dich kennenzulernen." Als ich meine Hand ausstrecke und ihre schüttle, nur um zu sehen, wie sie sich bewegen, bemerke ich am Arm eines Mannes Blutergüsse, die wie Fingerabdrücke aussehen, als sein Ärmel zurückrutscht. Der Griff einer schlanken Frau fühlt sich so schwach und brüchig an, dass ich befürchte, ihr die Finger zu brechen, wenn ich zudrücke. Ein anderer Mann hält seine Schultern in einem komischen Winkel, als er seinen Arm ausstreckt und den anderen schont.

„Was ist mit deiner Schulter passiert?", frage ich ihn.

„Ich bin nicht schnell genug fertig geworden", antwortet er mit emotionsloser Stimme, „und ich ..."

„Es war ein Unfall", unterbricht ihn die Zirkelfrau. „Eine kurze Unachtsamkeit. Wir haben ihn so gut wie möglich geheilt."

Sie haben ihn so gut wie möglich geheilt, als es passierte, oder erst *jetzt*, wer weiß wie lange, nachdem es geschehen ist? Und war er wirklich nur unachtsam oder ist es das Resultat einer Strafe?

Ich vermute, ihn dazu zu drängen, mehr zu verraten, wird ihn nur in größere Schwierigkeiten bringen, als es wert ist.

„Wie viel Zeit verbringen sie in diesem Raum?", frage ich.

„Der dient nur zum Schlafen", antwortet die Fae-Frau.

Ich sehe mich um. „Und was ist, wenn sie frei haben?"

Ihr Mund öffnet und schließt sich, als würde sie um Worte ringen.

„Sie haben höchstwahrscheinlich nie frei", wirft Zelpha ein. „Sie lassen sie vom Aufwachen bis sie praktisch im Stehen einschlafen arbeiten."

„Wir gehen nicht so hart mit ihnen um", protestiert die andere Frau. „Sie haben genügend müßige Momente."

„Und was tun sie in diesen Momenten?", hake ich nach. „Einfach nur dastehen, so wie sie es jetzt tun?"

„Mehr wollen sie nicht tun." Sie wendet sich an die Bediensteten. „Ist einer von euch unglücklich mit seinem Leben hier?"

Ich erhalte zur Antwort einen Chor aus gemurmelten ‚Neins', jedoch keinen hörbaren Enthusiasmus. Ich halte den Mund und merke nicht an, dass ihnen gar nicht erlaubt wurde, unglücklich zu sein. Diese Frau ist ohnehin nicht diejenige, die hier entscheidet, was geschieht.

Von diesen Menschen werde ich offensichtlich keine nützlichen Informationen mehr erhalten, während die Zirkelfrau alles überwacht, doch ich habe genug gesehen. Ich wende mich an sie. „Was ist mit den Küchendienern? Ich würde mir gerne den Raum ansehen, in dem sie arbeiten, auch wenn sie ihre Aufgaben noch nicht erledigt haben."

Die Zirkelfrau zögert und nickt. „Na gut. Sie sollten ohnehin beinahe fertig sein."

Sie marschiert uns voraus und erwartet eindeutig, dass wir ihr folgen. Der Wachmann, der uns zu diesem Raum gebracht hat, ist verschwunden.

Als wir der Zirkelfrau folgen, blicke ich zu Zelpha und spreche mit leiser Stimme: „Gibt es irgendeinen Grund, aus dem Fae menschliche Bedienstete zu sich holen *müssen*? Ich meine, Corwin hat nur ein paar. Sylas ist jahrzehntelang ohne Menschen ausgekommen. Es gibt nichts, was sie tun können, zu dem Fae nicht imstande wären – die es noch dazu einfacher erledigen können, da sie Magie besitzen – oder?"

Zelpha schüttelt den Kopf. „Mir fällt keiner ein – abgesehen davon, den Fae, die es möchten, eine bessere Chance auf Kinder zu geben." Sie zuckt zusammen, gerade als ich innerlich erstarre. Ich weiß sofort, dass einige dieser Fae die menschlichen Bediensteten vergewaltigen, während sich diese im Drogenrausch befinden. In diesem Zustand könnten sie niemals ihre Einwilligung geben. Sie würden kaum verstehen, in was sie einwilligen.

„Es ist Tradition, wie die Erzlords bei dem Treffen neulich gesagt haben", fährt Zelpha fort. „Viele denken, wir sollten keinerlei Drecksarbeit machen, auf magische Weise oder anders, wenn wir diese von Menschen erledigen lassen können. Und ich wette, dass ein Großteil der Leute, die so denken, es auch genießen, immer jemanden in der Nähe zu haben, über den sie herrschen können, ganz gleich, ob sie selbst Lords sind."

Es fällt mir nicht schwer, das zu glauben.

Ich atme langsam aus und zwinge den Drang nieder, mich vor Entsetzen zu winden. Das ist kein unüberwindbares Problem. Sie *brauchen* die Menschen nicht, also könnten sie sie besser behandeln oder sie in die Menschenwelt zurückkehren lassen oder – es gibt so viele andere mögliche Kompromisse. Ich muss nur den Kompromiss finden, auf den sich alle einigen können. Und da mich so viele der Unseelie als eine Art Heilsbringerin sehen, kann ich das hoffentlich tun, genauso wie ich es geschafft habe, mich in Laonis Burg einzuladen.

Wir biegen in einen breiteren Gang, in dem ein paar gemalte Portraits an der glänzenden Wand hängen, die beinahe so groß sind wie ich. Das, an dem wir als Erstes vorbeigehen, zeigt Laoni mit einem schlanken Mann mit einem spitzen Kinn, von dem ich annehme, dass er ihr seelenverbundener Gefährte ist. Ich bin dem Mann nie begegnet, andererseits glaube ich nicht, dass ich einen der Gefährten der anderen Erzlords kennengelernt habe. Sie bringen sie normalerweise nicht zu den Treffen mit.

Das nächste Gemälde zeigt ein Paar, das vermutlich

Laonis Eltern sind. Der Mann sieht so streng und muskulös wie Laoni aus und die Haare der Frau haben den gleichen türkisfarbenen Stich wie ihre. Sie sitzen aufrecht und steif da, ihre Hände sind jedoch auf eine Weise ineinander verschränkt, die von echter Zuneigung spricht.

Ich halte inne und betrachte es. Corwin hat etwas darüber erzählt, dass Laoni genauso plötzlich und früh zu ihrem Posten kam wie er, oder?

„Das ist der ehemalige Lord und seine Lady, richtig?", frage ich. „Was ist mit ihnen passiert?"

Die Zirkelfrau bleibt abrupt stehen und macht auf dem Absatz kehrt. „Sie weilen nicht mehr unter uns", antwortet sie knapp. „Und ich halte es nicht für richtig, meine Lady daran zu erinnern, sollte sie zufällig vorbeikommen."

Es fällt mir schwer, mir vorzustellen, dass Laoni tatsächlich trauert. Die eigenen Eltern früh zu verlieren, kann allerdings für niemanden leicht sein, nicht einmal für sie. Doch warum sollte es sich nach all dieser Zeit so schlimm auf sie auswirken, wenn sie hört, wie jemand es anspricht? Was genau ist ihnen zugestoßen?

Die Frau klopft mit dem Fuß auf den Boden, als ich zögere. „Komm. Willst du die Küche nun sehen oder nicht?"

Ich verkneife mir die Fragen, die sie offensichtlich ohnehin nicht beantworten wird, und eile ihr hinterher. Ich werde von Corwin eine bessere Antwort erhalten. Ich könnte ihn jetzt fragen, aber ich möchte mich lieber nicht ablenken lassen, während ich im Zuhause einer Person bin, von der ich weiß, dass sie mich loswerden möchte.

Wir steigen eine Treppe hinab und betreten einen riesigen Raum, der noch größer ist als die Küche in Corwins Palast. Das helle Iridium wird von dunkleren Metallen unterbrochen, die die Öfen und Arbeitsplatten formen.

Einige Fae-Bediensteten stellen Backbleche mit Gebäck in die Kältekammer, damit sie vor dem Backen ruhen können. Die Zirkelfrau hebt das Kinn in Richtung eines Mannes, der gerade den letzten Teller aus dem Spülwasser holt. „Da ist einer, nach dem du suchst."

Ich humple zu ihm und er dreht sich zu mir um. Sein Gesicht ist so ausdruckslos wie das der anderen oben.

„Hi", begrüße ich ihn trotzdem. „Ich bin Talia. Wie lange arbeitest du schon in der Küche?"

Er schwankt leicht, als würde er sich zu einer Melodie bewegen, die nur er hören kann. „Oh, schon … eine ganze Weile."

Ein korpulenter Fae-Mann mit buschigen Augenbrauen marschiert zu uns. „Was soll das?"

Die Zirkelfrau meldet sich zu Wort, bevor ich es tun kann. „Du hättest es eigentlich hören sollen, Serev. Lady Talia ist hergekommen, um nach unseren sterblichen Helfern zu sehen."

Ich schaue mich um. „Wo sind die anderen? Uns wurde gesagt, dass einige in der Küche sind."

Serev schnaubt. „Was soll man mit diesen dem Staub bestimmten …"

Die Zirkelfrau räuspert sich und sein Mund klappt zu. Er blickt erneut zu mir und Erkenntnis scheint in seinen Augen zu dämmern. Ich lächle ihn angespannt an. Es ist nicht so, als wäre ich überrascht, weitere Fae in Laonis Personal zu finden, die Menschen gegenüber abweisend sind.

„Sie kümmern sich um etwas in der Vorratskammer", berichtet er. „Ich hole sie."

Er eilt davon und kehrt eine Minute später mit einem älteren Mann und einer Frau zurück. In dem Moment, in dem ich ihre weißen Haare und die Falten in ihrem Gesicht sehe, komme ich nicht umhin, zu denken, dass sie in der Welt, in die sie gehören, mittlerweile in Rente wären. Stattdessen arbeiten sie weiterhin tagein tagaus. Das Entsetzen in mir zieht sich fester zusammen.

Als ich sie frage, was sie von ihrer Arbeit halten, blinzelt mich die Frau verwirrt an. „Es gibt immer was zu tun", antwortet der Mann in einem enervierend verträumten Tonfall. „Hält uns auf Trab."

Die Frau nickt langsam. „Das tut es."

„Was würdet ihr tun, wenn ihr nicht hier arbeiten würdet?", wage ich mich vor, wobei mir bewusst ist, dass uns die Zirkelfrau mit Argusaugen beobachtet. Ich begebe mich hier auf dünnes Eis.

Das ältere Paar ist jedoch nicht genug bei Bewusstsein, um sich zu beschweren. „Was gibt es anderes als diesen Ort?", fragt die Frau und klingt aufrichtig verwirrt.

Neben mir sieht Zelpha aus, als würde sie sich eine Grimasse verkneifen. Ich trete beiseite und lasse das Paar von Serev wegbringen. Ideen, wie ich diesen Leuten helfen könnte, wirbeln durch meinen Kopf. Ich weiß nur eines mit Sicherheit, und das ist, dass es so nicht weitergehen kann. Nicht, solange ich hier bin, nicht solange ich irgendein Druckmittel besitze, mit dem ich mich für Leute wie mich einsetzen kann.

Als ich mich umdrehe, um der Zirkelfrau zu sagen, dass ich genug gesehen habe, platzen einige Fae in Wachmannuniformen in die Küche. Zwei von ihnen kenne ich nicht beim Namen, doch der dritte, der hinter ihnen hereinkommt, ist Kesral.

Sie gehen zu einem Regal, in dem scheinbar für alle Essen aufbewahrt wird. Die ersten zwei holen sich große Stücke Trockenfleisch heraus, als Kesral jedoch versucht, sich an ihnen vorbeizudrängeln, um sich etwas zu holen, schieben sie ihn mit ihren Schultern zurück. Einer lacht grausam.

„Diejenigen, in deren Adern kein Stinkling-Blut fließt, dürfen als Erste wählen", spottet der andere.

Kesrals Kiefer spannt sich an, er tritt allerdings zurück, während sie sich das Angebot ansehen und einige weitere

Leckerbissen aussuchen. „Jetzt bist du dran, Sohn eines Stinklings", ruft die erste Wache über ihre Schulter, als sie ihn auf ihrem Weg aus der Küche anrempeln.

Meine Hände ballen sich um seinetwillen an den Seiten zu Fäusten. Mein Blick schnellt zu Serev, da ich aufgrund seiner Worte über die menschlichen Bediensteten erwarte, dass er sich der Spöttelei anschließt, doch seine Miene hat sich verdüstert.

Nachdem Kesral aus der Küche geschlüpft ist, riskiere ich eine gezieltere Frage, als ich zuvor ausprobiert habe. „Du hältst es nicht für richtig, dass die Fae menschlicher Abstammung schlechter behandelt werden?"

Serevs Kopf fährt herum. Sein Kiefer mahlt. „Es ist nicht das Gleiche. Er ist immer noch ein Fae. Fae ist Fae. Ich weiß nicht, warum unsere Lady ihnen das durchgehen lässt."

Seine Lady nimmt an den Schikanen *teil*, soweit ich gesehen habe. Ich runzle die Stirn. „Was meinst du?"

Er fuchtelt mit seiner dicken Hand durch die Luft. „Ah, Kesral fing an, Zeit in der Burg zu verbringen und zu helfen, wo er konnte, als er noch ein sehr junges Ding war. Er und Erzlord Laoni sind in einem ähnlichen Alter. Sie sind meinen Beobachtungen zufolge gemeinsam auf viele Abenteuer gegangen. Damals, als sie noch Kinder waren, waren sie unzertrennlich."

Was? Ich muss mich zusammenreißen, damit ich ihn nicht anstarre. „Ich schätze, ihre Meinung von ihm hat sich geändert."

„Ein Erzlord hat viele Pflichten, ohne dass er sich um jedes Mitglied des Personals Sorgen machen muss", sagt die Zirkelfrau mit scharfer Zunge.

Serev zuckt mit den Achseln. „Das stimmt. Sie müssen sich auseinandergelebt haben, als sie älter wurden. Das passiert. Ich kann mir nur nicht vorstellen, dass sie derlei Gerede über ihn gutheißt, da er ihr so treu ergeben ist."

Und dennoch schien sie unfähig zu sein, etwas anderes zu tun, als ihn anzugiften, als ich sie zusammen sah. Ich fange Zelphas Blick auf, die im Gegenzug allerdings nur eine verblüffte Geste macht.

Nun, was auch immer zwischen Laoni und ihrem ehemaligen Freund vorgefallen ist, es ändert nichts an dem, was ich tun muss. Vielleicht wird es sich auch positiv auf die menschlicheren Fae auswirken, wenn ich den Menschen in der Fae-Welt helfe.

18

*Whitt*

Sylas mustert mich eine Weile, nachdem ich zu Ende gesprochen habe. Es ist schwer, zu sagen, welches seiner Augen mehr sieht – das dunkle oder das tote.

„Bist du dir wirklich sicher?", fragt er schließlich.

Ich lehne mich nach hinten an den Türrahmen seines Büros und lausche, um mich erneut zu vergewissern, dass niemand im Gang in der Nähe ist. „Ich bin mir sicher, dass *ich* es tun möchte. Das war ich schon, bevor diese ganze Sache mit dem Unseelie passierte. Ich musste mir lediglich in Bezug auf Corwin sicher sein. Doch da es sich auf den Kader und auch auf meinen Dienst für dich auswirkt, wollte ich es nicht tun, ohne mich vorher mit dir zu besprechen."

Ein schiefes Lächeln krümmt die Lippen meines Bruders. „Und wenn ich Nein sagen würde, würdest du auf mich hören?"

Dieses Lächeln sorgt dafür, dass ich mich nicht aufrege.

Es ist nach wie vor eine neue Empfindung, sich im Umgang mit dem Mann so wohlzufühlen, dem ich diene. Zu wissen, dass er mich nur aufzieht, dass er mir vertraut und ich ihm vertraue. Ein flüchtiger Anflug von Zorn durchfährt mich, weil seine ehemalige Gefährtin uns diesen lockeren Umgang so lange Zeit geraubt hat, das gehört jedoch der Vergangenheit an. Wenigstens verstehen wir uns jetzt besser als zuvor.

„Andernfalls hätte ich es nicht angesprochen", erwidere ich mit einem schiefen Grinsen. „Du bist mein Lord. Und du hast mehr Zeit mit Corwin verbracht als ich … Es ist möglich, dass du Gründe zur Sorge gesehen hast, die mir entgangen sind."

Sylas schüttelt den Kopf. „Meine Einschätzung entspricht deiner. Seine Loyalität Talia gegenüber steht über der für seine Kollegen und er stellt das Bündnis unserer Völker über deren Eigeninteressen. Dass du zu den gleichen Schlussfolgerungen gekommen bist wie ich, beruhigt mich."

Er hält inne und reibt mit einer Hand über seinen Kiefer. Sein Blick richtet sich kurz in die Ferne, bevor er sich wieder auf mich heftet. „Ich denke, das, was du vorschlägst, könnte uns allen nutzen und es ist sehr unwahrscheinlich, dass es uns schaden wird. Ich wünschte, ich wäre in einer Position, in der ich es selbst anbieten könnte. Wenn du dir deiner Entscheidung sicher bist, tu es unbedingt. Aber ich möchte dich bitten, dass du mit niemandem darüber sprichst, einschließlich August, außer es ist absolut notwendig."

Ich muss ihn nicht fragen warum, obwohl mir der Gedanke, etwas vor unserem Bruder geheim zu halten, nicht behagt. August ist nicht so geschickt in Heuchelei und Tricks wie wir beide. Er würde niemals absichtlich eine wichtige Information verraten, aber in einer hektischen Situation, in der er nicht viel Zeit zum Nachdenken hat, könnte er etwas ausplaudern. Und wenn die falsche Person davon erfährt, könnte das desaströs sein.

Ich neige bestätigend den Kopf. „Ich bin ganz deiner Meinung. Danke.“

Sylas schenkt mir ein sanfteres Lächeln. „Ich bin froh, dass du eine Partnerin gefunden hast, die dir mehr Frieden schenkt, als die meisten von uns jemals finden. Ich dachte schon, du würdest dein Junggesellendasein ewig führen.“

Die Wärme seiner Worte macht mich kurz verlegen. Es stimmt, dass ich mich nur selten mit irgendeiner Form der Zuneigung wohlfühle, sei sie nun brüderlicher oder romantischer Natur. Ich gluckse rau. „Du weißt sehr gut, was für eine spektakuläre Gefährtin sie ist.“

Nachdem ich das Büro verlassen habe, hole ich einige Gegenstände, die ich in meinen neuen Zimmern in der Grenzburg unterbringen möchte, und dann mache ich mich zur verabredeten Zeit dorthin auf den Weg. Talia war den Großteil des Tages mit August und anschließend mit Corwin zusammen, der heutige Abend und die Nacht gehören jedoch mir. Wenn die Zusammenarbeit zwischen den Reichen stärker wird, werden wir vermutlich alle öfter gemeinsam in diesem Gebäude arbeiten. Allerdings kann ich nicht behaupten, dass ich etwas dagegen habe, den Krümel eine Weile für mich allein zu haben.

Ich spreche meinen Schwur und durchquere den Eingang. Bevor ich mehr als ein paar Schritte in die Burg gemacht habe, erscheint Talia am anderen Ende der Empfangshalle, die fast so prächtig wie die von Hearth-by-the-Heart ist. Ihre Wangen sind beinahe so rosig wie die pinkfarbenen Strähnen ihrer windzerzausten Haare, was darauf hinweist, dass sie gerade aus dem Winterreich hereingekommen ist. Die Röte lässt sie so wild und lebendig aussehen, dass mein Herz einen Schlag aussetzt, als sie mich anstrahlt.

Nein, ich hätte auch nie gedacht, dass eine Frau jemals eine derart starke Wirkung auf mich haben würde. Was für ein Wunder sie doch ist.

Als sie zu mir humpelt und mich zur Begrüßung umarmt, späht Corwin aus dem Gang herein. Er nickt mir grüßend zu und geht anschließend. Der Mann ist ein seltsamer Vogel, doch es ist eindeutig, dass seine Steifheit und Förmlichkeit einfach ein Teil seiner Persönlichkeit sind und keine Vorbehalte, die er noch gegen unsere gemeinsame Beziehung hat – und er ist gewillt, diese abzulegen, so wie es Talia braucht. Anders als der Rest seiner brabbelnden Kollegen.

Jetzt, da der Moment vor mir liegt, weiß ich nicht, wie ich anfangen soll. Talia kommt mir ohnehin zuvor.

„Es gibt etwas, was ich dich fragen wollte", sagt sie. „Wenn du nichts dagegen hast, dich in dem Moment in Probleme zu stürzen, in dem du hier angekommen bist."

Ich lache. „Wenn du etwas ausheckst, will ich definitiv dabei mitmachen." Ich halte den Beutel hoch, den ich gepackt habe. „Ich muss den in mein Zimmer bringen – und wenn du dich mir anschließt, können wir uns dort unter vier Augen unterhalten." Das Thema, das ich mit ihr besprechen möchte, will ich nämlich ebenfalls unter uns erörtern.

Ich ergreife ihre Hand und sie folgt mir nach oben zu den Schlafzimmern. Während ich meine Habseligkeiten wegräume, kauert sie auf der Bettkante – das Bett ist nur halb so groß wie ihr neues, für meinen Geschmack allerdings großzügig genug. Ich habe nicht vor, dieses Bett mit jemand anderem als ihr zu teilen.

„Heute Morgen habe ich mir angeschaut, wie die menschlichen Bediensteten in Laonis Burg behandelt werden", erzählt sie.

Ich kann mir nicht vorstellen, dass dieser Ausflug

besonders inspirierend war. Ich schaue sie über meine Schulter an. „Und?"

„Es lief ungefähr so ab, wie man es erwarten würde, was nicht besonders gut ist." Sie verzieht das Gesicht. „Ich werde schauen, ob ich auch einige der anderen Ländereien zu beiden Seiten der Grenze besuchen kann, um ein vollständiges Bild zu erhalten, aber ich habe das Gefühl, dass ich bereits eine ziemlich gute Vorstellung davon habe, was typisch ist ... Der schwierige Teil wird darin bestehen, jemanden davon zu überzeugen, entgegen der Dinge zu handeln, die seit Jahrtausenden praktiziert werden. Ich hatte gehofft, dass du vielleicht ein paar Ideen hast, wie ich den anderen Fae die Idee einer besseren Behandlung der Menschen schmackhaft machen kann."

„Warum ich?"

Sie zuckt mit einem kleinen, jedoch süßen Lächeln die Achseln. „Strategie ist deine Spezialität, oder? Wer wäre besser dazu geeignet, Strategien zu entwickeln?"

Es ist eine logische Erklärung, dennoch lösen ihre Worte ein Flattern der Zärtlichkeit in meiner Brust aus. Sie hat zwei Erzlords, die bereit sind, ihr zur Hilfe zu eilen, dennoch gibt es Dinge, mit denen sie sich lieber an mich wendet.

Ich setze mich neben sie auf das Bett und lege meinen Arm um ihre Taille. „Dann lass uns mal nachdenken. Zu was genau willst du meine Brüder überreden?"

Dass sie sich so eifrig in meine lässige Umarmung kuschelt, wärmt mir das Herz noch mehr.

„In einer perfekten Situation, die ich womöglich nicht erhalten werde, zumindest nicht ohne einige Zwischenschritte entlang des Weges?", fragt sie. „Die Fae würden aufhören, die Menschen aus ihrer Welt zu entführen, außer die Menschen stimmen zu, mitzugehen in dem Wissen, worauf sie sich einlassen, und sie werden hier nicht durch Tricks festgehalten."

Ich summe vor mich hin. „Diese Forderung würde definitiv auf Widerstand stoßen, aber ich werde darüber nachdenken. Was ist mit den Sterblichen, die bereits unter uns weilen?“

Sie legt nachdenklich den Kopf auf die Seite. „Den Menschen, die bereits hier sind, sollen keine Drogen mehr aufgezwungen werden. Sie sollten Zeit erhalten, um einen klaren Kopf zu kriegen und ihre wahre Situation zu verstehen. Dann sollten sie wählen dürfen, ob sie bleiben oder nach Hause gehen möchten. Und wenn sie sich entscheiden, zu bleiben, müssen sie respektiert werden und eine Chance erhalten, ein selbstständiges Leben zu führen so wie das Fae-Personal.“

Ich nicke langsam. „Nicht einmal die Fae-Bediensteten werden immer respektiert, aber ihnen geht es fast überall besser als den Menschen. Deine größte Herausforderung wird darin bestehen, alle Lords und Ladys davon zu überzeugen, dass sie ohne ihre mühelos zu kontrollierenden Arbeitskräfte klarkommen.“

Talia verzieht das Gesicht. „Sie *brauchen* keine menschlichen Bediensteten. Alles, was die Menschen tun, können Fae ebenfalls tun. In den meisten Fällen vermutlich sogar schneller. Wir können Sylas als Beispiel eines Lords nennen, der nur mit Fae-Personal zurechtkommt, und das mittlerweile seit wie lange? Seit ungefähr einem Jahrhundert?“

„Einen Erzlord als Beispiel zu nennen, kann sicherlich nicht schaden. Und wenn der Respekt unserer Leute für *dich* wächst, wird es vermutlich einfacher, sie davon zu überzeugen, dass diejenigen wie du etwas Besseres verdienen.“ Ich reibe mir über den Kiefer und denke nach. „Wir sollten die Situation definitiv Stück für Stück angehen, anstatt zu versuchen, das System auf einen Schlag zu verbessern.“

„Womit könnte man deiner Meinung nach am einfachsten anfangen?"

Das ist die große Frage. „Anstatt sich auf ein Element nach dem anderen zu konzentrieren, wären wir vielleicht am besten damit beraten, wenn wir eine Länderei nach der anderen in Angriff nehmen würden", schlage ich vor. „Angefangen bei den Erzlords. Hearth-by-the-Heart wird bereits ohne menschliche Hilfe betrieben und Corwins menschliche Bedienstete sind bei vollem Bewusstsein und akzeptieren ihre Lage, oder? Wir könnten als Nächstes zu Donovan gehen. Ich glaube, er ließe sich am ehesten überzeugen."

Talias Augen leuchten auf. „Das ergibt Sinn. Nach ihm können wir vielleicht mit Neve auf der Winterseite sprechen. Sie scheint die flexibelste der anderen Winter-Erzlords zu sein."

„Perfekt. Wenn wir die beiden auf unserer Seite haben, würde die Hälfte von uns einen neuen Standard setzen. Dann ist es einfacher, die anderen dazu zu drängen, ihrem Beispiel zu folgen. Und wenn die gewöhnlichen Lords und Ladys erst einmal sehen, dass ihre Erzlords Veränderungen vornehmen, werden sie eher dazu neigen, diese ebenfalls in die Tat umzusetzen."

Sie tippt sich an die Lippen. „Ich sollte mir vermutlich anschauen, wie es Donovans menschlichen Bediensteten im Allgemeinen geht, bevor wir ihm irgendwelche Vorschläge unterbreiten. Denkst du, Sylas oder du könnten Donovan fragen, ob ich ihm einen Besuch abstatten darf?"

„Überhaupt kein Problem." Ich zerzause ihre Haare. „Ist das ein guter Plan für dich, zumindest für den Anfang?"

„Definitiv. Danke." Sie lehnt sich wieder an mich und ich ziehe sie instinktiv näher zu mir.

Es gibt so viel, was ich ihr sagen möchte, und ich habe mir das hier auf so viele Arten vorgestellt, doch jetzt, da ich kurz davorstehe, es zu tun, fühlt sich die Tat so bedeutsam an, dass ich eine Minute brauche, um mich zu sammeln. Ich fahre mit den Fingern über Talias Wange und küsse ihre Schläfe.

„Talia … Vor ein paar Monaten, habe ich dir erzählt, dass es etwas gibt, was ich dir anbieten möchte, sobald ich das Gefühl habe, dass ich damit meine anderen Verpflichtungen nicht gefährde. Erinnerst du dich daran?"

Sie weicht zurück und ihr Blick fliegt zu meinem. Ich erkenne sofort, dass sie sich erinnert.

Ihre Stimme kommt leise heraus. „Es ist in Ordnung. Ich verstehe, dass es wegen der Situation mit Corwin – weil ich ihn als seelenverbundenen Gefährten akzeptiert und diese unerschütterliche Verbindung zu ihm habe – nicht vollkommen sicher ist. Ich habe nie erwartet, dass du *mir* so viel vertraust, geschweige denn ihm."

Liebe schwillt in mir an. Ich umfange ihr Kinn und halte ihren Blick. „Deswegen spreche ich es nicht an. Ich vertraue dir so sehr, dass ich dir meinen wahren Namen damals angeboten hätte, wenn es nur dich betroffen hätte. Nachdem ich die Stärke von Corwins Willen und seine Hingabe für dich gesehen habe … vertraue ich ihm ebenfalls. Falls *du* es für keine zu große Verantwortung hältst."

Talia blinzelt mich an. „Du willst … du würdest mir jetzt deinen wahren Namen verraten?", fragt sie ein wenig atemlos.

Ich will sie in die festeste aller Umarmungen hüllen, kann das jedoch nicht tun und ihr gleichzeitig in die Augen schauen. „Das würde ich tun. Ich möchte, dass du mich rufen kannst, ganz gleich, wo du bist, ganz egal, was gerade passiert. Du hast natürlich Corwin, doch falls ich näher sein sollte oder er verhindert sein sollte … Nach dem, was Sylas von dem Weisen erfahren hat, weiß nur das Herz, wie viel komplizierter unser Leben in den kommenden Jahren womöglich noch wird. Und ich werde auf jede mir mögliche Art für dich da sein – so wie du für mich da warst."

Ihre Augen werden feucht von Tränen, ihr Lächeln verdrängt allerdings jede Furcht, dass es unglückliche Tränen sind. „Das musst du wirklich nicht tun. Ich weiß, was für eine große Sache es ist."

Ich gebe dem Drang nach, sie in meine Arme zu nehmen, und atme ihren säuerlich süßen Duft ein. „Ich will es tun. Ich hege keinerlei Zweifel daran. Meine einzige Sorge ist, ob du ihn annehmen möchtest."

„Ja", antwortet sie, ohne zu zögern. „Ja. Wenn ich ein Seelenband mit euch allen haben könnte, würde ich es wollen, und das kommt dem am nächsten. Ich würde sterben, bevor ich jemandem erlauben würde, ihn gegen dich zu verwenden."

Meine Kehle schnürt sich zu. Ich glaube, dass sie das ernst meint. „Ich beabsichtige, dafür zu sorgen, dass es nie so weit kommt, Krümel."

Ich neige den Kopf, sodass meine Lippen ihre Ohrmuschel streifen. Die Silben, die ich noch nie jemandem verraten habe, bleiben mir im Hals stecken. Ich dränge sie auf meine Zunge. „*Wye-con-ell*."

„*Wye-con-ell*", wiederholt Talia leise und schon rast ein Kribbeln durch die Mitte meines Wesens. Sie schaut zu mir auf. „Wenn ich dich brauche, sage ich also einfach den Namen – so wie ich die anderen wahren Namen sage – und dann kann ich dich mit meinen Gedanken erreichen?"

„Du kannst dem Namen eine Forderung anhängen", erkläre ich. „Bitte mich, dir meinen Verstand zu öffnen, wenn du mir etwas zu sagen hast, bitte mich, dir eine Frage zu beantworten, bitte mich, zu dir zu kommen – ich muss gehorchen. Also nutze ihn weise."

„Selbstverständlich." In ihren Augen leuchtet Ehrfurcht.

„Wie werde ich wissen ... Die anderen wahren Namen konnte ich nicht sofort wirken."

Auf diese Frage war ich vorbereitet. „Ich dachte, wir könnten Verstecken spielen", erwidere ich zwinkernd. „Es gibt eine Stelle in dieser Burg, die man ohne eine Wegbeschreibung nicht so einfach erreichen kann. Gib mir fünf Minuten, um dorthin zu gelangen, und dann sprich meinen wahren Namen und konzentriere dich so gut du kannst auf dein Bewusstsein von mir. Wenn du es richtig machst, solltest du diesem geradewegs zu mir folgen können. Bereit?"

Talia lacht, sieht jedoch noch ein wenig schüchtern aus. „Was du heute kannst besorgen, verschiebe nicht auf morgen."

„Dann komm so bald wie möglich zu mir." Ich küsse sie noch einmal, dieses Mal auf die Lippen, und erfreue mich an dem Wissen, dass ich nun auf jede Weise zu dieser Frau gehöre, die für mich eine Rolle spielt – dass sie *wollte*, dass ich zu ihr gehöre. Dann stehe ich auf und verlasse das Zimmer.

Ich weiß nicht, wann ich das Büro brauchen werde, das für meinen Nutzen im zweiten Stock der Grenzburg errichtet wurde. Mir widerstrebte es bisher, meine Bücher und anderes Zubehör hierherzubringen, da ich noch einen Großteil meiner Arbeit in Hearth-by-the-Heart erledigen muss. Doch es ist hier und während des Baus habe ich dem Ganzen meinen persönlichen Touch verliehen: einen meiner Geheimgänge.

Indem ich auf die richtige Stelle an den Einbauregalen drücke, gleitet eines zur Seite um eine schmale, versteckte Tür zu enthüllen. Die Wendeltreppe dahinter führt sowohl hinab zu einem verborgenen Ausgang am Fuß der Burg als auch hoch zu einer kleinen Terrasse in der Nähe eines der Türme.

Dorthin gehe ich nun und recke die Nase, um die frische Sommerluft einzuatmen, die an der Tür über mir vorbeidringt. Der Turm befindet sich so weit auf unserer Seite, dass er dem Grenzdunst komplett entwischt. Ich trete auf die Holzplattform mit ihrer polierten, hüfthohen Brüstung und betrachte die Aussicht, die fast den gesamten Hügel umfasst, der das Herz umgibt, sowie einige der weitläufigen Flächen dahinter.

Der Abend bricht allmählich herein. Die Schatten des Gebäudes erstrecken sich lang über die Wiese und die vereinzelten Wolken leuchten in Pink- und Lilatönen, die Talias Haarfarbe ähneln. Selbst wenn dies kein bedeutsamer Anlass wäre, würde mich der Anblick glücklich stimmen. Ich freue mich darauf, ihn mit meiner zukünftigen Gefährtin zu teilen.

Als ich mich an die Brüstung lehne und die warme Brise mit dem schwachen Geruch von Wildblumen meine Haare zerzaust, berührt mich erneut die kribbelnde Empfindung, die mich zuvor durchfahren hat. Talia ruft mich.

Ich stelle mir meinen Weg durch die Burg vor, angefangen damit, wie ich mein Zimmer verließ, und das Kribbeln verdichtet sich in meinem Kopf. Ich fange ganz schwache Eindrücke von Talia auf – ihre leicht unrunden Schritte, ihren Eifer, mich zu finden, ihre Aufregung darüber, dass sie meine Präsenz spüren kann.

Ich verharre am längsten an dem Buchregaltrick, bis meine Ohren das Schaben des versteckten Eingangs vernehmen, der unten geöffnet wird. Talias leise Schritte tapsen die Treppe herauf. Als sie durch die obere Tür tritt, drehe ich mich zu ihr um.

Ihr ganzes Gesicht strahlt jetzt. Sie wirft sich in meine Arme und ich drücke sie fest an mich. „Das war fantastisch. Ich ... wusste einfach, wohin ich gehen musste, und dann konnte ich spüren, wie du mich anleitest, als ich es brauchte.

Es ist ganz anders als das Seelenband, aber dennoch wundervoll."

„Ganz gleich, wohin du gehst oder wohin ich gehe, du wirst mich immer erreichen können", sage ich.

Sie neigt den Kopf nach oben und sucht meine Lippen. Ich habe kein Problem damit, ihr den Kuss zu geben, den sie verlangt.

Dieser Frau hat es nie an Leidenschaft gemangelt, doch in ihrer Umarmung liegt jetzt eine Inbrunst, die jeden Kuss übertrumpft, den wir zuvor geteilt haben. Es ist, als wollte sie mit mir verschmelzen. Das weckt begierige Aufmerksamkeit in jedem Nerv meines Körpers.

„Danke schön", bedankt sie sich, als sie zurückweicht. „Ich weiß, die Worte sind nicht genug, aber … Danke. Ich wünschte, ich könnte dir im Gegenzug das Gleiche geben."

Sie besitzt jedoch keinen wahren Namen, den sie mir schenken kann.

Ich lasse meine Finger ihren Kiefer entlang wandern. „Du hast mir eine Menge angeboten, Talia. In mancherlei Hinsicht würde ich sagen, dass du mir mehr gegeben hast, als ich dir angeboten habe."

Sie schnaubt, als wäre das unmöglich. Dann wandert ihr Blick von mir zur Aussicht und sie atmet ehrfürchtig ein. „Wow. Ich wusste nicht, dass du hier oben einen Balkon gebaut hast."

„Er ist nur für meinen Gebrauch. Und ich schätze auch für deinen, solltest du ihn brauchen. Als Spionagechef habe ich gerne einen guten Überblick über meine Umgebung." Ich feixe. „Er ist mit einem Zauber belegt, wodurch er vor unerwünschten Blicken verborgen wird, weshalb niemand dort unten jemals wissen wird, dass er ausspioniert wird."

„Du denkst wirklich an alles", stellt sie belustigt fest. Sie tritt an die Brüstung, legt ihre Hände darauf und späht in die Ferne.

Wir sind hier so weit oben, dass die Fae, die sich unter uns in den Revieren bewegen, nur so groß wie Mäuse aussehen. Talia mustert sie und die leuchtenden Farben, die sich auf dem dunkler werdenden Himmel ausbreiten. Als ihre Augen wieder zu mir huschen, entdecke ich einen Hauch von Verschlagenheit in ihnen.

Sie kehrt der Brüstung den Rücken zu und stemmt sich mit den Armen hoch, sodass sie auf dem Geländer sitzt. Mein Puls stockt. Ich springe augenblicklich zu ihr, da sich irgendein Teil meines Gehirns vorstellt, wie sie über die Kante stürzt – aber als meine Hände ihre Taille packen, spüre ich, dass sie ihr Gleichgewicht gut gehalten hat.

„Versuchst du, mir einen Herzinfarkt zu bereiten, Krümel?", frage ich und beuge meinen Kopf über ihren.

Sie lächelt mich liebenswürdig an. „Ich zeige dir nur, dass ich dir mein Leben anvertraue, so wie du mir deines anvertraut hast. Ich kann dir nicht die gleiche Offenheit bieten wie du mir, doch es gibt andere Arten, wie ich mich vor dir entblößen kann."

Nach wie vor das Geländer mit einer Hand festhaltend, hebt sie die andere an den Kragen ihres Kleides. Wegen der Nachwehen meiner Panik brauche ich einen Augenblick, um zu begreifen, dass sie die Schnüre lockert, die über die Mitte ihres Mieders verlaufen. Der Stoff klafft auf und enthüllt nach und nach immer mehr blasse Haut über ihrem Schlüsselbein und den Rundungen ihrer Brüste.

Lust schießt mir geradewegs in den Schritt und Hitze flutet meinen Körper. Ich reiße meinen Blick von ihrer Brust los und schaue ihr ins Gesicht. Meine Stimme kommt rau heraus. „Talia …"

Sie greift tiefer und ruckt an ihrem Kleid, um ihre Brüste komplett zu enthüllen. Ihre Nippel ziehen sich in der Brise zusammen. Sie beobachtet mich begehrlich und dennoch mit einer verlegenen Röte, die sich auf ihren Wangen ausbreitet.

„Ich will dich", verkündet sie ohne Umschweife. „Ich weiß, dass du mich nicht fallen lassen wirst."

„Niemals", krächze ich, schlinge einen Arm um sie und halte sie fest. Sie spreizt die Beine, damit ich zwischen diese treten kann, und das Herz stehe mir bei, mein Schwanz drängt sich bereits gegen den Schritt meiner Hose.

Ich verstehe die Symbolik dieser Geste und will sie ihr erlauben, kann jedoch nicht so tun, als würde ich es nur ihr zuliebe tun. Ich bezweifle, dass ich sie jemals mehr begehrt habe.

Ich senke den Kopf, um ihre Lippen erneut zu erobern. Als unsere Münder miteinander verschmelzen, streichle ich mit den Fingern über ihre Brüste, necke einen Nippel zu einer noch härteren Spitze und mache das Gleiche mit dem anderen. Dabei trinke ich das Wimmern, das meine Berührungen auslösen, wie den edelsten Wein.

Talia windet sich so nah an mir, dass ihre Mitte meinen Schwanz streift, und ihre Finger verschränken sich in meinem Nacken. Sie küsst mich, als würde sie mich nie wieder loslassen, als würde sie nach mir gieren, was wiederum meine Gier nach ihr vergrößert.

Meine Geduld löst sich schnell in Wohlgefallen auf. Ich schiebe meine freie Hand zwischen ihre Beine, hebe den Rock ihres Kleides an und zeichne die Feuchtigkeit nach, die sich auf ihrem Höschen ausbreitet. Ein Stöhnen entfährt mir. Während ich sie härter küsse, tauche ich meine Zunge zwischen ihre Lippen, um mit ihrer zu tanzen.

Als ich sie schneller stimuliere, bohren sich ihre Fingernägel mit perfekten Schmerzensbissen in meinen Hals. „Whitt", keucht sie und biegt sich mir entgegen.

Ich weiß, was sie jetzt will, aber ich beabsichtige, ihr die höchste mögliche Lust zu verschaffen, bevor ich mir meine eigene erlaube.

Ich hake meine Finger in ihr Höschen, um Hautkontakt

herzustellen. Mein Mund fängt jeden bedürftigen Laut ein, der ihren Lippen entwischt. Ich pumpe einen Finger, dann zwei, dann drei in sie, während mein Daumen über ihren Kitzler tanzt.

Talias Kopf kippt mit einem lauten Stöhnen nach hinten. Der Wind nimmt zu und peitscht ihr die Haare ins Gesicht. Ich schwanke mit ihr auf der Brüstung, während mein anderer Arm nach wie vor fest um ihren Rücken liegt. Ihr Vertrauen in mich ist grenzenlos. Ihre fehlende Furcht löst eine Sehnsucht in meiner Brust aus, die viel mächtiger ist als meine Lust.

Ich lasse meinen Daumen kreisen und verstärke den Druck, als sie sich meiner Berührung entgegenwölbt. Ihre Wirbelsäule biegt sich stärker durch und ihr Kanal verkrampft sich um meine Finger herum, ehe das Beben eines Höhepunktes durch ihren Körper hindurch rast.

Bevor dieses verebbt ist, packt sie meinen Arm. „Ich will *dich*", sagt sie mit der Entschlossenheit, die ich so sehr bewundere. „Alles von dir, in mir, während du mit mir kommst."

Ich reibe meine Nase an ihrer Wange. „Dann wirst du deinen Wunsch erfüllt bekommen, Allkräftige."

Sie zerrt an meiner Hose und gemeinsam befreien wir meinen Schwanz. Ich reiße ihr das Höschen vom Leib, anstatt die Verrenkungen durchzuführen, die nötig wären, um es ihr in einem Stück auszuziehen, während ich ihr so nahe bin. Ich werde ihr beim nächsten Mal ein Dutzend Ersatzhöschen mitbringen.

Ihre Finger schließen sich um meine pochende Länge und kurz darauf keuche ich an ihren Haaren. „Du entzündest das heißeste Feuer in mir, das ich jemals gespürt habe", sage ich. „Ich will nie wieder eine andere als dich."

Sie zieht mich nach vorne. „Dann nimm mich."

Ich brauche keine weitere Ermutigung, mich in ihre feuchte Hitze zu stoßen.

Bei den Himmeln, so mit ihr vereint zu sein, ist nie weniger als wunderbar, doch die heutige Nacht übertrifft jedes andere Mal. Sie schaukelt mir entgegen unbedacht der Höhe und der gefährlichen Position, in der sie sich befindet, da sie weiß, dass ich sie sogar im stärksten Rausch der Leidenschaft mit aller Macht beschützen werde. Der Wind peitscht über uns, als wollte er uns anspornen.

Die Intensität des Moments ist zu viel für mich und ich kann mich nicht mehr lange zurückhalten. Ich ramme mich in sie und sie erreicht ihren zweiten Gipfel mit einem freudigen Schrei. Die Wonne, die ihr in ihr hübsches Gesicht geschrieben steht, treibt auch meinen Körper zur Ekstase. Ich drücke sie an mich und stoße noch einige Male in sie, bevor sich all mein Verlangen in einem lodernden Höhepunkt in ihr ergießt.

Wir klammern uns einige Minuten lang aneinander und ringen nach Luft. Talia gibt einen zufriedenen Laut von sich und kuschelt ihren Kopf an meine Brust. Ich glaube, sie hat mir ihr Vertrauen so eindeutig gezeigt, dass ich sie jetzt von der Brüstung heben und mich mit ihr auf dem Schoß an eine Stelle setzen kann, an der nicht die Gefahr eines Sturzes besteht.

„Ich denke, wir sollten das bald wiederholen", verkündet Talia.

Ein Lachen purzelt aus meinem Mund. „Dagegen habe ich nichts einzuwenden. Wenn du mich rufst, bin ich in Nullkommanichts an deiner Seite."

Sie blickt zu mir auf und ist plötzlich ernst. „Ich werde diese Macht niemals grundlos benutzen, weißt du. Nur, wenn es ein Notfall ist."

Ich streiche mit den Fingern über ihre Haare. „Wenn es nur dazu da ist, mir etwas mitzuteilen, sprich mit mir, wann immer du möchtest. Aber ja, ich würde es vorziehen, wenn du mir nicht befehlen würdest, sofort bei dir zu erscheinen, außer es ist notwendig. Das liegt hauptsächlich daran, dass es schwierig wäre, unsere Vereinbarung geheim zu halten, wenn ich dir plötzlich aufs Wort gehorche. Darüber habe ich mir allerdings keinerlei Sorgen gemacht."

„Gut." Sie lehnt sich wieder an mich und dreht ihr Gesicht zu der Aussicht zwischen den Stäben der Brüstung. Auf einmal richtet sie sich auf. „Was ist *das*?"

Ich folge ihrem Blick und meine Laune sinkt bei ihrem Tonfall, noch bevor ich sehe, was sie entdeckt hat.

In nicht allzu weiter Ferne, irgendwo am Fuß des Hügels, auf dem sich das Herz befindet, erhebt sich eine Rauchwolke in die Luft, die blutrot vor dem dunkler werdenden Himmel leuchtet.

19

*Talia*

Als wir den Vordereingang erreichen, nachdem ich mein Kleid hastig wieder angezogen habe, während Whitt und ich die Treppe hinabeilten, dringen Schreie den Hügel herauf. Obwohl der gruselige Rauch, den ich entdeckt hatte, merkwürdig aussah, sorgt der ätzende, metallische Geruch, der mir jetzt in die Nase dringt, dafür, dass sich diese kräuselt.

Der Rauch kam wenigstens nicht aus der Nähe von Hearth-by-the-Heart. Soweit ich das erkennen konnte, stieg er von einer Stelle am Rand von Donovans oder Celias Revier auf.

Whitt blickt zu mir, sein Gesicht ist starr vor Sorge und ich bereite mich darauf vor, dass er mir gleich mitteilen wird, dass ich zurückbleiben soll, während er dem Ganzen auf den Grund geht. Ihm ist jedoch anscheinend bewusst, dass ich nicht im Dunkeln gelassen werden möchte – und respektiert die Tatsache, dass ich lieber ein wenig Gefahr riskieren würde, als mich unwissend in der Burg zu verkriechen – denn er nickt mir knapp zu.

„Wir können dort am schnellsten hingelangen, wenn ich dich trage", sagt er.

Ohne auf meine Antwort zu warten, krümmt er sich nach vorne und verwandelt sich innerhalb von Sekunden in seine gelbbraune Wolfgestalt. Die Verwandlung zu beobachten, ist jetzt absolut berauschend. Er kauert sich tief auf den Boden und ich klettere auf seinen Rücken, sowie ich es zuvor schon einmal tat, als er mich durch den Wald zu einem seiner Lieblingsplätze trug.

Ich glaube nicht, dass das heutige Ziel annähernd so erfreulich sein wird.

Ich schmiege mich an seinen muskulösen Rücken und vergrabe die Finger in dem dichten Fell in seinem Nacken, woraufhin er losrennt. Es ist einfach, sich an das schnelle, rhythmische Tempo anzupassen. Ich spanne meine Knie um seine Seiten an, um das Gleichgewicht zu wahren, habe jedoch genauso wenig Angst davor, runterzufallen, wie ich es auf der Brüstung seines geheimen Balkons hatte.

Er rennt über die Wiese, die die Bastion umgibt, und in den Wald, der die Burgen der anderen Erzlords umringt. Der Rauchgestank in der Luft wird stärker und die Schreie vervielfachen sich. Andere Wolfgestalten rennen auf die schnellste Art und Weise, zu der die Sommer-Fae in der Lage sind, durch die Schatten zwischen den Bäumen um uns herum zu der gleichen Stelle.

Als wir einem festgetrampelten Pfad den Hügel hinab folgen, lichtet sich der Wald zu vereinzelten Baumgruppen. Whitt rennt durch eine weitere Ausdehnung dicht stehender Bäume und stürmt an den Rand einer dunklen Wildblumenwiese.

Der Rauch steigt von einem Fleck verbrannter Vegetation

mitten auf dieser Wiese auf. Ich kann den Grund für das rötliche Leuchten nicht erkennen, das durch die Rauchschwaden bis hinauf in den Himmel wogt. Aufgrund des dunkler werdenden Abends und des flackernden Lichts ist es allerdings schwer, überhaupt etwas zu erkennen.

Es sieht nicht so aus, als wäre die Stelle, die brennt, groß genug, um all diesen Rauch zu erzeugen. Als ich blinzle, kann ich nur einen dunklen Aschehaufen umringt von diesem wogenden Leuchten ausmachen, der ungefähr die Größe eines Lagerfeuers hat.

Wenn Fae-Magie involviert ist, sind jedoch allerhand ungewöhnliche Dinge möglich.

Fae haben sich um die brennende Stelle herum versammelt und weitere kommen aus allen Richtungen herbeigeeilt. Keiner ist nahe an das Leuchten herangetreten, stattdessen halten sie alle mehrere Schritte Abstand. Manche sind in Menschengestalt und manche noch in Wolfgestalt, während sie an dieser unsichtbaren Grenze entlanglaufen, die Augen misstrauisch und die Münder missbilligend verzogen.

Warum löscht niemand den Brand?

Whitt drängt sich durch die Menge und bleibt mittendrin stehen. Als er mich von seinem Rücken gleiten lässt, entdecke ich einige vertraute Gestalten in der Menge: einer von Celias Kader-Gewählten und ein paar von Donovans. Doch nicht alle Fae, die hergekommen sind, stammen aus einem Rudel der Erzlords. Viele eilen aus benachbarten Revieren herbei, die abseits des Hügels liegen.

Whitt richtet sich neben mir auf und schüttelt die Verwandlung ab. Er sieht sich um. „Wir befinden uns direkt an der Grenze von vier unterschiedlichen Revieren. Wer auch immer dafür verantwortlich ist, wollte eine Menge Aufmerksamkeit erregen."

Corwin bemerkt meine unbehaglichen Emotionen

scheinbar, denn seine Stimme durchbricht meine Gedanken. *Was ist dort drüben los?*

*Ich weiß es noch nicht,* antworte ich. *Mach dir keine Sorgen – es sind eine Menge Fae hier. Ich bin mir sicher, wir kommen damit klar, was auch immer es ist.*

Er akzeptiert diese Antwort mit einem Hauch von Sorge, jedoch ohne Proteste.

„Was *ist* es?", frage ich Whitt und betrachte die rauchende Stelle, die nicht gewachsen zu sein scheint. „Wieso produziert das so viel Rauch – und warum schüttet niemand Wasser darauf oder so etwas?"

„Es muss mit einer Magie belegt sein, die die Angelegenheit verkompliziert. Etwas an dem Geruch …" Einen Schritt nach vorne tretend, atmet Whitt scharf ein und erstarrt.

„Was?", will ich wissen, als ich ihn einhole.

Er nickt mit angeekelt verzogenem Gesicht zu dem Rauch. „Darin befindet sich Eisen. Ich spüre es in meiner Lunge kribbeln. Wir *können* nicht näher herangehen, um es zu löschen, und es wird jedem Zauber die Macht entziehen. Wie in aller Welt …?"

Seine Stirn runzelt sich verwirrt. Ich betrachte erneut die anderen versammelten Fae. Sie sehen alle gleichermaßen unbehaglich und ratlos aus. Die Schreie haben sich zu gedämpften Gesprächen reduziert, da sie nun besprechen, wie sie diese seltsame Zerstörung in Angriff nehmen sollen.

Die offensichtliche Antwort befindet sich direkt vor unseren Nasen. „Ich kann es löschen", verkünde ich. „Das Eisen wird *mir* nicht wehtun. Hol mir einen Eimer Wasser oder was auch immer deiner Meinung nach als Löschmittel geeignet ist, und ich probiere es."

Whitt zögert. „Wir wissen nicht, welche Wirkung es noch haben könnte, Krümel. Niemand könnte zu dir gelangen, um dich zu beschützen."

„Dann werde ich vorsichtig sein. Wir können nicht zulassen, dass dieses Ding die Luft mit giftigen Metallen verschmutzt, oder? Was wollt ihr sonst tun?“

Sein Kiefer mahlt, aber er weiß vermutlich, dass ich recht habe. Hätte er mich nicht mitgebracht, hätte die offensichtlichste Lösung darin bestanden, einen menschlichen Diener zu rufen, damit er sich des Problems annimmt. Und ich kann wenigstens schneller und besser reagieren als diejenigen, die in dem Drogennebel gefangen sind.

Während er mit sich ringt, bemerke ich, dass die dunkle Aschestelle größer wird. Weiterer Rauch steigt auf. Meine Nackenhärchen sträuben sich. „Es wird größer. Wenn wir warten, bin *ich* womöglich auch nicht mehr in der Lage, es zu löschen.“

Whitt zischt verärgert durch seine Zähne, doch ich weiß, dass er damit nicht mich meint. „In Ordnung. Du wirst vorsichtig vorgehen und dich so schnell wie möglich zurückziehen. Ich weiß allerdings nicht, ob Wasser allein reichen wird … Gib mir einen Moment.“

Er hebt seine Stimme, damit ihn die anderen Fae um uns herum hören können. „Hat irgendjemand gesehen, wie das hier angefangen hat?“

Wir erhalten lediglich Kopfschütteln und Verneinungen. Einer von Donovans Kader-Gewählten kommt zu uns. „Ich war einer der Ersten, die hier angekommen sind. Es war niemand hier abgesehen von ein paar Fae aus Saplight. Es hat allem Anschein nach von allein angefangen.“

„Das kommt mir sehr unwahrscheinlich vor“, brummt Whitt. Er betrachtet die brennende Stelle aus schmalen Augen, die sich in der Zeit, in der er sich unterhalten hat, erneut ausgedehnt hat. Dann knurrt er. „Mir gefällt das überhaupt nicht.“ Er berührt meine Schulter. „Bleib hier, bis ich zurückkomme.“

Er tritt an den Rand der wachsenden Menge und wirkt dort irgendeine Beschwörung, denn er kehrt mit einer dicken, klatschnassen Decke zurück. Er reicht sie mir vorsichtig. „Das sollte reichen, um die Rauchquelle zu ersticken und zu befeuchten – es ist das Beste, was mir momentan einfällt, was sich nicht auf eine direkte magische Wirkung verlässt. Wir können darauf hoffen, dass es den Rauch wenigstens so lange unterbricht, dass wir Fae uns einmischen und uns um den Rest kümmern können.“

Auf mein Nicken hin führt mich Whitt an den Rand des inneren Kreises. Seine Hand zuckt an meinem Ellenbogen, als der metallische Rauchgeruch stärker wird. Er hebt seinen anderen Arm, um die Aufmerksamkeit der versammelten Fae zu erregen. „Lady Talia, unsere menschliche Kameradin, wird versuchen, den Brand zu ersticken. Bitte achtet auf jegliche Anzeichen einer Bedrohung für sie, während sie diese Aufgabe für uns übernimmt.“

Dutzende Augenpaare richten sich auf mich und ein hoffnungsvolles Raunen geht durch die Menge.

Ich humple nach vorne und scanne die Gegend um die brennende Stelle herum, weigere mich jedoch, zu zögern. Die Stelle ist noch so klein, dass ich sie löschen können sollte, indem ich den feuchten Stoff über sie ziehe. Allerdings wird sie nicht lange so klein bleiben.

Der Rauch brennt in meinen Augen und kratzt in meiner Lunge. Als ich nur noch ein paar Schritte entfernt bin, bricht ein Husten aus mir hervor. Ich verkneife es mir so gut wie möglich und wuchte die Decke hoch, um sie zu werfen.

Während ich meine Arme nach vorne schleudere, schnellt eine winzige Gestalt aus der brennenden Stelle. Als ich die rattenähnlichen Umrisse erkenne, schießt sie bereits zu der eines muskulösen Mannes empor – eines Mannes, der sich mit nadelähnlichen Krallen an seinen Fingerspitzen auf mich stürzt.

Ein Schrei löst sich aus meiner Kehle. Ich lasse die Decke fallen und greife nach dem Dolch an meiner Hüfte, doch der Murk-Fae ist bereits zu nahe. Nach wie vor geduckt und in einer rattenähnlichen Haltung kracht sein Kopf in meinen Bauch.

Wir stürzen zu Boden. Seine Krallen kratzen über meinen Schenkel und Schmerz explodiert in meinem Bein. Ich schlage reflexartig und abwehrend nach ihm…

… und plötzlich explodiert Licht zwischen uns.

Der Fae-Mann kippt um und bricht neben mir auf dem Boden zusammen. Ich starre ihn an, meine Brust ringt nach Luft und Schmerzen jagen durch meinen Schenkel.

Er bewegt sich nicht. Seine halb geschlossenen Augen wirken stumpf. Ist er … tot?

Was ist passiert?

Zitternde Finger schließen sich um meine Schultern. Whitt hat es zu mir geschafft, doch die Wirkung des Rauchs schickt bereits Beben durch seinen gesamten Körper hindurch. Er hustet schwach und versucht, mich wegzuziehen, mein Blick zuckt jedoch zurück zu dem Rauch.

Ich habe die Aufgabe nicht beendet, wegen der ich hergekommen bin. Der Murk-Mann hat versucht, mich aufzuhalten, hat allerdings versagt … das ist das Einzige, was zählt, bis es erledigt wurde.

*Talia*, sagt Corwin. *Talia, geht es dir gut?* Aber ich kann die Konzentration nicht aufbringen, um ihm zu antworten.

„Wartet!", brülle ich dem Stimmengewirr um uns herum zu und stemme mich auf Hände und Knie, um die heruntergefallene Decke zu packen. Ich beiße vor Schmerzen die Zähne zusammen, reiße den nassen Stoff vom Boden, taumle zu der brennenden Stelle und schaffe es, die Decke über sie zu werfen.

Mit einem zischenden Geräusch verschwindet der Rauch und eine letzte Wolke steigt zum Himmel auf. Die Mitte der

Decke erbebt und wird reglos. Das Einzige, was noch übrig ist, ist das Stoffquadrat und der tote Murk in der Mitte des Kreises, den die Seelie gebildet haben.

Gegen sein Keuchen ankämpfend stolpert Whitt zu mir und schafft es, mich von den Füßen zu heben. Als er mich weiter von der brennenden Stelle wegträgt, husten wir beide, um unsere Lungen zu klären. Andere Fae versammeln sich um die Decke, den Murk-Fae und uns beide. Mein Schenkel fühlt sich an, als wäre ein Feuer darin gefangen.

*Mir geht es gut*, informiere ich Corwin. *Es ist erledigt.* Die Worte scheinen zu schwanken, als sie durch unser Band reisen.

Sie sind anscheinend nicht besonders überzeugend, denn seine einzige Antwort besteht in dem Wunsch, mich zu beschützen, und einer kurzen Botschaft. *Ich komme zu dir.*

Eine Stimme erklingt irgendwo, was sich für mein vom Schmerz vernebeltes Gehirn weit weg anhört. „Lady Talia hat uns erneut gerettet! Das Herz hat uns mit ihrer Hilfe beschützt und den Murk abgewehrt."

„Sie hat ein weiteres Mal ihr Blut für uns geopfert", verkündet jemand aus einer anderen Richtung. „Die Raben nennen sie gesegnet. Ich glaube, in dieser einen Sache haben sie recht."

Das einzige Wort, das komplett zu mir durchdringt, ist *Blut*. Ich starre auf mein Bein hinab und erkenne den dunkelroten Fleck, der sich auf der Vorderseite meines Rocks ausbreitet.

So viel Blut. Und der Schmerz fühlt sich an, als würden sich diese Krallen mit jeder Sekunde tiefer in mich bohren. Vielleicht geht es mir doch nicht gut.

Whitt zerreißt den Seidenstoff bis zu meiner Hüfte, sodass er die Wunde enthüllen kann. Ein Knurren entfährt ihm beim Anblick meines aufgerissenen Fleisches. Kurz darauf murmelt er jedoch hastig wahre Namen.

Der Schmerz nimmt ein wenig ab. Ich bin bereits von zu viel Blut bedeckt, als dass ich erkennen könnte, ob er den Blutfluss stoppen konnte oder nicht.

„Wer hat ihr Erfahrung im Heilen?", ruft er mit einem Hauch Verzweiflung in der Stimme.

Ich will ihm sagen, dass ich wieder auf die Beine kommen werde, dass ich zuvor schon genügend zerkratzt wurde, was meine Narben beweisen, scheine meine Stimme jedoch nicht finden zu können.

Eine Frau geht neben uns in die Hocke und lässt ihre Hände über der Wunde schweben. Bei ihren eindringlichen Worten weicht der Schmerz, der in meinem Bein brennt, noch weiter zurück. Die Krallen des Schmerzes verringern sich zu Nadelstichen. Ich blicke nach unten, wovon mir schwindlig wird, und sehe, dass sich die Haut zu hellrosa Linien schließt, die mein Bein von meinem Knie bis zur Hälfte meines Schenkels überziehen.

„Wird sie wieder gesund werden?", fragt eine andere Frau, die ich nicht kenne, hinter der Heilerin. Sie klingt überraschend besorgt um eine Fremde. Ich realisiere, dass eine ganze Schar Fae um uns herumsteht und mit sorgenvollen Augen auf mich herabblickt.

„Sie hat nicht so lange geblutet, dass sie deswegen in Lebensgefahr ist", berichtet die Heilerin. „Dem Herzen sei Dank." Sie berührt die Seite meines Gesichts. „Und dem Herzen sei Dank für Sie, dass Sie hergekommen sind und den Plan des Murk vereitelt haben. Die Schnitte waren tief und reichten bis auf den Knochen. Es wird noch einige Zeit lang wehtun, während die Muskeln vollständig verheilen. Übernehmen Sie sich nicht, Lady Talia."

Ich glaube, das ist das erste Mal, dass ein gewöhnlicher Fae, der kein Mitglied von Sylas' Rudel ist, mich bei meinem offiziellen Titel angesprochen hat. Jetzt ... jetzt beugen viele der versammelten Fae ihre Köpfe und schenken mir Worte des Trosts und der Hoffnung mit Gesichtsausdrücken, die mir eigenartig vertraut sind.

Es ist die gleiche Art von Ehrfurcht, die ich bei den Unseelie gesehen habe, nachdem ich ein Fluchopfer geheilt hatte.

Ich habe nicht das Gefühl, als hätte ich gerade besonders viel getan. Ich weiß nicht einmal, *was* ich getan habe, abgesehen davon, dass mein Bein zerschnitten wurde und ich eine Decke auf den Boden geworfen habe, was wohl kaum ehrfurchtgebietende Taten sind.

„Ich … ich wollte euch nur helfen", erwidere ich.

Auf diese Bemerkung folgt eine weitere Salve Raunen – und einige Rufe über „das Licht!". Als Whitt mir aufhilft, massiere ich meine Stirn.

Richtig, da war dieser Lichtblitz, als mich der Murk-Mann angriff. Es machte beinahe den Anschein, als hätte ihn das Licht getötet. Falls er tatsächlich gestorben ist.

Mein Herz setzt aus und ich wende mich an Whitt. „Ist er tot? Der Murk?"

Whitt neigt den Kopf und mustert mich. „Sie haben ihn gründlich untersucht, wie du dir vorstellen kannst. Die Leiche wird auf weitere Hinweise bezüglich seiner Absichten oder Komplizen inspiziert und anschließend entsorgt werden. Ich habe dich noch nie zuvor Licht auf diese Art benutzen sehen."

Weil ich das noch nie getan habe. Ich weiß nicht einmal, wie ich es vorhin eingesetzt habe.

Ich beiße mir auf die Lippe, denn ich bin mir unseres Publikums bewusst. Es ist womöglich gar nicht so schlecht, wenn die Seelie anfangen, mehr in mir zu sehen als eine nützliche Elixierzutat. Je mehr sie mich respektieren, desto mehr kann ich verlangen, dass sie die anderen Menschen hier respektieren, genauso wie ich angefangen habe, die Winter-

Fae umzustimmen. Allerdings kommt mir nichts an dieser Situation richtig vor.

Ich schwanke, da mir noch immer ein wenig schwindlig ist, und Whitt stützt mich. „Ich denke, ich sollte Lady Talia nach Hause bringen, damit sie sich ausruhen kann", verkündet er. „Wenn ihr irgendetwas Bemerkenswertes an diesem Feuer oder demjenigen entdeckt, der es verursacht hat, schickt sofort eine Nachricht nach Hearth-by-the-Heart."

Die Fae, die uns am nächsten sind, stimmen zu und einige streichen mit den Fingern über meinen Arm, als wir an ihnen vorbeigehen. Ich kann nicht sagen, ob sie versuchen, mich zu trösten oder etwas aus meiner Präsenz zu ziehen.

Sobald wir den Rand der Menge erreichen, hebt mich Whitt in seine Arme, so wie es August gerne tut, und marschiert den Hügel hinauf. Er hat offensichtlich entschieden, dass ich nicht in der Verfassung bin, um auf Wölfen zu reiten.

„Corwin kommt zu uns", informiere ich ihn, nach wie vor ein wenig benommen. Ich kann spüren, dass mein seelenverbundener Gefährte über die Grenze eilt. „Er wird sich oben am Hügel mit uns treffen."

Whitt nickt. Er drückt meinen Kopf an seine Schulter und fragt leise: „Was genau ist dort passiert, Allkräftige? Ich hätte ihn von dir gerissen, wenn du es nicht selbst so plötzlich geschafft hättest. Es tut mir leid, dass ich dich nicht schnell genug erreicht habe, um ihn daran zu hindern, dich mit seinen Krallen zu erwischen."

„Gib dir nicht die Schuld daran", sage ich und lehne mich in seine Umarmung. Ich denke an das zurück, woran ich mich von diesen Momenten voller Panik erinnern kann. „Ich ... weiß nicht, was passiert ist. Ich habe keine wahren Namen gesagt. Das Licht ist einfach erschienen."

Ich halte inne und das Unbehagen in meiner Brust dehnt sich aus. „Es *fühlte* sich nicht so an, als käme es von mir. Ich spürte überhaupt nichts … Weder Energie noch Macht durchfuhren mich, so wie es der Fall war, wenn ich zuvor wahre Namen benutzt habe.“

„Hmm.“ Whitts Mund verzieht sich nach unten. „Du weißt besser als ich, was für dich normal ist und was nicht, Krümel. Ich schätze, es ist möglich, dass einer meiner Brüder einen Zauber gewirkt hat, um in den Kampf einzugreifen, und dann nicht von den Heldentaten ablenken wollte, die du vollbracht hast.“

Ich *könnte* das glauben, obwohl ich mir nicht sicher bin, ob ich es wirklich tue. Ich kaue auf meiner Lippe herum. „Ich dachte, du hättest gesagt, dass Magie in dieser Nähe zu dem Eisen im Rauch nicht funktionieren würde.“

„Sie hätte nicht funktionieren sollen.“ Er seufzt. „Mir gefällt das nicht. Wenn du an einem sicheren Ort bist, werde ich sehen, was ich noch in Erfahrung bringen kann. Wenigstens hat sich das, was auch immer es war, zu unseren Gunsten ausgewirkt.“

Das stimmt. Vielleicht ist es albern, sich Sorgen über die Quelle des merkwürdigen Lichts zu machen, wenn es mir womöglich das Leben gerettet hat.

Ich erlaube mir, meinen Körper an Whitts zu entspannen, und mein Blick wandert über die Bäume, zwischen denen wir hindurchgehen. Er bleibt an perlweißen Haaren hängen, deren Leuchten von den tiefer werdenden Abendschatten gedämpft wird.

Mehrere Schritte entfernt kommt Celia den Hügel herab. Als ich sie bemerke, bleibt ihr Blick an uns hängen. Ihre Lippen verziehen sich zu einem strengen Strich, der missbilligend wirkt. Dann geht sie weiter und lässt mich nervöser als zuvor zurück.

20

*Talia*

Ich hätte gedacht, dass es mir die Schmerzen erleichtern würden, Tränen zu produzieren. So wie es die Heilerin prophezeit hat, pocht die Wunde an meinem Schenkel nach wie vor tief im Muskel, wenn ich mich zu viel bewege. Doch obwohl sich der pulsierende Schmerz in meinem Fleisch ausbreitet, kann ich für das Fluchopfer vor mir nicht so leicht weinen, als könnte ich einen Schalter umlegen.

Ich schaue sie an, betrachte die zerbrechlichen Linien ihres betagten Körpers, der in den Fängen des Fluchs noch schwächer wurde, und denke an die Kinder und Enkelkinder, denen sie vielleicht noch beim Älterwerden zuschauen wollte und denen sie der Fluch rauben würde. Ich denke auch an meine eigenen Großeltern, die während meiner Gefangenschaft im Fae-Reich gestorben sind, ohne zu wissen, dass ich noch am Leben war. Es dauert einige Minuten, bis das vertraute Brennen einsetzt.

Unser Publikum, das sich im Leuchten des rhythmischen Lichts des Herzens versammelt hat, ist absolut geduldig. Ihnen wird es womöglich sogar gefallen, wenn das Spektakel etwas länger dauert, denn dadurch steigert sich die Spannung, sodass ihre Erleichterung umso größer ausfallen wird, wenn ich die Heilung vollbringe. Für den Fall, dass ich gestützt werden muss, legt Corwin eine Hand auf meine Schulter, als ich mich von der verfluchten Frau abwende. Viele der versammelten Fae atmen so scharf ein, dass ein gemeinschaftliches Keuchen zu hören ist.

Die Fae, die herbeigekommen sind, um die Heilung zu beobachten, sind heute noch ehrfürchtiger als üblich. Es hat womöglich etwas damit zu tun, dass Corwin darauf bestand, mich zum Herzen zu tragen, nachdem er in der Burg gesehen hatte, dass sich mein Humpeln verschlimmerte. Meine Wunde ist von außen nicht zu sehen, doch einige Mitglieder seines Zirkels haben die Nachricht verbreitet, dass die Leute in der nächsten Zeit etwas mehr Geduld mit mir haben müssen. Als er sich der Gruppe mit mir in den Armen näherte, begegneten uns viele aufgerissene Augen und ein Raunen der Besorgnis und Wertschätzung.

Ich schätze, das ergibt Sinn. Es ist noch großzügiger von mir, meine Zeit und Energie auf die Heilung der Fae zu verwenden, wenn ich selbst nicht komplett gesund bin. Dennoch fühlt sich das ehrfürchtige Schweigen der Menge noch merkwürdiger an, als das eifrige Raunen, das ich zuvor erhalten habe.

Es ist auch ein größeres Publikum als üblich. Wie zuvor ist das Fluchopfer mit einem großen Gefolge ihrer Schwarmkollegen angekommen. Doch mehrere andere sind aus Heart's Cadence und mindestens ein paar aus den Ländereien der anderen Erzlords gekommen – und auch von der anderen Seite der Grenze. Einer von Sylas' Bediensteten aus der gemeinsamen Burg muss im Sommerreich die Nachricht verbreitet haben, dass ich gerufen wurde, um eine Heilung zu vollbringen, denn ungefähr ein Dutzend Seelie sind zur selben Zeit durch den Dunst um das Herz geschlüpft, in der Corwin und ich hier angekommen sind.

Sie haben sich abseits der Unseelie-Menge positioniert und beobachten alles neugierig aus respektvoller Entfernung. Anscheinend hat die gestrige Begegnung mit dem Murk mehr Interesse bei den Sommer-Fae geweckt, als mir bewusst war.

Ich konzentriere mich stärker auf die Traurigkeit, die ich hervorgerufen habe, und endlich fließen meine Tränen über. Nach einem Augenblick wische ich sie weg und wende mich wieder der betagten Fae-Frau zu. Als ich nach ihrer Wange greife, gelingt es ihrem steifen Gesicht, zu dem Schatten eines Lächelns zu zucken.

Ich mache mir zwar Sorgen darüber, wie fordernd meine Rolle werden wird, wenn der Fluch stärker wird, doch Momente wie dieser sind der Grund, aus dem ich mir nicht vorstellen kann, aufzugeben. Ganz egal, was Fae wie Aerik oder Laoni von mir halten, jeder Einzelne, den ich geheilt habe, war über alle Maßen dankbar.

Keiner von ihnen verdient es, zu sterben, vor allem nicht auf die grausame Art des Fluchs.

Als sich die Frau dieses Mal aufrechter hinsetzt und zeigt, dass die starre Kälte sie verlassen hat, hält die Menge um uns herum einen sorgfältigen Abstand zu mir ein und achtet respektvoll auf meine Verletzung. Viele rufen dennoch Worte des Danks und wünschen mir, dass meine Wunden gut und schnell verheilen mögen. Als ich nicke und sie im Gegenzug anlächle, gleitet mein Blick an ihnen vorbei zu den entfernten Umrissen von Laonis Iridiumpalast.

Nach dem Chaos der letzten Nacht erhielten Whitt und

ich keine Gelegenheit, Donovan bezüglich eines Besuchs anzusprechen, bei dem ich mir ansehen kann, wie es seinen menschlichen Bediensteten ergeht. Und ich habe noch immer so viele Fragen bezüglich dessen, was ich über Laonis Vergangenheit und ihre Familie erfahren habe.

*Nach dieser Heilung erwarten mich keine dringenden Aufgaben, falls es etwas gibt, worüber du reden möchtest,* spricht Corwin durch unser Band und hebt seine Hand zum Abschied, da sich die Menge zerstreut. Ich weiß, dass er darauf bedacht ist, nicht zu tief in meine Gedanken vorzudringen, wenn ich sie ihm nicht absichtlich schicke, er kann jedoch nicht anders, als meine Stimmung zu bemerken.

*Es gibt tatsächlich etwas,* erwidere ich, doch bevor wir zur Grenzburg zurückkehren können, eilt jemand von seinem Personal aus dem Palast in Heart's Cadence herbei.

„Mein Lord", sagt der Mann und verbeugt sich tief, als er uns erreicht. „Und Lady", fügt er hastig hinzu, bevor er sich wieder auf Corwin konzentriert. „Eine Botin ist eingetroffen. Sie sagte, dass sie Ihnen eine Nachricht überbringen muss, sobald Sie sich diese anhören können."

Corwin runzelt die Stirn, Furcht rinnt von ihm in mich und gesellt sich zu meiner eigenen. *Ich werde dich begleiten,* verkünde ich, bevor er vorschlagen kann, dass ich allein zurück zur Grenzburg gehen soll. *Ich möchte lieber selbst hören, worum es geht – und vielleicht ist es etwas, bei dem es um mich geht.*

Er nickt und greift nach mir, um mich hochzuheben. Ich fühle mich noch immer komisch, wenn ich wie ein Invalide getragen werde, doch mein Bein tut so stark weh, weil ich die letzten zehn Minuten ungestützt gestanden bin, dass ich mich nicht beschweren werde. Der Mann aus dem Palast scheint es nicht merkwürdig zu finden.

„Hat die Botin irgendeinen Hinweis gegeben, worüber sie mit mir zu sprechen wünscht?", erkundigt sich Corwin, während er zum Palast marschiert. Die Melodie, die der Wind erzeugt, während er über die Diamanttürme weht, bebt über uns hinweg. „Oder aus welcher Länderei sie geschickt wurde?"

Der Diener schüttelt den Kopf. „Sie sagte nichts anderes als das, was ich bereits ausgerichtet habe. Ich nahm an, dass es sich um eine Botschaft handelte, die Diskretion verlangt."

„Das ist in Ordnung. Ich würde nicht wollen, dass du in einer solchen Situation Druck ausübst. Danke, dass du mich geholt hast."

In der Eingangshalle verabschiedet sich der Mann, um seinen anderen Pflichten nachzugehen. Corwin trägt mich den ganzen Weg zu dem Zimmer neben der Terrasse, auf der Besucher von weiter weg für gewöhnlich landen. Der Diener hat gesagt, dass die Botin dort auf uns warten würde, doch als wir das Wohnzimmer mit seinen Sesseln und Tischen betreten, ist dort niemand.

Stirnrunzelnd stellt mich Corwin ab und lässt seinen Blick durch den Raum wandern. Ich sinke in den nächstbesten Sessel und bin selbst verwirrt.

Einen Augenblick später geht er zu der Tür, die auf die funkelnde Terrasse führt, und pflückt ein Stück helle Rinde von der Wand, das dort angebracht wurde. „Sie hat anscheinend eine Nachricht hinterlassen." Er studiert sie und ich erfasse das Wesentliche durch unser Band, bevor er wieder spricht. „Sie entschuldigt sich und sagt, dass sie noch ein Detail der Nachricht überprüfen will und innerhalb einer Stunde zurückkehren sollte."

„Ich schätze, das ist nicht besonders lange", erwidere ich. Es kommt mir ein wenig merkwürdig vor, dass sie einfach so gegangen ist, aber mir ist es lieber, wenn sie eine akkurate Nachricht überbringt als eine, von der sie weiß, dass sie womöglich nicht korrekt ist. „Wir wollten uns ohnehin unterhalten."

„Ja." Corwin zieht einen Sessel heran, setzt sich neben mich und streckt die Hand aus, um meine zu nehmen. Mit dem Daumen streichelt er zärtlich über meine Fingerknöchel. „Wie fühlst du dich, meine Seele? Bist du dir sicher, dass deine Verletzung auf dem Weg der Besserung ist?"

„Sie ist bereits besser als letzte Nacht", antworte ich und drücke seine Finger. Er fand mich und Whitt, bevor wir Hearth-by-the-Heart erreichten, da er panisch zu uns geflogen war trotz meiner Versicherung, mir ginge es gut. Anschließend bestand er darauf, dass sein Heiler die Wunde untersuchte, erst dann konnte er sich entspannen. Daraufhin forderte er weitere Wachen aus Heart's Cadence an, damit sie auf dieser Seite der Grenze patrouillierten und nach Anzeichen der Murk Ausschau hielten. „Die Heilerin sagte, dass es eine Weile wehtun würde, bis es vollständig verheilt ist."

„Was bedrückt dich dann?"

Ich schaue zu den breiten Fenstern, obwohl ich Laonis Burg von hier nicht sehen kann, sondern nur die weitläufige Eislandschaft hinter dem Plateau des Herzens. „Ich sah ein Gemälde von Laonis Eltern, als ich gestern ihre Burg besuchte. Ihrer Zirkelfrau schien es unangenehm zu sein, dass ich mich nach ihnen erkundigte. Ich frage mich, ob du weißt, was ihnen zugestoßen ist."

Corwin lehnt sich auf seinem Sessel zurück und sein Blick richtet sich gedankenverloren in die Ferne. „Ich war zu jung, um an einem Gespräch über ihr Ableben teilzunehmen, doch ich hörte ein wenig über die Ereignisse, hauptsächlich von meinen Eltern. Ihre Mutter starb, bevor ich geboren wurde, und als Laoni noch ein kleines Kind war. Wie ich gehört habe, unternahmen sie einen Ausflug, um eine Länderei zu besuchen, zu deren bemerkenswerten Besonderheiten ein magischer Wasserstrudel zählte. Es gab einen Unfall, bei dem ihre Mutter ins Wasser fiel und so schnell nach unten gesogen wurde, dass sie niemand retten konnte."

Ich erschaudere. „Das ist schrecklich."

„Ja. Ich glaube, danach gab es eine Menge Gerede unter den Lords und Ladys, vor allem, weil ihr Vater es hasste, selbst über den Vorfall zu sprechen. Meine Eltern erzählten mir, dass er stets streng war und daraufhin noch strenger wurde. Ich schätze, er befürchtete, dass jegliche Unachtsamkeit dazu führen könnte, dass noch jemanden, der ihm wichtig war, ein ähnliches Schicksal ereilte."

Es ist schwer, sich vorzustellen, was ‚streng‘ oder ‚noch strenger‘ bei einem Winter-Fae bedeutet, die im Allgemeinen so steif sind. Vielleicht erklärt das, warum Laoni bei bestimmten Themen eine so starre Meinung hat.

„Ihr Vater war der Erzlord?", frage ich. „Also hat sie die Länderei erst geerbt, als er gestorben ist?"

Corwin neigt den Kopf. „Ich war damals noch ein Kind und sie war … ungefähr in dem Alter, in dem du jetzt bist, in Fae-Jahren. Zu diesem Vorfall kenne ich mehr Einzelheiten. Ein Lord aus einer Länderei in der Nähe der Ränder dachte, er könnte die Situation seines Schwarms verbessern, indem er die Länderei eines Erzlords übernahm. Er wählte Laonis. Ihr Vater konnte den Angriff abwehren und sie beschützen, zog sich dabei jedoch eine Wunde zu, die sich als tödlich herausstellte. Es gab nichts, was die Heiler tun konnten."

Das ist ebenfalls schrecklich. Ich reibe mir über den Mund und fühle mich nicht besonders wohl mit dem Mitgefühl, das diese Geschichte in mir auslöst. Es spielt eigentlich keine Rolle, welch schrecklichen Dinge Laoni durchgemacht hat, wenn sie selbst schrecklich ist. All meine Männer haben traumatisierende Erlebnisse gehabt und sich dennoch ihren Gerechtigkeitssinn und ihr Mitgefühl bewahrt.

Keine der Erzählungen erklärt, warum sie ihrer Freundschaft zu Kesral den Rücken gekehrt hat. „Hast du irgendeine Ahnung, warum sie Menschen so sehr ablehnt … und Fae mit menschlichen Vorfahren?", frage ich.

„Ich bin mir keines speziellen Grundes bewusst. Bis vor kurzem hatte ich nicht einmal bemerkt, dass sie zu Personal mit verdünntem Blut ungewöhnlich harsch ist." Corwin verzieht das Gesicht. „Andererseits könnte das mein Fehler sein. Bevor du in mein Leben getreten bist, habe ich nicht besonders darauf geachtet, wie meine Kollegen spezielle Arten von Untergebenen behandeln."

Seine Schuldgefühle wandern durch unsere Verbindung. Ich verschränke meine Finger mit seinen. „Ich denke, das ist verständlich. Es ist so ein akzeptierter Teil der Fae-Gesellschaft." Was es noch schwieriger machen wird, diesen Teil infrage zu stellen.

Bevor sich der düstere Gedanken festigen kann, platzt eine von Corwins Wachen in den Raum. „Mein Lord", sagt sie und verbeugt sich kurz, „Ich denke, Sie sollten mitkommen. Die anderen Erzlords sind zu der neuen Burg marschiert. Sie verlangen, dass Sie sie anhören."

„Was?" Corwin springt auf und seine Stirn legt sich in Falten. „Wenn sie mit mir sprechen möchten, können sie hierherkommen … oder sich in der Halle des Herzens mit mir treffen, wenn sie das vorziehen."

Die Wachfrau schüttelt ihren Kopf. „Ich … ich glaube nicht, dass das möglich sein wird, mein Lord."

Corwin stapft zur Tür und ich eile ihm hinterher, wobei ich die Zähne wegen des Schmerzes zusammenbeiße, der nach wenigen Schritten einsetzt. Als er stehen bleibt, um mir zu helfen, dränge ich ihn schweigend weiter. *Es ist besser, wenn sie mich stehend und auf meinen eigenen Beinen laufen sehen, angesichts dessen, was sie bereits von mir denken.*

Er besteht darauf, mich bis zum Eingang zu tragen, und

stellt mich erst dort wieder ab. Wir laufen nebeneinander nach draußen und bleiben vor dem Diamantpalast stehen.

Es sind nicht alle Erzlords – ich sehe nur Laoni, Uzziah und Terisse, die auf der anderen Seite der Ebene stehen – doch es sind auch nicht *nur* sie. Ich verstehe jetzt, warum die Wache das Wort ‚marschiert‘ benutzt hat. Hinter jedem Erzlord steht ein Geschwader aus Soldaten, die einen Halbkreis um die Winterseite der Grenzburg formen.

Mein Magen verknotet sich. Was ist da los?

Corwin stolziert zu ihnen und verlangsamt seine Schritte nur so weit, dass ich mit meinem Humpeln mithalten kann. Ich bleibe neben ihm stehen und halte den Kopf trotz des Pochens in meinem Bein hoch erhoben.

„Was hat das zu bedeuten?“, will er von seinen Kollegen wissen. „Ihr seht aus, als wärt ihr bereit, einen Angriff durchzuführen.“

Laonis Augen blitzen auf. „Vielleicht sind wir das. Du kannst von Glück reden, dass wir dich warnen, bevor wir die Angelegenheit selbst in die Hand nehmen.“

Corwin schaut von ihr zu den anderen beiden und wieder zurück. „Wovon sprichst du?“

Laoni deutet mit ihrem Zeigefinger in meine Richtung. Sie hebt die Stimme, sodass sie alle versammelten Soldaten hören können. „Diese Menschenfrau wurde bereits viel zu lange über ihren Stand erhoben. Ganz egal, wie ‚gesegnet‘ sie ist, es verstößt gegen die Gesetze des Herzens, dass jemand, der nicht durch Geburt Lord oder Lady geworden ist, selbst über eine Burg regiert. Und ‚Lady‘ Talia kann nicht auf die gleiche Weise wie einer von uns als Lady betrachtet werden, da sie nicht einmal ein Fae ist. Dieses Gebäude widerspricht der angemessenen Ordnung der Dinge.“

Ich starre sie an und versuche, zu verstehen, was sie sagt. Kann sie all diese Behauptungen wirklich untermauern? Sie hat nichts davon angesprochen, als wir die Burg bauten.

Vielleicht hat sie so lange gebraucht, um irgendein unklares Gesetz auszugraben, das sie zu ihren Zwecken verdrehen kann. Oder vielleicht hat sie sich keine Mühe gemacht, danach zu suchen, bis sie sah, wie begeistert ihre Leute auf mich reagieren.

Vielleicht ist es meine Schuld, weil ich mein Glück herausgefordert und sie gezwungen habe, mich *ihre* Burg besuchen zu lassen.

Als ich schwer schlucke, legt Corwin entschlossen eine Hand auf meine Schulter. „Das Herz hat den Bau des Gebäudes zugelassen. Ich denke, das ist Beweis genug, dass wir nicht …"

„Du bist wohl kaum der Einzige, der entscheiden kann, was für das Herz und dieses Reich gut ist", unterbricht ihn Laoni spöttisch. „Wir geben dir bis Ende des morgigen Tages, um deine Hälfte dieses unnatürlichen Gebäudes niederzureißen und zu retten, was du möchtest. Wenn du diese Aufgabe bis dahin nicht erfüllst, werden unsere Leute das Gebäude für dich zerstören."

21

*August*

Ich weiß nicht, was mir mehr Kummer bereitet: das Leid, das Talia ins Gesicht geschrieben steht, seit wir diese Reise begonnen haben, oder die Schuldgefühle, die sie eindeutig empfindet, weil sie mich um Hilfe bei der Linderung dieses Leids gebeten hat.

„Es tut mir leid, dass ich dich von Sylas weghole, während so viel los ist", entschuldigt sie sich und verdreht die Hände auf ihrem Schoß. Sie sitz auf der anderen Seite des kleinen Gefährts, das mein Bruder für uns heraufbeschworen hat.

„Ich würde ihm oder den anderen momentan ohnehin nicht viel nutzen", erinnere ich sie. „Die drei können ohne meine Hilfe über einer Menge Bücher und Berichte brüten. Wir werden vor morgen zurück sein, wenn ich hoffentlich *nicht* von Nutzen sein muss, um diese räudigen Raben-Erzlords daran zu hindern, ihre Drohung wahrzumachen."

Sie reibt über den Bronzereif, der eng um ihr Handgelenk liegt. „Ich habe nicht das Gefühl, als würde mit Jamie etwas nicht stimmen."

„Der Zauber, den ich gewirkt habe, setzt nur ein, wenn er in großer Not ist", erkläre ich. „Es gibt Möglichkeiten, auf die sich die Erzlords in sein Leben eingemischt haben könnten, die noch nicht zu einer solchen Not geführt haben. Da sie schon einmal versucht haben, ihn zu entführen, kann ich es dir nicht verübeln, dass du dir Sorgen machst."

„Und er trägt seinen Armreif womöglich gar nicht. In diesem Fall würde ich nicht auf ihn aufmerksam werden, selbst wenn er sich in einer schrecklichen Situation befände. Ich ... ich muss es einfach wissen." Sie atmet leise aus, ihr Gesicht bleibt jedoch gequält.

Ich habe das Gefährt langsamer fahren lassen, seit wir den nebligen Wald in der Nähe der Ränder erreicht haben. Als wir endlich zu der Stelle gelangen, an der es mehrere Portale gibt, halte ich das Gefährt an und helfe Talia beim Aussteigen. Ich möchte sie tragen, während ich nach den nächsten Durchgängen suche, doch sie schüttelt den Kopf und entzieht sich meinen Armen. „Ich werde hier warten, während du so schnell wie möglich nachsiehst. Ich will dich nicht ausbremsen. Ich bin mir sicher, ich komme zurecht."

Als ich mich in dem nebligen Wald umsehe, jucken meine Fangzähne in meinem Zahnfleisch. Bei uns sind nicht so viele furchterregende Bestien eingefallen wie im Winterreich, was vermutlich daran liegt, dass sich unsere Bevölkerungszahlen nicht reduziert haben und uns unser Fluch furchterregender und nicht wehrloser macht, wenn er einsetzt. Es gibt jedoch eine Menge Wesen, die an den Rändern der Nebelwelt lauern.

Aktuell kann ich keines von ihnen riechen. Ich werde einfach nicht zu weit weggehen.

Mich in meine Wolfgestalt verwandelnd, damit ich noch

schneller reisen kann, strecke ich mich in die neue Konfiguration meiner Muskeln und springe zum nächsten Portal. Ich muss nur einmal daran schnuppern, um festzustellen, ob die Menschenwelt auf der anderen Seite die genaue Kombination ungewöhnlicher Gerüche enthält, die den Ort markierten, an dem wir Talias Bruder fanden. Ich glaube, ich habe das Waldgebiet, in dem wir es finden werden, besser eingeengt als beim letzten Mal, obwohl die Türen zur Menschenwelt die Angewohnheit haben, ihren Platz zu ändern.

Es braucht nur drei Versuche, bis ich es identifiziere. Ich sprinte zurück zu Talia und verwandle mich, bevor ich stehenbleibe. Als ich nach ihr greife, nimmt sie einfach nur meine Hand. „Ich kann laufen. Ich werde keine Bürde sein."

Ich lasse sie neben mir her humpeln und zucke innerlich zusammen, weil ihre Schritte aufgrund der jüngsten Wunde noch unrunder als gewöhnlich sind. Diese verfluchten Murk. Ich wünschte, ich wäre dort gewesen, um den in Fetzen zu reißen, der ihr das angetan hat.

„Du bist keine Bürde", erwidere ich bestimmt. „Was auch immer in die Unseelie-Erzlords gefahren ist, liegt daran, dass sie sich wie Arschlöcher benehmen, und nicht daran, dass du etwas falsch gemacht hast. Sie sollten wie der Rest ihrer Leute feiern, wie viel du ihnen geholfen hast, und nicht so ein Theater darüber veranstalten, wer in welcher Burg lebt."

„Ich denke, es ist etwas komplizierter", brummt Talia, was wahr sein könnte, aber mir fällt nicht ein, weshalb sie an dem aktuellen Konflikt schuld sein sollte.

Beim richtigen Portal wirke ich den Zauber, der uns vor sterblichen Augen verbirgt. Talia erlaubt mir endlich, sie für die Reise hochzuheben, die ein wenig verwirrend ist, selbst wenn man bei guter Gesundheit ist. Die Farben und Formen um uns herum schwanken und verdrehen sich und urplötzlich stehen wir in der abgeschiedenen Lichtung im Park.

Die Gerüche verbrannten Benzins und von der Sonne erhitzten Asphalts, die in der Luft hängen, markieren diese Stelle als einen Teil der Menschenwelt, obwohl es nichts als Bäume und Gras zu sehen gibt. Nach einigen Schritten sind die Gebäude hinter der Vegetation zu erkennen.

Talia beginnt, sich in meinen Armen zu winden, doch ich knurre leise und ablehnend. „Du hast gesagt, dass du es rasch erledigen möchtest. Wenn ich dich trage, kann ich schneller laufen, als du mit einem Bein, das dir Schmerzen bereitet."

Talia verzieht das Gesicht, entspannt sich jedoch. Ich wünschte, ich könnte mehr Triumph über meinen Sieg empfinden. Mir wäre es lieber, wenn sie gar nicht verwundet wäre.

Die Unseelie-Erzlords drohen damit, das erste Zuhause anzugreifen, das sie in unserer Welt hatte, das vollkommen *ihr* gehörte. Es ist nicht weit hergeholt, zu denken, dass sie ihren Bruder holen und als Druckmittel für das benutzen werden, was sie erreichen wollen. Ich hasse es, darüber nachzudenken, was sie Talia antun würden, sollten sie eine Möglichkeit finden, es vor sich zu rechtfertigen.

Ich will glauben, dass wir ihre ursprünglichen Forderungen einfach ablehnen können und sich alles fügen wird, doch nur wenige Dinge in der Fae-Welt sind jemals einfach. Whitt sah besorgt aus, als wir gingen, obwohl er von all seinen Papieren umgeben war und ihm mehrere unserer Rudelkollegen zur Verfügung standen. Wenn *er* denkt, dass es einen Grund zur Sorge gibt, dann muss die Situation schlimm sein.

Während ich Talia durch den Park trage, studiere ich den Winkel der Sonne. Dabei weiche ich einer Frau mit einem Kinderwagen und einem Mann aus, der drei wilde Hunde ausführt, die mich anbellen, obwohl sie mich nicht sehen können. „Hier ist früher Morgen. Ich würde sagen, es ist Frühstückszeit. Dein Bruder sollte in diesem Fall noch zu Hause sein, oder?"

„Ich denke schon." Talia betrachtet unsere Umgebung. „Ich weiß nicht einmal, ob ein Schultag oder Wochenende ist. Oder welcher Monat ist. Ich habe völlig den Bezug zu dieser Welt verloren." Sie lacht leise, was allerdings überhaupt nicht belustigt klingt.

„Ich kann dir den genauen Monat nicht verraten, da wir diesen nicht folgen", sage ich, „aber es riecht und wirkt auf mich, als würde sich der Frühling dem Ende zuneigen. Wir könnten auf einer Zeitung das genaue Datum nachschauen."

Talia zögert und schüttelt den Kopf. „Nein. Es ist nur wichtig, sicherzustellen, dass es Jamie gut geht. Dann müssen wir so schnell wie möglich zurückgehen und uns mit den Erzlords befassen. Ich sollte mir eigentlich keine Sorgen um meinen Bruder machen."

Aber sie tut es. Ich kann ihr das nicht verübeln. Diese Welt sollte die ihre sein, bevor Aerik und sein verfluchter Kader sie aus dieser gerissen haben – warum sollte sie sich nicht fragen, wie es hier ist? Ihr Leben wäre so anders verlaufen, wenn er sie nie gefunden hätte.

Der Schmerz, der meine Brust bei diesem Gedanken durchfährt, verrät mir, wie sehr mich die Vorstellung schmerzt, sie nie kennengelernt zu haben. Die Alternative hätte für sie jedoch viel *weniger* Schmerz bedeutet.

Selbst wenn wir jetzt nach Jamie sehen, wie können wir uns sicher sein, dass ihn die Unseelie-Erzlords nicht einfach später ins Visier nehmen? Ich schlucke diese Frage, weil ich Talia nicht noch mehr verstören möchte, falls sie noch nicht an diese Möglichkeit gedacht hat. Wir können ihn nur umfassend beschützen, indem wir ihn unserem Schutz unterstellen, was sein Leben auf Arten aus der Bahn werfen würde, die sie nicht für ihn will, wie ich weiß.

Ich mag den Gestank von Menschenmaschinen zwar nicht, aber das Viertel, in dem Talias Tante und Onkel leben, ist nicht komplett unerfreulich. Vögel zwitschern in den vielen Bäumen, die von den gepflegten Rasen aufragen. In einem Vorgarten entdecke ich einen Gemüsegarten, den ich bei einem weniger wichtigen Besuch um der Neugier willen näher in Augenschein nehmen würde. Die Brise, die über uns weht, ist so angenehm warm wie im Sommerreich in der Nähe des Herzens.

Als wir das Haus erreichen, schlendere ich um das Gebäude herum, spähe durch die Fenster und halte Talia so, dass sie ebenfalls hineinschauen kann. Bei der Küche bleibe ich stehen. Sie seufzt erleichtert auf.

Ihr Bruder sitzt mit zwei jüngeren Kindern am Küchentisch, die vermutlich ihre Cousins sind, und alle essen Müsli aus Schalen. Eine erneute Woge der Neugier schwappt über mich hinweg, herauszufinden, wie das schmeckt. Müsli ist in der Fae-Welt nicht geläufig und ich habe noch nicht viele Sorten probiert.

Deswegen sind wir allerdings nicht hier.

„Er trägt den Armreif", murmelt Talia und zum ersten Mal, seit wir losgezogen sind, breitet sich ein Lächeln auf ihrem Gesicht aus. Der Bronzereif glänzt am Handgelenk ihres Bruders.

Ich spanne meine Arme in einer sanften Umarmung um sie herum an. Mein Verstand sucht nach etwas anderem, womit ich sie beruhigen könnte, nachdem wir diesen Ort wieder verlassen haben.

„Ich könnte das Haus mit einem Zauber belegen, der uns alarmiert, wenn ihm irgendein Fae zu nahe kommt", schlage ich vor. „Den gleichen Zauber könnte ich an seiner Highschool anbringen. Es würde sie nicht daran hindern, zu ihm zu gelangen, und ich kann nicht jeden Ort abdecken, den er womöglich aufsucht ..."

Talia saugt ihre Unterlippe beim Nachdenken zwischen die Zähne. „Nein. Das würde viel Zeit in Anspruch nehmen, die wir momentan nicht haben, und wenn sie kommen, um ihn zu holen, würden sie vermutlich ohnehin heimlich vorgehen. Ein falsches Gefühl von Sicherheit ist schlimmer als gar keines."

Sie reibt sich über die Stirn und ihr Lächeln verschwindet so schnell, wie es erschienen ist. „Ich denke nicht, dass es eine Möglichkeit gibt, wie ich mir vollkommen sicher sein kann, dass es ihm gut geht, abgesehen davon, ihn jede Sekunde zu überwachen, was ich offensichtlich nicht tun kann. Ich bin einfach froh darüber, dass die Erzlords noch nicht so weit gegangen sind."

Mir fällt noch eine Möglichkeit ein. „Ich kann Sylas bitten, abwechselnd Wachen in dem Randgebiet in der Nähe des Portals zu positionieren. Dazu wären nicht besonders viele Leute nötig und so könnte jemand die Stelle im Auge behalten, die man durchqueren muss, um ihn zu erreichen."

Talia drückt ihren Kopf an meinen Hals. „Das klingt perfekt. Wer sagt, dass du nicht auch ein Stratege sein kannst? Danke schön, August."

„Für dich tue ich alles, Süße."

Ich will gerade vorschlagen, dass wir jetzt zurückgehen sollten, als mir plötzlich etwas klar wird. Talia sagte, dass es für sie nicht möglich wäre, hierzubleiben und über ihren Bruder zu wachen ... aber theoretisch ist es das. Wir waren gewillt, sie so lange in der Menschenwelt bleiben zu lassen, wie sie es für nötig hielt.

Hier wäre sie sicherer als in der Fae-Welt, wo sie zum Ziel der Seelie, Unseelie und Murk geworden ist. Vor Monaten, bevor wir wussten, dass ihr Bruder noch am Leben ist, habe ich bereits versucht, Sylas davon zu überzeugen, sie hierherzuschicken, um sie vor den fortwährenden Konflikten zu schützen. Und wenn die Unseelie einige Tage ohne ihre Heilfähigkeiten auskommen müssen, finden ihre Erzlords womöglich Gründe, sie mehr zu respektieren.

Sie würde dem allerdings nie zustimmen. Sie empfand Schuldgefühle, nur weil sie darum gebeten hat, diese kurze Reise zu unternehmen.

Ich verlagere sie in meinen Armen und mein Magen verknotet sich. Jetzt, da ich darüber nachgedacht habe, weiß ich, dass es so einfach wäre. Talia könnte die Reise zurück ins Fae-Reich nicht allein antreten. Wenn ich sie hier zurücklassen würde, müsste sie zu ihrer Tante und ihrem Onkel gehen, wieder Kontakt zu ihrem Bruder aufnehmen und hier in dem besten Frieden bleiben, den ich ihr schenken kann …

Talia regt sich und blickt zu mir auf. „Ist alles in Ordnung?"

Ich öffne den Mund und schließe ihn wieder. Es gibt einen Moment, in dem ich fast versucht bin. Allerdings nur fast.

Vor all diesen Monaten war ich gewillt, sie wegzuschicken, ohne vorher mit ihr darüber zu sprechen. Ihre Reaktion, als sie herausfand, dass ich sie hintergangen hatte, hat sich mir ins Gedächtnis gebrannt. *Das* hat sie verletzt, viel mehr als jedes Leid, das sie aufgrund ihrer Wunde empfunden hat.

Ganz egal, wie sehr ich sie beschützen möchte, ich kann das nicht tun, indem ich ihr ihren freien Willen raube. Dann wäre ich nicht viel besser als Aerik.

Sie entscheidet, mit welchen Risiken sie zurechtkommt, nicht ich.

Ich schließe die Augen und wünsche mir eine bessere Lösung, weiß jedoch, dass es keine gibt. Wenigstens kann ich ein wenig Freude aus dem Wissen ziehen, dass sie aufgrund ihrer Entscheidung in meiner Nähe bleibt. Ich werde sie mit meinen Krallen und Fangzähnen vor so viel wie möglich beschützen. Hoffentlich reicht das.

„Alles bestens, Süße", erwidere ich. „Lass uns nach Hause gehen und uns dieser federhirnigen Winter-Erzlords annehmen."

22

*Talia*

Der Wald entlang der Ränder der Nebelwelt ist so bevölkerungsarm, dass ich überhaupt nicht damit rechne, in dem Moment einem anderen Fae zu begegnen, in dem wir aus dem Portal treten. Mit mir in den Armen bleibt August abrupt stehen. Wir starren beide Kesral an, der so dasteht, als wollte er durch das Portal laufen, aus dem wir gerade gekommen sind. Er starrt uns ebenfalls an.

„Was machst du hier?", platzt es aus mir heraus und mein Herz macht einen Satz. Hat Laoni doch jemanden geschickt, der Jamie entführen soll?

Er weicht ein paar Schritte zurück und hebt die Hände in einer friedensstiftenden Geste, als August instinktiv seine Muskeln anspannt. „Ich entschuldige mich, dass ich euch überrascht habe. Erzlord Laoni hörte, dass du ohne einen Unseelie-Begleiter in die Menschenwelt aufgebrochen bist. Sie bat mich, herauszufinden, was du treibst."

Ich schätze, sie hatte wirklich keine Pläne für Jamie, wenn ihr nicht einmal in den Sinn gekommen ist, warum ich nach ihm sehen wollte.

*Ist alles in Ordnung, Talia?*, fragt Corwin durch unser Band, da er meine erste Reaktion bemerkt hat. Ich habe unsere Verbindung blockiert, damit ich ihn nicht ablenke, während er sich darauf konzentriert, Gegenargumente für Laonis Behauptungen zu finden, doch ich bin so erschrocken, dass sich die Blockade aufgelöst hat.

*Ich glaube schon*, informiere ich ihn. *Ich war nur überrascht. Lass dich von mir nicht stören.*

Ich gebe ihm einen Moment, um sich meines Wohlbefindens zu vergewissern, ehe ich mir erneut vorstelle, wie die Lichtwand in mir aufsteigt, damit ich seine Arbeit nicht störe. Nachdem ich mich in Augusts Armen entspannt habe, stupse ich ihn an, damit er mich abstellt.

„Ich habe mir Sorgen um meinen Bruder gemacht", informiere ich Kesral, während ich mein Kleid glattstreiche. „Ich wollte nur nach ihm sehen. Da die Lage aktuell so angespannt ist … es war schwierig, sich keine Sorgen zu machen."

Sein Kiefer spannt sich bei meiner Erwähnung der Drohung der Erzlords an. „Ich hatte nichts mit den Forderungen bezüglich deiner neuen Burg zu tun. Ich werde mich nicht gegen meine Lady aussprechen, aber … ich möchte weder gegen dich noch deine Gefährten kämpfen."

Dass er gewillt ist, all meine Männer ,Gefährten' zu nennen, obwohl es momentan nur einer von ihnen offiziell ist, lindert jegliches nachhaltende Unbehagen, das ich wegen seiner Anwesenheit verspürt habe. „Es freut mich, das zu hören. Wir werden jetzt zurückgehen. Ich nehme an, du wirst das Gleiche tun."

Er nickt. „Ich werde meine Lady darüber informieren,

dass du einfach nur ein wenig Trost aus der Nähe zu deiner Familie gezogen hast."

Das stimmt und bringt Laoni hoffentlich nicht auf die Idee, wie sie meine Familie benutzen könnte. Ich hoffe, ich habe nicht zu viel von ihrer Aufmerksamkeit auf Jamie gelenkt, indem ich nach ihm gesehen habe.

Kesrals kleines Gefährt im Stil der Winter-Fae steht neben unserem. Ein Schimmer um das Holzgefährt, in dem wir angekommen sind, deutet darauf hin, dass es in eine Art Zauber gehüllt ist. Kesral löst die Magie mit entschuldigender Miene auf und blickt wieder zu uns. „Es wird das Beste sein, wenn ich dich selbst zu Erzlord Laoni bringe, damit sie sich davon überzeugen kann, dass du zurückgekehrt bist – und noch in derselben Verfassung wie zuvor bist."

„In Ordnung." Ich will nicht, dass er wegen mir Ärger bekommt.

„Ich bleibe bei ihr", verkündet August mit einem leisen Knurren in der Stimme.

Kesral schenkt ihm ein schwaches Lächeln. „Das wäre vermutlich vorzuziehen. Sie vertraut den Seelie nach wie vor nicht."

Er wendet sich ab, um in sein Gefährt zu steigen, doch eine Frage blubbert in mir hoch – die Frage, die mich plagt, seit ich mich mit Laonis Küchenchef unterhalten habe. „Kesral … Stimmt es, dass du und Laoni beste Freunde waren, als ihr jünger wart und bevor sie Erzlord wurde?"

Er dreht sich wieder um und seine Schultern versteifen sich leicht. „Von wem hast du das gehört?"

Ich zucke mit den Achseln und bemühe mich, lässig zu wirken. „Als ich ihre Burg besuchte, um nach den menschlichen Bediensteten zu sehen, erwähnte es Serev aus der Küche."

Kesral neigt verlegen den Kopf. „Nun, als Kinder

verbrachten wir viel Zeit miteinander. Sie hatte natürlich eine Menge Pflichten, auf die sie sich vorbereiten musste und die sie viel früher aufnehmen musste, als sie das hätte tun sollen. Sie musste sich vielem stellen, hauptsächlich allein … Es ist mir eine Ehre, sie weiterhin auf jede mir mögliche Art zu unterstützen.“

So viel, wie sie es ihm dieser Tage erlaubt. Es liegt eindeutig Zuneigung in seiner Stimme, weshalb sich seine Aussage stark mit meinen Erinnerungen daran beißt, wie *sie* mit ihm spricht.

Ich ringe mit meiner nächsten Frage und stelle sie schließlich einfach. „Sie scheint dieser Tage alles andere als freundlich zu dir zu sein. Sie war immer kalt und manchmal sogar harsch, wenn ich sie mit dir sprechen hörte. Und ein paar der anderen Wachen haben dich wegen deines menschlichen Erbes schikaniert – sie mischt sich offensichtlich nicht ein und setzt sich vor deinen Kollegen auch nicht für dich ein.“

Kesral schweigt lange und seine Miene ist so finster, dass sich mein Magen verknotet. „Es tut mir leid“, schiebe ich hinterher. „Das ist wahrscheinlich ein unangenehmes Thema. Ich hätte nicht nachfragen sollen.“

„Ich schätze, es ist eine gerechtfertigte Frage“, erwidert er mit einem rauen Glucksen. „Ich bin schließlich hier und verfolge dich bei deinen Privatangelegenheiten. Du stellst nur Fragen.“ Er fährt erneut mit der Hand über seine Haare, die zu seinem üblichen kurzen Pferdeschwanz gebunden sind. „Ich kann natürlich nicht für sie sprechen. Und ich verspreche dir, dass sie nicht immer so streng zu mir war. Als sie noch sorgloser sein konnte, war sie eine gute Freundin. Doch Umstände ändern sich …“

Ich warte geduldig, während er sich seine nächsten Worte überlegt. Er atmet langsam ein und fährt fort. „Ich weiß nicht, wie viel du über die Geschichte ihrer Familie weißt.

Nachdem die Mutter meiner Lady starb, nahm ihr Vater, der damals der Erzlord war, eine feindselige Haltung Menschen gegenüber an und jedem, der mit ihnen verkehrte. Sie hatten ein paar menschliche Bedienstete mit auf die Reise genommen, auf der sie gestorben war, und ich glaube, dass er ihnen irgendwie die Schuld an ihrem Tod gab, weil sie nicht versucht hatten, sie zu retten, obwohl sie dabei unweigerlich ertrunken wären.“

Ja, wenn der Strudel, den Corwin erwähnt hatte, so stark war, dass ein reinblütiger Fae innerhalb von Sekunden davon überwältigt werden konnte, hätte ein Mensch garantiert keine Chance gehabt. Und nachdem ich die Verfassung der meisten menschlichen Bediensteten in dieser Welt gesehen habe, bin ich mir nicht sicher, ob es ihnen überhaupt in den Sinn gekommen wäre, zu jemandes Rettung zu eilen. Sie sind einfach viel zu benommen von den Drogen, die ihnen die Fae geben.

Trauer kann den Verstand der Leute jedoch auf eine unfaire Art verzerren. Man sehe sich nur an, was es mit Corwins Mutter gemacht hat, die im Grunde genommen verrückt vor Trauer ist.

„Und Laoni hat sich die gleiche Einstellung angeeignet?“, wage ich mich vor.

„Nicht auf einmal, aber im Lauf der Zeit, vor allem als ihre Ausbildung vertieft wurde, fing sie an, Abstand zu mir zu nehmen und meine Fehler kritischer zu sehen.“ Kesral macht eine abweisende Geste. „Ich kann mich nicht beschweren. Es war ohnehin unwahrscheinlich, dass sich unsere Beziehung nicht verändern würde, je älter wir wurden.“

Sein Blick wendet sich kurz von mir ab und ich habe den Eindruck, dass er mehr Traurigkeit unterdrückt, als er sich anmerken lässt. „Es tut mir leid“, sage ich. „Es muss trotzdem schwer sein.“

Er blickt mir wieder in die Augen und etwas auf seinem Gesicht wird weicher. „Ich schätze mich glücklich, dass ich ihre Gesellschaft so lange hatte, wie ich sie hatte. Ich kann mich noch erinnern ..." Ein sanftes Lächeln berührt seine Lippen. „Ich war bei ihr, als sie ihren ersten wahren Namen meisterte, den für Silber. Sie war so zufrieden und ihr erster Gedanke war, mir dabei zu helfen, ihn ebenfalls zu meistern ..."

Er hält inne und legt den Kopf schief. „Ich weiß, dass sie es dir auch nicht leicht gemacht hat, aber unter alldem schlägt ein gutes Herz. Ich bin mir sicher, dass sich das nicht geändert hat. Und ich werde so lange für sie da sein, wie sie mich braucht, egal, in welcher Funktion."

Während ich ihm zuhöre, erhalte ich einen anderen Eindruck. Kesral spricht nicht nur liebevoll von einer Freundschaft, die der Vergangenheit angehört. Er klingt, als sei er ... in sie verliebt.

Ein scharfer Schmerz fährt mir seinetwegen ins Herz. Das ist so viel schlimmer, als sich Beleidigungen einer alten Freundin zu stellen. Hat Laoni irgendeine Ahnung, wie sehr sie ihn verletzt, wie sehr er ihr trotz ihrer Strenge ergeben ist?

Ich will Kesral keine weiteren Schmerzen bereiten, indem ich auf das Thema eingehe. „Das ist sehr bewundernswert", erwidere ich, nachdem ich kurz nach Worten gerungen habe. „Danke, dass du meine Neugier geduldet hast."

Er verbeugt sich leicht. „Ich diene meiner Lady, kann jedoch erkennen, dass du beeindruckende Dinge für unsere Leute getan hast ... auch für sie und den Rest meines Schwarms."

August legt seine Hand auf meinen Kopf. „*Meine* Lady hofft, schnell zu ihrem Rudel und ihrem Schwarm zurückzukehren. Ich hoffe, du hast nichts dagegen, wenn wir die Rückreise schnell hinter uns bringen."

„Überhaupt nicht", antwortet Kesral. „Fliegen wir los."

Ich kuschle mich auf ein paar Kissen am Boden unseres Gefährts, um dem Wind zu entkommen, der von unserem schnellen Flug erzeugt wird. Aufgrund des Heulens der vorbeirauschenden Luft und der schwankenden Formen von Blättern und Wolken, die über uns vorbeipeitschen, scheint die ganze Welt im Schnelldurchlauf vorbeizuziehen.

Die Schaukelbewegungen des Gefährts beginnen, mich in den Schlaf zu wiegen. Letzte Nacht habe ich nicht besonders gut geschlafen wegen meiner schmerzenden Wunde und weil mein Kopf voller Sorgen bezüglich der Murk und der Menschen war, die unter den Fae leben. Obwohl zu all diesen Sorgen neue hinzugekommen sind, schlafe ich irgendwann ein, während August über mich wacht.

Ich wache auf, als das Gefährt langsamer wird und sich die Temperatur plötzlich verändert. Die kühle Brise, die meine Wange berührt, verrät mir, dass wir das Winterreich betreten haben. Ich setze mich gerade rechtzeitig auf, um Laonis Iridiumpalast näher kommen zu sehen.

August bringt unser Gefährt vor dem Palast neben Kesrals zum Stehen. „Bringen wir es schnell hinter uns.“

Der Unseelie-Wachmann nickt und bedeutet uns, ihm zu folgen.

Laoni muss über unser Herannahen informiert worden sein, denn sie stolziert in die Empfangshalle, als wir sie betreten. „Nun?“, fragt sie herrisch und blickt zu Kesral.

Er neigt den Kopf respektvoller, als er es ihr vermutlich schuldig ist. „Es gab keinen Grund zur Sorge. Lady Talia und ihr Gefährte haben lediglich eine Routinekontrolle beim Haus ihres Bruders durchgeführt. Sie waren weniger als eine Stunde in der Menschenwelt und stimmten bereitwillig zu, mit Ihnen zu sprechen, um das zu bestätigen.“

Ihr Blick huscht über uns und sie kneift den Mund zusammen. „In der Vergangenheit haben wir uns darauf geeignet, dass du bei solchen Ausflügen stets von einem Unseelie begleitet wirst. Warum hast du dich dieses Mal dieser Vereinbarung entzogen?"

„Ich dachte, diese Bedingung würde nur für den Zeitraum gelten, in dem ich noch unsicher war, was ich wegen Jamie tun würde", erwidere ich. „Heute ist nichts Wichtiges passiert. Und ehrlich gesagt, dachte ich, dass weder Ihr Schwarm noch der eines der anderen Erzlords, denen Sie vertrauen, mit diesem Ausflug behelligt wollen würde."

Laoni empört sich. „Ich werde entscheiden, was eine Behelligung ist und was nicht. Es ist diese Art von Unverschämtheit, die es einem erschwert, dir zu vertrauen."

„Talia beantwortet lediglich Ihre Frage", mischt sich August ein.

„Es ist der Ton ihrer Antwort, an dem ich Anstoß nehme."

Oh, das sagt die Richtige.

Doch bevor ich das anmerken kann, meldet sich Kesral mit einer zärtlicheren Stimme zu Wort, als ich je zuvor von ihm gehört habe. Vielleicht hat unser Gespräch so viele Erinnerungen an die Vergangenheit in ihm aufgewühlt, dass sie seine Wahrnehmung der Gegenwart getrübt haben. „Meine Lady, nach dem zu urteilen, was ich von Lady Talia und ihren Begleitern gesehen habe, hegen sie keine bösen Absichten uns gegenüber. Ich verstehe, dass Sie zu Vorsicht neigen und das ist so lobenswert wie immer, doch in diesem Fall ..."

Laoni wirbelt zu ihm herum und unterbricht ihn giftig. „Es liegt nicht an dir, mich zu loben. Ich habe nicht um deine Meinung gebeten und du solltest es besser wissen, als diese anzubieten, als wäre sie erwünscht."

Kesral kann nicht ganz verhindern, dass er zusammenfährt. Ich werde sauer, im selben Moment zuckt es allerdings auf Laonis Gesicht, als würde sie eine weitere Reaktion kontrollieren, die sie sich nicht anmerken lassen will. Als ich innehalte und sie mustere, reckt sie hochmütig das Kinn.

Kesral verbeugt sich dieses Mal noch tiefer. „Ich entschuldige mich, dass ich zu weit gegangen bin, meine Lady." Er macht eine Bewegung auf sie zu und bleibt stehen, als Laoni einen Schritt zurück macht und von ihm weg schreckt. Man könnte meinen, er hätte die Pest, so wie sie vor ihm zurückweicht. Sein Mund verzieht sich nach unten. „Ich empfehle mich."

Als er mit steifem Rücken, jedoch leicht gekrümmten Schultern geht, folgt ihm Laonis Blick eine Sekunde lang. Ihr Kiefer mahlt und in diesem Augenblick könnte ich schwören, dass ich einen Hauch von Schmerz … oder vielleicht Reue wahrnehme.

Jegliche Spur von Emotionen verschwindet kurz darauf aus ihrem Gesicht. Ich hätte gedacht, dass ich es mir nur eingebildet habe, wenn ihre Hand sich nicht in dem Moment an die Seite ihres Halses gehoben hätte.

Zu dem Wahre-Namen-Mal, das in ihre gebräunte Haut eingebettet ist. Das Mal, das für Silber steht, wie ich aufgrund von Corwins Unterricht weiß. Das erste Mal, das sie mit Kesral an ihrer Seite gemeistert hat.

Ein Kloß steigt in meiner Kehle auf. Sie hat ihre gemeinsame Vergangenheit offensichtlich auch nicht vergessen. Warum in aller Welt behandelt sie ihn so schrecklich, wenn es ihr genauso wehtut wie ihm?

Mein Frust wegen allem, was sie mir und denen in meinem Umfeld in den letzten Wochen angetan hat, kocht über. „Wie können Sie so hart mit ihm ins Gericht gehen, wenn es ihm so wichtig ist, Sie zu unterstützen?"

Laoni wirbelt zu mir herum. „Was weißt du schon darüber?"

Ich erwidere ihren Blick finster. „Ich weiß, dass Sie klug genug wirken, zu erkennen, dass menschliche Wesen nicht schrecklich sind, nur weil sich einige von ihnen nicht ertränkt haben, um Ihre Mutter zu retten. Ganz gleich, was Ihr Vater Ihnen eingetrichtert hat. Außerdem ist Kesral nicht einmal ein Mensch – in ihm steckt einfach mehr als nur ein Fae-Teil. Aber vielleicht gefällt es Ihnen einfach, eine Tyrannin zu sein."

„Talia", mahnt mich August leise und packt meine Schulter, aber ich bin bereits fertig.

Laoni starrt mich mit offenem Mund an, ihr Gesicht bekommt vor Wut und vielleicht vor Schock rote Flecken. „Du ... du hast von nichts eine Ahnung", entgegnet sie in einem rauen Unterton. „Nicht alles, was geschieht, hat damit zu tun, wie menschlich jemand ist. Und nicht alle bekommen, was sie wollen, unbekümmert dessen, an wen das Herz sie bindet. Wir tun unser Bestes mit den Pflichten, die uns übertragen werden."

Am Ende dieser Tirade klappt sie den Mund zu und wirkt beinahe, als würde sie sich gleich übergeben. „Vergiss es", fährt sie brüsk fort. „Verschwinde aus meiner Burg und kümmere dich um deine."

Mein Verstand geht das durch, was sie gesagt hat, und versucht, die Teile mit dem zusammenzufügen, was ich bereits wusste und was ich während dieser Konfrontation gesehen habe. Denkt sie, dass ich alles erhalten habe, was ich will ... während sie hier steht und verlangt, dass meine Männer das Zuhause niederreißen, das sie mir gebaut haben? Was hat *sie* jemals gewollt, was sie nicht ...

*Unbekümmert dessen, an wen das Herz sie bindet.*

Verstehen schlägt wie eine Ozeanwelle über mir zusammen und die Puzzlestücke krachen gegeneinander. Kesrals Bericht ihrer gemeinsamen Vergangenheit. Laoni, die ihn von sich stößt und es zu bereuen scheint. Und diese Bemerkung …

Ich bin mir nicht sicher, dass ich recht habe, aber der Verdacht schwillt zu kraftvoll in meiner Brust an, um ihn zu ignorieren. Besteht irgendeine Chance, dass sie es zugeben wird?

Je größer das Publikum ist, desto unwahrscheinlicher ist es.

„August", sage ich behutsam, „würdest du mich eine Minute allein mit Laoni sprechen lassen? Wir treffen uns draußen."

August spannt sich neben mir an. Er beäugt Laoni misstrauisch. „Bist du dir sicher, Talia?"

„Ich denke nicht, dass Erzlord Laoni die Frau verletzen will, die ihr Volk heilt." Sie will womöglich mein Glück zerstören, erreicht das jedoch, indem sie nach allem und jedem in meinem Umfeld schlägt. Allein mit mir zu sein, wird ihr nicht helfen.

„Ich habe dir nichts zu sagen", spottet Laoni, als August widerwillig zur Tür geht.

„Aber ich habe Ihnen etwas zu sagen", erwidere ich. „Und ich respektiere Sie trotz allem genug, um es unter vier Augen zu tun."

Sie macht ein finsteres Gesicht und ihre Hände ballen sich an ihren Seiten zu Fäusten, sie schickt mich jedoch nicht weg. Als ich ihr in die Augen schaue, glaube ich, dass sie keine Ahnung hat, worüber ich sprechen will, was womöglich der einzige Grund ist, aus dem sie zuhört.

Die Tür fällt hinter August ins Schloss. Ich schaue mich um, um mich zu vergewissern, dass keine anderen Fae in der Nähe sind. Dann verschränke ich die Arme vor der Brust. „Sie wollten, dass er Ihr Gefährte wird. Kesral. Doch das war nicht möglich, weil er nicht reinblütig ist."

„Was?", stottert Laoni. Allerdings kann sie die Panik

nicht verbergen, die über ihr Gesicht huscht, und ich weiß, dass ich ins Schwarze getroffen habe.

„Das ergibt tatsächlich sehr viel mehr Sinn, als dass Sie ihn nur tyrannisieren, weil er ein menschliches Elternteil hat", fahre ich mit ruhiger Stimme fort. „Sie können das als eine Ausrede benutzen, um fies zu ihm zu sein, und vielleicht glauben Sie es sogar ein wenig, nachdem Ihr Vater Ihnen seine Einstellung hinsichtlich der Menschen beigebracht hat. Auf diese Weise besteht kaum eine Chance, dass jemand die Wahrheit herausfindet. Und Sie können ihn auf Abstand halten, damit die Wahrheit *Sie* nicht so sehr stört."

Laoni richtet ihren muskulösen Körper auf und ihre Augen sprühen Funken. „Du bist die letzte Person, die mit irgendjemandem darüber reden sollte, Gefährten zu wählen."

„Warum, weil ich vier gewählt habe?" *Nicht alle bekommen, was sie wollen,* hat sie vorhin gesagt. Noch ein Verdacht kribbelt durch meine Brust. „Sind Sie deswegen so schrecklich zu *mir*? Weil ich all die Männer haben kann, die ich liebe, anstatt nur meinen seelenverbundenen Gefährten? Wer sagt, dass Sie das nicht ebenfalls haben können? Seien Sie mit ihm zusammen, wenn Sie möchten. Besprechen Sie es mit Ihrem Gefährten. Sie könnten sich erlauben, glücklich zu sein, anstatt zu versuchen, mir mein Glück zu rauben."

Laonis Gesicht hat sich jedoch verhärtet. Jetzt kann ich den Hauch von Sorge nicht mehr sehen, der in den kurzen Momenten in Kesrals Gegenwart durchschimmerte. „Das ist genau der Grund, aus dem Menschen bis zur Besinnungslosigkeit unter Drogen gesetzt werden sollten. Du erfindest verrückte Geschichten, um all die Regeln zu rechtfertigen, die du missachtest … du bist so verrückt wie Corwins Mutter. Verschwinde von hier, bevor ich dich so einsperren lasse, wie er es mit ihr tun musste."

Ich zucke wegen der Bösartigkeit ihrer Bemerkung

zusammen. „Erzlord Laoni, Sie wissen, dass es nicht so sein muss …"

„*Raus!*" Sie deutet mit dem Finger zur Tür. Ihre Haltung drückt so viel Zorn aus, dass ich mir nicht sicher bin, dass sie mir nicht wehtun würde, wenn ich mich weigere.

Ich ziehe mich zurück und meine Brust verkrampft sich um mein Herz herum, als ich in die kalte Luft trete.

Es gibt noch so viel, was ich nicht verstehe. Andere Erzlords haben sich mehr als einen Liebhaber genommen. Liegt es daran, dass sie es für beschämend hält, einen Geliebten zu haben, der halb menschlich ist? Oder einen, den sie vermutlich auf eine andere Art liebt, als ihren echten seelenverbundenen Gefährten?

Glaubt sie wie Sylas, ihrem seelenverbundenen Gefährten treu sein zu müssen, ganz gleich, wer derjenige ist oder was passiert?

Die Antworten auf diese Fragen spielen letztendlich keine Rolle. Was zählt, ist, dass sie ungeachtet der Gründe an dem Groll festhält, den sie mir und meinen Beziehungen gegenüber empfindet.

Ich schlucke schwer. Tatsächlich ist sie nach dem, was ich gerade zu ihr gesagt habe, womöglich noch erpichter darauf, unsere gemeinsame Burg zum Einsturz zu bringen.

*Sylas*

Niemand hat sich bisher der Grenzburg genähert, doch einige Soldaten aus den Ländereien der Unseelie-Erzlords haben in der Nähe Position bezogen und überwachen unsere Aktivitäten. Oder unsere ausbleibenden Aktivitäten, schätze ich, denn bisher haben wir keinen einzigen Teil des Gebäudes niedergerissen.

Ich beobachte sie durch das hohe Fenster auf der Winterseite der Burg. Corwin hat diese Räume mit Wärmezaubern versehen, dennoch jagt es mir Kälteschauer über die Haut, von all diesem kühlen Diamant umgeben zu sein und draußen das eisige Feld zu sehen. Es wird eine Weile dauern, sich an die weniger vertrauten Elemente unserer neu geteilten Existenz zu gewöhnen.

Wenn ich überhaupt die Gelegenheit erhalte, mich an sie zu gewöhnen. Die Winter-Erzlords geben eindeutig nicht klein bei. Es ist erst Spätnachmittag am gleichen Tag, an dem sie ihre Ankündigung gemacht haben, die Sonne scheint noch irgendwo hinter mir und eigentlich hat Corwin bis morgen Zeit, um ihre Forderungen zu erfüllen, aber sie bereiten sich bereits auf einen Kampf vor.

Theoretisch haben sie nur darum gebeten, dass er den Teil der Burg abbaut, der sich ins Winterreich erstreckt – die Gebäudehälften sind jedoch so miteinander verschlungen, dass ein kompletter Umbau nötig wäre. Und die Burg ist sinnlos, wenn sie Talia keinen Zugang zu beiden Reichen erlaubt, wie Corwin es geplant hatte.

Ein Gewicht lässt sich schwer auf meinem Herzen nieder. Ich wende mich ab und schreite durch die Burg zu meiner Seite der Grenze.

Ich mache mir nicht die Mühe, ein offizielles Treffen in der Bastion einzuberufen. Donovan hat mich bereits darüber in Kenntnis gesetzt, dass er mich dabei unterstützen wird, gegen die Unseelie-Forderung vorzugehen, wenn das Gesetz auf meiner Seite ist. Daher gehe ich aus Zeitgründen und um einen persönlichen Appell zu machen, geradewegs zu Celias Burg.

Der Fae-Mann, der mich an der Tür begrüßt, eilt davon, um sie über meine Ankunft zu informieren. Sie kann nicht besonders beschäftigt gewesen sein, da er eine Minute später zurückkehrt, um mich zu einem der Wohnzimmer zu bringen. Sie wartet dort bereits, als ich eintrete.

Celia macht eine unbestimmte Geste zu den Sesseln, die entlang der Wände des Raumes verstreut sind. Sie selbst bleibt allerdings neben dem eleganten Kamin stehen, dessen Umrandung so glatt und dunkel wie ihre Figur ist. Sie fegt ihre leuchtenden Haare über ihre Schultern und fixiert mich mit einem nachdenklichen Blick. „Ich höre, es gibt Schwierigkeiten mit deiner neuen Burg, Lord Sylas."

Dass sie mich so förmlich anspricht, verheißt nichts Gutes für meine Mission. Ich neige den Kopf. „Drei der

Winter-Erzlords haben verlangt, dass Erzlord Corwin die Winterseite des Gebäudes niederreißt. Sie behaupten, dass es hauptsächlich Talias Zuhause ist und es gegen den Willen des Herzens verstößt, ihr eine eigene Burg zu geben, da sie weder eine geborene Lady noch eine Fae ist."

„Es ist ungewöhnlich."

„Genauso wie Talia", muss ich anmerken. „Genauso wie ihre Situation. Mein Stratege und ich – und Corwin ebenfalls – sind sämtliche Berichte durchgegangen, die für diesen Fall relevant sind, und ich glaube nicht, dass ihre Argumente wirklich berechtigt sind. Es gab gelegentlich Exzentriker unter den verblassten Fae, die sich selbst prächtige Wohnstätten gebaut haben und auch wenn sie mit Spott bedacht wurden, wurden sie nie gezwungen, diese Gebäude abzureißen. Es gab auch keinerlei Anzeichen für einen magischen Gegenschlag des Herzens. Und ich denke, da Talia die seelenverbundene Gefährtin eines reinblütigen Erzlords ist, haben wir vernünftige Argumente dafür, dass ihr der Titel in jeder Hinsicht zugestanden wurde, die vom Herzen selbst verlangt werden könnte."

Celia verschränkt die Arme vor der Brust. „Es klingt, als hättest du die Lage gut im Griff."

Ich verkneife mir eine Grimasse. „Ich weiß nicht, ob der Anspruch einfach abgewendet werden kann, indem wir diese Argumente präsentieren. Diese Erzlords, besonders Laoni, führen eine Vendetta gegen Talia und ihre Verbindung mit Corwin, seit sich das Seelenband geformt hat. Du hast gesehen, wie sie während unserer vergangenen Verhandlungen gesprochen und sich benommen haben. Was auch immer ihre Beweggründe sind, sie wollen ihre Position unter den Fae schwächen. Ich vermute, dass sie die Angelegenheit erzwingen werden, ganz gleich, was wir sagen."

„Sie haben sich definitiv mitunter als schwierige

Verbündeten erwiesen", gibt Celia zu. „Ich hoffe allerdings, dass sie es nicht so eilig haben, wieder den Kriegsstand auszurufen."

„Ich denke nicht, aber ich hätte diese Aktion auch nicht von ihnen erwartet."

„Ich kann deine Sorgen verstehen. Allerdings scheint dies eine Angelegenheit zwischen den Unseelie-Erzlords und denen von euch zu sein, die einen Anteil an der Grenzburg haben. Warum hast du mich aufgesucht?"

Dass sie mich zwingt, es laut auszusprechen, ist noch beunruhigender. Ich straffe die Schultern. „Ich hätte gerne, dass die Seelie-Erzlords Einigkeit demonstrieren, wenn die Unseelie morgen kommen, um ihre Forderungen in die Tat umzusetzen. Donovan hat bereits eingewilligt. Wenn wir uns zusammentun und dafür aussprechen, dass die Grenzburg intakt bleibt, stellen wir mit Corwin auf unserer Seite die Hälfte der gewählten Repräsentanten des Herzens dar. Ich glaube, das könnte reichen, um sie von ihrem Plan abzubringen."

Celia summt vor sich hin. „Vielleicht. Doch für wie lange, wenn sie so viel Feindseligkeit in sich tragen, wie du andeutest?"

„Ich kann mir natürlich nicht sicher sein. Ich wäre nicht überrascht, wenn sie bald etwas anderes versuchen. Doch je öfter, wir uns ihnen widersetzen, desto wackliger wird ihre Position."

„Und du hältst es nicht für unklug, wenn wir uns in politische Entscheidungen auf der Winterseite einmischen, die uns nicht direkt betreffen?"

„Sie betreffen *mich*", erwidere ich. „Sie betreffen die Frau, die ich als Gefährtin nehmen möchte, die den Fluch für alle Seelie zurückhält. Die Grenzburg sollte die Kooperation zwischen den Reichen repräsentieren. Also sind wir bereits involviert, selbst wenn Corwins Kollegen so tun, als würden sie sich allein auf ihn konzentrieren. Wenn wir ihren Forderungen jetzt nachgeben, öffnet das nur weiteren Problemen Tür und Tor, da sie diesen Vorteil sofort ausnutzen werden."

Celia tritt beiseite und läuft gemessenen Schrittes zum anderen Ende des Raumes und zurück. Nachdenklich gleitet sie mit den Fingern über ihren Kiefer. „Es ist auch möglich, dass ihre Feindseligkeit nicht komplett unangebracht ist. Talia hat innerhalb von Monaten große Bekanntheit erlangt. Ich kann ein gewisses Maß an Vorsicht verstehen."

Ich kann nicht verhindern, dass ich mich empöre. „Talia hat nie etwas anderes getan, als zu geben und uns allen auf jede erdenkliche Art zu helfen. Anzudeuten, dass ihrer Situation irgendeine Bösartigkeit anhaftet, ist eine Beleidigung für diejenige, die uns so viel Leid erspart hat, und für mich und meinen Kader."

„Ich meinte damit nicht, dass sie bewusst darauf aus ist, uns zu schaden", erwidert Celia trocken. „Offensichtlich nicht. Aber es gibt so viel an ihrer Herkunft und ihrer Verbindung zum Herzen, was wir nicht verstehen. Alle paar Wochen kommt ein neuer unerwarteter Aspekt ihrer Mächte ans Licht. Wo hört das auf?"

„Was für eine Rolle spielt das?", frage ich. „Sie hat diese Mächte ausschließlich benutzt, um uns zu helfen."

„Bis jetzt. Erneut behaupte ich nicht, dass sie böse Absichten hegt, Sylas. Ich sage nur, dass nicht einmal *sie* die volle Kontrolle darüber hat, welche Rolle sie hier spielt. Und wir können nicht wissen, wie sich diese Rolle zukünftig verändert."

Ich schaue sie finster an und Beklommenheit rumort in meinem Bauch. Celias Argumente klingen absolut logisch, doch ich frage mich, wie stark sie von ihrem eigenen Unbehagen über Talias ,Bekanntheit', wie sie es ausgedrückt hat, angeleitet werden. Macht sie sich wirklich Sorgen, dass

Talias Anwesenheit uns auf irgendeine Art schaden wird, oder hat sie einfach das Gefühl, dass ihre Autorität von der zunehmenden Begeisterung unseres Volkes für meine zukünftige Gefährtin bedroht wird?

„Wir werden sehen, was geschieht", sage ich. „Wir können unsere Entscheidungen jetzt lediglich aufgrund dessen treffen, was wir bereits wissen."

„Vielleicht." Celia hält inne. „Aber ich denke, ich werde mich aus eurem aktuellen Konflikt heraushalten, anstatt eine Seite zu wählen. Der Wille des Herzens wird auf die ein oder andere Art durchgesetzt werden. Soll das, was richtig ist, von denjenigen entschieden werden, die sich so sehr darum sorgen. Und auch wenn ich dich und Donovan nicht davon abhalten kann, Erzlord Corwin zu unterstützen, solange ihr die Mehrheit auf eurer Seite habt, hoffe ich doch, dass ihr den Konflikt nicht ins Sommerreich bringt, nachdem wir endlich so etwas wie Frieden erreicht haben."

Sie wendet sich ab. Ein Protest steigt in meiner Kehle auf, doch ich kann sehen, dass sie sich nicht überreden lassen wird. Wenn ich sie deswegen nerve, stehe ich selbst nur wie ein Tölpel da.

„Ich bin von deiner Entscheidung enttäuscht, akzeptiere sie jedoch", sage ich mit all der Höflichkeit, die ich aufbringen kann, und marschiere aus dem Raum.

Das Unbehagen lässt mich nicht los, als ich in die warme Nachmittagsluft trete. Die Schatten sind während meines Gesprächs mit Celia länger geworden. Ich schlendere zwischen ihnen hindurch, da ich zu ruhelos bin, um mich für ein Ziel zu entscheiden. Mein Wolf regt sich unter meiner Haut und brennt darauf, rausgelassen zu werden.

Es gibt hier nichts mehr zu tun, außer auf morgen zu warten und zu schauen, wie wir uns schlagen. Wir haben alle Beweise, die wir brauchen *sollten*, um unser Recht, die

Grenzburg zu behalten, zu untermauern. Whitt und Corwin sammeln im Moment noch mehr.

Celias Worte nagen an mir. *Es gibt so viel, was wir in Bezug auf sie nicht verstehen ...*

Das stimmt. Keine unserer Nachforschungen hat erklärt, wieso Talia so eng mit den Fae und unserem Fluch verbunden ist. Wenn ich mehr darüber wüsste, würde das Celia vielleicht davon überzeugen, unser Ansinnen zu unterstützen – oder womöglich sogar die Sorgen verringern, die die Winter-Erzlords plagen.

Mir fällt allerdings nichts ein, was ich nicht bereits getan habe, was mir mehr über diese Ursprünge verraten könnte.

Nein, das stimmt nicht ganz. Ich bleibe in einem Fleck Sonnenlicht stehen, atme tief ein und Zedernduft flutet meine Lunge. Es gibt noch eine Vorgehensweise, die ich bisher nicht ausprobiert habe. Einerseits, weil ich vermute, dass es sich ohnehin nicht als nützlich erweisen würde, und andererseits, weil es mir widerstrebt, die Beteiligten um etwas zu bitten. Außerdem hege ich die Sorge, dass ich am Ende womöglich etwas sage oder tue, was ich bereuen werde, wenn ich mich diesen Schurken gegenüberfinde und die Schrecken mit ihnen besprechen muss, die sie verübt haben.

Doch es gibt keine andere Möglichkeit. Falls eine geringe Chance besteht, dass es die Waage zu Talias Gunst neigen wird, indem ich mich mit ihnen in Verbindung setze, sollte ich diese ergreifen.

Ohne darauf zu warten, dass mich die Beklemmung packt, renne ich zu dem Wäldchen aus Wacholderbäumen, wo ich normalerweise meine Gefährte heraufbeschwöre. Die Reise ist zu lang, um sie als Wolf hinter mich zu bringen, auch wenn ich es genießen würde, einen Teil der Anspannung abzustreifen, die mich im Griff hat, indem ich mir die Beine auf diese Weise vertrete.

Ich schicke Whitt eine kurze Erklärung und breche in

dem schnellsten Tempo auf, zu dem ich das Gefährt drängen kann. Als ich über die Landschaft rase, denke ich über die Fragen nach, die ich stellen will, und darüber, wie ich sie formulieren soll.

Es wirkt, als wäre kaum Zeit vergangen, bevor die knochenweißen Mauern von Aeriks Festung vor mir in Sicht kommen.

Meine Muskeln spannen sich automatisch an. Mir gehen Erinnerungen an die Nacht durch den Kopf, in der sich mein Kader und ich in das Gebäude schlichen und Talia hungernd, dreckig und in nichts als eine schmutzige Decke gehüllt in ihrem kleinen Käfig entdeckten. Meine Fangzähne jucken in meinem Zahnfleisch.

Aerik hat nie richtig für das bezahlt, was er meiner Liebsten angetan hat, und vielleicht ist es der beste Sieg, den wir für uns beanspruchen können, dass wir sie aus seinen Fängen befreit und ihr all die ihr gebührende Freude verschafft haben. Doch ich komme nicht umhin, zu hoffen, dass er mir eines Tages eine Ausrede liefern wird, eine blutigere Strafe zu verhängen.

Heute kann ich jedoch nicht angreifen. Ich brauche seine Mitarbeit.

Als ich das Gefährt anhalten lasse, kommen einige Fae aus der Burg. Nachdem ich ins hohe Gras gesprungen bin, kommt sogar der Lord des Reviers persönlich heraus, um mich zu begrüßen.

Das schwindende Sonnenlicht bleibt in Aeriks leuchtenden, gelben Haaren hängen, durch die er mit den Fingern fährt, bevor er zu mir kommt. Anspannung zupft an seinen Mundwinkeln. „Erzlord Sylas. Was verdanke ich das Vergnügen?"

Wir wissen beide, dass dieses Treffen für keinen von uns ein Vergnügen ist. Ich schenke ihm ein schmales Lächeln. „Es gibt eine Angelegenheit, über die ich gerne mit dir sprechen würde, falls du einen Moment hast. Es sollte nicht allzu viel von deiner Zeit in Anspruch nehmen."

Aeriks Blick huscht über mich und ich vermute, dass er mich vertrösten würde, wenn er mutiger wäre. Dies ist jedoch ein Mann, der es genießt, Wesen zu tyrannisieren, die viel weniger mächtig sind als er. Er ist kein Mann, der denjenigen die Stirn bietet, die über ihn herrschen. Er neigt den Kopf. „Die nötige Zeit kann ich für Sie erübrigen. Warum kommen Sie nicht herein?"

Es gefällt mir noch weniger, das knochenweiße Gebäude zu betreten, als davor zu stehen. Als mich Aerik zu einem kleinen Wohnzimmer führt, kribbelt Gänsehaut über meine Haut. Ich bewahre eine ausdruckslose Miene, setze mich auf den Sessel, auf den er deutet, und warte, bis er gegenüber von mir Platz genommen hat.

Keiner von uns will dieses Gespräch in die Länge ziehen. Daher komme ich sofort auf den Grund meines Besuchs zu sprechen. „Ich würde gerne einen vollständigen Bericht über die Nacht hören, in der du Talia gefunden hast."

Aerik blinzelt mich an. Welchen Grund auch immer er sich für diesen Besuch ausgemalt hat, es war eindeutig nicht das. „Wie bitte?", fragt er vorsichtig.

Ich stütze meine Ellenbogen auf die Armlehnen des Sessels und verschränke die Hände im Schoß. „Ich möchte von der Nacht des Vollmonds hören, in der du mit deinem Kader in die Menschenwelt gestolpert und auf Talia gestoßen bist. In der du die fluchbrechende Wirkung ihres Blutes entdeckt hast." Und ihren Bruder zerfleischt und ihre Eltern getötet hast. Diese Anschuldigungen verkneife ich mir jedoch. „Ich will alles über den Vorfall wissen, woran du dich erinnern kannst. Wieso wart ihr so weit weg von zu Hause, als euch der Fluch packte? Habt ihr irgendetwas anderes Bemerkenswertes gesehen, nachdem ihr aus dem Fluch gerissen wurdet?"

Aerik schweigt lange Zeit und sitzt steif da, als würde er dies für einen Trick halten, als würde ich ihn in eine Falle locken, um ihn zu bestrafen. Als ich einfach nur geduldig warte, reibt er mit einer Hand über seinen Mund. „Es war nichts Bemerkenswertes an der Situation, in der wir sie fanden, oder daran, wie wir sie mitnahmen. Sobald ich ihr Blut schmeckte und aus dem Fluch gerissen wurde, realisierte ich, welche Wirkung es hatte und wie wertvoll sie dadurch war. Mein Kader hatte ihre Familie bereits zerfleischt – ich hatte ihren Mord nicht angeordnet, falls Sie das gedacht haben."

Mir war tatsächlich der Gedanke gekommen, dass er das womöglich getan hatte, um sicherzustellen, dass niemand übrigblieb, der nach Talia suchen würde. Ob er seinen Kader dazu ermutigt hat oder nicht, ändert allerdings nichts an dem Resultat. „Ich nehme an, du hast es so eingerichtet, dass sie ihr Blut ebenfalls kosten und aufwachen konnten."

Er nickt. „Wir heilten ihre Wunden, damit sie die Rückreise in unsere Welt überlebte, und gingen schnurstracks zum nächsten Portal. Es war eine Kleinstadt und ruhig. Ich glaube, wir sahen ein paar Autos, die über die Straße fuhren, als wir uns auf den Weg machten. Es war jedoch kein anderer zu Fuß unterwegs. Nichts sticht aus meinen Erinnerungen heraus. Allerdings hätte es wirklich beeindruckend sein müssen, um mich von der Entdeckung abzulenken, die wir gemacht hatten."

Ich kann mir nur ausmalen, in was für einem Aufruhr seine Gedanken in diesem Moment waren. Bei ihm hatten sie sich vermutlich nicht nur darum gedreht, wie Talia allen Seelie nutzen konnte, sondern, wie er sie benutzen konnte, um seine eigene Stellung unter uns zu verbessern.

Meine Krallen zucken hinter meinen Fingerspitzen, doch ich halte sie zurück. „In Ordnung. Doch wie seid ihr in dieser Kleinstadt gelandet? Es ist ein langer Weg von hier zu den Rändern. Normalerweise seid ihr in der Nacht des Fluchs sicherlich nicht so weit weggegangen, oder?"

„Nein", antwortet Aerik knapp und dann zieht er die Brauen zusammen, als hätte er Probleme, sich an die Ereignisse zu erinnern. „Eine entfernt verwandte Nichte von mir bat mich an diesem Tag um einen Gefallen. Ihr Revier liegt in der Nähe der Ränder. Wir wollten vor Sonnenuntergang zurückkehren. Doch ..." Die Falten auf seiner Stirn vertiefen sich. „Etwas erregte unsere Aufmerksamkeit. Wir verfolgten es in den Wald entlang der Ränder ..."

Als er sich darauf konzentriert, diese Erinnerung hervorzukramen, wabert vor meinem toten Auge über seinem Gesicht ein Nachbild empor. Einige Sekunden lang sehe ich sowohl den Mann vor mir als auch eine andere Version von ihm, die ihre Umgebung mit einem raubtierhaften Funkeln in den Augen und gebleckten Fangzähnen scannt. Wonach auch immer er damals suchte, er wollte es zerfetzen.

Aerik schnippt mit den Fingern und das geisterhafte Bild verschwindet mit einem Blinzeln. Er klopft auf die Armlehne seines Sessels. „Eine Ratte", verkündet er. „Wir jagten eine Ratte, die wir gerochen hatten. Diese stinkenden Murk."

„Eine Ratte", wiederhole ich. Eine kalte Empfindung legt sich um meinen Magen und drückt zu.

Aerik nickt. „Wir wollten das Ding nicht entkommen lassen. Ich glaube, wir vermuteten, dass es den Schaden verursacht hatte, wegen dem uns meine Nichte gerufen hatte. Wir haben wahrscheinlich gedacht, dass es keine Rolle spielen würde, wenn der Mond aufginge, da wir uns mit dem Ungeziefer genauso einfach befassen konnten, wenn wir wild waren."

Und dabei sind sie durch ein Portal und vor Talias Füße gerannt.

„An mehr erinnerst du dich nicht?", frage ich, obwohl ich die Antwort schon kenne. Keiner von uns kann sich an die Grausamkeiten erinnern, die wir in den Fängen des Fluchs verüben. Das ist einer der Schrecken der Wildheit – dass man sich nicht sicher sein kann, wie viel Gewalt man eingesetzt hat.

„Das ist alles." Aerik betrachtet mich. „Haben Sie meine Antworten zufriedengestellt?"

„Ich weiß es zu schätzen, dass du meine Neugier befriedigt hast", erwidere ich und stehe auf. Ich werde ihm die wahren Gründe für meine Fragen nicht verraten. Ich kann ihm nicht erzählen, was ich aus seinen Antworten gewonnen habe, da ich mir selbst noch nicht sicher bin.

Eine Ratte hat vor Jahren Aerik und seinen Kader auf eine Jagd in den Wäldern bei den Portalen gelockt. Eine Ratte hat im letzten Monat die Häuser der Unseelie Sommer-Siedlung zerstört. Eine Ratte ist gestern aus einem mit Eisen versetzten Feuer gesprungen und hat Talia angegriffen.

Ich weiß nicht, was das bedeutet, aber es gefällt mir überhaupt nicht.

*Talia*

Als sie ihre Forderung aussprach, sagte Laoni, Corwin hätte bis zum Ende des nächsten Tages Zeit, diesen nachzukommen. So lange wartet sie jedoch nicht. Die Sonne ist noch nicht untergegangen, als sich viele weitere Soldaten aus ihren, Terisse' und Uzziahs Ländereien um die Grenzburg herum versammeln. Die Erzlords beziehen an der Spitze ihrer Truppen Position, wo sie groß und streng dastehen.

Ich frage mich, was Neve von alldem hält. Allerdings scheint sich Neve den Großteil der Zeit nicht bewusst zu sein, was sich vor ihr abspielt, weshalb sie vielleicht gar nicht mitbekommen hat, dass ihre Kollegen diese Forderung gestellt haben. Corwin wollte sie nicht in den Konflikt hineinziehen, da es ohnehin zweifelhaft ist, ob sie das Blatt herumreißen könnte.

Durch eines der Fenster auf der Winterseite beobachte ich, wie sich unsere Soldaten in einem engen Ring um die

Unseelie-Seite der Burg aufstellen. Da Corwins Schwarm am vertrautesten mit diesem Reich ist, stehen sie in der ersten Reihe mit Schwertern an den Hüften und hoch erhobenen Köpfen. Ein Großteil von Sylas' Rudel füllt den Bereich hinter ihnen, wobei sie von einigen Fae aus Donovans Rudel unterstützt werden.

Unsere Streitmacht sieht so viel kleiner aus als die Gegnerische. Meine Finger spannen sich um den Diamantfensterrahmen an, woraufhin Corwin hinter mich tritt und seine Hände auf meine Schultern legt.

„Ich sollte jetzt rausgehen. Sylas und ich werden mit meinen Kollegen sprechen und schauen, was wir ausrichten können."

Ich atme zittrig ein. „Denkst du, es besteht irgendeine Chance, dass sie dir zuhören werden?"

Sein Mund spannt sich an. „Eine friedliche Herangehensweise ist immer einen Versuch wert."

Ich kann an dem Aufruhr der Emotionen, die durch unser Band sickern, erkennen, dass er keine besonders großen Hoffnungen hegt.

„Nun, dann sollte ich mich besser auf meinen Teil vorbereiten", sage ich und trete zurück.

Ein Anflug von Sorge durchdringt das Unbehagen, das ich von Corwin spüren kann. „Bist du dir sicher? Ich denke nicht, dass sie dir schaden würden, doch wenn sie die Burg erfolgreich angreifen, könnte es ziemlich furchteinflößend sein, in der Mitte gefangen zu sein."

Ich verschränke die Arme vor der Brust. „Ich denke, sie müssen sehen, wen sie angreifen, wenn sie versuchen, das Zuhause zu zerstören, das wir gebaut haben. Es ist mehr als nur eine Burg. Und ich bin mehr als nur irgendeine beliebige, schwache Frau."

Er seufzt, küsst jedoch meine Schläfe. „Das bist du in der Tat. Dann gehen wir."

Er läuft mit mir zum Wohnzimmer, das hinaus auf eine kleine Terrasse im ersten Stock der Burg führt, von der man das Winterreich überblicken kann. Als ich nach draußen trete, peitscht die kalte Brise über mich und zerzaust meine Haare. Mehrere Köpfe in den Truppen der Erzlords zucken nach oben und bemerken meine Ankunft.

*Ich werde tun, was ich kann, um zuzusehen, dass kein Partikel dieses Gebäudes zerstört wird,* verspricht Corwin stumm, während er sich nach unten begibt.

*Genauso wie ich,* erwidere ich.

Ich stelle mich an die Brüstung und lege meine Hände darauf ab, sodass mich diejenigen, die unten stehen, klar und deutlich sehen können. Viele Fae in der Menge kennen mich. Sie haben zugeschaut, wie ich ihre Leute geheilt habe. Manche haben nie mit mir gesprochen, ihnen muss jedoch bewusst sein, dass das, was ich für sie tun kann, wichtiger ist als die belanglosen Beschwerden der Erzlords.

Die Frage ist, ob dieses Wissen ihre Loyalität für ihre Lords außer Kraft setzen wird.

Ich entdecke Kesral in der Menge, der nur wenige Schritte hinter Laoni steht. Als mein Blick seinen über die Entfernung auffängt, glaube ich, dass sich sein Mund kurz grimmig verzieht, aber er bleibt stehen. Er will nicht dort sein, wird sie jedoch nicht enttäuschen.

Ich weiß nicht, ob ich jemals verstehen werde, wie sie so schrecklich zu ihm sein kann, wenn er sie bloß unterstützen möchte.

Sylas ist bereits draußen und steht flankiert von seinem Kader inmitten seines Rudels. Als Corwin unten erscheint, gesellen sich Zelpha, Verik und Olander zu ihm. Die zwei Gruppen bewegen sich gemeinsam durch die Wachen hindurch an die Front. Die drei Unseelie-Erzlords treten einen Schritt nach vorne, um ihnen entgegenzukommen, halten allerdings weiterhin einen deutlichen Abstand zu uns ein.

Corwin spricht so laut, dass mich seine Stimme auf meinem hohen Aussichtspunkt erreicht. „Kameraden, wir haben bereits über diese Angelegenheit gesprochen und ich werde erneut meine Argumente darlegen. Wir haben zahlreiche Berichte von Wesen gefunden, die weniger ehrenwert waren als meine Gefährtin und dennoch ohne Widerstand des Herzens in einem Gebäude ähnlich wie diesem gelebt haben. Seit unsere gemeinsame Burg erbaut wurde, gab es keinerlei Anzeichen dafür, dass das Herz oder irgendeine andere Naturgewalt unserer Welt Anstoß daran nimmt. Talia hat sich das Recht auf ein echtes Zuhause verdient, in dem sie all ihren Pflichten nachkommen kann."

„Geht es hier um ihre Pflichten oder vielleicht eher um eine Privatangelegenheit …?", fragt Uzziah höhnisch und sein Blick zuckt kurz zu mir.

„Ich denke, dass Sie wohl kaum an ihrem Engagement für ihre Pflichten zweifeln können, nachdem sie bereits so viel Zeit auf die Heilung Ihrer Leute verwandt hat", erwidert Sylas. „Was ihre Freizeit angeht, wie sie diese verbringt und in welcher Gesellschaft, das ist in der Tat eine Privatangelegenheit, die Sie überhaupt nicht betrifft."

Ich glaube nicht, dass die anderen Erzlords seiner Einschätzung zustimmen, sie verfolgen diese Argumentation jedoch nicht weiter. Vielleicht scheuen sie sich davor, ihre persönlichen Vorurteile hinsichtlich meiner Beziehungen so offen vor ihren Leuten zu äußern. Terisse tritt von einem Fuß auf den anderen, Laoni ist jedoch diejenige, die als Nächste spricht.

„Wir haben unsere Befehle erteilt. Wir sind weder mit der Form, die dein Unterfangen angenommen hat, noch mit dem Podest einverstanden, auf das du deine Gefährtin über alle anderen gestellt hast, obwohl sie keine Fae ist. Wir herrschen hier nach dem Mehrheitsprinzip. Die Sommer-Fae können tun, was sie wollen, aber wir werden dafür sorgen, dass jeder Teil dieses Gebäudes, der sich in unserem Reich befindet, zerstört wird."

„Unsere Autorität als Erzlords kann nicht aus einer Laune heraus geltend gemacht werden, sondern muss weiterhin dem Gesetz und den bereits etablierten Prinzipien folgen", protestiert Corwin.

Laoni hat sich bereits zurückgezogen, um sich wieder ihren Leuten anzuschließen. Sie gibt ihren Soldaten einen Wink. Sie und die anderen Truppen bewegen sich beinahe gleichzeitig und ein gewaltiges Stimmengewirr schwillt an, als wahre Namen und andere magische Worte die Luft füllen.

Unsere Seite ist jedoch auf den magischen Angriff vorbereitet. Die Fae, die die Burg beschützen, erheben ebenfalls die Stimmen und ein Kribbeln rast über meine Haut hinweg. Die Luft vor mir schimmert aufgrund der Barriere, die sie heraufbeschworen haben.

Und das keinen Augenblick zu früh. Die schimmernde Oberfläche erbebt kurz darauf unter dem trällernden Aufprall eines Energiestrahls. Meine Finger krümmen sich um die Brüstung, als müsste ich mich daran festhalten, um mich aufrecht zu halten, obwohl ich nicht mehr als ein Beben in der Atmosphäre gespürt habe.

Ich weiß, dass Corwin recht hat – die Erzlords wollen vermutlich nicht die Frau verletzen, die ihr Volk heilt. Ihre Soldaten wurden wahrscheinlich angewiesen, mich mit ihrer Magie aufzufangen und in Sicherheit zu bringen, während sie den Diamantteil der Burg auseinandernehmen. Ich hoffe einfach, dass es nicht dazu kommt.

Die Barriere erzittert erneut, hält dem Angriff allerdings stand, sogar als die Fae der Gegenseite ihre Zauber lauter rufen. Sind wir so viel stärker als sie? Sie müssen mindestens doppelt so viele Leute auf ihrer Seite haben … ich verstehe nicht, wie …

Doch dann begreife ich. Als ich durch die flirrende Luft spähe, entdecke ich viele Fae in den Truppen der Winter-Erzlords, die überhaupt nicht sprechen. Sie stehen schweigend, mit den Händen an den Seiten und düsteren, stoischen Gesichtern da. Ein paar nicken mir kaum merklich zu, als sie meine Aufmerksamkeit bemerken.

Sie weigern sich, die Befehle ihrer Lords zu befolgen. Haben die Erzlords bemerkt, dass so viele ihrer Untergebenen rebellieren?

So viele Leute der Erzlords sind gewillt, sich um meinetwillen gegen ihre Herrscher zu wenden. Ein eigenartiges Beben durchläuft mich, ein Gefühl der Macht, das sich mit nichts vergleichen lässt, was ich zuvor verspürt habe. Irgendwie habe ich mir diese Hingabe verdient, die so stark ist, dass sie die Schwarmmitglieder gegen ihre Lords aufbringt.

Vielleicht liegen die Erzlords gar nicht so falsch mit ihren Sorgen, dass ich ihre Autorität schwächen könnte. Das tue ich bereits. Wie viel mehr könnte ich erreichen, wenn ich die Gelegenheit und Zeit erhalte, die Loyalität weiterer Fae zu gewinnen?

Allerdings bin ich mir nicht sicher, ob die Hingabe der Fae für mich jetzt reichen wird, um den Tag zu retten. Jemand muss eine Nachricht zu den Burgen der Erzlords geschickt haben, denn weitere Fae kommen in Rabengestalt herbei, um sich den Schwärmen anzuschließen. Sie fallen in den Stimmenchor ein.

Die Barriere erzittert. Ein wenig Magie bricht hindurch, zuckt über die Diamantoberfläche neben mir und öffnet einen Riss in der Mauer.

Meine Kehle schnürt sich zu. „Hört auf damit!", rufe ich. „Denkt darüber nach, was ihr tut! Diese Burg repräsentiert die Einigkeit zwischen den Sommer- und Winter-Fae, zwischen unseren Reichen … Sie steht dafür, dass wir zusammenarbeiten können, um diesen Fluch zu beenden. Ist das nicht das, was ihr wollt? Was wird noch zerstört werden, wenn ihr dieses Gebäude zerstört?"

Ich glaube, ich sehe weitere Fae auf der Gegenseite zaudern. Die Erzlords geben ihren Truppen ein Zeichen und rufen die anderen zu größeren Anstrengungen auf. Die Fae unter mir rezitieren weitere magische Worte, Erschöpfung schleicht sich jedoch in ihre Stimmen.

Es kostet sie sämtliche Energie, unsere Angreifer bloß für ein oder zwei Minuten abzuwehren. Wie lange wird ihre Kraft noch halten?

Als meine Laune zu sinken beginnt, erweckt eine plötzliche Bewegung bei Laoni meine Aufmerksamkeit. Sie steht noch an der vordersten Front ihres Schwarms, ihre Hände, die noch vor einem Moment erhoben waren, haben sich allerdings auf ihren Bauch gelegt. Ein eigenartiger Ausdruck huscht über ihr Gesicht, als hätte sie etwas erschreckt. Ich kann jedoch nichts sehen, was diese Reaktion verursacht haben könnte.

Sie wendet sich einer der Wachen in ihrer Nähe zu und murmelt etwas. Er nickt und in Nullkommanichts springt sie in der Gestalt eines Raben in die Luft. Mit einigen schnellen Flügelschlägen, wobei sie sich leicht auf eine Seite neigt, segelt sie zu ihren Ländereien.

Was soll das? Ist sie losgeflogen, um persönlich mehr Hilfe anzufordern?

Ich kann nicht besonders lange über dieses Rätsel nachdenken. Weitere Raben fliegen zu uns, dunkle Flecken vergrößern sich am grauen Himmel bei ihrem Herannahen zu eindeutig geflügelten Gestalten.

Doch sie landen nicht zwischen den Truppen der Winter-Erzlords. Sie landen neben Sylas und Corwin.

Mehrere verbeugen sich kurz vor mir, bevor sie ihre Münder öffnen, um mit ihren Stimmen in den Schutzzauber einzufallen.

Fae aus anderen Schwärmen haben anscheinend gehört, was los ist – und beschlossen, sich ebenfalls auf meine Seite zu stellen.

Wärme füllt meine Brust und erneut erfasst mich dieses merkwürdige Zittern. Ich weiß nicht, ob ich der gesegneten Gestalt gerecht werden kann, die sie in mir sehen, doch ich bin froh, dass sie ihre Unterstützung nicht nur mit Worten, sondern auch mit Taten zeigen. Ich habe ihnen geholfen und jetzt sind sie im Gegenzug zu meiner Hilfe gekommen ungeachtet meiner Menschlichkeit.

Uzziah und Terisse blicken einander an und zu der Lücke, die Laoni hinterlassen hat. Uzziahs Kiefer mahlt. Er winkt einige seiner Soldaten zu sich und sie marschieren neben ihm her. Die Fae auf unserer Seite legen ihre Hände auf ihre Schwertgriffe oder heben abwehrend die Arme. Meine flüchtige Freude verschwindet.

Wird es wirklich darauf hinauslaufen – darauf, dass die Erzlords ihren Schwärmen befehlen, die Leute anzugreifen, die sie eigentlich repräsentieren sollen? Wie lange werden unsere Verbündeten bei uns bleiben, wenn sie sich einer direkten Offensive stellen müssen?

*Ich will nicht, dass es zu Gewaltausschreitungen kommt,* erklärt Corwin, der meine Furcht bemerkt. *Es muss noch eine andere Möglichkeit geben, wie wir das Ganze regeln können.*

Laut sagt er zu seinen Kollegen: „Bitte, könnt ihr nicht sehen, dass das hier zu weit geht? Unsere eigenen Leute weigern sich, zuzusehen, wie Talia und ihr Zuhause angegriffen werden. Hört auf sie, wenn ihr schon nicht auf mich hört."

„Die Gesegnete sollte alles haben, worum sie bittet", brüllt einer der Neuankömmlinge. „Sie wird uns alle retten –

wir sollten alles in unserer Macht Stehende tun, um sie zu belohnen!"

Noch eine Fae erhebt ihre Stimme. „Indem ihr sie angreift, greift ihr unsere Hoffnung auf eine Heilung an. Ihr seid Verräter an eurem eigenen Volk."

Ein zunehmend wütendes Murmeln geht durch unsere Seite der Menge. Ich unterdrücke den Drang, die Arme um mich zu schlingen. Sie sind nicht nur gewillt, mich zu verteidigen – sie würden für mich gegen ihre eigenen Erzlords in den Krieg ziehen, sollte es dazu kommen.

Die Erkenntnis ist sowohl berauschend als auch furchterregend. Will ich wirklich so viel Verantwortung zusätzlich zu dem ganzen Rest?

Kann ich es mir leisten, diese abzulehnen, wenn es so viel gibt, was ich mit diesen Leuten auf meiner Seite erreichen könnte?

Terisse schaut unsere Truppe finster an, doch ihre Miene wirkt eher gequält als aufsässig. „Es liegt nicht an euch, zu entscheiden, wer ein Verräter ist. Wir haben uns vor dem Herzen bewiesen und uns das Recht verdient, das Reich in die Richtung zu führen, die wir für all unsere Leute am besten halten. An unserem Urteil zu zweifeln, ist ein Verrat an uns."

„Lady Talia hat in dem vergangenen Monat mehr getan, um den Fluch zu bändigen, als ihr alle in Jahrzehnten", blafft jemand.

Ich bemerke ein Aufblitzen von Metall, als einige der Gestalten unter mir ihre Schwerter ziehen. Mein Magen verkrampft sich noch fester. „Bitte", rufe ich und beuge mich über die Brüstung. „Ich will nicht, dass Blut vergossen wird – hier oder anderswo. Diese Burg schadet niemandem. Warum müssen wir um sie kämpfen?"

Ich kann nicht einschätzen, wie sich mein Appell auf die Truppen auswirkt, die weiterhin die Befehle ihrer Lords ausführen. Einige der Winter-Fae haben ihre Flügel entfaltet, als würden sie sich darauf vorbereiten, in die Schlacht zu segeln. Ein Knurren dringt von einem der Seelie unter mir herauf.

All diese Fae sind gewillt, für mich zu kämpfen, was nicht bedeutet, dass ich das möchte – nicht hier, nicht so. Diese Konfrontation könnte nicht nur das Zuhause zerstören, das meine Gefährten für mich gebaut haben, sondern auch den Frieden zwischen den Reichen, für den wir so hart gearbeitet haben.

Doch was, wenn die Alternative darin besteht, die Winter-Erzlords gewinnen zu lassen?

Bevor der Konflikt eskaliert, fliegt ein weiterer Rabe in Sicht. Er kommt aus der Richtung von Laonis Ländereien und bewegt sich so schnell, dass er kaum mehr als ein dunkler Fleck am Himmel ist. Er landet auf dem Streifen freien Terrains zwischen den gegensätzlichen Parteien und richtet sich augenblicklich in der Gestalt eines Mannes auf.

Ich kenne ihn nicht, Corwin allerdings schon. Der Mann macht ein Friedenszeichen und Corwin winkt ihn widerwillig zu sich. Er zieht seine inneren Barrieren hoch, sodass ich nicht höre, was der Mann zu ihm sagt. Wahrscheinlich hat er Angst, dass es eine neue Drohung oder Beleidigung ist.

Ich stupse ihn ungeduldig an. Was auch immer los ist, ich muss es wissen.

Als unsere Verbindung wieder geöffnet wird, spüre ich als Erstes Schock und Kummer von Corwin. *Was?*, will ich wissen.

Er blickt zu mir auf und seine Augen sind noch dunkler als üblich. *Laoni verlangt, dass du unter absoluter Diskretion zu ihr in die Burg kommst. Sie wird einen Schwur ablegen, der dir eine sichere Rückreise garantiert. Ihr Zirkel-Mann wird dich zu ihr bringen. Anscheinend ... wurde sie von dem Fluch getroffen.*

Was? Eine Woge des Schocks schwappt durch mich hindurch. Einige Sekunden lang weiß ich nicht, was ich tun soll.

Wenn das stimmt – dann muss ich zu ihr gehen, oder? Es könnte sogar eine Gelegenheit sein, diesen Konflikt aus der Welt zu schaffen. Aber ich werde nicht das Leben all der Leute aufs Spiel setzen, die sich auf meine Seite gestellt haben, um mich um sie zu kümmern.

*Sag ihm, dass ich mitkomme, wenn sich ihre Truppen und die anderen zurückziehen*, teile ich Corwin mit. *Keine Magie oder Hiebe dürfen ausgetauscht werden, während ich fort bin. Ansonsten bleibe ich hier.*

Corwin antwortet mit einer Woge der Zustimmung. Er richtet dem Zirkel-Mann meine Bedingungen aus, dessen Gesicht sich anspannt, bevor er nickt. Er geht zu Terisse und Uzziah, um mit ihnen zu sprechen. Nach einigen Minuten weichen die Soldaten der Erzlords mehrere Schritte zurück, senken ihre Waffen und ziehen ihre Flügel ein.

*Sie haben ihr Wort gegeben*, sagt Corwin. *Ich kann dich begleiten.*

In seinem Angebot schwingt Sorge mit. Ich schüttle den Kopf. *Nein. Du musst hier bleiben für den Fall, dass sie eine Möglichkeit finden, ihr Versprechen zu umgehen. Dein Volk braucht dich.*

Und Laoni braucht anscheinend mich, auch wenn sie das bestimmt hasst.

*Talia*

Während ich neben Laonis Zirkel-Mann über die eisige Ebene humple, stößt er immer wieder geräuschvoll Luft aus, was fast wie ein Murren klingt, als wäre er von meiner eingeschränkten Geschwindigkeit verärgert. Dabei pocht mein Bein bereits wegen des Tempos, zu dem ich mich antreibe. Ich bin versucht, zu meckern, dass es viel schneller gehen würde, wenn Laoni mir entgegenkommen würde oder er ein Gefährt besorgt hätte. Mein Inneres ist allerdings so fest verknotet, dass ich mir nicht sicher bin, ob ich Worte formen kann.

Laoni will nicht rauskommen, um sich mit mir zu treffen, weil sie anscheinend nicht möchte, dass jemand weiß, dass sie die Eiskrankheit erwischt hat. Ich weiß nicht, was ich davon halten soll. Will sie nicht, dass die Schwärme sehen, wie ich sie heile, sodass ich in ihren Augen noch mehr zur

Heldin werde? Oder ist sie gar nicht krank und führt lediglich einen neuen Plan durch?

Sie hat einen Eid abgelegt, den ihr Zirkel-Mann Corwin ausrichten konnte. Ein Eid, dem Corwin traut. Er hätte mich nicht allein gehen lassen, wenn er sich nicht sicher wäre, dass sie keine bösen Absichten hegt.

Die Fae lügen nicht. Daraus kann ich ein wenig Trost ziehen, obwohl ich viele Male erlebt habe, wie sie um die Wahrheit herumgeredet haben.

Was könnte Laoni mit diesem Schachzug erreichen wollen, falls es einer ist? Sie will die Burg zerstören, nicht mich. Oder zumindest ist sie nicht so egoistisch, dass sie ihren Wunsch, mich zu vernichten, über das stellen würde, was für ihr Volk am besten ist.

Bei dem glänzenden Iridiumpalast angekommen, führt mich der Zirkel-Mann hinein und nach oben. Ich bin überrascht von der Vorstellung, dass Laoni gewillt ist, mich in einen so privaten Raum wie ihr Schlafzimmer zu lassen. Das Zimmer, zu dem er mich bringt, ist jedoch nur ein kleines Wohnzimmer. Mein Spiegelbild wird auf den glatten Wänden um mich herum verzerrt und sieht auf diesen falschen Spiegeln blasser und zerbrechlicher aus. Ein schwacher Duft von getrockneten Blumen steig mir in die Nase.

Laoni sitzt steif auf einem elfenbeinfarbenen Sofa am anderen Ende des Raumes. Ihr Kinn ist gereckt und ihre Hände sind auf dem Schoß verschränkt. In ihrer Nähe stehen ein paar dazu passende Sessel, ein Beistelltisch und ein Bücherregal. Ein Panoramafenster bietet eine Aussicht auf die Klippen in der Nähe. Der Raum ist spartanisch eingerichtet und ordentlich, was mich aufgrund dessen, was ich von Laonis Persönlichkeit gesehen habe, nicht überrascht.

Die Luft fühlt sich kalt auf meiner Haut an. Obwohl die Kälte des Fluchs Laoni durchdringen muss, hat sie kein Feuer oder irgendeine wärmende Magie heraufbeschworen. Ich schätze, ihr ist bewusst, dass es nicht helfen würde.

„Du darfst uns allein lassen", sagt Laoni angespannt. Ihr Zirkel-Mann nickt, schlüpft aus der Tür und schließt sie hinter sich.

Ein Kribbeln läuft über meine Haut. Abgesehen von gestern, als ich mit August in ihrer Empfangshalle stand, ist dies das erste Mal, dass ich mit ihr, der feindseligsten der Unseelie-Erzlords, allein in einem Raum bin.

*Ich bin bei dir*, erinnert mich Corwin sanft, jedoch bestimmt durch unser Band. Und ich weiß, dass ich Whitt notfalls auf ähnliche Weise rufen könnte. Laoni beobachtet mich jedoch, als würde sie erwarten, dass *ich* mich irgendwie auf sie stürze, obwohl immer das Gegenteil der Fall war.

Ich befeuchte meine Lippen, da ich nicht weiß, was ich tun soll, und lasse mich sachte auf einen der Sessel sinken. „Ihr Zirkel-Mann meinte, Sie seien krank. Sind Sie sich sicher, dass es der Fluch ist?"

Laonis Kiefer zuckt. „Ich würde dich wohl kaum herrufen, wenn das nicht der Fall wäre." Sie scheint sich zu fangen und verdrängt die Schärfe aus ihrem Tonfall, bevor sie fortfährt. „Heute Nachmittag verspürte ich eine gewisse Steifheit in meinen Gliedern und eine leichte Kälte breitete sich in mir aus, was ich auf meine Anspannung schob. Im Verlauf der letzten Stunden ist es jedoch zunehmend unmöglich geworden, es zu ignorieren. Ich …"

Sie blickt auf ihre Hände hinab und hebt eine hoch, deren Finger zu ihrer Handfläche gekrümmt sind. „Ich kann meine Finger nicht mehr ausstrecken. Meine Haut wird sogar unter dem Stoff kalt, der mit einem Wärmezauber belegt ist. Ich kenne die Anzeichen."

Als ich sie genauer mustere, kann ich auf ihrer Haut Hinweise auf den Fluch erkennen. Ein bläulicher Farbton beginnt, in den üblichen Braunton zu kriechen. Und ist das der Anfang eines Frostmusters, das den Rand ihrer dunklen Iriden berührt?

Das könnte allerdings eine Illusion sein, oder? Ich schlucke schwer und komme nicht umhin, anzumerken: „Sie haben zuvor schon behauptet, ein Erzlord sei verflucht, und dann entpuppte es sich als Trick."

„Ich hege im Moment keinerlei Wunsch, Spielchen zu spielen", giftet Laoni und die Schärfe tritt wieder in ihre Stimme. „Ich will, dass diese Krankheit verschwindet, bevor sie sich auf meine Arbeit auswirkt. Wenn ich *nicht* krank bin, wird deine Heilung bei mir nichts bewirken, weshalb ich nichts zu gewinnen habe, indem ich dich reinlege. Heil mich einfach."

Sogar jetzt erweist sie mir nicht einmal ein Mindestmaß an Respekt und bittet mich um eine Heilung, sondern verlangt es. Ich mustere sie eine Weile und mein Magen verknotet sich.

Ein Schauder, den Laoni zu unterdrücken versucht, durchläuft ihren Körper. Ihr Blick wendet sich ab, als würde sie sich dafür schämen, dass sie sich so viel Schwäche hat anmerken lassen. Ihre Finger zucken und verkrampfen sich fester.

Ich glaube nicht, dass sie es vortäuscht. Sie hat recht, dass es keinen offensichtlichen Grund gibt, wegen dem ein Schauspiel für sie nützlich wäre. Ohne Publikum ist dies eine Sache zwischen ihr und mir.

Ich fühle mich selbst ein wenig krank und Übelkeit windet sich durch meinen Magen. Denn diese Frau verlangt von mir, dass ich sie heile, damit sie wieder rausgehen und versuchen kann, eines der wenigen guten Dinge zu zerstören, die ich in dieser Welt habe – etwas, was auch zu meinem Nutzen war, nicht nur zu dem der Fae.

„Was passiert danach?", frage ich leise. „Nachdem Sie geheilt sind ... wegen der Macht, die nur ich wirken kann, soweit wir wissen. Werden Sie zurück zu meinem neuen Zuhause gehen und weiterhin behaupten, dass ich keine spezielle Rücksichtnahme verdiene und etwas falsch ist an der Liebe, die ich mit meinen Gefährten teile?"

Laoni verengt die Augen. „Versuchst du, um die Heilung zu feilschen? Wenn du eine persönliche Vendetta hast, bist du wohl keine selbstlose Retterin mehr?"

Ein Lachen entfährt mir. „Die Einzige hier mit einer Vendetta sind Sie. Mir ist egal, was Sie mit Ihrer Burg oder den Männern tun, die Sie lieben, ob Ihnen das nun gefällt oder nicht. Ich habe mich kein einziges Mal gegen Sie gestellt, außer um mich selbst zu verteidigen."

Und ich könnte das jetzt wieder tun, oder? Wenn ich sie *nicht* heilen würde, wenn ich zuließe, dass der Fluch sie nimmt ... wäre das Mord oder bloß Notwehr?

Der Gedanke jagt ein Beben durch mich hindurch, das stärker und furchterregender ist als das, welches ich verspürte, als ich zusah, wie sich die Fae gegen die Erzlords stellten, bereit, notfalls um meinetwillen Blut zu vergießen. Ich verstehe diese Macht nicht richtig und habe keine Ahnung, warum ich sie besitze. Sie ist jedoch größer als alles, was Laoni in diesem Moment vollbringen kann, in dem ihr Leben von den Entscheidungen abhängt, die ich als Nächstes treffe. Ich bin ihre einzige Hoffnung auf ein Überleben.

Die Möglichkeiten gehen mir durch den Kopf, während wir einander niederstarren. Ich könnte mich weigern, sie zu heilen, bis sie und ihre Verbündeten einen Schwur ablegen, keine weiteren Maßnahmen gegen mich und meine Gefährten zu ergreifen. Diese Forderung wäre aufgrund ihrer Taten gerechtfertigt, oder?

Da ich mir nicht sicher sein kann, dass sie nicht irgendwann einen Weg findet, den geleisteten Schwur zu umgehen, könnte ich auch so tun, als hätte ich versucht, sie zu heilen, jedoch versagt. Irgendwann wird sie ihre Krankheit nicht mehr verbergen können. Wenn ich einen öffentlicheren Versuch unternehme und sie trotzdem stirbt, werden mir die Fae keine Schuld geben, glaube ich. Sie werden annehmen, dass es die Strafe des Herzens für Laonis Angriffe auf mich sei.

Noch während mir diese Ideen durch den Kopf gehen, verdreht mir Übelkeit den Magen. Um ihr Leben zu verhandeln und darüber, ihr all den Schmerz zu ersparen, den der Fluch ihr bereiten wird … ganz zu schweigen davon, sie mit diesen Qualen komplett allein zu lassen … Wenn ich sie zu meinen Zwecken sterben lasse, wäre ich dann besser als sie?

Aktuell habe ich hinter meinen Augen und in meinen Fingerspitzen mehr Macht, als ich jemals gedacht habe. Die Macht, die Herrschaft des gesamten Unseelie-Reichs zu formen. Was ist in dieser Situation wirklich *richtig*?

Zu was für einer Frau werde ich werden, wenn ich diese Macht ausnutze?

„Ich will wissen, was ich erwarten kann, wenn wir hier fertig sind", erkläre ich meine vorherige Frage.

Laoni schafft es sogar jetzt, ihr Kinn in einem hochmütigen Winkel zu recken. „Warum denkst du, dass dies etwas ändern wird?"

Bei dem Spott in ihrer Stimme will ein großer Teil von mir einfach aufspringen und aus dem Raum marschieren. Ich ziehe sogar ein wenig Befriedigung daraus, mir vorzustellen, wie ihre Hoffnung erstirbt, wenn ich durch die Tür verschwinde. Dann schlingert mein Magen und mir ist noch übler.

*Talia?*, fragt Corwin sanft. Urplötzlich verschlägt es mir die Sprache.

Ich weiß, was für eine Frau er in mir sieht. Eine Frau, die all meine Liebhaber in mir sehen. Ich weiß, was die Fae, die mich zur Retterin erhoben haben, von ihrem gesegneten Menschen erwarten.

Das ist die Frau, die ich sein will. Keine Tyrannin, keine Mörderin. Mir wurde die Kraft geschenkt, andere zu heilen, nicht sie zu zerstören. Es gibt bereits so viel Schmerz und Tod in dieser Welt. Ich werde diesen *nicht* vergrößern.

Mein Herz hämmert wie wild, doch ich halte Laonis Blick so ruhig wie möglich und lasse die Gewissheit, zu der ich allmählich gelange, die Worte durch meine Kehle schieben. „Vielleicht sollte es gar nichts ändern. Ich weiß nicht, warum Sie so fest entschlossen sind, die Dinge zu zerstören, die ich aufgebaut habe. Vielleicht können Sie eine Sache für mich tun, all den Groll für eine Sekunde beiseiteschieben und erkennen, wer ich tatsächlich bin.“

„Und wer ist das?“, will Laoni wissen.

„Jemand, der versucht, die Lage Ihrer Leute zu verbessern, nicht sie zu verletzen. Jemand, der sogar Sie heilen wird trotz all der Arten, auf die Sie mir zu schaden versucht haben, und es womöglich weiterhin tun werden, nachdem ich Sie geheilt habe.“

„Du erwartest, dass ich dankbar dafür bin, dass du den Zweck erfüllst, den das Herz für dich vorgesehen hat?“

Mein Rückgrat versteift sich, aber ich werde nicht zulassen, dass mich ihre Beleidigungen verändern. „Ich hätte gerne, dass Sie verstehen, dass ich einen freien Willen habe, der nicht nur auf die Gaben reduziert ist, die mir das Herz gegeben hat. Ich weiß, ich könnte mich weigern, Sie zu heilen, oder behaupten, dass ich es versucht habe, mich meine Kräfte jedoch im Stich gelassen haben. Wie viele Ihrer Leute würden an Ihrer Seite bleiben, wenn es aussähe, als hätte Ihnen das Herz selbst den Rücken gekehrt?“

Laonis Gesicht verdüstert sich noch mehr. „Wenn du behauptest, dass du nichts von beidem tun wirst, warum sprichst du es überhaupt an?“

Ich beuge mich auf meinem Sessel vor. Ich habe ein wenig Angst davor, dass sie mich angreifen wird, wenn sie provoziert wird, kann jedoch erst aufhören, wenn ich alles in meiner Macht Stehende getan habe, damit sie es versteht.

„*Sie* müssen verstehen, dass ich all das weiß und mich dennoch dafür entscheide, Ihnen zu helfen. Mein Leben wäre vermutlich viel einfacher, wenn Sie der Fluch töten würde. Ich bin allerdings niemand, der auf so einen Handel eingehen würde, und werde es auch nie sein. Es spielt keine Rolle, auf wie viele Arten Sie mich beleidigt haben oder wie schrecklich mich so viele andere Fae behandelt haben – ich helfe Ihnen trotzdem. Das ist die Person, die sie zu Ihrer Feindin ernannt haben. Das ist die Person, gegen die Sie sich zu kämpfen entschieden haben, obwohl es so viele echte Schurken dort draußen gibt. Wenn Sie das wissen und dennoch weiterhin versuchen, mich auf jede erdenkliche Weise auszuschalten …"

Was kann ich darauf noch sagen? Ich spreize die Hände. „Es liegt bei Ihnen. Wenn Sie nachher wieder zu Ihren Truppen gehen und beschließen, wie Sie gegen mich und meine Gefährten vorgehen wollen, hoffe ich, dass Sie sich dann daran erinnern, dass ich Ihr Leben in den Händen hielt und mich dazu entschied, alles in meiner Macht Stehende zu tun, um es zu retten. Ich verehre das Herz der Nebelwelt nicht auf die gleiche Weise wie Sie, aber ich bin mir ziemlich sicher, dass ich weiß, welche Vorgehensweise es besser fände."

Laoni starrt mich nur an, in ihren Augen glühen zurückgehaltene Emotionen und ihre Miene wirkt zunehmend angespannt. Ich habe den besten Appell an das Gute gemacht, das sich hoffentlich in ihr verbirgt, zu dem ich imstande war. Ich sollte sie nicht länger in den Fängen des Fluchs ausharren lassen, sonst sieht es doch so aus, als wäre ich darauf aus, sie zu quälen.

„Dann lassen Sie uns beginnen", verkünde ich und stehe auf.

Während ich die Fae-Frau betrachte, die so viel Mühe in die Zerstörung meines hart errungenen Glücks gesteckt hat, fällt es mir schwer, viel Mitleid aufzubringen. Kurz frage ich mich, ob ich versagen werde, einfach weil ich um ihretwillen keine Tränen heraufbeschwören kann.

Doch dann denke ich stattdessen an die Leute, die wegen ihres Todes leiden würden. Ich weiß nicht, wie wichtig ihr ihr seelenverbundener Gefährte ist, aber er liebt sie vielleicht sehr. Kesral tut es definitiv. All diese Soldaten auf der Ebene vor der Burg suchen bei ihr nach Führung und Schutz.

In was für einen Aufruhr würde es das gesamte Winterreich stürzen, wenn Laoni ohne einen Erben dem Fluch zum Opfer fällt? Wie viele Leute würden bei dem Kampf um die Eroberung dieser Burg sterben? Was würde aus ihrem Schwarm werden, wenn er aus seinen Ländereien geworfen wird?

Mir all diese Gestalten vorzustellen, die ohne ein Zuhause durch das Winterreich ziehen, erzielt endlich die gewünschte Wirkung. Hitze wallt hinter meinen Augen auf. Ich drehe mich um, da ich mir sicher bin, dass ich meine Traurigkeit verbergen muss, auch wenn sonst niemand hier ist, der sie sehen kann. Anschließend zwinge ich mich dazu, die Tränen überlaufen zu lassen.

Eine und dann noch eine rinnen über meine Haut. Das muss reichen. Ich wische sie weg, atme langsam ein und widme Laoni wieder meine Aufmerksamkeit.

Sie hält vollkommen still, als ich mit den Fingerspitzen über ihre Wange streiche. Ich kann die Emotion in ihren Augen nicht lesen und ihr Gesicht ist zu starr, um einen richtigen Ausdruck zu formen. Sobald ich spüre, wie die Wärme von meiner Hand ausgehend über ihre Haut rast, holt sie scharf Luft.

Sie sieht zu mir auf und nur in diesem kurzen Moment meine ich, Ehrfurcht in ihrem Blick schimmern zu sehen.

Dann ist sie verschwunden. Laoni streckt ihre Arme, bewegt ihre Finger, die sie nun entfalten kann, und nickt mir knapp zu. „Du hast deine Pflicht getan. Du darfst gehen."

Die Worte sind nicht ganz so brüsk, wie ich es erwartet hätte, aber auch nicht besonders freundlich. Ich habe alles gesagt, was ich sagen musste, weshalb ich schweigend zur Tür gehe.

Der Zirkel-Mann wartet am Ende des Ganges. Er eilt zu mir und führt mich zur Treppe. „Ist sie wieder gesund?", fragt er, unfähig, seine Ungeduld zu verbergen.

Ich nicke. „Ich habe sie geheilt. Ich vermute, dass sie in Kürze wieder dort draußen sein und Befehle erteilen wird." Die Übelkeit legt sich stärker um meinen Magen bei dem Gedanken daran, wie diese Befehle aussehen werden.

Wir treten in die kalte Luft, wo wir ein Gefährt entdecken, an dessen Lenkrad Zelpha auf mich wartet.

„Corwin dachte, du würdest eine weniger anstrengende Rückreise zu schätzen wissen", erklärt sie und bedenkt Laonis Zirkel-Mann mit einem kühlen Blick. „Ich nehme an, du hast nichts dagegen, wenn ich sie von hier an begleite, nun, da sie sich um deine Lady gekümmert hat."

„Ich ... auf jeden Fall, geht nur", stammelt der Fae-Mann so verlegen, dass ich ihm seinen vorherigen Fehler verzeihe. Er war vermutlich in Panik wegen Laonis Zustand.

Zelpha hilft mir in das Gefährt und ich breche auf einer der Bänke zusammen. Ich fühle mich, als wäre ich gerade kilometerweit gerannt. Der kurze Weg durch den Palast hat den Schmerz in meinem Schenkel wieder aufflammen lassen. Ich massiere die Stelle und schaue zu Zelpha, während sie das Gefährt zurück zur Grenzburg lenkt. „Hat sich in meiner Abwesenheit irgendetwas geändert?"

„Abgesehen davon, dass Corwin praktisch ein Loch in

den Boden gelaufen hat?", fragt Zelpha, deren Mundwinkel sich nach oben biegen. „Nicht wirklich. Sie stehen alle nur herum und warten. Uzziah und Terisse haben sich beratschlagt. Ich denke, sie fragen sich, was mit Laoni los ist, da sie die beiden in diesen Schlamassel gezogen und dann im Stich gelassen hat."

*Mir geht's gut*, teilt mir Corwin durch unser Band mit. Er hat offensichtlich durch meine Ohren ihre Bemerkung über ihn gehört. Dennoch klingt seine innere Stimme besorgt. *Denkst du, deine Worte haben bei Laoni irgendeinen Unterschied bewirkt?*

*Ich weiß es nicht. Sie wirkte nicht besonders zufrieden mit mir, nachdem ich sie geheilt hatte.*

*Wenn es nichts genutzt hat, kann man sie nicht umstimmen. Du warst unglaublich.*

Meine Wangen werden warm. Er muss den inneren Aufruhr, mit dem ich gekämpft habe, mitbekommen haben und denkt trotzdem so von mir.

Ich habe nur aus meinem Herzen gesprochen und ich glaube nicht, dass sich Laoni besonders dafür interessiert, was mein Herz will. Wir werden einfach abwarten müssen.

Die versammelten Fae zu beiden Seiten des Konflikts beobachten mit unverhohlener Neugier, wie Zelpha das Gefährt zu meiner hohen Terrasse bringt. Ich nehme meine vorherige Stellung ein und fange den Blick von Corwin sowie von meinen Seelie-Männern unter mir auf. Es beruhigt mich, sie nach wie vor standhaft und die Burg abgesehen von dem einen Riss unversehrt zu sehen. Uzziah und Terisse stehen wieder dicht beieinander und unterhalten sich. Erst blickt einer von ihnen, dann der andere zu Laonis Ländereien.

Mehrere Minuten verstreichen mit der gleichen Warterei. Die Truppen treten unruhig mit den Füßen auf der Stelle und versuchen, die zunehmende Rastlosigkeit zu unterdrücken, die in der Luft liegt. Ich ringe den steigenden Drang nieder, mich zu übergeben.

Schließlich fliegt ein Rabe, dessen dunkle Federn einen türkisfarbenen Schimmer haben, in Sicht. Laoni landet einige Schritte von ihren Kollegen entfernt auf dem Platz zwischen den Fae-Truppen und verwandelt sich, sobald sie den Boden berührt. Sie stolziert zu Uzziah und Terisse und schließt sich ihrem Gespräch an.

Ihre Stimmen sind so leise, dass ich von meinem Aussichtspunkt und durch Corwins Ohren nichts vernehmen kann. Zu einem Zeitpunkt stößt Uzziah einen rauen, wortlosen Ruf aus, der sich wie ein Protest anhört. Terisse reibt sich über den Mund und ihre Stirn ist gefurcht. Ich habe keine Ahnung, was das bedeutet.

Ich weiß, dass ich die richtige Entscheidung für mein Gewissen getroffen habe, doch war sie in jeder anderen Hinsicht falsch? Hätte ich weiteres Blutvergießen verhindern können, wenn ich Laoni hätte sterben lassen?

Dann wendet sie sich von den anderen Erzlords ab und beschwört mit einem kurzen Wort und einer Handbewegung ein Podest aus Eis herauf. Sie springt auf dieses, sodass sie jeder in der Menge mühelos sehen kann. Ihre Bewegungen sind noch ein wenig steif, ich bezweifle jedoch, dass es jemand bemerken würde, der nicht weiß, was sie durchgemacht hat.

„Mein Volk", beginnt sie mit autoritärer Stimme. „Und diejenigen aus dem Sommerreich, die es für angebracht halten, heute hier zu sein. Ich habe lange im Pulsieren des Herzens meditiert und bin zu dem Schluss gekommen … dass ich heute falschlag."

Mein Herz setzt aus und ein Raunen geht durch die zuschauenden Fae. Sagt sie, was ich denken möchte, dass sie sagt?

Laoni räuspert sich und fährt fort. „Wir wissen noch

nicht, wer unsere größten Feinde sind, aber ich bin mir sicher, dass sie in diesem Moment nicht unter uns weilen. Wir sind besser damit beraten, wenn wir zusammenhalten und uns darauf vorbereiten, uns ihnen zu stellen und diesem Fluch ein Ende zu setzen, als wenn wir einander an die Gurgel gehen. Die Burg darf so lange bestehen bleiben, wie die Seelie ihren Frieden mit uns wahren und Lady Talia uns ihre Heilkräfte schenkt.“

Sie neigt den Kopf kaum merklich in meine Richtung.

Mein Herz füllt sich mit so viel Licht, dass ich beinahe denke, ich werde gleich davonschweben. Eine entsprechende Freude hallt durch Corwin hindurch. August blickt zu mir auf und grinst breit. Ich packe die Brüstung, da mir so schwindlig vor Erleichterung ist, dass ich mich auf sie stützen muss.

Ich glaube nicht, dass dies der letzte Kampf ist, den ich mit den Winter-Erzlords ausfechten werde … doch vielleicht war es der schlimmste. Und jetzt liegt er hinter uns.

*Talia*

Ich habe noch nie so viele Fae an einem Ort gesehen, nicht einmal bei Sylas' Krönungsfeierlichkeiten.

Wir halten die Zeremonie des heutigen Abends am gleichen Ort ab – auf der weitläufigen Wiese, die das Herz auf der Sommerseite der Grenze umgibt. Auf dem gesamten Platz drängen sich Gestalten, die mich neugierig beobachten. Weitere stehen zwischen den Bäumen am Waldrand. Es hocken sogar Raben auf den Ästen und kreisen über uns, um die Vorgänge von dort zu beobachten, wo sie eine bessere Sicht haben.

Es ist ein wenig verblüffend, zu sehen, wie viele Unseelie die Grenze überquert haben, um Zeugen der Zeremonie zu werden. Sie mischen sich noch nicht mit den Seelie und halten sich hauptsächlich in einem Bereich der Wiese auf, aber ich habe keine feindseligen Blicke oder Worte bemerkt.

Heute Abend geht es um die Einheit zwischen Sommer und Winter, die ich symbolisiere, und alles an dem Ereignis spricht bisher für die Heilung der Kluft zwischen den Reichen.

Bis jetzt gab es nicht viel zu sehen abgesehen von mir. Ich sitze auf einem Stuhl auf der Bühne, die für die Zeremonie direkt vor dem Herzen erbaut wurde. Dessen rhythmische Energie schwappt über mich hinweg und sein Leuchten wirft ein goldenes Licht auf den dunkler werdenden Wald. Leuchtkugeln scheinen entlang des Wiesenrandes und schweben über der Menge. Die Brise ist angenehm warm und kitzelt mit einem sanften Kleegeruch über mich hinweg. Ich hätte mir keine friedlichere Atmosphäre für diesen Moment wünschen können.

Harper huscht neben mir auf die Bühne und streicht mit den Fingern über den Spitzenärmel des Kleides, das sie für diesen Anlass entworfen hat. Es verdeckt die Narben auf meiner Schulter nicht, sondern macht sie zu einem Teil des aufwändigen Musters – zu etwas beinahe Schönem. Ich glaube, es ist das fantastischste Kleid, das sie bisher kreiert hat.

„Jetzt, da ich dich in diesem Licht sehe, glaube ich, dass ich dem Rock einen stärkeren Schimmer hätte verpassen sollen", murmelt sie, denn sie ist nie vollkommen zufrieden mit ihrer eigenen Arbeit.

Ich lache. „Es ist ein bisschen spät für Veränderungen, meinst du nicht? Es ist spektakulär. Ich wäre überrascht, wenn du am Ende des Abends nicht hunderte Bestellungen hast."

Ihre Wangen laufen rot an und sie senkt verlegen den Kopf. „Ich habe tatsächlich schon einige erhalten."

Da ich ihre Bescheidenheit kenne, bedeutet das wahrscheinlich, dass sie mindestens ein Dutzend Anfragen erhalten hat. Ich drücke ihre Hand. „Das ist wundervoll. Ich habe mit Corwin über den Stoff gesprochen, mit dem du experimentieren möchtest. Die Weber aus der Länderei, die sich darauf spezialisiert hat, werden uns voraussichtlich in der nächsten Woche eine Lieferung schicken."

„Oh, perfekt." Sie klatscht mit so viel Begeisterung in die Hände, dass ich grinsen muss. Dann schüttelt sie sich. „Aber vergiss mich. Heute Abend geht es um *dich*." Ihr Blick schnellt zu unserem Publikum. „Ich sollte nicht einmal hier oben sein."

„Es ist in Ordnung. Meine Erzlords mussten irgendwelche besonderen Vorbereitungen treffen." Ich habe keine Ahnung, was Corwin und Sylas aushecken. Ich weiß nur, dass dazu eine intensive Diskussion mit den anderen Erzlords nötig war. „Ist der Mann, den du im Auge hast, heute Abend hier? Du solltest ihn wenigstens um einen Tanz bitten."

Harpers Röte vertieft sich. „Nein, ich … ich könnte nicht. Es ist albern." Ihre Hände huschen über ihr Kleid. Es besitzt einen glatteren Rock und weniger Verzierungen als meines, hat jedoch ein auffälliges Design, das mich an einen rauschenden Wasserfall erinnert.

Ich stoße einen abweisenden Laut aus. „Es würde nicht schaden, es zu versuchen, oder? Ich will, dass heute Abend auch alle anderen glücklich sind."

Sie schenkt mir ein strahlendes Lächeln. „Ich werde glücklich sein, weil du es bist. Alles andere … es wird passieren, so wie es vorherbestimmt ist, da bin ich mir sicher."

Ich wünschte, ich besäße das gleiche Vertrauen. Allerdings fühlt es sich wenigstens heute so an, als würde sich alles so ergeben, wie es das soll.

Als Harper wieder in der Menge verschwindet, entdecke ich Corwins Kollegen, die dicht nebeneinander in der Nähe des anderen Bühnenendes stehen. Abgesehen von Neve, die ihren üblichen leeren Gesichtsausdruck zeigt, sieht keiner der Erzlords besonders *zufrieden* aus, sie wirken allerdings auch nicht so mürrisch wegen des Ereignisses, wie ich es befürchtet hatte. An einem Punkt meine ich sogar den Schatten eines Lächelns auf Terisse' Gesicht zu sehen.

Mein Blick fängt Laonis kurz auf und sie nickt mir kaum merklich zu, so wie sie es vor einer Woche vor der Grenzburg getan hat. Ihre Miene bleibt jedoch ausdruckslos. Seit dem Tag, an dem ich sie heilte und sie ihren Angriff auf meine Burg zurückrief, war sie nicht annähernd freundlich zu mir. Sie scheint allerdings akzeptiert zu haben, dass ich hier bin, um in der Fae-Welt zu bleiben, und dies nichts Schlechtes ist.

Sie hat Corwin sogar gesagt, dass er die Seelie dazu ermutigen soll, diese Zeremonie zu organisieren – dass wir uns beeilen und es offiziell machen sollen, wenn wir schon darauf bestehen, unsere Beziehung auf eine so merkwürdige Weise zu führen. Meine Mundwinkel zucken bei der Erinnerung an ihren gereizten Tonfall nach oben.

Donovan und Celia stehen in ihrer Nähe und sehen entspannter aus. Donovan unterhält sich angeregt mit einem seiner Kader-Gewählten. Seine hellen Haare tanzen wie eine Flamme im wogenden Licht des Herzens.

Morgen kann ich mit der Arbeit beginnen, die ich hier für mich und diejenigen, die wie ich sind, vollbringen will. Donovan hat zugestimmt, eine öffentliche Ankündigung zu machen, dass er den Menschen in seinen Ländereien viel mehr Freiheiten gewähren wird. Außerdem werde ich dabei helfen, zu entscheiden, was das Beste für jeden seiner Bediensteten ist.

Falls wir danach Celia und Neve überzeugen können, seinem Beispiel zu folgen, wird es womöglich gar nicht so schwer sein, die anderen drei Erzlords in Angriff zu nehmen. Vielleicht *wollen* sie sogar freiwillig aufhören, sich auf menschliche Diener zu verlassen jetzt, da sie gesehen haben, wie viel Ärger ihnen ein Mensch machen kann. Wer weiß, welches Chaos der nächste Mensch verursachen wird, der hier landet?

Meine belustigten Gedanken verfliegen, als sich vier auffällige Gestalten durch die Menge bewegen.

Meine Liebhaber haben sich zu diesem Anlass genauso herausgeputzt wie ich. Sylas' goldbestickte Jacke und Hose haben eine dunkle Burgunderfarbe, die das Lila in seinen dunklen Haaren unterstreicht. Whitt hat sich für Saphirblau entschieden, was seine Augen noch heller leuchten lässt. August sieht aus, als würde er sich in den formellen Kleidern nicht so wohlfühlen. Der geschmeidige, kastanienbraune Stoff setzt seine muskulöse Figur jedoch wunderbar in Szene. Und Corwin, mein Winterrabe, schreitet absolut elegant in Hellblau und Silber zwischen ihnen.

Mein Herz schlägt schneller, allerdings mehr vor Aufregung als Furcht. In der kurzen Zeit, bevor die Zeremonie beginnt, kann nichts mehr schiefgehen, oder? Das hier passiert wirklich.

Ich weiß nicht, wie mein Leben in einem Monat aussehen wird, geschweige denn in einigen Jahren, und der Fluch wirft immer noch seinen Schatten auf beide Reiche. Doch ganz gleich, was sonst noch geschieht, ich werde meine vier Männer als Gefährten haben.

Whitts Erzählungen zufolge sind gewöhnliche Paarungszeremonien, bei denen kein Seelenband besteht, normalerweise nicht so aufwendig oder öffentlich. Dennoch waren er und meine anderen Seelie-Männer der Meinung, dass es wichtig sei, eine klare Aussage hinsichtlich ihrer Hingabe für mich vor ihren Untergebenen und vor allen zu machen, die sich uns aus dem Winterreich anschließen wollen. Ich habe definitiv nichts dagegen, falls die öffentliche Ankündigung die Wahrscheinlichkeit verringert, dass Fae-Ladys sich in der Hoffnung an sie heranmachen, das

Interesse des neuen Erzlords oder eines seiner Kader-Gewählten zu erregen.

Als sie die Bühne betreten, stehe ich auf. Der Schmerz in meinem Schenkel, den mir die Krallen des Murk-Mannes verursacht haben, ist mittlerweile fast vollständig verflogen. Dank meines krummen Fußes kann ich mein Humpeln nicht komplett verbergen, als ich zur Bühnenmitte laufe, allerdings bin ich deswegen nicht mehr so gehemmt. Die meisten der zuschauenden Fae haben es schon einmal gesehen. Sie wissen, wer ich bin, und kennen den Schaden, mit dem ich mich abfinden muss.

Dennoch ehren sie, was ich ihnen anbiete. Und heute Abend werden sie die Liebe ehren, die ich hier gefunden habe – sie werden sie sogar feiern.

Das Geplauder der Menge reduziert sich zu einem Flüstern, als ich die Mitte der Bühne erreiche. Sylas, Whitt und August treffen sich dort mit mir und stellen sich in einer lockeren Reihe vor mir auf. Corwin positioniert sich zwischen uns und legt eine Hand auf meine Schulter. Er hält etwas in seiner anderen Hand, das in dunklen Stoff gewickelt ist.

Er räuspert sich und die Menge verstummt.

„Heute Abend", verkündet er, „erkenne ich die Bande der Liebe an, die meine seelenverbundene Gefährtin mit diesen drei Männern geformt hat, die ihre Zuneigung genauso verdienen wie ich. Ich heiße sie als ihre Gefährten in unserem Leben willkommen und bitte euch alle darum, das Gleiche zu tun. Lady Talia hat bewiesen, wie viel Freundlichkeit und Großzügigkeit sie uns allen anbieten kann, und sie sollte im Gegenzug genauso viel erhalten."

Er tritt zurück und bleibt am hinteren Bühnenrand stehen.

August greift als Erster nach meiner Hand. Er

umklammert sie und lächelt mich so strahlend an, dass ich das Gefühl habe, mein Herz würde fliegen.

In gewisser Hinsicht hat mir August das Fliegen beigebracht: Er hat mir gezeigt, wie ich meine spärlichen magischen Kräfte nutzen kann, und mir die Kontrolle über Licht und Luft geschenkt. Ich fühle mich nie so sicher, wie wenn er neben mir steht, oder so umsorgt, wie wenn wir gemeinsam eine Mahlzeit zubereiten.

Er hebt unsere Hände, damit das Publikum unsere ineinander verschlungenen Finger sehen kann, blickt mir in die Augen und erhebt die Stimme, sodass ihn alle versammelten Fae hören können.

„Vor dem Herzen verkünde ich meine Absicht, Talia von Hearth-by-the-Heart und Heart's Cadence, als meine Gefährtin zu nehmen. Ich schwöre, sie mit meinem ganzen Wesen zu lieben und zu beschützen."

Ein magisches Trommeln schwingt in seinen Worten mit. Ich kann ihm im Gegenzug nicht die gleiche Magie anbieten, lege jedoch so viel Emotion wie möglich in meine Antwort. „Vor dem Herzen verkünde ich meine Absicht, August von Hearth-by-the-Heart als meinen Gefährten zu nehmen. Ich schwöre, ihn mit meinem ganzen Wesen zu lieben und zu beschützen."

August drückt meine Hand und kribbelnde Energie geht von seiner Handfläche in meine über. Unsere Seelen sind nicht so miteinander verbunden, wie Corwins und meine, doch die Tiefe seiner Hingabe schimmert in seinen Augen. Er beugt sich vor und ich gehe auf die Zehenspitzen, um ihn zu küssen.

Ein Raunen, das sich wie Zustimmung anhört, geht durch unser Publikum. Ich wappne mich für einen Protestschrei, aber anscheinend haben sich sogar die Unseelie mit der Vorstellung angefreundet, dass einer ihrer Erzlords seine seelenverbundene Gefährtin offen mit den wölfischen Sommer-Fae teilt.

Als August zurückweicht, tritt Sylas als Nächster nach vorne. Er ist derjenige, der vorgeschlagen hat, dass wir die Schwüre in der Reihenfolge vom Jüngsten zum Ältesten ablegen anstatt nach politischer Autorität. Ich glaube, er wollte die Andeutung vermeiden, dass sein Anspruch über dem seiner Kader-Gewählten steht.

Wie zuvor August nimmt er meine Hand und sein ungleicher Blick richtet sich auf mich. Ich frage mich, ob sein geisterhaftes Auge Einblicke in unsere gemeinsame Zukunft erhascht. Falls er etwas sieht, was ihm Sorgen bereitet, lässt er es sich nicht anmerken.

Seine Lippen biegen sich zu dem sanften Lächeln, das mir vorbehalten ist, und ich stelle fest, dass ich mich an den ersten Tag erinnere, an dem ich in seinem Burgfried in Oakmeet aufwachte, nachdem er mich aus Aeriks Käfig befreit hatte. Er kam in mein Zimmer, sprach freundlich mit mir und verdiente sich mein Vertrauen, anstatt es zu verlangen.

Seitdem sind wir weit gekommen. Wir haben eine Menge Schmerz und Probleme überwunden, doch er hat mir stets den Raum gelassen, mein Leben selbst in die Hand zu nehmen. Und jeder einzelne der schmerzhaften Momente war es wert, weil wir nun hier stehen.

„Vor dem Herzen verkünde ich meine Absicht, Talia von Hearth-by-the-Heart und Heart's Cadence, als meine Gefährtin zu nehmen", verkündet er mit seiner volltönenden Stimme. „Ich schwöre, sie mit meinem ganzen Wesen zu lieben und zu beschützen."

Ich erwidere sein Lächeln, das vor Freude so stark leuchtet, dass es dem Herzen selbst Konkurrenz machen könnte. „Vor dem Herzen verkünde ich meine Absicht, Sylas von Hearth-by-the-Heart als meinen Gefährten zu nehmen.

Ich schwöre, ihn mit meinem ganzen Wesen zu lieben und zu beschützen."

Er umfängt meinen Kiefer, während er mich küsst, und hält mich mit seiner einnehmenden Kraft fest. Daraufhin weicht er zurück, um Platz für Whitt zu machen.

Der letzte meiner Seelie-Gefährten – jetzt und als wir unsere Beziehung begannen – schenkt mir eines seiner schiefen Grinsen, in dem ausschließlich Zuneigung liegt. In seine ozeanblauen Augen zu starren, erinnert mich an den Moment vor nicht allzu langer Zeit, als er mir erzählte, dass er mir seinen wahren Namen anvertrauen möchte. Ich denke an den Eindruck seiner Präsenz, den diese Silben sogar über eine Entfernung hinweg heraufbeschwören konnten, an all den Sarkasmus und die verborgene Leidenschaft, die mich geradewegs zu ihm führten, als ich mit meinem Verstand nach ihm rief.

Ich erinnere mich auch an die Leidenschaft, die er in mir auslöste, während ich auf der Brüstung seiner geheimen Terrasse balancierte, wobei sein Griff nie schwankte.

Whitt hatte einst Angst, dass er mich ruinieren würde. Ich hoffe, dass er mittlerweile erkannt hat, wie sehr er stattdessen meinen Willen und mein Selbstvertrauen gestärkt hat.

Seine Stimme klingt wie üblich ein wenig trocken, das ehrliche Versprechen in seinen Worten ist jedoch nicht zu überhören. „Vor dem Herzen verkünde ich meine Absicht, Talia von Hearth-by-the-Heart und Heart's Cadence, als meine Gefährtin zu nehmen. Ich schwöre, sie mit meinem ganzen Wesen zu lieben und zu beschützen."

Mein letzter Schwur fließt so schnell aus mir heraus, dass mir fast die Luft ausgeht. „Vor dem Herzen verkünde ich meine Absicht, Whitt von Hearth-by-the-Heart als meinen Gefährten zu nehmen. Ich schwöre, ihn mit meinem ganzen Wesen zu lieben und zu beschützen."

Er erobert meinen Mund und lässt seine Zunge verstohlen vorschnellen, woraufhin ich keuche. Als er mich freigibt, ist sein Lächeln ein wenig verschmitzter und Corwin hebt an die Zuschauer gewandt die Hände.

„Lady Talia wird zwischen unseren Reichen leben, beiden dienen und von beiden bedient werden. Sie hat Frieden in unsere Welt gebracht, alte Schmerzen gelindert und aktuelle Leiden geheilt. Als Gefährtin von Erzlords beider Jahreszeiten und als Verteidigerin gegen unseren Fluch übergeben wir vier ihr dieses Symbol ihres rechtmäßigen Platzes unter den Fae."

Ich habe keine Ahnung, wovon er spricht. Keiner meiner Männer hat etwas Derartiges erwähnt.

Dann klappt Corwin das Stoffbündel auf und streckt eine dünne, funkelnde Krone aus. Die Stränge aus Silber und Gold winden sich wie verschlungene Ranken umeinander und umfassen fünf kleine Edelsteine, von denen ich instinktiv weiß, dass sie für mich und die vier Männer stehen, die zu mir gehören. Als er sie auf meinen Kopf setzt, stockt mir der Atem.

*Es ist nur ein Symbol, es geht keine zusätzliche Autorität damit einher,* sagt er durch unser Band mit dem Hauch einer Entschuldigung. *Aber wir hielten es für angebracht.*

*Danke,* bedanke ich mich zu überwältigt von Emotionen, um mehr zustande zu bringen. Ich blicke mit der gleichen Dankbarkeit zu meinen Seelie-Männern und daran, wie sie mein Lächeln erwidern, erkenne ich, dass ich es nicht laut aussprechen muss.

Das zarte Gewicht der Krone lässt sich auf meinen Haaren nieder. Corwin senkt seine Arme und mit dem nächsten Pulsieren des Herzens flammt ein helleres Licht auf und scheint auf uns herab. Sein Leuchten und seine Wärme fluten die Wiese und kribbeln wie eine Melodie über meine Haut. Kurz scheint es mich in eine Umarmung zu hüllen.

Freude füllt meine Brust. Als sich das Leuchten zu

seinem üblichen sanften Glühen zusammenzieht, erschallen Keuchen und ehrfürchtige Rufe auf der Lichtung. Sogar die Winter-Erzlords sehen sich staunend um.

Ich weiß nicht, ob die Macht des Herzens tatsächlich irgendetwas Magisches bewirkt hat oder ob es bloß ein Symbol seiner Zustimmung war. Ich bin mir nicht sicher, ob das überhaupt eine Rolle spielt. Falls noch irgendwelche Zweifel daran bestanden, ob das Herz mit dieser Vereinigung einverstanden ist – und mit der Zusammenarbeit zwischen Sommer und Winter – so wurden sie nun zur Ruhe gebettet.

„Lasst die Feier beginnen!", verkündet Sylas.

Entlang des Feldes beginnen Musiker, zu spielen. Fae eilen davon, um sich Essen und Getränke zu holen, die zu dem Anlass bereits vorbereitet wurden. August hebt mich von den Füßen und trägt mich von der Bühne, um den ersten Tanz für sich zu beanspruchen.

Mein Körper summt vor so viel Erleichterung und Freude, dass die nächsten Stunden wie im Flug vergehen. Ich wirble und drehe mich abwechselnd mit jedem meiner Liebhaber und erfreue mich an der ekstatischen Luft, die überall um uns herum fließt. Süßer Saft, zarte Fleischbrocken und buttriges Gebäck passieren meine Lippen. Die hunderten Fae um uns herum scherzen, trinken und feiern so ausgelassen, wie es nur Fae können. Viele von ihnen bleiben stehen, wenn sie an mir vorbeikommen, um sich respektvoll vor mir zu verbeugen und mir zu meinen neuen Verbindungen zu gratulieren.

Nach einer Weile und obwohl mich so viel Freude erfüllt, kann ich den wachsenden Schmerz in meinem krummen Fuß nicht mehr ignorieren. Ich setze mich auf den Rand der Bühne, um die Festlichkeiten zu beobachten. Astrid tanzt mit Verik und Donovan wirbelt Zelpha im Kreis, bevor sie zu einer schlanken, rehäugigen Frau zurückkehrt, die vermutlich ihre Gefährtin ist. Ich erhasche kurz einen Blick auf Harpers helles Kleid und Haare zwischen den Feiernden, kann jedoch nicht sehen, ob sie einen Partner gefunden hat. Es fühlt sich alles so *richtig* an.

Meine Gefährten sind während des gesamten Abends in meiner Nähe geblieben, doch ich scheuche sie kurz weg, damit sie etwas zum Essen holen können. Ich soll mich schließlich genauso um sie kümmern wie sie sich um mich.

Kurz darauf kommt eine ältere Fae aus der Menge auf mich zu, die einen leeren Gesichtsausdruck hat, der mich an Neve erinnert. Ich brauche einen Moment, um sie zu erkennen – sie ist ein Mitglied aus Donovans Rudel, eine der Dienerinnen, die in seiner Burg arbeiten. Ich habe kurz mit ihr gesprochen, als ich seine Ländereien besucht habe, um mich mit seinen menschlichen Bediensteten zu treffen.

Damals sah sie wachsamer aus, doch wer weiß, welche Fae-Köstlichkeiten mit ihren unterschiedlichen speziellen Wirkkräften sie heute Abend gegessen und getrunken hat.

„Lady Talia", spricht sie mich mit fröhlicher, wenn auch leicht krächzender Stimme an. „Wenn ich Ihnen die Ehre erweisen dürfte ... ich habe ein Geschenk, das ich Ihnen gerne anbieten würde. Erlauben Sie mir, es Ihnen zu zeigen?"

„Natürlich." Ich rutsche von der Bühne und folge ihr durch die Menge hindurch zu dem umliegenden Wald.

Ich vermute, dass mir Astrid und mindestens eines von Corwins Zirkel-Mitgliedern folgen werden, um mich im Auge zu behalten, aber ich wäre trotzdem nicht besonders besorgt. Donovans Rudel hat sich stets gut mit unserem verstanden und es ist nicht so, als könnte die Frau in dieser Nähe des Herzens hinsichtlich des Grundes lügen, aus dem sie möchte, dass ich mit ihr komme.

Fae schlendern während kurzer Tanzpausen zwischen den Bäumen umher und fröhliche Stimmen hallen durch die Luft. Die Frau geht noch ein Stückchen weiter zum

Rudeldorf in Donovans Revier. Vielleicht hat sie ihr Geschenk in ihrem Zuhause zurückgelassen.

Nach mehreren Schritten dreht sie sich jedoch um und verbeugt sich. Ich kann außer der dunklen Umrisse der Bäume und des Unterholzes nichts erkennen.

„Ich verstehe nicht", sage ich zaghaft, da ich sie nicht beleidigen will.

Die Worte haben kaum meine Lippen verlassen, als ein unbekannter Mann aus den Schatten tritt. Seine glatten, flachsblonden Haare fallen zu den Spitzen seiner leicht spitzen Ohren und seine halb geschlossenen Augen blicken aus einer Höhe auf mich herab, die Augusts entspricht.

Seine Hand legt sich auf meine Stirn. Bevor ich mich bewegen oder Corwin eine panische Nachricht schicken kann, fegt Schwärze durch meinen Verstand.

Als mich die Dunkelheit verschluckt, erreicht mich die Stimme des Fremden leise und ein wenig heiser. „Hallo, Talia. Es ist an der Zeit, dass du denjenigen kennenlernst, der dich gemacht hat."

Eva Chase ist eine Amazon Top 100-Bestsellerautorin für Urban Fantasy und paranormale Liebesromane. Sie ist mit Magie, Chaos und Herzschmerz aufgewachsen und bringt alle drei Elemente in ihre Geschichten ein. Aber keine Angst vor dem gefürchteten Liebesdreieck - Evas Heldinnen müssen sich nie entscheiden. Online findet man sie unter www.evachase.com.